借脸

商刀 著

群言出版社
QUNYAN PRESS
·北京·

图书在版编目（CIP）数据

借脸 / 商刀著. — 北京 : 群言出版社, 2015.10
ISBN 978-7-80256-874-7

Ⅰ. ①借… Ⅱ. ①商… Ⅲ. ①长篇小说－中国－当代
Ⅳ. ①I247.5

中国版本图书馆CIP数据核字(2015)第215116号

责任编辑：盛利君
装帧设计：郑金将

出版发行：群言出版社
地　　址：北京市东城区东厂胡同北巷1号(100006)
网　　址：www.qypublish.com
自营网店：http://qycbs.shop.kongfz.com（孔夫子旧书网）
http://www.qypublish.com（群言出版社官网）
电子信箱：qunyancbs@126.com
联系电话：010-65267783　65263836
经　　销：全国新华书店
法律顾问：北京市君泰律师事务所

印　　刷：三河市万龙印装有限公司
版　　次：2015年11月第1版　2015年11月第1次印刷
开　　本：787mm×1092mm　　1/16
印　　张：17
字　　数：240千字
书　　号：ISBN 978-7-80256-874-7
定　　价：36.00元

目 录
contents

▷▶ 第三章　艾豆的挑战

▷▶ 第四章 她是谁

▷▶ 第五章 我是谁

楔子

京冀交界，山区，连接国道一岔路。

突然间暴雨如注，正准备步行上路的一行人只好躲回车内。

老崔摸出一盒中南海开始喷云吐雾。

小武不抽烟，他是全大队除女人外唯一不抽烟的。读大学的时候，他也是宿舍内唯一不抽烟的。

小武特别怕别人在车内抽烟，尤其是开着空调的时候。但是没办法，在中国你很难找到不抽烟的男刑警。

来的路上，老崔就一路吸，那时还可以开窗透气，可现在风大雨大，一条缝就能钻进来大量雨水，小武不得不把车窗关紧。

老崔点第二根烟的时候，小武实在忍不住了，逃下车准备换到后面技术组的面包车上。可当他拉开面包车车门，一股更浓重的烟雾就扑面而来：技术组的同志们人手一根，正抽得起劲儿。

雨太大，这里连棵能躲雨的树都没有。没办法，小武只好又回到自己的车上，把车窗开一小条缝，透透气。

老崔瞄了小武一眼，喷出一口烟："没事，你把窗子开大点，有点自然风，挺舒服的。"

小武实在憋不住："老崔，你烟也抽太多了，对身体不好。"

老崔哼哼："不抽犯困。"

小武加重语气："这样下去容易得肺癌。"

老崔满不在乎地回道："不抽烟也会死。"

小武苦着脸说："我还是翩翩少年，跟你在一起天天吸二手烟，至少少活十年。"

"哦，哦。"老崔似乎这才明白过来，猛吸一口，把大半支香烟丢到车窗外。

小武是刑警队的新人，今年刚大学毕业。

小武从小就想做军装男，高大挺拔，一身戎装，钢枪在握，酷毙了。可惜现在还在实习期，单位就发给他一套没警衔的警服。队长让他跟着老崔学习学习。

刑警队的作息管理没那么严格，小武还在实习期，要表现，每天第一个到。而老崔往往是最后一个出现的，出现时要么烟不离手，要么烟不离嘴。

老崔看上去好像有五十多岁了，驼背、消瘦，成天没精打采的。小武不喜欢老崔，一点警察样都没有。还有年纪这么大还在刑警队的大都是领导阶层，像老崔这样没有职位的极为少见。不知道他怎么混的？

虽然老崔在队内没有职位，但一次着正装的时候，小武注意到老崔是两杠两星，比中队长还多一星。

不过警衔也和工龄有关。警界人多，上升通道有限，没那么多官位，有时只好在警衔上做做文章。老崔比中队长要大十岁吧，他的警衔也许就是靠工龄混的，小武想。

还有队里似乎对老崔特别优待，几乎不安排他什么具体任务，老崔似乎可以根据个人爱好选择参与某个案子。毕竟是新人，小武吃不透老崔是什么路数，不敢放肆，他表面上对老崔还是比较尊重的。

今天队内其他人都有事，中队长才安排老崔和小武出警。

夏末秋初的雨，来得急去得快。雨停之后，一行人下车，步行上路。

带路的是一个老头，当地人，姓李。就是李老头发现的尸体，准确说是他的狗先发现的尸体。

昨天傍晚李老头放羊回家路上，他的狗叫小黄，算是牧羊犬吧（实际就是一只黄色串串）跑到一处地方不走。李老头过去一看，一具尸体，赤身露体。李老头没有手机，家里也没有电话，当天没有报案，第二天一早才跑到村委办公室报告。

当地派出所出警后，队里让老崔和小武跑一趟。由于法医下午才有空，所以中午最热的时候他们驱车来到李疙瘩村。

李疙瘩村是个小村子，总共一百多户人家。几十户人家聚在半山腰，还有几十户散在附近的几座山上，连接各家的路况不是很好。

从村部到案发现场路况很差，车开不了多久就没有车路了，只有一条若隐若现的羊肠小道。这里当地农户都很少来，平常只有采药或者放羊的会走。

一行人，还有一条中华田园牧羊犬小黄。小黄走在最前面，后面是羊倌李老头。小武跟在羊倌李老头身后，然后是老崔和当地派出所民警，三个技术组的人员拎着器材和一个村干部走在最后。

刚才一阵大雨，山路泥泞。刑警们大都穿着皮鞋，沾上泥巴后走路尤其沉重。

小武看人家放羊老头山路走得轻松，自己虽然跟得上，但脚上的皮鞋已经开始磨脚。

老崔在身后更是呼哧呼哧大喘粗气，小武心中解气：谁叫你爱抽烟的，知道自己肺不好了吧！

一放晴又艳阳高照，一通暴晒。今年天气热得邪乎，高温持续长。山间气温虽然比外头低一点，但是这里没树遮阴、没风透气，闷得不得了。一行人没走多久，衣服就都湿透了。

足足走了一个小时又十分钟才到目的地，也顾不上勘查现场，一帮人先找阴凉处休息。

老崔喘着粗气问当地派出所民警："怎么这么远？这里还是北京地界吗？我们不会走到河北了吧？"

当地民警抬起头四处望了望，说："这里离河北地界还有一段路，不过也不远了。"

老崔骂了一句粗话："王八蛋，要丢东西怎么不丢远一点。"

医说："干脆我们把尸体再搬到河北，然后给涿州 110 打电话报警，让他们接手得了。"

技术们都笑起来。

玩笑归玩笑，活还得干。喝点水，抽根烟，歇不了十分钟，大伙开工。

发现尸体的地方是山腰，周边是乱石和灌木杂草，离小路有十多米。走在小路上，如果不是有狗在，一般是不会发现到尸体的。

尸体上方是一段四十度左右的山坡，再上是接近九十度悬崖，悬崖之上是一条公路，偶尔有车经过。

老崔问民警："这条路是通哪里的？"

民警也不大清楚，问村干部。

村干部说："这条路是连接附近几个村子的，两头可以通到 320 省道和 108 国道。"

尸体背上腹下，趴在一堆乱石上。长发，裸体，不知男女。

人一走近，轰的一下，数百只苍蝇乍起，一股浓重的尸臭随着苍蝇扑面而来。

倒卧的尸体浑身青肿，皮肤上有大片的水疱，体表尤其四肢有树枝状乌绿线条。小武学过法医学，知道这是人死之后肌体开始腐烂造成的。腐败的水疱和绿色静脉网或是尸检术语"腐败巨人观"现象。出现这个体征的尸体，大概已经死了有四五天以上。现在天气热，腐烂应该会更快一些，也许三天？不清楚。

法医学这门课小武的成绩不怎么样，讨厌尸体算是他成绩不佳的原因之一。

挥之不去的苍蝇和恶臭让小武感到反胃，他屏住呼吸闪到一边，帮负责痕迹鉴定的王科勘查周边现场，收集线索。王科给小武画了一个范围，然后分头寻找证物线索。

看见尸体很兴奋的牧羊犬小黄被法医赵拙文赶到一边，它跟着小武，饶有兴趣地闻来闻去。小武想：这也是一个干刑警的料。

由于是在山间，地面上都是泥土、石块、杂草、灌木、小树，沟沟缝缝的，再加上下过雨，勘查起来很是费劲。

一个半小时过后，小武把自己负责的范围扫过一遍，没有发现线索。王科也一无所获，两人回到尸体附近继续寻找。

尸体已经被翻过身来，脸部皮开肉绽，乱七八糟，完全看不出本来面目。眼眶里好像已经没有眼球，只剩两个窟窿，蛆虫在皮肉间蠕动出没。阴部位置也聚集着大量苍蝇和蛆虫，恶心得不得了。

小武只能分辨出，这是一个女人。

老崔戴着口罩、手套在法医身边帮忙，小武心想老崔这点比他强，自己甘拜下风，还是躲远点好。

负责拍摄的董博叫王科到尸体上方的坡上找一找，刚才他登高拍摄现场的时候，发现尸体上方的几块石头上好像有些异常。

王科顺着董博的指点细细查找。确实，就在尸体的上方坡上几块石头上陆续发现有血迹。

顺着董博指点的方位，更远一点，小武在接近九十度的悬崖底部坡石上发现一大块血迹和疑似人体组织残留，而且附近的灌木和草丛有压迫折断痕迹。他赶紧喊技术人员过来。

等董博拍好照片之后，王科取样。

刑警们足足忙了四个小时才暂告一段落，法医赵拙文主持临场会议。

痕迹王科先发言：初步现场勘查，山坡下小路这一线暂时没有发现打斗、搬运、拖曳的痕迹。在尸体正上方悬崖下发现血迹和人体组织以及坠落的砸痕，尸体与砸痕之间的石块上都发现有残留组织，猜测尸体从山上抛下来，弹落、翻滚到目前位置。抛尸地点应该就在上面公路上，所以下一步需要上到山上和公路上勘查。

小武问：“为什么是抛尸？不会是被人从山上推下来，活活摔死的？或者是自杀，自己跳下来的。”

王科说：“你看见过谁自杀把衣服脱光的？又不是在海边游泳。是不是推下来摔死的现在还不敢确定，要等尸检。所以我刚才说了，明天大概还要来，到上面看看。不过根据我的经验，裸尸一般都是在其他地方遇害后，被运到这样的荒郊野岭抛尸的。”

老崔说自己刚才已经询问过民警和村干部，他们表示最近附近村庄没听说发生什么恶性事件。老羊倌表示平常这个地方人迹罕至，他每天都会走过，最近几天他没发现陌生人。

法医赵拙文发言：

从尸体腐烂情况看，死亡时间大概是三四天前。根据他的初步检查，尸体身上伤口很多，有刀伤、有摔伤，还有动物的咬伤，等等，还发现死者身上有注射毒品的痕迹。

现场检查还不能确定是在别的地方遇害后抛尸到这里，还是被绑架到这里推下悬崖摔死的？具体死因不明。

由于天气炎热、下雨，尸体腐烂得比较严重，需要赶快运回去再细致检查。同时对现场相关物件痕迹都进行了拍摄和取样。

最后，赵拙文说：“好吧，就到这里吧。已经六点半了，还得把尸体扛回去。最好能做个担架，好抬一点。”

“明天再叫人过来不行吗？”大热天忙了一下午，已经很累，听说还要搬运尸体，当然有人不乐意。

一般情况，法医在现场拍好照、取完样就算完工，收尸的是殡仪馆。

“天快黑了，很多部位已经看不清楚了。天太热，蛆生长很快，脸上、阴部，还有很多伤口部位的组织已经吃掉不少。再过一个晚上，我估计脸都吃没了。如果再被狼什么的吃一块，再鉴定就难了。”

“北京哪有狼？”

“有，有，我们这有狼，还有狐狸、黄鼠狼。”村干部很不识时务地纠正。

“即便没狼，老鼠、乌鸦什么的都会吃尸体。好吧，别说没用的了。谁叫轮到我们出警呢？这个案子好像有点麻烦，我已经请示过领导了，他命令我们整个搬回去。动手吧。”赵拙文问：“我们先把尸体装起来，谁要口罩？”

赵拙文把领导搬出来，喽啰们还有什么好说。等把尸体装进尸袋，再用树枝做好担架，天光已经暗了。

暮色中，把尸体从现场踉踉跄跄地抬到警车上，又花了将近两个小时。村干部要带大伙回家吃饭，刑警们慌不迭地谢绝了。

“啊，终于能坐进自己的车了。”小武长舒了一口气。

鼻腔里依然充斥着一股尸臭，这时候小武突然很想吸吸老崔的二手烟。可是老崔瘫在副驾上，似乎连点烟的力气都丧失了。

仪表盘显示时间是二十一点零三分。

车窗外，满天繁星。

/ 第一章 /
艾豆的选择

1. 初夜

女人的第一次应该给自己最爱的男人吧！？

今天，艾豆决定把第一次给肖晓彤，但是她不确定自己是不是真的爱肖晓彤。

也许，和自己最爱的男人做第一次爱，本来就是理想状态。

艾豆已经27周岁，再过两个月又要过生日，之后就要再长一岁，就28岁了。

按照流行的说法，27岁是一个女孩成为剩女的重要转折点。28岁还没有方向的女人就要从“剩斗士”升级为“必剩客”。女人成为“必剩客”之后，一年比一年贬值，再想找一个像样的男人困难度好比中彩票。

肖晓彤条件其实并不差，交大毕业，现在在一家音响公司当工程师，月薪8000出头，扣除个税和四金后，到手剩下6000多。

这样的工资在上海当然不算高，但是肖晓彤在徐家汇有一套房子。虽然只是两室一厅的小公寓，但是胜在地段好，现在市值接近四百万。

这套房子是几年前买的，当时价格低还不到现在的三分之一，肖晓彤父母出了首付，现在每个月还有3000多一点的按揭要付。扣除每月的房贷和生活费，肖晓彤工资所剩无几。在前两年收入还没现在高的时候，肖晓彤就把一个房间租给同事，减轻负担。如果以后两个人结婚，两个人的收入来供房，就轻松了。

在上海，房子很重要。艾豆早想从家里搬出来自己住，可是经济上一直不允许，至今还和父母挤在一套小房子里。

这几年艾豆一直在折腾。

2008年大学毕业时金融危机，没什么好工作，换了三份工作都不如意，于是回学校读研究生。研究生两年毕业出来好不容易挤进这家证券公司，碰上熊市，券商不景气。像艾豆这样客户部的新进业务员只能拿三千多块的基本薪水，这在上海连基本生活都紧巴巴的，哪有余钱去租房？

交往半年后，肖晓彤提议艾豆可以搬到他家住，艾豆没有答应。

从一套局促的小房子换到另一套局促的小房子，这不是艾豆的理想状态。

艾豆的理想状态是：坐在阳台上，喝着咖啡，黄浦江在脚下缓缓流过。

此时此刻的状态是：肖晓彤奔出门买避孕套，艾豆坐在肖晓彤的小床上思考未来。

未来并不遥远。

上周末，业务部的会议上老板宣布：如果年底的考核通不过的员工，公司将采取末位淘汰。

今年券商普遍不景气，公司要裁员的传言从9月份就有，现在看是要实施了。艾豆入行晚，熊市开户人本来就少，又没有关系可以撬客户，连着几个月在部门里业绩排名靠后，每次开会都如坐针毡。

开会时老板也不知是有意无意，有几次把眼光瞄向她，艾豆吓得不敢抬头。

这次裁员传说公司准备裁掉30%，按业绩排名，艾豆很危险。如果失业再去找工作，不知道明年的就业行情会怎样？

春节是二月九日，如果过年前被裁掉，要找工作得等到过完年。就算一切顺利，找到新工作，上班最快也要到三月份。那么长时间只能待在家里，看爸爸的臭脸，一想就心烦。

艾豆的爸爸是中学老师，老师的架子端惯了，在家里也放不下。他一直不赞成艾豆读文科，这下要被他说死了。

艾豆大学学的专业是英文，第二外语选修的是日文。硕士念的是商务英语，英语口语流利，找份工作问题不大，就是担心经济会硬着陆。

唉，实在不行，接点翻译的活儿应该也能养活自己。艾豆现在只能自己安慰自己。

今天是圣诞节，肖晓彤订了晚上的电影——《少年派的奇幻漂流》。

下班后，两个人匆匆忙忙在肯德基吃点东西再赶到港汇看电影。

艾豆几年前就看过原著，内容挺黑暗的，为了生存无所不用其极。李安把电影拍成糖果色，看起来海上漂流似乎很浪漫。

电影看完出来才九点，在太平洋百货里逛了逛，两个人没有买东西。现在百货店的衣服太贵了，随随便便一件衣服都是四位数。

吃晚饭的时候肖晓彤送了她一条水晶项链，不知道是不是淘宝上买的？

艾豆当然不会问这么扫兴的问题，她知道肖晓彤除盒饭外几乎所有东西都在网上买。

肖晓彤外表虽然挺普通，但是比一般男人细心，懂得照顾女人。比如男女之欢，他跟艾豆暗示过，艾豆不愿意他就不再提。两人交往快一年，除了拥抱、接吻外并没有更深入的接触。

艾豆还是处女。

现在这个社会，谈贞操好像挺可笑的。艾豆坚持到现在并不是因为她思想保守。

学英文、看美剧的艾豆从没打算把初夜放到新婚那一晚。以前是父母管得严，上大学时身边的男同学看上去都比较挫，毕业后交过几个男朋友也由于种种原因没有前进到那一步，于是一直耽误到现在。

艾豆觉得是时候结束处女生涯了。从女孩到女人生理上只差一层膜，突破后在心理上也许会产生质的飞跃。

虽然肖晓彤不是艾豆理想中的男人，但是门当户对。谁不想攀高枝？高枝有那么好攀？高枝上的人还想更高枝呢。

艾豆觉得用“门当户对”来形容她和肖晓彤之间的关系比“恋人”更贴切。自己的家境一般偏下，长相一般偏上，身高一米七〇，硕士学历，工作听上去很不错。肖晓彤和自己同龄、身高一米七八、有房小贷、工作稳定、身体健康、不嗜烟酒，这样的男人在上海还是很抢手的。

门当户对的他们现在感情稳定，如果这样相处下去，未来走入婚姻殿堂的概率很大。艾豆当然愿意把第一次给自己未来的丈夫，否则说不定哪天便宜了某个龌龊的上司或客户。

用身体做交换，在她所处的行业已经不是新闻。为什么证券基金公司的业务部会雇那么多年轻漂亮的女孩？还不是为了拉客户吗？！至于你用什么方式拉来客户，老板才不会管。

艾豆有一个追踪很长时间的客户是J基金的基金经理，他喜欢跟艾豆开一些带色的玩笑，之前艾豆都装傻。这一段时间他人在北京，艾豆上周和他联系的时候他用开玩笑的口气说，如果周末艾豆愿意到北京陪他的话，他可以考虑在艾豆公司开个户，移一部分交易过来。

基金经理说：一切看她的表现。潜台词很清晰、很浑蛋，艾豆只好讪讪地说周末有事没有空。

从女孩到女人，很快。

肖晓彤太紧张、太兴奋，进入艾豆身体后抽动的时间很短就射精了。

他有点沮丧，不好意思地解释说自己太紧张了。

就这样告别处女生涯了？

肉体是最不值钱、最无聊的东西。真失败，艾豆最后的 27 岁。

艾豆把肖晓彤推开，她觉得下面有点痛。

避孕套上有血，血还流到床单上。

看见血明显让肖晓彤重新兴奋起来，眼睛里放出光，喉咙里发出哦哦的咕噜声："你，你，还是处女？真没有想到。哦，我是天下最幸福的男人。"

看见艾豆流眼泪，肖晓彤手忙脚乱把艾豆抱在怀里，翻来覆去地说："我会对你好的，我会对你好的，我会一辈子对你好。我太幸福了！"

真的吗？这样就幸福了？这么容易就满足了吗？

艾豆一边流眼泪，一边暗自想着，一辈子就这样了吗？

2. 美虎娱乐网

艾豆决定去北京试一下。

机票酒店都安排好了，不需要艾豆自己掏钱。别想歪了，机票不是那个浑蛋的基金经理买的。

老板声色俱厉的训话之后，艾豆曾经厚着脸皮再去追踪那个基金经理。她发了一个信息给基金经理，问他回上海了吗？自己想去拜访他。过了一会儿，基金经理把北京酒店的地址和房号发了过来。

虽然早知道人至贱则无敌，但是艾豆想自己还不至于贱到要卖肉。

艾豆去北京是面试，这算是她的第二次面试。

事情是从三个月前她收到美虎娱乐网一条站内信息开始。

美虎娱乐网是美虎传媒有限公司的下属网站。美虎传媒是一家大型文化娱乐传媒公司，主要从事影视广告拍摄、发行及衍生业务。艺人经纪是美虎的主营之一。王金花是美虎传媒的艺人总监兼美虎娱乐网 CEO。

由于有美虎传媒这个上升通道，美虎娱乐网的个人星秀场很热。数以万计的草根追梦者在美虎娱乐网开立直播室，幻想一朝成名。

美虎传媒承诺从中挑选人才培养，同时在公司投拍的影视剧中分配角色给网站艺人。所以美虎娱乐网这些年发展势头很猛，俨然已在国内娱乐网站占据了头把交椅。

艾豆读研究生的时候特别闲，于是在美虎娱乐网的星秀场上开了个人直播室。艾豆是个文艺青年，歌唱得不错。大学时参加学校歌唱团和话剧社，经常有机会登台。开个人直播室一是好玩，二是做得好收入还不错。美虎娱乐网上当红的播主月收入达到七位数，还是很有诱惑力的。可惜艾豆的个人直播室一直没什么人气，没坚持多久就关门大吉了。她现在登录美虎娱乐网无非就是看看娱乐信息和明星八卦。

这个发信息的人自称美虎的"星探"，想和她谈谈。由于对方没有网站工作人员标签，艾豆没有搭理这个"骗子"。

艾豆清楚自己的长相和表演都是业余级别的，当明星那是小姑娘的梦想，她现在这个年龄还不至于那么幼稚。所以第二天有一个女人直接打她的手机说是美虎娱乐网的星探时，艾豆依旧不太相信。

女人没跟艾豆多解释，直接报了一个带分机的电话号码给艾豆，让艾豆拨过去验证。

艾豆先拨 114 确认这个 010 的长途电话号码确实是美虎娱乐网的总机号码后，才将信将疑地打电话给那个女人。

那个女人自称姓王，一口标准的普通话，不像很多骗子满嘴南方地瓜腔。艾豆的防备心理登时去了大半。

女人说在美虎网上看到艾豆登记的资料，于是直接打电话给她。女人说有个广告模特的工作机会也许适合艾豆，需要她补充一些个人资料。

对方好像特别在意艾豆的外貌的细节处，强调要各个角度拍头部、五官还有手部的照片传过去。

艾豆很愉快地答应了。有人赏识总是让人愉快的，反正对方没有让她掏钱，也没有让她拍清凉照，试试无妨。万一人家看上了，业余去拍拍广告什么的也挺不错。

由于不抱希望，艾豆很快就把这事放在脑后。谁知道上个月，这个美虎娱乐网的王星探突然打电话给她，说要跟她视频通话。

难道美虎娱乐网看上她了？艾豆答应下班后和她联络。

视频通话前，艾豆补了下妆。看着镜子里的自己，今天状态不太好。眼袋很明显，眼睛附近居然冒出几条小细纹。

艾豆自嘲：都快奔三了，也不知道人家看中自己哪里？

赶紧用遮瑕液和粉底液把斑点和皱纹遮掉，扑好粉，再上下左右检查一番，艾豆上线。

视频中的王星探是个短发的干练女子，大概四十多岁五十不到。艾豆觉得有点面熟。

果不其然，女人自我介绍：我叫王金花，是美虎传媒的艺人总监。

没想到和自己联系的王星探居然是娱乐圈的大腕。艾豆经常在娱乐新闻里看到王金花的身影，她是很多大牌艺人的经纪人。不自觉，艾豆挺直了腰板。

王金花先和艾豆聊了聊工作和家庭情况，然后她让艾豆站起身走几步，转身再走几步。

艾豆想王金花大概在考察我的身体条件。

不过王金花最关心的好像还是自己的长相，她让艾豆凑近摄像头、撩起放下头发给她看。艾豆看见视频里的王金花很认真地在打量自己，她的脸不由自主地凑近屏幕。

艾豆问王金花想让她做什么？

王金花回答说她觉得艾豆外形很有特色，歌唱也不错，一部戏里有一个角色也许适合艾豆。

自己是不是做白日梦？王金花夸她有文艺青年的范儿，艾豆简直受宠若惊。这是真的吗？

艾豆告诉王金花自己在美虎娱乐网上注册艺人只是好玩，现在工作很忙。抽时间拍个广告什么的还行，如果要长时间去拍戏，公司可能不会准假。

王金花说不急，现在只是考察阶段，她也只是为投资方推荐演员。至于是什么戏、什么角色王金花没有说，只是很大牌地表示她亲自出面谈的自然不是小 case。

告别处女的第二天，艾豆接到王金花周末去北京面试的邀请，她毫不犹豫地答应了。

直到现在艾豆都觉得不可置信，王金花这种专业大咖怎么会看上她？

虽然难以置信，但有人赏识对最近压力山大的艾豆多少是个安慰。何况美虎负担机票和酒店，去散下心也好。

也许真的是机会呢？ 艾豆开始有一点期盼。

飞机起飞前，艾豆收到肖晓彤的微信：宝贝，今晚来我这儿好吗？

3. 整容医院

艾豆没想到王金花居然派了一辆奔驰车来接她。

哇，身价倍增！感觉很好！

北京堵车比上海严重多了，一出机场就开始堵，磨磨蹭蹭两个多小时才到目的地——金玉叶整形美容医院。医院的接待大厅宽敞明亮，富丽堂皇的欧式装修，看来钱很好赚。

司机让前台去通报叶院长，花姐介绍的客人到了。艾豆有点纳闷儿，王金花安排她来整形医院做什么？该不会是替富豪选美吧。

护士拨打电话后对司机说："叶院长那边现在还有一个客人，他说让你们先去拍片，不会耽误时间。"

司机转身对艾豆说："王总都安排好了，你就听他们的。"

既来之则安之，艾豆乖乖地随一个护士去拍了照片和 X 光片。拍完片子又等了一会儿，护士才领艾豆到叶院长的办公室。

叶院长是个长相斯文的中年男人，戴着眼镜。他很热情地与艾豆寒暄，说花姐都已经嘱咐过了。

叶院长给了艾豆一条皮筋，让她把头发扎起来。他用三根指头托着艾豆的下巴，左左右右、上上下下移动艾豆的头，足足打量了两分钟。

再让艾豆保持和他对视的姿态不动，又盯着艾豆的面部看了一会儿。一边看一边在艾豆脸上捏捏按按，叫艾豆张大嘴给他看牙齿和口腔内部情况，然后又拿尺子量五官，在一张脸部示意图上记录数据。

接下来，叶院长让艾豆把全身衣服脱掉，只留内裤。

艾豆觉得尴尬，有点迟疑。叶院长善解人意，微微一笑，叫一位护士进来协助，自己旁观。

有女护士在场，艾豆自然许多，按照吩咐除去衣物。护士给艾豆量了胸围、腰围、臀围、腿围和四肢长短。叶院长过来正面、侧面看了胸、腹部不过十几秒，手指比画了几下，皮肤都没触到，就示意可以了。

艾豆穿好衣服，转过身来，忍不住问叶院长："叶院长，这些检查是做什么用的？"

叶院长的话听起来像是敷衍："例行检查，例行检查。"

艾豆追问：“一般体检都是量血压、验血什么的，你在我的脸上画了那么多条线，你要给我整容啊？”

叶院长“哦”了一声，笑道：“花姐大概没跟你说，她让我看看你有没有星相。”

艾豆觉得好笑：“啊，叶院长，你还会看相。那你看我有没有星相啊？”

叶院长笑道：“有啊，你的脸型很好，是个美人坯子。”

艾豆开心地说：“那真要承你贵言，叶院长。”

临走时，叶院长递了一张名片给艾豆：“艾小姐，你的脸型是标准的美人坯子，好好改造一下，说不定真的星途坦荡，大红大紫哦。这是我的名片，有需要可以联系我。”

艾豆收下名片：“谢谢你，叶院长。可是我明天就要回上海了，不知道还有没有机会见面？”

叶院长说：“做整容手术一定要慎重，一定要找正规的名气大的医院。你可以去了解一下，我们金玉叶的技术在国内那是响当当的，花姐许多朋友都是我亲手做的手术。我们医院的上海分院已经在筹备中，明年就会开出来，届时欢迎大驾光临。”

艾豆觉得好笑，这个叶院长像个推销员一样喋喋不休。

艾豆从来没想过整容，自己的长相虽然算不上美人，但至少应该是中上等吧。父母长相都挺普通的，但是艾豆运气好，基本综合了父母的优点。父亲长方脸，母亲是圆脸，艾豆是鹅蛋脸。眉毛直、黑。眼眶比较长，眼珠又黑又亮。鼻梁虽然不高但是挺直，鼻尖微微有点翘，挺可爱的。艾豆平常挺爱吃的，腮帮子肉厚，显得脸比较圆。现在不流行鹅蛋脸圆脸，流行巴掌脸锥子脸。艾豆留长发，平常喜欢把头发放下来，这样显得脸瘦一点。父亲可不这样认为，他认为脸圆有福相。从小他就喜欢女儿胖嘟嘟的样子，对外人都是说：你看我女儿多可爱啊！也许每个父亲都认为自己的女儿最漂亮。

总而言之，艾豆觉得自己在上海女人中长得虽然不是特别精致，算不上大美女，但是五官端正，身材高挑，打扮之后还是挺漂亮的。自己一直有人追，绝对到不了需要整容的地步。

告辞出来，司机送艾豆去酒店。酒店在西三环，是一家经济型酒店。

酒店的房间小、旧，电视机还是老式的显像管机型。卫生间没有浴缸，只有一个洗面盆和拉浴帘的淋浴房。

艾豆挺失望的，酒店和刚才的奔驰车落差太大。

看来王金花没把她当金枝玉叶，只是一个来面试的菜鸟。让自己去整容医院估计是想看看她有没有改造潜力。是不是刚才整容医院的面试没过关？住宿标准下降了？应该不会吧，那个叶院长好像对她挺满意的。

不知道最终人家会不会看上自己？艾豆开始患得患失起来，来之前的无所谓现在转化为莫名的压力。

手机短信铃音——又是肖晓彤。他问：豆豆，你在哪里？我想你。

艾豆懒洋洋地，把手机丢在一边。

我有星相吗？艾豆看见镜子里的女人站在简陋的卫生间内，表情严肃。

不知什么时候外面开始下雪，原本畅通的西三环现在车速慢得像蜗牛。雪花飘飘，这时候困在路上的人应该最窝火了。

坐在暖和的房间里看风景，艾豆的心情逐渐好起来。

这个世界，窝火的人多了。自己就窝火了二十七年，还会继续窝火下去吗？什么时候才能爆发呢？该不会熄火吧。

艾豆想，我要振作起来，明天还要面试。

4. 这不是做梦

美虎传媒的办公室在柳林馆路一个大院内，离艾豆住的酒店很近。

昨天司机跟艾豆说步行时间在一刻钟以内，艾豆决定还是打车过去，她可不想让寒风吹出一把鼻涕一把眼泪地去见人。

在门卫登记的时候，艾豆发现马路对面的单位大门有武警站岗，原来中央电视台的旧大楼就在马路对面。

周末，美虎传媒的办公区比较安静，加班的人不多。王金花把见面的时间约在早上 10 点。可是直到 10 点半过后，王金花才姗姗来迟。

王金花穿一件白色的高领薄毛衣，戴一条有一块硕大绿宝石坠子的长项链，浅灰的打底裤配蓝灰色长靴，手上搭着一件黑大衣，看上去都是做工考究的高档货。王金花的头发比一个月前在视频通话时看到的要长，剪了一个斜刘海。近距离看到真人，艾豆觉得王金花比视频上显得老，年龄应该快五十了，但是整个人看上去很精神、很利落，一副女强人的派头。

王金花问艾豆昨晚睡得怎么样？酒店里有没有加湿器？北京很干要多喝水。然后抱怨北京空气太差，交通混乱，说她更喜欢上海。

王金花这种女人很容易跟人家热络起来，做经纪人的大概都是这个模样。

艾豆感觉到王金花一边跟她聊天，一边在上下打量她。

两人聊了半个小时左右，一个男人敲门进来。

这个男人看上去四十多，比王金花要年轻一点，但精神却显得比较委顿。他黑眼圈、脸色发青，似乎一个晚上没有睡觉的模样。

艾豆心想，如果没有猜错的话，这应该是美虎传媒的常务副总经理王子冲。媒体上经常可以看到他和某个明星勾肩搭背、出现在××影片的发布会上的照片。

艾豆没有猜错，王金花跟他打哈哈："子冲，我就知道你会迟到。我们已经等你一个小时了，你要赔偿我们的损失。"

艾豆心想，王金花和她约十点到公司，通知王子冲的时间大概也是十点，她肯定知道王子冲早上起不来，所以迟到。自己还那么激动提早到，白白浪费一个多小时。唉，又有什么办法呢。等客户接见，被客户放鸽子，对艾豆来说都是常事。

王子冲冲王金花一拱手，再冲艾豆一点头："艾小姐吧，对不起来迟了。"

艾豆赶紧站起身来，伸手给王子冲："你好，王总，我是艾豆。"

王子冲抬手给艾豆看："你坐，我的手伤了，不能握手。"

王子冲的右手掌包着一块大纱布，王金花一惊一乍："咦！你的手怎么了？"

王子冲一屁股坐在沙发上，叹气道："我昨晚陪那帮山西老板，被灌了酒，不小心把酒杯打破，手掌划了一个大口子。半夜上医院，缝了七针。现在还很痛。"

王金花皱鼻子："手上神经多，当然痛。"

艾豆双手递了一张名片给王子冲："王总，这是我的名片。"

"哦，还是业务经理。"王子冲语气带着一丝不屑。

作为一家知名大公司的高层，艾豆觉得王子冲的言语过于轻浮。她不喜欢这种没礼貌、自我感觉良好的人。

艾豆得体地笑道："我们业务部的人名片头衔都是业务经理，方便开展业务。"

艾豆把自己的情况又重新向王子冲介绍了一遍，这场面试算正式开始。

随着谈话深入，艾豆得知王金花并非无意间从美虎娱乐网的艺人登记中搜到她，而是在半年前那场明星模仿秀中注意到她的。

半年前，美虎娱乐网举办了一场明星模仿秀比赛，参赛选手模仿网站指定的几位明星，获胜的模仿者除了奖品外还有机会上综艺节目。

当时艾豆模仿的明星是歌星秦薇。国内女歌手中，艾豆以前喜欢王菲，现在更喜欢秦薇。王菲的歌慢，有点不食人间烟火的味道。秦薇的歌则偏向摇滚，需要发泄的时候吼一段挺痛快的。

除了喜欢秦薇的歌，艾豆喜欢秦薇还有一个原因，艾豆觉得秦薇和自己长得挺像。身高差不多，外貌也有点像，尤其是眉眼和嘴巴部分。

娱乐八卦关于秦薇整容的传闻不断，经常有八卦把所谓秦薇青春期或者整容前的照片翻出来对比，不知真假。如果是真的话，艾豆和整容前的秦薇就更像了。

秦薇的人瘦脸窄，是锥子脸。艾豆比较胖，脸圆，女屌丝一枚。她要把头发放下来遮住脸颊才比较像秦薇。

为了模仿秦薇，艾豆当时专门上网买了一顶假发，画了摇滚歌手的烟熏妆，模仿秦薇的成名曲。即便如此，还是有毒舌网友评论：不能看脸。艾豆鼻子都气歪了。

王子冲说："我看过你的视频，你模仿秦薇嗓音还挺像的，平常喜欢唱摇滚？"

艾豆说："我是秦薇的粉丝，但是她的歌比较难唱，我就她的成名曲模仿得还行，其他的歌唱得一般。我比较喜欢爵士和蓝调，摇滚也听，不过平常去KTV唱歌还是以通俗为主。"

王子冲问："以前有没有唱过酒吧什么的？"

"没有。"艾豆补充道，"我从小就在少年宫学唱歌，上学的时候在学校经常有表演。"

王子冲笑笑，那个笑怪怪的，艾豆觉得他真的挺讨厌。

王子冲说："你现在可以唱一首秦薇的歌吗？就唱你最擅长的。"

"现在吗？没有音乐，找不到感觉。"艾豆紧张起来。最近工作忙，好久没唱歌了。

"没事，你就清唱一段好了。"

"好吧。"艾豆知道这时候可不能怯场，稍稍调整一下情绪，吸口气，开始唱："天已黑，夜已深／呼呼的风声呼啸而过／临睡前，睁着眼／瞧着时针默默地转／不想像从前那样／傻等到天明／为什么要为你留灯／我是这般天真……"

高潮部分："Don't hurt me，U are ah ah——"由于紧张，艾豆"啊"了一下，卡住了。

演砸了，"这里KEY比较高，太紧张了，唱不上去。"艾豆满脸通红。

王金花评价："秦薇的歌难唱，业余歌手能唱到这个水平算不错了。"

王子冲点点头：“还成，有点味道，秦薇的歌要喝点酒才好唱。”

看来王子冲和王金花一样，都挺关心艾豆参加模仿秀这个环节。艾豆想：他们不会是要找她上模仿秀节目吧？

接下去王金花开始问一些实际的问题：证券公司的待遇以及艾豆的个人规划。

艾豆目前在证券公司的收入和业绩挂钩，如果客户的开户数和交易额不够，每个月只能拿底薪。她是新人，老客户少，今年又是熊市，收入惨淡。但是艾豆说了谎话，她回答今年股市不好月薪不到1万，往年券商业务部一般月薪都在两三万以上，如果牛市收入就更高了。近期创业板的传媒股像XX影视公司都走得不错，因为最近电影票房很好，这是口红效应。在两位王总面前，艾豆尽量展示自己的知识面。

轮到艾豆问问题。

艾豆问王金花让自己到北京，到底是什么工作？工作是短期的还是长期的？有没有合同保证？

王金花说：“我们需要一个女演员，会唱歌、有一定表演能力，她必须是娱乐圈的生面孔。”

“我没有正式学过表演，只在学校演过话剧，那个水平，你知道的。行吗？”

“如果我们需要一个有经验的演员，那肯定就不会找你了。现在这个角色是否有表演经验并不重要，只要是个可造之才就行。”

“那这个工作是短期的还是长期的？”

“如果合适的话，我们想先签一年。你刚才不是问我签不签合同吗？我们是正规公司，当然签合同。我可以保证，如果你合适这个角色，我们的工作合同至少可以签一年。”

艾豆来北京之前还以为这只是一个拍广告赚快钱的短暂工作邀约，没想到会这么长。

“我这年龄当演员是不是太晚了？！”艾豆足够理性，“演员”这个OFFER她一点自信都没有。

王金花笑对艾豆：“你不要担心年纪，你才27，如果这都算老，那国内的很多女明星不都是老太婆了？我这把年龄还怎么混？！”

“我已经过了做梦的年龄了。她们在娱乐圈是凤毛麟角的人物，花姐你也是大姐大，我只是一个小白领，怎么能跟您比？”

“笑话，我在你这个年龄时也只是一家广告公司的小业务员，底薪才一千块。

没有谁一出道就是大姐大、大哥大的。想成功，除了个人能力外，还得有机遇。尤其在娱乐圈，机遇是最要命的。有些人一辈子都在等，有些人命好得不得了，碰到一个好角色、一首好歌，一举成名。新人要想出头，首先要看你跟的人对不对？签的公司实力大不大？如果碰上美虎这样的公司，有王总这样的老板，你的起点就比别人高得多。你还记得我问过你如果给你一个机会上到一个大舞台唱歌，是否愿意放弃现在的工作吗？”

在和艾豆视频通话时，王金花问过艾豆是否想进入娱乐圈？当时艾豆说梦寐以求但高攀不起。

“嗯，我是说过我愿意，但是我以为你只是随口说说的。谁会在我这样的人身上投资的？”

王金花皱起眉头：“小艾，你怎么那么没有自信呢？喏，你看，现在就有一个机遇摆在你面前，是否愿意去把握，决定权在你手中。”

王金花的话很有诱惑力，如果艾豆现在还在上大学，肯定是不管三七二十一飞蛾扑火了。可现在毕竟奔三，不是做梦的年龄了。

“当演员我没信心，我怕到时候干得不伦不类，浪费一年时间，回头还要再去找工作。我现在这份工作还不错。”

王金花颔首：“明白。你担心丢掉证券公司的工作，得不偿失，这个我理解。小艾，我想跟你说三点。第一，你要相信我的眼光。我们没有那么闲，把你大老远从上海骗过来逗你玩。我认为你是可以胜任这份工作的。

“第二，我们考虑到你已经有一份不错的工作，不是能说放弃就放弃的。既然我们请你来北京，王总亲自来面试你，说明我们提供的工作机会肯定不是一份不起眼的工作。我相信对一个有梦想的女孩来说，这份工作绝对是一份刺激的有诱惑力的工作。当然，这份工作的薪水同样也是有诱惑力的，肯定超过你现在的收入水平。

“第三，你是名牌大学的硕士毕业，又在证券公司工作，我相信你的工作能力肯定不低。如果一年后我们大家觉得演员工作不适合你，美虎公司可以另外提供一份管理工作给你。你看怎么样？”

艾豆客观评价自己，资质平平，这个年龄开始演艺事业不太靠谱。美虎传媒是娱乐圈中的大公司，似乎也在上市进程中，如果能到美虎公司从事管理工作，应该比在证券公司做业务员强。

对目前正面临末位淘汰巨大压力的艾豆来说，王金花此时抛出的是一个几乎无可挑剔的 OFFER，艾豆的胃口一下就被吊起来。

“王总、花姐，我都不知道说什么好了。现在，我非常想知道你们找的这个演员具体是一个什么角色？”

一直都在“push”的王金花突然收回来，端起架子：“抱歉，现在还不能告诉你具体的工作内容。是演员，演什么还要保密。虽然我初步觉得你挺合适这个角色，但是公司还有其他的人选要看，现在还不能确定最终谁会中选。你也不要着急做决定，回去多想想。毕竟这是很大一个跳跃。你能理解吗？”

“我理解。这事什么时候有结果？”

“大概一个星期，所有应征者都见过后，就会有说法。”

5. 大牌驾到

艾豆走后，王金花对王子冲说：“子冲，你看起来很憔悴，当心身体。”

王子冲摸摸脸颊：“嗯，我有数。”

王金花：“秦薇最近可不太妙，老是出娄子。昨天在安阳又忘词了，观众起哄要退票。昨晚演出商打电话过来投诉，说要我们赔偿损失。”

王子冲打个哈欠：“你安抚一下，下次打点折。”

王金花：“再这样，就没下次了。”

王子冲说：“那你就警告一下秦薇呗。”

王金花嘴角一斜：“你觉得有用吗？”

王子冲耸耸肩：“如果你的话她都不听，这个世界上就没人管得了她了。”

王金花默不作声，一会儿才开口：“你觉得这个艾豆怎么样？”

王子冲答：“这女的太胖，和秦薇不像，还不如上次见的内个。”

王金花皱眉头：“找了大半年了，比较像的就找到她们俩。那个吉林的宋晓雪是比艾豆更像秦薇，嗓子也好——”

王子冲打断王金花：“那女的更不能用。一直在圈里混，是个老油子。而且看样子还是个嘴欠的主儿，成天哥啊姐的，花好、桃好的，包不住哪天就搞事，我现在最烦她这样的。”

王金花也认同这一点，那个宋晓雪长得很像秦薇，但是她经常出现在各大卫视的模仿秀节目里，观众对她已经挺脸熟了。

王金花：“两个都不行，那你说怎么办？”

王子冲说：“你能不能再找找？”

王金花一摊手：“我可是黔驴技穷了，就这两个已经花了我快一年时间了。”

王子冲揶揄道："一开始是你就没上心，真正开始找大概也就这两个月吧。"

王金花哭笑不得："我是这两个月才向你通报进展。如果没有之前那么多铺垫，哪有人冒出来？宋晓雪我一年前就关注了，艾豆是五月份美虎网上模仿秀征集来的。这两个你都不满意，那真没办法了。"

王子冲有点不耐烦："那怎么办？让秦薇休息一段时间呗。"

王金花心里也不舒服："大哥，你开玩笑吧？明天秦薇就要上跨年演唱会了，后天一早飞上海参加节目录制。从现在到元宵节，秦薇要上的节目不下十个，合同都是早签好的。还源源不断有人找上门，如果秦薇愿意、可以，我保证每天她至少三个活动，两个月赚五千万。"

王子冲嘎嘎怪笑："五千万？那要在秦薇屁股上安个火箭。"

秦薇是美虎传媒旗下艺人的头牌。虽然还有一些大牌明星也在美虎旗下，但他们只是把工作室挂在美虎旗下，盈利大都归己。秦薇才是美虎的宝贝，因为秦薇跟美虎签的是全约。

秦薇是在签美虎后才走红的，当初和美虎签的合约公司分成比例比较高，所以美虎才不惜血本在秦薇身上投资，现在正是收获期。当然现在愿意跟公司签不合理经纪约的艺人大有人在，但对公司来说最重要的是这个艺人是否有票房，没有票房提成比例再大都白搭。

秦薇现在是超级大牌，是歌星。在中国歌星比影星更容易赚钱，因为歌星有巨大的走穴市场。

中国地大人多，各个地方各种招商会旅游节啤酒节桃子节音乐会演唱会中华情海峡情领导请企业年会表彰会多如牛毛层出不穷，每个节都要办演唱会带人气，这就给歌唱演员、舞蹈演员创造大量的就业机会。演唱会自然需要明星压阵，而中国有号召力的名歌星就那么十几二十个，奈何分身乏术、求大于供，于是大牌明星开始漫天要价，现在一线歌星参加演唱会，随便唱两三首歌报价都是数十万，还是税后价。

这两年秦薇大红大紫，去年各种演唱会、广告代言、拍片以及版权收入合计，秦薇为美虎赚了4000多万。美虎今年年初为秦薇商演定的出场费是税后50万，下半年涨到税后60万后还是邀约不断。原本按照这个增长幅度，秦薇一个人今年就可以为美虎赚超过6000万的钱。

然而，秦薇身上的致命隐患——毒瘾今年开始爆发。

秦薇是摇滚歌手出身，早在酒吧驻唱的时候就开始抽大麻等软性毒品，逐渐发展到吸食海洛因。也是由于吸毒，秦薇被原唱片公司解约。王金花和秦薇交往很深，惜才，她加入美虎之后，说服老板把秦薇也带进美虎。

当时公司和秦薇约法三章，戒毒是第一条。那时秦薇母亲还在世，在母亲的督导下，秦薇脱离原来的乐队单飞，疏远原来的摇滚圈，开始戒毒。之后有两三年，她几乎没有碰过毒品。

同时在美虎包装下，秦薇改走比较通俗的轻摇滚路线，开始走红。这两年俨然已是乐坛新一代的领军人物了。

但是脱毒容易戒毒难，秦薇的毒瘾一直没戒干净。秦薇戒毒期间需要靠服用美沙酮维持治疗。美沙酮维持治疗戒毒需要每天定时定量服用，一般吸毒者无人监督很难长期坚持。秦薇能够在一段时间远离毒品，母亲的监督起了关键作用。

去年母亲因病去世后，秦薇情绪崩溃，复吸。戒毒前，秦薇吸食白粉还只是通过鼻子吸。母亲去世后，无人监督，复吸后变本加厉，她开始注射海洛因。

今年开始，毒品的伤害不仅使秦薇剧烈消瘦、精神不振，同时影响到她的演唱能力。一开始是高音唱不上去，后来发展到忘词，原先唱功非凡的摇滚天后逐渐发展到需要靠假唱来混。不得已公司只好减少她的演出活动。

秦薇又比较骄傲、挑剔，对一般的广告代言和无聊的商务活动经常不愿意接，外地又嫌累不愿意跑。这些都导致今年秦薇出场费提高后总收入反而逊于去年同期。

与此同时，美虎传媒今年的影视业务表现平平，几部片子的票房都不尽如人意，美虎娱乐网依然在烧钱。对于已经启动上市程序的美虎传媒来说，秦薇这只现金牛要有闪失可是要命的。公司秘密请戒毒专家对秦薇进行私下治疗，效果都不好。专家的意见是秦薇毒瘾已经很深，现在送去强制戒毒或还有救，否则迟早是死路一条。

美虎当然知道秦薇这棵摇钱树突然夭折意味着什么，尤其在上市关键时刻，秦薇这张名牌绝对不能倒，要倒也要撑到公司上市后。

于是，商量来商量去，王子冲和王金花商量出一个险招：为秦薇寻找一个替身，在秦薇不在状态的时候替她接活儿。

寻找替身的工作严格控制在小范围内，美虎内部仅王子冲和王金花知道这个事，一开始秦薇本人都蒙在鼓里。

世界上模样相似的人虽然有，但是真要去找一个和秦薇在外形和嗓音上都高度一致的女人谈何容易，更何况秦薇是大众辨识度高的大明星。而且在娱记狗仔无孔不入的年代，众目睽睽之下，找一个完美替身谈何容易。

王金花伤透脑筋。美虎娱乐网举办明星模仿秀，就是王金花为寻找秦薇替身量身定做的活动。虽然真实目标只有一个，但是活动举办时网站还是罗列了多位歌星作为选项，以免指向太露骨招引外界怀疑。最终结果出来后，还假模假样地邀请获胜选手参与一档综艺节目。而且凡是长相最接近秦薇的几个选手都没有入围，包括本来就没人气的艾豆。

美虎娱乐网艺人库和模仿秀表演视频中长相和秦薇相似的选手，王金花亲自筛选亲自联系，然后把条件接近的人选叫到北京面试。最后就剩下宋晓雪和艾豆，王金花再请王子冲过目。

王金花同意王子冲对宋晓雪的看法。“那个宋晓雪经常上综艺节目，认识的人多，胃口也大。我也怕她不可靠，嘴巴不牢容易露馅儿。今天这个艾豆，乍看长相与秦薇差距比较大，我让你见是因为她很像以前的秦薇，和美虎签约以前的秦薇。当年我在酒吧看到秦薇的时候，她比艾豆现在还胖。”

王子冲“哦”了一声：“那要快十年前了吧。秦薇这些年变化很大，上上下下都动遍了吧？”

“没那么夸张啦，也就动过几个小手术。你也知道，秦薇现在那么瘦又不是整容整出来的。”

秦薇是王金花一手发掘、一路捧红的，也跟着王金花一路跳槽，没有人比王金花更了解秦薇了。

“看到艾豆我仿佛又见到十年前在酒吧驻唱的秦薇。两个人太像了，所以我才再三和她联系面试。”

“你想让艾豆去整容？”

“那是肯定的。”

“我想啊，你叫我来面试这么个胖妞，肯定是有原因的。”

果然王金花接着说：“昨天她一到北京，我就安排她去见金玉叶的叶教授。叶教授说行，我才敢让你见她。”

王子冲不得不佩服王金花想得周到，金玉叶的叶志国是京城整容界名家，王子冲也认得。

“整容手术又不是 3D 打印，万一不像怎么办？”

“不像也没办法。死马当活马医，现在没有更合适的人选，只能让艾豆去试一下。”

“万一失败怎么办？”

“那也没办法，放弃再找呗。不过，我想艾豆去整整容、抽抽脂，应该会像秦薇的。她跟秦薇以前太像了。”

王子冲知道王金花的办事风格和脾气，她既然这么评价艾豆，说明她已经倾向用艾豆。面对这样的大牌属下，很多时候王子冲也只能顺着。

“老叶说行？”

“叶教授没有打包票。我让他检查艾豆的脸型五官和体型，然后再比对秦薇的资料。老叶说两个人的五官重合度很高，眼睛几乎一模一样，眉型有小差异，可整可不整，不整的话修修眉毛、化化妆也可以盖过。鼻子要弄，艾豆的鼻子不如秦薇的高挺，要垫一下，鼻头也要修。秦薇的嘴比较大，艾豆的嘴要拉大一点。最主要的是脸颊。秦薇脸比艾豆要窄很多，老叶说从她们两个脸部骨骼对比来说，差别不到四毫米。主要是艾豆咬肌和脸颊脂肪比秦薇要厚得多，可以在做磨骨手术的同时切除一部分肌肉，把艾豆的脸变窄，再打肉毒杆菌微调。”

王子冲插了一句：“秦薇的锥子脸是老叶做的吗？”

王金花说：“不是，秦薇是在韩国做的。嗯，然后，秦薇身高一米七二，艾豆一米七一不到一点，差别不大。体型上两个人差别很大，艾豆比较丰满，秦薇瘦。子冲你知道的，秦薇这两年因为吸毒，越来越瘦。艾豆有一百二十多斤，秦薇比她高一厘米，现在体重却只有九十斤。”

“唉。”王金花深深叹口气，“秦薇在酒吧唱歌的时候，那时候还是学生，体重也快一百二，丰乳肥臀的。现在脱掉衣服，瘦得不能看，真让人心疼。”

王子冲默不作声，一会儿才说：“我去跟董事长商量一下再说。你知道董事长的意见是宁缺毋滥，这个事不容半点闪失。现在外面就有人在传秦薇吸毒的事，如果这时候我们搞个替身，被识破了，肯定是爆炸新闻。不知道会有多少王八蛋幸灾乐祸、落井下石。宁愿少赚钱，也不能出事。”

“这个我明白。我已经请示过董事长了，董事长让我谨慎行事，一定要万无一失再推出替身。刚才面试的时候你也听到了，我对艾豆一点口风都没露。”

王子冲想王金花居然越过自己去找董事长，心里很是不爽。给秦薇找替身最初还是他的主意，现在倒好，王金花抢着去邀功。真想冲过去抽这个死女人一个耳光。

王子冲深吸一口气，忍住没发脾气。

最终王子冲和王金花商量决定：宋晓雪暂时放在一边，王金花继续和艾豆谈。如果艾豆愿意做秦薇替身，马上整容，等整容结果出来，确实和秦薇像就用她。如果整出来不像，就放弃。继续找人或者让宋晓雪上。实在没有合适人员就只能让秦薇休假，送出国戒毒。免得事态失控，娄子越捅越大。

王子冲问：“做替身需要整容的事，你跟她们提过吗？”

“都没有，我觉得现在时机还不成熟。”王金花回复道，“最主要我是想让你先和她们见见，看感觉合适不合适，你觉得合适的话我再去和她谈整容的问题。董事长说了，让我跟你商量。我听你的。”

王金花也察觉到王子冲的不快，怪自己心急把董事长搬出来，现在只能找话弥补。实际上，王金花认为整容对女人不是什么问题。艾豆够聪明的话，公司让她先去整容医院报到，她就应该猜到这份工作也许需要整容。

王金花说软话，王子冲受用一点。毕竟秦薇这块收入目前对公司来说不可或缺，秦薇本身还是公司股东，上市关口这块牌子不能倒。

“还有一个问题，你给秦薇找替身的事，秦薇知道不知道？”

“还没有正式告诉她。前段时间我用开玩笑的口吻跟她说，干脆给你找个替身，你去休息一段时间好了。她说好啊。”

“我的意见是只要秦薇身体允许，替身就不要上，宁愿闲着。艾豆整容过关后，你还是要跟秦薇说清楚。否则她这个人很情绪化，如果最终她不同意，你还是白忙活一场。”

“嗯，我当然希望秦薇自己可以撑下去，就怕到时候由不得她。最近她也意识到自己身体不行了。她那天跟我说担心自己哪天像怀恩豪斯一样死在浴缸里。我劝她去戒毒，她点头说好，让我安排。我希望撑过年前这一段，把已经签的合同履行完，就不签新合同了，送她出国戒毒。然后最好替身能上岗顶一段时间，不时露个面。”

“好，就这样办吧。年前是抢钱的时候，你辛苦点。花姐，你知道的，我们现在需要把报表做得好看点。”

王金花叹气道：“我当然知道，晚上我就会去深圳和秦薇会合。接下来我尽量都会陪着她。其他的人只好交给别人照看，你有空也关心一下我们这一块。”

王子冲点头，又交代道：“跨年演唱会是直播的，绝不能出纰漏。要不你干脆跟他们说放录音带吧。”

王金花点点头：“我看情况，实在不行只能这样。”

王子冲还是不放心：“你让她这段时间少吸点。要不，你带点药给她，控制一下。”

王金花无奈道：“这个你有数，哪有特效药——不让她吸够还上不了台。”

王子冲愣了有十秒钟才道：“那，更要小心。”

王金花盯着王子冲的眼睛：“子冲，你自己也要小心。”

王子冲有点烦：“我有数。”

6. 锥子脸

艾豆脱羽绒衣的时候发现毛衣袖子上钻出一缕羽绒，她赶紧用手按住，然后悄悄摘去。

客房内空调温度调得很高，王金花只穿一件墨绿的丝绸衬衫，披一条有LOGO的名牌围巾。

王金花陪秦薇来参加上海电视台的元旦晚会，抽空把艾豆约到自己住的四季酒店见面。这两天和秦薇在一起，王金花发现秦薇状态很差，每次上场前都要先过足瘾。在深圳欢乐谷的跨年演唱会上秦薇表现还不错，昨天再到上海状态明显要差很多，下午彩排时高音根本唱不上去。王金花只好骗上海台的人说秦薇连轴儿跑赶场感冒了，今天晚上实况时只能放录音带对口型。

替秦薇找替身变得迫在眉睫！

艾豆是王金花心目中比较理想的人选，因为艾豆长得确实很像刚出道的秦薇。

秦薇是王金花在酒吧里发现的，那时秦薇大二，是音乐学院的学生，晚上在酒吧驻唱。

刚出道的秦薇，是个高大健美的北方妞，很有活力，唱摇滚极富感染力。但是和唱片公司签约后一直不红，一是由于摇滚在中国限制多市场小，秦薇那时又喜欢重金属摇滚乐，更加小众。另一个原因认为她的长相太平民，“肥头大耳”的，俗气。王金花私下建议秦薇去整容。

秦薇很傲一开始坚决不整，但抗不过一直有人诋毁她的长相，而且一直不红。最终服软，去韩国把脸做了一遍。削骨、隆鼻，成为中国娱乐圈最早一批吃锥子脸螃蟹的女艺人。

那时还没有“锥子脸”这个叫法，秦薇整完容脸型更接近传统的鹅蛋脸。方脸变鹅蛋脸，整个人焕然一新。同时王金花带她改签美虎，逐渐开始走红。

这两年秦薇由于吸食海洛因，人瘦得很厉害，鹅蛋脸于是变成现在最俗的“锥子脸”。

整容会上瘾，更何况整过之后星途坦荡，所以这些年秦薇大大小小的整形美容手术不断。

最初王金花看到艾豆的模仿秀视频时觉得这个女人好像很面熟，在哪里见过？后来恍然大悟，这是大学时代的秦薇啊。看习惯秦薇现在的外貌，原始的面孔反而陌生了。

接下来开始联系面试，发现艾豆的外形条件确实很接近秦薇。而且会唱歌，对表演也有兴趣，最主要的是金玉叶的叶院长认为把艾豆整成秦薇难度不大。

王金花自我感觉说服家境一般的艾豆接受替身任务应该有把握，于是趁这次来上海，她准备把条件直接开出来，一举搞定。

王金花给艾豆开出的条件是：月薪两万，美虎签约艺人。

演员是领工资的吗？艾豆以为演员都是拿片酬的。

合同先签一年，看表现可以续签。工作地点不定，公司提供北京住宿。

这个条件艾豆简直无法拒绝。今年一整年平均下来她的月薪不到5000元，还要纳税交金。虽然王金花说的两万元月薪是包含社保、医保、个税的，但是扣除之后也远高于艾豆现在的收入。

提供住宿，一个人住北京、上海双城生活。这不是艾豆梦寐以求的生活吗？

更何况王金花说两万只是底薪，还有奖金。

哇！艾豆简直要跳起来。

王金花看人一贯很准。

艾豆是普通人家的女孩，看她的家庭住址就知道家境不怎么样。高学历的文科女生选择做业务，说明她不娇气，想赚钱。现在证券公司底层的业务员收入不比以往，她开出月薪两万的待遇肯定是有诱惑力的。而且艾豆在美虎娱乐网上开过个人直播室、参加模仿秀，说明她是向往娱乐圈的。

另外王金花觉得艾豆比宋晓雪强的地方在于艾豆比较沉得住气，不像多数女艺人那样喜欢咋咋呼呼。替身需要一个嘴巴紧的女人。

很明显，艾豆是一个个性很强的女人。个性强的女人是否愿意做别人的替身，还要整容，这是王金花没有十分把握的事。所以王金花先搬出“公司签约艺人”这个头衔和“两万底薪”试探一下艾豆的反应。如果薪水能打动艾豆，再把“需要整容”这个附加条件搬出来。

果然，听说“需要整容”时，艾豆皱起眉头。

王金花端起咖啡杯，先啜了一口，才不紧不慢地向艾豆解释：“如果只是美虎最初级的签约艺人，公司每个月只会给3000元生活费，不提供住宿。我们挑选你，不是一般的普通演员，而是替身演员。”

替身演员？这是艾豆第一次从王金花嘴里听到这个字眼儿。

替身演员不就是替主角去拍危险的动作，或是裸替？这是艾豆理解的替身工作。

“你想歪了。我们不需要你去做危险动作，更不需要你裸替。这份替身工作是在某某人觉得身体不舒服、累、烦不想出门，不想唱歌，不想拍片，不想上通告，不想陪无聊的人喝酒的时候，替她完成这些工作。”

“你们想让我给哪个明星当替身？”

“你可以猜猜看，你比较像哪个女明星？当然是一线的。”

艾豆的大脑飞速运转，她的外形和哪个一线明星比较接近？按照王金花的说法，这个明星应该会唱歌。面试时王金花提到模仿秀，还要她唱秦薇的成名曲。

“秦薇？”艾豆脑海中突然蹦出这个名字。

“小艾，你很聪明。但是我希望我们今天的谈话你能保密？” 王金花表情严肃。

“我嘴巴很紧，不会乱说的。”艾豆赶紧举手发誓。

王金花表情缓和一点，继续说“公司是想给秦薇找一个助理，也是她的替身。你应该知道秦薇很红的，非常忙，忙得你不可想象。有时候一天要跑三四个城市，恨不得有三头六臂。成天飞来飞去的，谁也吃不消。找个替身助理可以替她分担一些工作，主要是出席一些商业活动或者歌迷会什么的。有需要的话也会登台唱歌，拍广告，都是一些轻松、体面的工作，没有任何危险性。”

“当助理没问题，可是我的长相和秦薇还是有差距的吧。除非是幕后的工作，或者站得远远的，别人看不清。”

“这份替身助理工作有时候是需要直面媒体和观众的。我们找你就是因为你的长相外形和秦薇接近，有整容改造的潜力。通过整容，你的外貌将变得和秦薇一模一样，外人无法辨别。”

艾豆恍然大悟，怪不得面试第一关是在整形医院。

艾豆并不排斥整容，她的女同学中就有不少整过容。只是自己的相貌不差，艾豆从没想过自己需要整容。这份工作的待遇和工作内容都让艾豆动心，但是把自己变成另一个人让艾豆一时无法接受。和秦薇一模一样，那我呢？

王金花抛出准备好的说辞：“小艾，也许在你生活的环境，整容还是一件另类的事。其实整容不过是化妆形式的进化罢了。变得和秦薇一模一样是因为你本身就长得很像秦薇，就像重名一样，中国叫艾豆的不止你一个吧，像我一样叫王金花的女人那就更多了。整容不是把你变成另一个人，是把你变得更漂亮了。现在大家都说秦薇长得很有个性、很漂亮、其实她刚出道的时候也是像你现在的圆脸，几乎跟你现在的模样一模一样，她也是经过整容才变成现在这个模样的。”

“秦薇真的整过容啊？”艾豆是看过秦薇整容的八卦，但不知真假，主观上她更倾向认为秦薇这样的实力派歌手不需要整容。

“有什么奇怪的。她做得早，这几年脸上没动大手术，所以看不出来。如果不是因为你长得像七八年前的秦薇，我才不会看上你，比你长得接近的大有人在。”

“我真的长得很像以前的秦薇？”

“我还会骗你？下次你来北京，我给你看以前的照片，你们俩简直就像双胞胎。”

“秦薇又不是演员，是摇滚歌手，为什么要整容？”

“没办法。秦薇刚出道时歌虽然唱得不错，但是形象上不讨巧，照你们上海话就是比较‘乡’。圆脸，塌鼻梁，和你现在差不多。”王金花故意瞄着艾豆的脸蛋儿说话，“这个行业说起来是挺残酷的，千军万马，想出头哪有那么容易？女歌手和男歌手不一样，嗓子好不够，人还要漂亮，否则再努力也没用，就是没观众。秦薇一开始也很骄傲，抗拒整容。奈何不红啊。一直唱酒吧有什么意思？后来也不需要我说了，她自己提出来要去修一修。我就陪她去韩国修一修。呵呵，这一修就把下颌骨和颧骨都修了，鼻子也修了。修好了一看，脸变小了，鼻子挺了，像换了一个人一样。运气也修出来了，很快就红了。”

艾豆疑问：“都整成锥子脸，不是没有个性了吗？”

王金花笑道：“现在锥子脸是快烂大街了。但是换作八年前，那就是引领潮流，弄潮儿。”

艾豆印象中秦薇也不是锥子脸，严格上算大巴掌脸。

王金花掐着手指一项项数：“秦薇在国内演艺圈是第一批做磨骨手术的，而且我们当时也没要求做锥子脸，要求医院按鹅蛋脸的脸型来做的。我记得后来她的下巴、眼袋、嘴唇好像都动过。人红了就不需要大动了，做的都是小手术。整容也会上瘾的，停也停不下来。她还做过牙齿，打过肉毒杆菌。嗯，我也打的，额头、眼角，这里，这里。哦，你不要跟别人说啊。”

艾豆赶紧摇头：“不会的。”

“呵呵，说我也不怕，反正不会承认。唉，哪个女人不希望变得更漂亮呢？现在整容太普遍了，上海女孩整容的也很多啊，我认识的或多或少都整过。女人嘛，不说对得起观众，起码要对得起自己。把自己变得漂亮一点，照镜子心情都会舒畅一点。整天邋里邋遢的，外人不好意思说你，家里老公、儿子都会嫌弃你。你说对吗？嗯，小艾，你有男朋友吗？”

“现在没有，以前的吹了。”艾豆不知道自己为什么要说谎，其实北京回来后元旦放假这两天她都和肖晓彤在一起。

第一次那么失败，搞得肖晓彤很狼狈，自信心严重受挫。第二次表现有进步，也不是特别理想。现在肖晓彤只有被嫌弃的份儿。现在肖晓彤和艾豆在一起，地位明显比以前低了不少。如果艾豆和肖晓彤最终走到一起，恐怕肖晓彤一辈子都要被艾豆踩在脚下。

“没事，等你到北京，事业再上一层楼，眼界开阔了，选择面会更大。”王金花一摊手，“所以，小艾，我觉得是你生活的环境和圈子的缘故，觉得去整容挺另类的。在我看来，整容真不算什么事，就是一种化妆方式罢了。”

艾豆咬了咬嘴唇说：“我是担心，失去自我。”

哈哈哈，王金花像听到无比滑稽的笑话一样大笑不止。她笑到连眼泪都出来了，需要拿纸巾去擦。

“对不起，小艾，你别怪我啊。任何方面我都可以当你的大姐了，这里没有外人，你可以告诉我你的自我是什么吗？”

自我是什么？脱口而出两个字，真要阐释的时候，艾豆却不知如何回答？

“你是聪明人，我就不多说了。没有社会承认的自我是廉价的！你不认为一个人在成功之前谈自我是可笑的吗？我相信一个没有地位的孤芳自赏的自我不会是你想要的。”

艾豆家里挂着父亲的书法条幅：淡泊明志，宁静致远。艾豆不确定这是否是父亲的真实心态，她知道这不是她想要的。

艾豆不想就这么轻易地被王金花降伏，又不知道如何应对，于是只能端起咖啡杯掩饰犹豫。

王金花站起身，说：“好吧，你先想想，我打几个电话。”

等王金花打好电话，艾豆想得差不多了。

“花姐，我看到很多整容失败的案例，美虎网上就有很多。把脸变小是不是要磨骨啊？好像很危险，做不好还有生命危险。”

新闻报道说有人进行下颌角削骨手术时，由于主刀医生操作不当，致使下颌手术部位出血，血液通过喉部进入气管，造成窒息。由于磨骨手术是在全麻状态下进行，等到医生意识到问题的时候，已经来不及了。

还有，据说磨骨不成功还会破坏面神经造成面瘫、大小脸，几年后还有脸颊下垂的后遗症。

王金花不以为然：“小脸手术医生叫什么来着，磨骨还是削骨？其实这是成熟手术，只要别碰上江湖郎中。秦薇这个手术做了八年了，一点问题都没有。整容一定要到正规医院。我让你去见的那个叶教授，原来是医科大整形外科的系主任，是整容界权威。这个手术他做了十几年，目前国内做瘦脸的几乎都是他的学生。牛不牛？很多明星的脸都是他的作品，做得完美吧？现在已经是瘦脸手术的范本了。"

"真的？"艾豆脑海中浮现出那个很会拉生意的叶院长，没想到还真是专家。既有技术又会推销，人才啊。

"那还有假？"

"我可以让叶教授亲自给你做手术，绝对没问题。叶教授比较过你和秦薇的面部骨骼和软组织，他说问题不大，可以做。他说可以做，我才让王总见你，否则就直接打发你回上海咯。叶教授都认为没问题，那就更没有风险了。你还担心什么呢？你可以上网去查叶教授的资料，他现在是国内这个手术的第一把刀，找他做手术都得排队。"

王金花快人快语，说起话来头头是道。当话题转向整容手术的风险讨论，王金花知道已经突破艾豆的心理防线了。不，应该是小艾自己解除武装的。现在只欠临门一脚，王金花继续游说："再说，这次整容的费用公司全部报销。金玉叶的收费可贵了，我估计你全部整下来，至少二十万吧。我跟你说，小艾，公司从来没有为旗下任何一个艺人报销过整容费用，秦薇整容都得自己掏腰包。这简直是天上掉馅儿饼呀！说真的，我都羡慕你。"

王金花又抛出一个让人无法拒绝的彩蛋！

艾豆本身不排斥整容，如果有人掏钱让自己变得更漂亮，何乐不为？！

艾豆早已动心，只是还有疑虑："花姐，我只是一只默默无名的菜鸟，你们为什么要在我身上投资？"

王金花貌似鄙夷地哼了一声："小丫头片子，没见识了吧！好，我来告诉你。前天，秦薇出席某卫视的跨年演唱会，出场费是一百五十万。昨晚上海台的元旦晚会，也是一百五十万。接下来到过年，秦薇几乎每天都要登台表演。过年期间商演的报价是平常的两三倍。平常出席商业活动，每次三十到五十万，露面半个小时而已。一个替身一年所有的开销她半个小时就全赚回来了。投你就是投自己呀，明白了吗？小朋友。"

"明白了。"艾豆轻轻吸了口气。

王金花也明白，艾豆搞定了。

一开始谈到月薪两万时，艾豆眼中有光；刚才谈到秦薇的收入时，她看到艾豆眼中有"火"。

这种火，王金花在无数小艺人眼中看到过。为了这把火，人会像飞蛾一样奋不顾身。

现在，艾豆垂下眼帘，藏起这把火。

“花姐，非常谢谢您对我的青睐。我对这份工作很感兴趣，不过在接受之前我得征求一下父母的意见，不知道他们会不会同意我去北京工作？另外，我还想向叶教授咨询一下整容需要做多少手术？风险度如何？然后我才能决定，是否可以接受这份工作。”

这个回答并不出乎王金花意料，艾豆处事成熟淡定，接触以来王金花已有领教。

“好，应该的，我把叶教授的联系电话给你。不过我希望今天我们之间的谈话你能够保密，不要告诉任何人，包括你的父母。这份工作，公司要签保密合同，违约的话可要赔一大笔钱。”

“花姐，你相信我，我是一个分得清轻重、信奉沉默是金的人。”每个字艾豆都说得清晰而有力度。

王金花觉得这个女孩真是不错，是个能成事的料。

两个人又聊了一会儿。最后，王金花意味深长地说：“小艾，你考虑好尽快给我答复，我很忙就不再和你联系了。机会不会第二次光临，你自己把握好。”

7. 推销高手

“艾小姐，欢迎欢迎，我就知道你会回来的。”叶院长看到艾豆笑得像一碗豆腐花。

和第一次来金玉叶时对整容手术一无所知不同，艾豆这次是做足功课、有备而来的。

这次到北京，艾豆想确定关于她的整容手术需要做哪些项目。

一个准备整容的人不知道自己要整什么，挺可笑的吧？也没什么可笑的，艾豆完全同意王金花的说法“没有社会承认的自我是廉价的”。命运不掌握在自己手里的人，谈自我是可笑的。

和王金花深入沟通之后，艾豆对换一张别人的脸不再抵触。但是娱乐八卦里经常有整容失败的案例，有关磨骨和隆鼻手术的后遗症在网上也有很多报道，不容艾豆不忌惮。

今天来北京，艾豆准备把所有的疑问和担心弄清楚，否则万一手术失败怎么办？虽然王金花口口声声公司会负责，但为了几十万把脸弄破相才得不偿失呢！为此，艾豆不仅在网上查阅了大量资料，还专门去国内赫赫有名的公立整形医院——上海九院咨询过，准备和营销高手叶教授的说法一一印证。

“既然决定要整容，一定要找好医院好医生，这个钱是不能省的，否则遗患无穷。” 叶院长的开场白依然有浓重的推销色彩。

“我们医院的整容技术是非常先进的，你现在看到的电脑软件是我专门委托清华大学开发的，它可以针对客户的需求和身体的实际情况进行科学的分析、辅助设计、模拟术后效果。你上次来拍的照片已经输入电脑，现在你可以看得很清楚。”

艾豆看到电脑屏幕上自己的脸在叶院长的操控下，皮肤、脂肪、肌肉一层层剥去，露出一个骷髅。

叶院长冲着艾豆露齿一笑：“你不怕吧。”

艾豆生硬地回笑：“还好，骷髅头比肌肉要好看一点。”

“我发现勇敢的女人整容效果都特别好。”

这算夸奖吗？

叶院长把屏幕上的骷髅恢复成艾豆的脸，然后平行置入另一个女人的脸，“这是秦薇的。你看看，你们之间有何差异？”

两张脸重叠之后，艾豆发现自己脸整个轮廓比秦薇要大一圈。纵向，两个人从发际到下巴长度差不多，但是自己两边脸颊比秦薇都宽了有一厘米左右。秦薇的脸蛋是巴掌型的，自己是偏长的圆脸。

“我觉得自己比秦薇好看，秦薇太瘦了。”

“呵呵，”叶院长笑起来，“你的长相比较符合传统的中国审美观。脸庞比较大、圆，鼻子和嘴都比较小巧，挺可爱的。红楼梦里面的薛宝钗就是这种型。不过，现在的审美偏向欧洲人种，高鼻深目，窄脸，就是秦薇这种。”

“叶教授，你看我的鼻子又直又挺，和秦薇也差不多，为什么要整？”

“你看。”叶院长把两张脸从正面转到侧面，两张脸正面看挺吻合的鼻子从侧面看，秦薇的鼻梁比艾豆的鼻梁明显高得多。

“你的鼻子长得不错，可是和你整个脸相比较，比例不对，偏小。中国人说，鼻子是五官之首。鼻梁低，显得人不够精神，缺少锐气。”

“锐气？做人要低调。”艾豆和叶院长开玩笑。

“低调？低调怎么行？！你来是要做明星的，明星能低调吗？明星要的是有霸气，气场要足。脸圆圆的、鼻子塌塌的，看上去就面，没有明星范儿，怎么出人头地？”

艾豆吐了一下舌头。叶院长就是会说话，训人都让人听上去特别舒服。

马上令人不舒服的话又来了：“像秦薇这样的，五官分明，长相有个性，识别率高。你的脸，虽然五官端正，但是很平。四平八稳的，没有突出的器官。缺少棱角，面目模糊。”

面目模糊？从来没有人这样说自己的长相。艾豆太不爽了！是不是因为知道自己不是出钱的主，叶院长就这么损自己？其他客人他敢这么说吗？ 唉，看在他刚才说自己会成为明星就忍忍吧。

“我已经和王金花沟通过了。如果要达到她要求神似秦薇的效果，艾小姐，你需要做下颌骨截除、隆鼻、开嘴角、把嘴唇削薄，还有抽脂，一个都不能少。”

“要做这么多手术啊？”好吓人哦，艾豆头皮发麻，心里嘀咕：磨骨、隆鼻、抽脂全是热门手术，磨骨还是大手术。一个都不少，你做老板当然最开心。

艾豆最担心的就是磨骨手术，这项手术最危险，她希望从叶院长这里得到确保手术百分百成功和没有后遗症的承诺。可不可以签合同？

叶院长一口回绝了：“没有任何一家整容医院会跟你签这种合同，这只能基于信任。只要动手术就有风险，割个双眼皮搞不好也会出问题。既然想当明星，这也是必须付出的代价。”

天啊！什么话在叶教授嘴里说出来都冠冕堂皇，振振有词。

艾豆知道整容医院都不会给客人承诺的，九院也是，顶多答应出问题后免费修复。就像她拉人家开户做股票，券商怎么敢担保必定赚钱？！

叶院长以为艾豆开始犹豫，立即展开教授级三寸不烂之舌：“艾小姐，你担心手术有没有危险？我不能骗你，任何外科手术都有危险。有人割个盲肠都会死在手术台上。颌面整形手术，就是你们说的磨骨手术属于创伤性比较大的二级外科手术，是有一定风险的。而且并不是所有整形美容机构都可以做的，它要求医院必须具有齐备的麻醉设施、复苏室等急救配套设施及专业的急救人员，以保证意外情况发生时可以及时开展抢救工作。卫生部规定，下颌角磨骨手术属高级别美容外科手术，只有三级整形外科医院及设有医疗美容科或整形外科的三级综合医院才可进行。现在很多整形医院都说自己可以做磨骨手术，实际上根本没有资质。我们金玉叶是北京唯一一家具备三级资质的民营整形医院，你说我们是不是可以骄傲一点呢。可以毫不夸张地说，我是这个行业的权威，很多技术规范都是我一手制定的。我现在还在学校带博士生，如果不是我开了私立医院，有人眼红，我早就是院士了。”

叶教授这番话算讲到点子上了，艾豆在向九院咨询的时候，九院的医生就告诉她这个手术可以做，但一定要找九院这样的正规大医院做。

“那，叶教授，你看我是不是能不做磨骨手术，通过打瘦脸针或者抽脂减肥什么的来——”艾豆还是担心，毕竟骨头是天生的。又切又磨，谁知道几年十几年后会不会有隐患。据说磨骨手术之后脸颊会慢慢下垂，看上去比同龄人至少老三年。

“你说的瘦脸针其实就是肉毒素，打瘦脸针是在下颌角咬肌处注射适量肉毒素，麻痹过于发达的肌肉，使其萎缩变小以达到瘦脸的效果。但是肉毒素瘦脸，效果不大好控制，瘦下来的速度比较慢。以后还需要维护，过几个月还要打针。而且，关键问题在于，你看——”叶院长又开始在电脑上剥艾豆的脸皮肌肉，然后指点道，“你的脸圆是三方面因素造成的，第一，你脸颊的脂肪层比较厚；第二，你的咬肌特别发达；第三，你的下颌骨比较突出。”

入骨三分的电脑解剖下，艾豆无力吐槽。原来自己脸圆是因为“满脸竖肉”，这些年“吃货”确实没有白当。心情郁闷的时候艾豆喜欢用吃来解闷，小核桃和瓜子、猪蹄和鸡翅这些练牙的食物都是她的最爱。唉，心情郁闷的时候太多了。

叶院长把两个骷髅头正面重合给艾豆看：“你的脸型在中国人里面是很普通的。秦薇原来也是这样的长方脸，她的颧骨和下颌骨都磨过，才变成现在这个模样。秦薇的手术就做得很成功，所以你不要太担心，关键还是要选对医生。幸运的是你的颧弓和秦薇现在的颧弓相比较宽度几乎一致，我们可以不用动颧骨，只要把下颌骨弯角截去一部分就行。这样手术就简单多了。你脸大主要是因为胖，脂肪厚、肌肉粗。”

真讨厌，一直说我胖。不过听到可以不用动颧骨，艾豆高兴坏了。来之前，艾豆最怕听到要磨颧骨或者做什么颧骨内推手术。她最简单的理解，颧骨是脸的承重墙，颧骨松动了，脸就没法看了。至于削掉一小块下颌骨，艾豆觉得关系不是很大。娱乐圈成功的案例就很多。

她指着电脑屏幕问叶院长：“秦薇的面颅原来和我差不多，她现在这么瘦，是不是磨骨手术的后遗症？”

“当然不是！她的手术很成功，一点儿后遗症都没有。”

“那她为什么那么瘦？简直皮包骨头了，一点儿都不好看。”

“她，这个——”叶院长迟疑了一下，“听说她吃得很少，营养跟不上吧。”

艾豆心想如果王金花要我减肥减到秦薇那个标准，对于爱吃的自己来说，那可要命。干脆抽脂一步到位好了。

还有隆鼻的问题，网上说隆鼻手术失败的概率很大，不是不自然就是发生术后感染。

“叶院长，秦薇的鼻子也是你们医院做的？”艾豆从王金花那里知道秦薇的鼻子是在韩国隆的，故意这样问。

叶教授大方地回答：“不是，她的鼻子是在韩国隆的。你看她做了那么多年都没出问题，所以嘛，不是每个手术都会有后遗症的，关键还是要找高水平的医生来做。”

“那叶教授你们也可以做得那么好吗？”

“当然啦！秦薇的隆鼻手术做得是不错。如果换我们来做，会做得更好。我们金玉叶一年要做几百例隆鼻手术，哪家韩国整形医院可以和我们比？”叶院长瞪大眼睛，似乎很不满艾豆的话。

“呵呵，教授，不要生气哦，我是逗你玩儿的。你跟我讲讲现在哪种隆鼻的方式好？”

叶院长故作生气，哼了一声，继续给艾豆上课：“一般隆鼻手术是采用假体垫在鼻背。比较常用的假体是硅胶，硅胶假体便宜。硅胶假体本身有鼻部的基本形态，可以任意雕刻，手术比较简单，对医生的技术要求不高。但是硅胶比较硬，和自体组织结合不牢，异物感强，感觉会晃动。另外硅胶透明，会反射光，置入后鼻部发亮，容易被外人识破。现在比较好的假体是膨体，膨体的学名叫聚四氟乙烯，这是一种高科技材料，与人体相容性好。”

艾豆在网络上看到隆鼻还可以采用自体的软骨，比如鼻软骨、耳软骨或者肋软骨来隆鼻。自体组织移植没有排斥，是最好的隆鼻方式。

“自体软骨用来整形已经有几十年的历史。它的优点是没有排斥不易感染，缺点是自体组织移植后会逐渐消融一部分。体现在隆鼻上，就是刚做好手术鼻梁很挺，但过一段时间会发现鼻梁好像不那么挺了，歪了或者凹下去一块，这就是移植的软骨发生弯曲或者部分被人体吸收造成的。”

“我看到有医生说出现这个现象的概率在百分之十五以内。”

“呵呵，那大概是宣传的需要，实际上发生吸收的比例要大于百分之十五。鼻子的位置那么突出，哪怕只发生百分之十的偏差，那也是非常明显的。其实自体软骨移植最大的缺点是要多动一个取软骨的手术。”叶院长用手掌在乳房下划了一下，“这里得开个口子，愈合后会留痕，不明显。再者是手术就有一定风险，很多人不愿意做。”

艾豆来之前在网上做功课，大多数人都说自体软骨隆鼻是最自然、最安全的。她想如果要隆鼻，自己就选择自体软骨隆鼻。现在听叶教授说明自体软骨隆鼻的缺点，又拿不定主意了。

“整容手术因人而异，没有绝对的好坏。比如有的人做手术完全是心血来潮，过一段时间就后悔了，或者想换一个模样。这样的不如就用硅胶假体算了，手术简单又便宜，想恢复原样的话取出也很方便。如果你对假体心里特别排斥，那就采用自体软骨。目前到我们金玉叶做隆鼻手术的客人，大多数还是采用自体组织和假体结合的隆鼻手术。一般在鼻头使用从耳朵、鼻中隔或者肋骨提取的软骨，鼻梁垫高使用假体。秦薇在韩国做的也是这种。假体方面，硅胶和膨体我们都用，看客户的需要。”

叶教授这样说等于没说，艾豆还是没方向。她娇嗔道：“叶教授，你是专家，我什么都不懂。你就给我一个确定的方案嘛。”

“我的意见呢，因为你的脸部一次性要做很多项手术。如果再采肋软骨的话，感觉手术多了一点，恢复可能会慢一点。”

是啊，一下要做那么多手术，不知道有没有风险？艾豆在网上看到刚做好磨骨和隆鼻手术的人脸都肿得像猪头。

“这倒不必担心。颌面手术复杂一点，下颌骨切一块，顺便切除一部分咬肌，大概需要三个小时。手术结束你就可以看到天翻地覆的变化，像广告词一样，嗖的一下就瘦下来了。隆鼻是小手术。你的鼻梁很直，手术难度小，在鼻腔内开个小口把雕刻好的假体植入就行。出血量很少，半小时以内搞定。几个手术放在一起做，半天就可以搞定。然后在我们医院住七天观察，一周后没问题就可以出院。一般的人半个月就可以消肿，一个月后手术痕迹就不大看得出了。你年轻、身体健康，恢复起来应该很快。”

“这些手术都是叶教授你来做吗？”

“不是，术业有专攻。我会给你做颌面手术，隆鼻手术我们现在专门聘请韩国专家来负责。如果你要做自体软骨隆鼻的话，会让谢博士来做，他是这个领域的专家。总之，我们金玉叶的经营宗旨就是把最好的技术和最好的材料呈现给我们的贵宾。”

“还有嘴巴手术你没说？”

“开嘴角更简单，算好距离在嘴角拉两刀，缝合，一刻钟就可以搞定。”

叶院长说得满不在乎，艾豆可担心了。

“嘴角开大了以后会不会容易裂开？”

“嘴小才容易裂口子，嘴越大越不容易裂。”叶院长咧嘴一笑。

隆鼻、削骨都可以把脸蛋变得更精致、更立体漂亮，艾豆愿意。可恨秦薇那张大嘴，害得自己嘴巴还要动刀。以后不做替身了，不知道还可不可以整回去？

“没问题。嘴巴想变小，把嘴角缝起来就行了。”叶院长说，“是你不习惯，其实嘴大挺好看的，性感。以前做嘴的手术很少，现在也多了。还有人点名要做朱莉娅·罗伯茨那样的大嘴，还有的人要做安吉丽娜·朱莉那样的香肠嘴。”

“人有名，缺点也会变成优点。”肖晓彤说过，他喜欢艾豆的樱桃小嘴。

“艾小姐，哪一天你成了腕儿，成了大明星，你的长相也会成为别人模仿的样板。”

“那也是秦薇的长相。”艾豆故意噘起小嘴。

“不能这么说，艾小姐，就算我们现在是按秦薇的样板来做手术，但脸还是你自己的。人的长相是会变的。变美是终生的事业，整容也会上瘾的。认准金玉叶的品牌，保准你受用终身。”

虽然叶院长那副得意的嘴脸让艾豆觉得不舒服，但是叶院长既有专家的才识，又有推销员的口才，还有大老板的自信，让人不得不佩服。

也许是王金花已经交代过，和第一次给她做检查时守口如瓶不同，这一次叶院长有问必答。来北京艾豆准备的所有的疑问都得到了答复，现在就等她下决心了。

还会有什么问题呢？

8. 豁出去了

一直拖到去北京的前一天，艾豆才告诉父母，要去北京工作。

在艾家，作为户主的中学物理老师父亲嗓门儿无疑是最大的，并且也是最强势的，说一不二。

母亲善良、懦弱，高中学历，退休前是商场营业员。母亲是传统的三从四德家庭妇女一枚，面对生活的不如意，只敢在亲戚和艾豆面前抱怨，从不敢顶撞老公。即便老公曾经出轨也选择忍气吞声，一辈子不幸福。

王金花有一段话简直就是为母亲度身定做的：“未来谁也不知道，你只有努力去做，有机会就抓住，才会上升。否则就是原地打转，嫁人生孩子，两点一线，围着灶台转。人到中年，老公出轨，要么离婚，要么凑合着过。孩子成家了，老公先死了……静下来想一想，这就是我的一辈子。”

我就是不想这样过一辈子！

整容算什么！自我算什么！艾豆决定要去北京闯一闯。

父亲的反应在意料之中——不同意。

“娱乐圈那是娱乐‘juan’！茅坑，靠潜规则上位的。你怎么能去那样的地方？！”

当初艾豆在美虎娱乐网上开个人直播室，父亲就很反感，说她不务正业。现在女儿干脆跑到北京去这个美虎娱乐网工作，父亲一下子就跳了起来。

任由艾豆解释美虎娱乐网是网站，IT企业，父亲就是认为美虎娱乐网是钓鱼网站，专门骗她这样爱做梦的女孩子。

艾豆解释说公司要末位淘汰，自己业绩不好，可能会被裁掉，不如早寻出路。

“你怎么这么没出息，一碰到困难就想逃避！”

父亲又开始板起脸教训人，艾豆只好沉默以对。

等父亲说得差不多了，艾豆把月薪两万和提供住宿这两件利器祭出，希望用钱能打动老头子。

“北京给的薪水很高，月薪两万，还管住宿。”

“两万块？”显然父亲听到这个数字很吃惊。

“真的，是月薪两万。”打动老头子了？有戏？

“你一去人家就给你两万？真的吗？什么时候起算？签工作合同吗？合同签多久？”老头子可没那么好糊弄。

艾豆向王金花表态愿意去北京发展后，王金花就让艾豆立即辞职去北京，尽量在年前把整容手术做完，年后就可以看结果了。签合同，王金花答应她手术之前就可以签，也必须要签，因为公司要保密。至于两万元的月薪从何时起算，艾豆还没问过这个问题。

听艾豆说还没有签合同之后，父亲像抓到什么把柄一样兴奋：“我想嘛，天下哪有这么便宜的事。你这么大了，还会被骗子骗？！证券公司工作这么好，人家想进还进不了。我千方百计托人帮你送进去，你倒好，自己要辞职。你是脑壳烧坏掉了吧？”

艾豆现在这份券商的工作是父亲厚着脸皮找以前的学生推荐的，录取之后父亲还送了一份价值不菲的礼给人家。

其实券商肥的都是中高层，底层员工的工作真没外人想象得那么亮丽。像艾豆这样没有资源只能靠自己打拼的一线业务人员面对种种业绩考核苦不堪言。艾豆进公司虽然有人推荐，但最终录取还是要看考试成绩的。如果人家真帮忙，也就不会安排她去这样的职位。

可是父亲不这么看，他的看法是：“两万有什么了不起，就算人家真给你两万一个月，一年不过二十四万。你们公司前两年扫地的年薪随随便便都有二三十万。谢岗（父亲的学生）年薪大概几十万，总经理几百万甚至上千万。去年行情不好，收入低。如果牛市，几十万肯定有，比你那个二十万只会多不会少。你这个人就是比较浮躁。天将降大任于斯人也，必先苦其心志，做人要有长远的眼光，吃得苦中苦，方为人上人。熬几年等你当经理的时候，几十万年薪不是随便拿？你的合同一年，一年以后如果人家不和你签合同了，你是留在北京还是回上海？北京去一年，回上海还要重新打基础。现在经济不景气，多少大学生都找不到工作。你这么好的工作丢了，万一再找不到工作，怎么办？还要父母养你一辈子？”

“我不要你们养我。”艾豆辩解道，“我就是不想像现在这样在家啃老，我想出去闯一闯。”

母亲更关心：“你的年龄不小了，过年就二十八岁了。先不说工作好坏，你去北京一年，肖晓彤怎么办？他同意你去北京吗？他愿意等你吗？再过一年奔三十了，再找男朋友就难了。女孩子终归还是要嫁人的，你有没有考虑这个现实的问题？”

“断了也没关系，以后再找呗。”

艾豆整个过程从没考虑过肖晓彤要怎么办，会怎么想。她两次去北京都瞒着肖晓彤。这件事她根本就没想过去征求肖晓彤的意见。肖晓彤到底算她的什么人？艾豆现在并不确定。

“我觉得肖晓彤条件蛮不错，放弃老可惜的。”

“你们不就是看中他有一套房子，一套小房子有什么了不起，以后还要跟他父母住，我可不稀罕。”

母亲第一次听到这个说法，第一反应是：“什么？没听说过还要和他父母住？”

“是呀，是呀，妈。”艾豆终于找到共鸣了。她赶紧把肖晓彤这套房子是父母出的首付，以后他父母退休后回上海要和儿子一起住的情况告诉父母。实际上肖晓彤房子的首付虽然是父母出的，但父母退休是否回上海目前并无说法，艾豆现在是借题发挥。

“哎哟，这个是不好，婆婆很难处的。”毕竟是女人，对婆婆这个问题，母亲和女儿心态是相通的。

父亲却有不同意见：“和父母住怎么啦？孝敬父母不是天经地义的吗？！何况肖晓彤买房子的钱是父母出的首付，他父母把养老钱都拿出来给小孩买房子，做晚辈的难道不应该把父母接过来，孝敬一下？”

“为什么一定要子女养老呢？”

爸爸皱起眉头：“你叫人家老人家怎么办？”

“老了可以去养老院啊。”

“养老院那是没办法才去的。只有一个儿子，老了当然希望住在一起。养儿防老，赡养父母，这是中国人的传统。”

“什么美德，生孩子就是为了养老吗？这是自私。”

父亲瞪眼了，训斥道：“你说的是什么话？”

妈妈赶紧打圆场：“豆豆，越说越不像话了。不想跟肖晓彤父母一起住可以和肖晓彤再商量。”

艾豆可不领情：“反正我是不会和他父母住的，小小的房子，还要一大家人挤在一起，烦都烦死了。”

父亲很生气：“你不就是在小房子里长大的吗？我们是普通人家，你也别好高骛远。现在上海房价那么贵，有一套小房子很好了。多少年轻人住群租房……”

“老是跟差的比有什么意思，老公房比棚户好，电梯房比老公房好……阿Q！”

平常在家中，既不想听父亲说教，也不愿意听母亲抱怨，艾豆的常态是沉默。今天算是爆发了。

“有本事你搬出去！”

“我早就想搬出去了。”

父亲火了：“好，你有出息，你搬出去，不要过几天回来哭。”

“豆豆，结婚前还是不要同居。”母亲以为艾豆要搬出去和肖晓彤同居。

“我肯定不会哭着回来。告诉你们，我明天就去北京。”

“不许去！”父亲拍桌子。

“我一定要去，机票我已经订好了。”

“豆豆，你说真的？你真的要去北京？” 母亲似乎还不相信。

“当然是真的，明天下午三点的机票。”

父亲大光其火：“这么重要的事你都不回家商量？”

“我已经这么大了，可以自己做决定。”

“我不同意！”

“你不同意也没办法，我已经决定了。”

“我的话你都不听了？你是谁生的，谁把你养大的？”父亲开始吹胡子瞪眼了。

艾豆最讨厌这种话，她也吼起来：“谁要你生我的？你生我经过我同意了吗？”

这下轮到老爸吹胡子傻眼了。

妈妈瞪大眼睛：“豆豆，你发烧啦，糊涂啦。爸爸也是为了你好，你怎么对爸爸这样说话？”

“我才不糊涂，我早就想说了，没能力给孩子理想的生活，你生什么孩子？就为了给你们养老吗？我就是不想像你们这样蜗居在一个小房子里，如果要这样过一辈子，我会疯掉的！”

父亲显然没想到女儿会说出这样的话，女儿虽然脾气有点倔，但平常还是蛮听话的。何曾想到她内心对父母是这样的轻蔑？

极度震惊之下，他气得嘴唇哆嗦：“你嫌弃我们？你嫌弃父母？”

他面色铁青，扬起巴掌。

“你打呀！”艾豆抿紧嘴唇，闭上眼。

艾豆不知道自己为什么会说出如此大逆不道的话？她后悔，可是说出去的话已经收不回来了。

最终父亲没有打下去。

“你给我滚！”

/ 第二章 /

蹊跷的女尸

1. 案发地

第三天，大队安排了更大规模的搜查。

技术组、小武所在的二中队和三中队各抽一部分刑警，再加上当地派出所警员，二十多号人分别沿山上公路和山下现场拉网勘查。

回到发现尸体现场，刑警们在山坡上依然一无所获。悬崖上方山间公路在多日大雨冲刷下，即便曾经存在线索，现在也荡然无存。

不过在女尸发现地上方悬崖一块突出的石头上发现可疑物。如果可疑物鉴定来自女尸的话，就可以确定女尸是从山上抛下的，山下现场的勘查工作就可以结束了。

案情分析会上有人认为既然跑到这么偏僻的地段抛尸，一则被害人可能就是附近村镇居民，二则凶犯应该对这一带地形比较熟，也许也是当地居民或村民。案发地附近村镇是首要排查对象，尤其是附近村落中拥有私家车辆的要重点排查。

8•12女尸案专案组成立，组长由大队长金如松担任。由于案发地是二中队辖区，二中队中队长夏彦责无旁贷，担任本案副组长。

初步工作计划：技术组继续勘查现场；专案组刑警联合当地派出所走访周边社区搜集情报寻找潜在目击证人；信息组查对失踪人口、发布寻尸启事，向各区公安机关发布专案，同时通知河北警方协查；法医尽快拿出尸检报告，判明死因，指导下一步侦破工作。由于初步尸检发现死者是吸毒人员，于是再安排缉毒队协助调查区内吸毒人员异动。

大队长金如松实际上只是挂名，副组长夏彦是案子的实际负责人。二中队人原本就少，最近案子又多，人手更紧张。

夏彦安排老崔和小武负责走访排查当地失踪人口。

排查工作说起来简单，实际上需要大量人力和时间铺垫。摊上这样边远地方的案子，每天光浪费在路上的时间都让人抓狂。有时候制订计划很容易，执行起来就要跑断腿。尤其是那些散落在山间的住户，核查起来非常费力。

就这样才干两天，老崔要请假，而且一请就是一个星期。

“天将降大任于你也——小武，加油！”老崔简单把注意事项交代给小武后，拍拍屁股，回城了。

老崔的级别资历比小武高得多，所以小武应该听老崔的。小武更没有权利指挥其他刑警，刑警队本来就人手不足，每个人手上都一堆事，根本腾不出人手帮忙。

小武只好一个人开跑。没办法，谁叫他是新人呢。好在还有当地派出所民警帮忙。即便如此，小武和当地民警也足足用了五天，才把案发附近的村镇跑了一遍。

一圈跑下来，案发地李疙瘩村周边地区近期没有听闻发生恶性事件以及人口失踪报案。网上也没有发现情况接近的失踪人口。

由于案发地点离人口聚集区有较长路程，尸体应该是用机动车运过来的。查下来，这山间公路没有监控探头，一直开到省道国道都没有安装监控。国道上也只在与河北交界处和前面很远的地方有探头，过往车辆犹如过江之鲫，想找一辆偏离主道的疑车不比大海捞针容易。

尸体被拉到分局的法医鉴定中心，初步尸检显示：

死者是一名女性，年龄 31 ～ 33 岁，身高 1.70 米，体重 48 ～ 50 公斤。

根据尸体出现的腐败血管网和巨人观现象，以及天气影响，死亡时间大概在刑警到达现场前 4 ～ 5 天。

尸检发现死者身上（体表）有五种类型的伤痕：

一、体表大片擦伤；

二、颅骨和肋骨骨折；

三、动物撕扯和昆虫咬过造成的伤口；

四、脸部和手部的利器割伤；

五、四肢腕部和腘窝部见小片状擦痕伤。

根据现场发现痕迹检验和尸体组织鉴定，可以判断死者是被人从山上公路抛下。在坠落过程中先与一块突起的岩石碰撞后才坠落悬崖，然后翻滚至尸体被发现位置。

伤痕一的擦伤和伤痕二的骨折处都提取到案发地泥土等物质，伤痕位置与现场坠落翻滚痕迹吻合。

第三种伤痕动物和昆虫的咬伤发生在坠崖后，估计是当地山间的野生鼠类、昆虫和羊倌的牧羊犬所为。

第四种伤痕利器伤在脸部和双手手指。死者脸部被利器纵横交错划破，双手手指十指尖被切除指纹。

第五种分布在四肢腕部和腘窝部的擦伤像是捆绑造成的。

经过尸检鉴定，这五种伤痕发生时间不同。利器伤和捆绑伤在前，坠落造成的坠落伤、擦伤其次，咬伤最后。

根据解剖组织创伤鉴定，在抛尸前，人已经死亡。四肢腕部和腘窝部的擦伤应该是为了搬运尸体进行捆绑和人手握捏造成的损伤。

利器伤发生在抛尸前，利器伤和抛尸造成的坠落伤相差时间在 12 ～ 16 小时内。

但是，发生的面部和手指利器伤都不是致命伤。而且，这些利器伤发生在死者死亡之后的 24 ～ 30 小时。

“大概过程先是女人死亡，大约一天后被划破脸、切除指纹，然后被移到另一个地方，再过半天，然后被搬到车上或者是被搬到车上再过半天，运到案发现场上方公路，然后抛下悬崖。在山坡上躺了大概三天左右，被放羊的发现，我们去搬回来。”

法医赵拙文把初步尸检结果解释给专案组听，解答疑问。

“推下悬崖之前人已经死了？这个确定吗？”

“确定无疑。”

“死因？”

“这个尚不明确，还在查。从悬崖上丢下来，体内器官破损严重，一下还看不出致命伤在哪里。由于死者是吸毒人员，有可能是吸毒过量中毒死亡。还需要进一步检查分析。”

“你刚才说女人在抛尸前已经死了，利器伤和抛尸相差大概 12 ～ 16 小时，那么凶手杀人之后移尸花了 12 ～ 16 个小时，真正的案发地应该在 16 小时车程以内，是吧？ 12 ～ 16 个小时，走高速的话大概可以从上海开到北京。”有人分析道。

“那也不一定，赵老师说的利器伤和抛尸差 12 ～ 16 小时，利器伤之前的一天人已经死了，谁知道她死在哪里？如果她死在车上，车一直在动，一天多可以从海南岛开到北京。”

“走高速三十多个小时，全国各地都可以开到北京。”

“凶手把人杀了以后，和尸体在车里待了二十四小时，拿刀把尸体的脸划花了，再过半天开到北京丢了，好玩啊？”

“走高速一路上那么多关口，载着一具尸体从海南岛或者哈尔滨漂移到北京，这心理素质太强悍了。没人会这么干！”

“那也不一定，北京不就发生过杀人之后叫快递把尸体快递到内蒙古后再过去接货抛尸的案子吗？！”

“那是极个别的情况。我也认为那么大一具尸体放在车上，不可能跑太远。如果切成尸块就不一样了，目标小，可以一路走一路抛。”

“以前不是分析过，对当地地形不了解的人不会知道哪个地点适合抛尸吗？他为什么不丢在八达岭，不丢在野三坡？我认为还是附近的人干的。”

“那也不一定，也许就是走岔路，随便找个山沟抛尸……”

讨论之后，大多数刑警还是倾向死者是在北京或者河北离案发地较近的地区遇害的，同时抛尸人（凶手）应该是比较了解当地情况的人。

一般抛尸（全尸），半径五十公里几乎是极限距离，再远对凶手不利。十六个小时走高速虽然足够从上海开车到北京，但记录中极少有这样的抛尸案例。

如果选择走国道，北京的国道虽然不收费，但外地国道收费的不少，一路上警察多。外地开车来北京，路途太远，而且进京的安检非常严格，凶手要考虑路上被发现的风险。

如果抛尸人不是当地人，那么他一定对这个地区地形是比较了解的。抛尸人的目的地应该是比较明确的，他要知道这边有一条岔道、有一段人迹罕至的悬崖，才会把车子拐到这里。否则因为抛尸地点南边320省道和北面的108国道车流量都很大，320省道附近更是人口密集地，外来的抛尸者如果是随机选择的话应该不会来这种地方。

由于抛尸地点离河北涿州地界一步之遥，比到北京房山还近得多。附近河北境内的乡镇较多，案子的始发地第一现场也许在河北境内，因此下一步需要河北警方配合。

2. 抛尸案

那，死因？

除上述五种伤痕，死者身上没有发现其他伤口。内部器官组织除高空坠落造成的破裂挤压伤外未见明显异常，胃容物没有发现常见毒物。

但是死者身上除了明显伤痕外，还发现有注射的针眼儿。在死者大腿腹股沟处有长期注射留下的疤痕、陈旧性针眼儿和静脉结节。在死者血液内发现有海洛因和冰毒代谢物。

除此以外，死者死前发生过性行为，会阴部和阴道内都发现有死亡精子。是否属于同一男性还需要进一步做 DNA 鉴定。

“强奸？”

“没有发现暴力的痕迹，应该不是强奸，是正常性行为。”

有人急于下结论：“吸毒的，八成是吸毒过量死亡。”

“有这个可能，但是还不能最终确定。”赵法医可没有那么冲动，他继续解释，“血液内是发现有海洛因代谢物存在，但是检测到的量只能说明死者死前注射过海洛因，无法确定她的注射量是否过量。死者不是刚开始吸毒的，而是一个毒瘾很深的瘾君子。一克海洛因对初吸者是天量，会要命的，但对毒瘾很深的瘾君子来说是可能是正常量。这个因人而异。”

中队长夏彦问：“死于注射毒品的可能性是不是比较大？”

“从尸检情况看，暂时没有发现暴力、投毒致死的体征。从死者体表特征和血液发现的海洛因浓度看，量是比较大的。死者是瘾君子，根据我的经验，她是很可能死于吸毒（过量）引发脏器功能衰竭，猝死。但是——”赵拙文摊开手，很坦白地说，“我们分局的技术力量对吸毒和服用违禁药品过量对体内脏器造成的破坏症状经验不足，需要请专家进一步确认。另外分局技术处的仪器比较低端，还不够精确，能检测的化学成分也有限。我刚才讲了，死者体内除了海洛因还有甲基苯甲胺冰毒。也许死者还服用其他的药物和毒品，综合作用导致丧命也有可能。我们已经采样送到市局做进一步病理分析。”

赵拙文解释，长期注射海洛因可能导致昏迷、呼吸抑制，导致窒息猝死，但是如果猝死持续的时间较长，在尸检时很难和其他导致猝死的死因区分开来。更何况这具女尸发现时内部组织已经开始腐烂，更增加了尸检难度。

小武不大明白："猝死不是一下就死了吗？怎么还会持续时间很长？"

"我们把从发作到死亡持续时间一天内的死亡都可以称为猝死。注射过量毒品，一小时内死亡是猝死；也可能死者并没有注射过量毒品，只是按照平常的量注射海洛因，可能是注射速度过快或者只是由于毒品日积月累的伤害，发生呼吸衰竭，但是撑了一天才咽气，这也算猝死。按照我的经验，初步看死于吸毒的可能性很大，但不敢打包票，还需要做进一步的病理和毒化分析。"

技术处已经取死者脑组织、肺、心脏、胰、肝、肾、脾、肾上腺、胸腺、子宫及附件等送病检，取胃内容及胃壁组织和心血头发送市局鉴定中心做毒物化验。

小武想到一个问题："既然不是一下就死了，那么脸上和手上那么多伤口，会不会流血过多死掉的？"

"我刚才讲有的猝死持续比较长时间是猝死的一种情形，这个案子应该不属于这种情形。"赵拙文给小武解释，"从死者的颈前项部、腰腹以及四肢未受压部位发现的尸斑看，她死的时候大概是趴着的。等到凶犯用刀子割脸的时候，他要把人翻过身来吧。割脸和手指的时候，人死了大概有一整天，血已经流不动了。"

赵拙文把尸检的照片一张张投射到屏幕上给大家看，尸斑、组织变化看得一清二楚。小武觉得这种方式比现场看血淋淋、臭烘烘的尸体好受多了。

小武问道："能不能看出死者是自己注射海洛因还是被别人注射海洛因的？"

赵拙文问："你是想探究死者会不会是被别人（凶手）注射毒品致死的吧？"

小武点头。他的问题涉及案件定性，是故意杀人还是意外死亡？

"强迫注射毒品杀人是有的，不过从死者尸体上看不出遭遇暴力的痕迹。吸毒者互相注射毒品也有可能——"赵拙文耸耸肩，"这种程度的瘾君子，严重的话大概两三个小时就要注射一次，一到时间就会满世界找毒品，我想是不需要别人逼迫的。"

一名刑警点评："自己找死，迟早的事。"

另一名刑警有疑问："我见过的尸体要么是完整的，要么被大卸八块。我从来没有见过被抛弃的尸体身体是完整的，仅仅把脸和指纹划破。还把死者剥光了抛尸，不留下一点痕迹，你们不觉得这些行为很可疑吗？"

这也是小武想问的问题。在小武想来，死个吸毒的又不是什么大不了的事，有必要毁尸吗？

有人回答："我以前有个案子，是一个男的在发廊嫖娼时猝死，发廊老板和小姐就是把嫖客的脸划破了再抛尸。抓到后审问，老板说是老客户，怕人家认出警察找上门，于是毁尸。不过他们只把脸划破了，没割手指。这个女人死前发生过性行为，也许死之前就是光着的。尸体在野外又是下雨又是暴晒的，三四天，痕迹丢掉也很正常。”

“现在的人，美剧、推理小说看多了，都懂得要毁灭证据。”

“吸毒的脑袋会这么清楚？”

“抛尸的人不一定吸毒，也许是家人、朋友什么的，怕惹麻烦，或者没钱收尸，干脆一丢了之。”

“死者死了一天以后才抛尸，也许是独居，房东来开门，怕惹祸上身，抛尸。我认为毁尸挺正常的，终归是怕被人认出来，警察找上门受牵连。”

“抛尸的有可能是死者的毒友，吸了毒，胆大包天。”

“吸毒的经常疯疯癫癫，胆大妄为，不能按常人眼光看待。案件始发地与抛尸地可能相距很远，抛尸者也是吸毒的，有可能长时间开车游荡，一直开到108国道那里抛尸。”

“吸了毒连路都走不直，他还开车大老远去抛尸？”

“抛尸的也许毒瘾没那么深，也许吸的是冰毒，兴奋得很，长时间开车也不累。”

还有人猜：“也许死者是个毒贩？或者有其他案底，警方有她的档案和指纹。抛尸的人是同伙，怕引火上身。”

由于吸毒是高消费，吸毒人员染上毒瘾之后，大多数无心工作，经济窘迫，租住在远郊便宜房子的可能性不小。因此尸体发现地附近的村镇和房产项目住户是本案目前的调查重点。

“我认为死者很可能是卖淫的，死在店内或者嫖客家里，老板或是嫖客抛的尸。毁容也就好理解了，不想被人认出来，担心招来警察。人又不是他杀的，分尸什么的夸张了一点，没必要搞得这么大。”

这个推测得到不少人的支持。

女性吸毒人员靠卖淫养吸的很多，因此案发地附近地区的夜店、洗头店、按摩店等“鸡窝”加入排查重点。

二中队长夏彦把一周工作向大队长金如松汇报。关于8·12女尸案，由于迟迟无法确定死者身份没有进展。

这段时间不知是经济情况不好还是天气太热，各类刑事案件频发，刑警队疲于奔命，每个人都累得跟狗似的（流浪狗）。金如松自己也几乎快一个月没怎么休息过了。

夏彦辖区前面还有一个超市投毒案没破和一个一死一重伤的伤害案主犯没抓到，正焦头烂额之际，又多一个女尸案，简直要昏掉。

看着手下眼圈发黑、愁眉不展的模样，金如松也不好说责备的话，都是一起打拼的兄弟，还是要以鼓励为主。

金如松把女尸案的案情再详细了解了一遍，着重问夏彦法医对死因如何判断？夏彦复述法医的初步结论，死者系瘾君子，死于吸毒过量的可能性最大。

金如松想了想，说："夏彦，那个超市投毒案影响比较大，你们先着重破那个。这个女尸案先放放，等市局最终尸检报告出来再说。如果只是吸毒死亡抛尸的话，这个案子就简单了。"

此简单非彼简单。金如松不是说女尸案简单案子好破，而是吸毒死亡不是故意杀人，如果没有抛尸的话，连刑事案件都算不上。至于抛尸案，在内部也算不上什么重大案件。对于重大刑事案件和一般刑事案件，警方的处理态度是不同的。

听大队长这么一说，夏彦松了一口气。大队长想的和他差不多，这时候，多一事不如少一事。这个案子如果确系吸毒过量致死，夏彦就准备听领导的，先拖着。

我们的公安机关讲究"命案必破"。

命案是指故意杀人、故意伤害致死和在爆炸、投毒、放火、抢劫、强奸、绑架等犯罪活动中八类致人死亡的案件。

警察不是神仙，怎么可能都命案必破？上级要求命案必破，于是下头发现命案就很紧张，因为破案率要算在一年的工作业绩内。尤其命案，破了当然高兴，不然麻烦多多，影响一大堆考核指标。

如果女尸案被确定为吸毒过量导致的意外死亡，这种命案就不属于"命案必破"的命案，算抛尸案。

如果抛尸人并没有对尸体实施损毁、猥亵、肢解、鞭打或其他侮辱尸体的手段，只是因为不懂法、胆小怕事将尸体抛弃荒野，教育一下关几天就可以放人了。

这个案子中的抛尸者破坏死者面容和指纹，应该会判侮辱尸体罪。

不过这种暴毙的瘾君子，自弃人弃，一般就归到意外死亡里。抛尸案，能破当然好，不能破也没太大问题。警力有限，刀要用在刀刃上，上头也能理解。尸体在殡仪馆停放一段时间，没人认领的话将按照程序自动处理。

3. 沮丧的小武

一周后，市局鉴定中心的病理和毒化鉴定报告下来。8·12女尸案死者血液内海洛因代谢物吗啡及单乙酰吗啡衍生物是正常致死量的一点五倍，同时还检出少量甲基苯甲胺（冰毒）代谢物和安定成分。病理分析符合海洛因中毒症状，同意分局技术处关于8·12女尸案死者死因“符合因注射海洛因过量导致呼吸衰竭猝死”的判断。

既然死因确定为吸毒过量、意外死亡，8·12女尸案的重要性下降，金如松同意二中队把人手安排在更急迫、更棘手的案子上。

夏彦把专案组的人手抽离之后，女尸案专案组名存实亡。中队只留小武和老崔继续跟踪，要求争取确认女尸身份。老崔还在休假中，案子暂时由小武一人负责。

一个人办案虽然很吃力，小武还是挺兴奋的。他大四开始就一直在局里实习，但都是跟在别人屁股后面做些跑腿的事。女尸案算是工作以来自己第一个“负责”的案子，还是一个“命案”，责任重大啊！

“我们是害虫，我们是害虫，正义的来福灵、正义的来福灵，一定要把害虫杀死，杀死！哈哈，我是专案组组长了！”

小武哼着歌，干劲十足。

网上资料已经查过，近期登记的失踪人口中，特点和女尸接近的一一比对下来，全部排除。女尸的资料已经发给北京其他区县，河北方面也联系过，暂时都没有反馈。悬赏的认尸启示发出去快两个星期了，有些报案，但经过比对后都排除了。

小武不知道下一步该做什么好。

由于死者是瘾君子，夏彦让小武去查查“吸毒人员动态管控”，看是否存在符合条件的在案吸毒人员？

小武把网上大致符合死者年龄31～33岁，身高1米68～1米75左右条件的在案吸毒人员罗列出来，全国范围有1356人，北京有53人，河北有27人。

小武逐一打电话去确认，别说外地了，北京的就有百分之七十联系不上。

怎么办？如果自己按地址一个个去找、去核实，那要核实到什么时候？外地的怎么办？万一死者不在案怎么办？毕竟在案的吸毒人员是冰山一角。

怎么办？必须缩小搜索范围。

之前，女尸的照片和资料已经发到网上，尚无反馈。但是一张划破、腐烂、被蛆啃掉大半的脸谁认得出来？！最好能有脸部复原的照片对照，小武想请局里的嫌犯画像师王丹来给尸体画像。

王丹白了小武一眼，对他说："尸体我就不去看了。你告诉我，死者脸型是什么样的？"

小武回想了一下："应该是鹅蛋脸。"

王丹用铅笔随手在纸上画了一个鹅蛋，问："什么发型？"

小武不知道怎么回答，女尸好像是半长的头发，但是发现时乱糟糟地黏在一起，哪还有发型？

王丹接着问："她的眉毛粗还是细？眼睛大还是小？"

小武回答不了。尸体他只扫了几眼，没敢细看。尸检照片上看脸部一塌糊涂，根本分不出眉目。

"那鼻子什么模样，能想起来吗？高鼻梁还是蒜头鼻？"

"……"

王丹把笔一丢，叉起双手："帅哥，你不告诉我她长什么样，我怎么画？"

小武赶紧赔笑："王老师，我是俗人，看不出来。我们队长说你是神人，你去一看就能想象出她的本来面貌。"

"你别乱拍马屁，画像师是根据目击者提供的信息画像。你就告诉我一张鹅蛋脸，我怎么画？就这张鹅蛋脸，我画好了，你拿去？"

小武继续赔笑，乞求道："王老师，你就行行好，随便画一个。"

"随便画一个？万一画反了影响侦破怎么办？"

"您老行行好，去看看吧，也许你一看就有了。"

面对小武的乞求，王丹叹了口气："你先让法医把脸缝起来，我再去看，能画再给你画。"

女尸的脸已经被蛆吃掉不少，不知道法医还能不能缝起来？估计够呛。请嫌犯画像师给毁容的死尸复原面容，小武本来就是抱着侥幸心理，现在看来这条路行不通。

虽然爱莫能助，王丹还是给小武指了另一条路："你可以去找做颅骨复原的试试看。"

所谓"颅骨复原"，是单凭一个光溜溜的颅骨（甚至部分）就可以分析出人种、性别、年龄，然后根据解剖关系和该颅骨数据构建面部模型，填上肌肉、五官，补上皮肤，最后添加眉毛、发须复原出一个人的原始面貌。

这个技术小武听说过，但是不知道国内哪家机构可以做？谢过王丹，小武回头去找法医赵拙文咨询。

法医赵拙文给了一个让人惊喜的回答：“有啊，北京公安大学和医科大法医系都有人在做。”

“那可好了，一个颅骨人家就能复原，我们这女尸肌肉什么的都在，做起来应该很容易。”公安大学是小武母校，应该好办事。

赵拙文泼出一瓢冷水；“你别想得那么简单，这个技术不成熟。他们搞这个的先得建一个数据库，各个人种、民族、地域、生活习惯、年龄、环境都会影响一个人的外貌，你想这个数据库多复杂，需要多大工作量？就算有了数据库，根据数据库的数据来套，你想人的长相千差万别，这具女尸的眼珠被蛆吃光了，该选什么类型的眼珠安上去？差之毫厘，谬以千里。”

小武想想也对，万一复原出一个眉眼和死者差别很大的面孔，按图索骥，对侦破方向产生误导，那还不如没有。

可是现在不是没办法吗，既无人报案，也无失踪登记。也许可以多做几个五官的组合，其中可能会有一个接近死者面孔。

面对一具毁容的死尸，小武想拿颅骨复原技术死马当活马医。

当夏彦听小武说要开介绍信去医科大做颅骨复原，他问：“那些吸毒人员你都调查过了？”

“我已经联系过一遍，大都联系不上。”

夏彦皱起眉头：“联系不上？”

“有的电话停机，有的搬家，有的家里说早就离家出走，很久不联系了，也有已经死掉的。”

“你怎么联系的？”

小武报告：“按照名录一个个打电话，电话联系不上的我还和他们辖区派出所联系过。”

“结果呢？”

“派出所说很多人的电话都停机了，他们也联系不上。”

夏彦腾地一下火就上来了。现在的年轻人普遍娇气、懒，不喜欢做费劲的基础调查工作，总想投机取巧，异想天开。看看监控上上网，破案有这么简单吗？这种新进刑警往往干不了多长时间，就会找各种借口跳槽换岗位。每年刑警队都会流失不少人，小武这样的性格就是典型。

小武也听出领导的语气很不好，不明就里，心中有点忐忑：“夏队，我想通过颅骨复原技术来还原女尸面貌，然后找起人来会比较靠谱。”

“靠谱？”夏彦破口大骂，“你能做点靠谱的事吗？这脸都烂成这样了，靠他们坐在办公室内捏捏橡皮泥就能复原？万一做得牛头不对马嘴，抓错人怎么办？”

小武还想辩解：“夏队，我是想请他们多做几个组合，也许能撞上一个。”

“撞一个？扯淡！刑警是靠撞大运破案的吗？你是哪个学校毕业的？哪个老师教的你？打打电话就算调查过了，你……”夏彦对着小武劈头盖脸一番训斥。

小武虽然心里不大服气，但是夏彦毕竟是领导，不敢顶撞。再说让他去核对吸毒人员，他只打电话确实说不过去。

其实中队长夏彦也不是因循守旧的人，他只是讨厌手下工作不认真、不踏实，特别是新入职的警员，身上的学生气还未脱去，眼高手低，不好好操练几年根本不能用。

中国刑警工作量超负荷，收入少得可怜，还经常有生命危险。拼死拼活干下来，家人往往还不理解。如果不是信念和热爱，没有人能长期坚持。

夏彦最近压力特大、烦心事多，小武算是撞在枪口上了。

他命令小武必须在一个星期内，把 53 个符合条件的在案北京吸毒人员调查完毕。这次可不是打打电话就行的调查，电话联系不上的必须一个个上门去核实人还在不在。

这下可苦了小武。

小武是北京人，独生子，家在西城区。从他家到单位，搭公交的话，单程要接近两个小时。说实在的，除非是某些特别肥的部门，没人愿意被分到这么远的郊县。在刑警队，根本就没有闲的时候，小武正式上班后几乎都住在单位宿舍。

北京那么大，交通状况全国闻名，从郊区往城里走，越走越堵。找一个人往往路上就要花半天时间。每天一睁眼就开始跑，半夜还守在人家门口问情况。

这样没日没夜地跑了七天。

北京 53 名吸毒人员中，最终电话和家访一共联系到 37 人（活着）、死亡 4 人，还有 12 人联系不上，其中 7 人搬离原址，不知所终；还有 5 人仅仅电话联系过，还来不及上门了解情况。

小武硬着头皮去向夏彦报告，出乎意料，今天夏彦的态度很平和，也许是超市投毒案破了的缘故，夏彦这两天心情好一点。

中队长知道这么短时间凭一个人的力量要把这么分散的吸毒人员查清楚是

不可能的，小武能跑成这个样子也算及格，他没有再责怪小武。

自觉进展太慢，小武大着胆子问队长是不是可以请缉毒队的人帮帮忙。夏彦说暂时不必，这周继续把没找到的人找到，河北的调查对象也查一遍，然后等老崔上班后听听他的意见再说。

/ 第三章 /

艾豆的挑战

1. 不脱胎，只换骨

术后第一天：清醒后，整个脑袋都缠着绷带，脸上贴着胶布，嘴里还插着两根导流管，痛不能眠。

术后第二天：我有一个猪鼻子，脸肿得一塌糊涂，冰敷，伤处又涨又痛。输液维持生命，呵呵——不能笑，嘴角固定着。痛，耳朵后面还有一个小伤口，削了一块软骨做鼻头。太难受了，还好没有开胸取肋软骨。艾豆最终选择自体软骨和膨体搭配的隆鼻方案。

术后第三天：伤处又痛又痒，不能沾水不能洗澡不能刷牙，人都臭了。

术后第四天：脸色还是发青，好像开始消肿了。医生把导流管拔出来，开始吃流食。

术后第五天：拆纱布了，换了一个缠脸的绷带。艾豆请护士拿来镜子一照，鼻青脸肿。天啊，完全就是一个鬼娃娃花子嘛！艾豆有点后悔。叶院长吹嘘金玉叶种种优势都是口头承诺，她手术前签的手术承诺书可是白纸黑字，全是她自愿的。万一手术出问题，金玉叶负责修复，免费。

术后第六天：没那么痛了，很想吃蔬菜、水果。

术后第七天：拆线，刺痛。脸还是水肿的，但是可以看出一点眉目了。

“教授，手术做得好吗？”

“我亲手做的手术还有不好的吗？当然好喽！你看，肿已经消了大半。”

“还像馒头一样。”抚着水肿的脸颊，艾豆可不自信，“叶教授，肿什么时候才能全部消掉啊？”

“你已经消了大半啦。每个人情况不一样，有的人快，有的人慢。如果要全部消掉，快的人大概两到三周就好了。大部分人大概要一个月到一个半月会消完，慢的人可能会拖两三个月。”

“啊，要那么久啊！”

“别紧张，我看你应该属于消得比较快的。”叶院长托起艾豆的下巴检查，“鼻子再过一个星期伤口应该就看不出来了。下颌骨要久一点，伤筋动骨一百天，至少的。这一个月你最好都留在北京，保持随访，以防万一。不能剧烈运动，不要感冒，不能大吃大喝。等下护士会把注意事项给你的，一定要遵守，否则出问题受害的是自己。”

“那，叶教授，你觉得像吗？” 这是艾豆第二关心的问题。

“像？哦，现在还不能确定，应该差不多吧。”

“如果不像就白挨刀了。”

“你应该感到庆幸才对。你知道过年前我们医院有多少人排队做手术吗？王金花让我一定要把你挤进去。钱先不说，有我们这样高水平的医生为你服务，你应该感到很幸运。会不会像？当初我就跟金花说，这只能尝试。毕竟人体组织是鲜活的，自由生长的，按照模板做出来也有可能组织再生长的时候发生变化。现在看，手术肯定是成功的。我觉得你现在的脸就很好看，洋气！你们上海人喜欢说洋气是吧？你现在的五官和脸型比手术前洋气多了，我觉得你会比秦薇更漂亮。”

“真的？”比秦薇漂亮是喜是忧？艾豆不知道，先喜吧。

“这是肯定的。你比她年轻，皮肤比她白，身材比她好，比她漂亮再正常不过。”

“如果秦薇因此嫉妒我，我岂不是要丢饭碗了。”

“哈哈，no problem，金花不要你，我要你。”

“我能干什么？当护士啊？”

“我们可以请你做广告呀，广告语就叫‘金玉叶妙手打造小秦薇’。”

哇喔！叶院长无可争议地是一位行销高手，艾豆现在有一点崇拜叶院长了。

“叶教授，现在你觉得我更有星相了吗？”艾豆记得第一次见叶院长时，叶院长说她有星相。

“美女，星相在天上，你要抬头看。”叶院长再度哈哈大笑，“不要问我，要问去问王金花，这个她比我专业。”

艾豆心想，这辈子想混到秦薇这个级别恐怕是痴心妄想了！

手术后第八天，出院。

王金花安排艾豆住在苹果园的一个小区，虽然离市中心有点远，好在离地铁站不远。

宿舍是两室一厅，简单装修，家具、家电齐全，艾豆觉得还不错。

但北京的冬天艾豆过得一塌糊涂，空气、交通比上海糟多了，饮食也不合胃口。

过了一个礼拜，脸上的水肿消得差不多了，但艾豆在家还是一直戴着弹力面罩。据说磨骨手术对肌肉损伤很大，时间久了脸会掉下来，过几年还要做手术提拉脸颊，艾豆可不想毁在后遗症上。

好在冬天穿得多，出门戴帽子围围巾，再加上口罩，晚出早归，没人注意她。艾豆也没什么地方好去，主要是超市菜市场。

医院交代艾豆不能吃硬的东西，她就自己在家做点东西吃。一连吃了一个月的面条稀饭，艾豆真想去肯德基来个全家桶胡吃一顿。不过即便完全康复了也不能多吃，还要减肥，她和秦薇体重差了快三十斤。

这个年要自己在北京过了，一则金玉叶要求她一个月内最好待在北京观察随访；二则和家里闹僵了。

艾豆打电话给家里报平安，但爸爸根本不接她的电话；和妈妈聊了聊，整容的事她可不敢讲，怕火上浇油。

还有就是肖晓彤，艾豆是到北京后才给他打电话说准备到北京工作。肖晓彤问她是不是想和他分手？艾豆只说自己想在事业上再努力一下。

肖晓彤沉默了一会儿说，如果不顺利就赶紧回上海，他可以养她。

一瞬间，艾豆很感动。

艾豆再见王金花已经是节后。

上一次见面还是在春节期间，王金花叫艾豆出来吃饭。

术后一个月的艾豆看起来和当年刚整容过的秦薇简直一模一样。

那时的秦薇还没有开始吸食海洛因，摇滚歌手喜欢的大麻、香烟和酒似乎对她的身材影响不大。秦薇最胖的时候接近一百三十斤。

后来沾上白粉就不行了，之后几年秦薇一直在戒毒与吸毒之间不断转换，体重维持在一百一十斤左右。当开始静脉注射海洛因后，体重开始直线下降，目前刚够九十斤。

以前大冬天穿件 T 恤裹件大衣就敢出门，今年不得不穿上厚厚的保暖内衣、毛衣还有皮草。房间内 24 小时暖气，即便如此，秦薇还经常感冒。

王金花一直劝她必须戒毒，秦薇也觉得再这样下去就全毁了，于是同意过完年去美国戒毒。

这些年和白粉纠缠，秦薇母亲在世的时候看得紧戒毒效果好一点，持续时间长一点。现在没人盯，完全靠自己的毅力，王金花并不乐观。出国可能会好一点，换了环境不见毒友，应该好戒一点。戒毒至少需要半年以上时间，不知道秦微坚不坚持得下来？毕竟去的不是强制戒毒所，来去相对自由。

这个时间段，把秦薇藏起来是公司高层的共识。美虎传媒已经 IPO 过会，现在就等 IPO 重启。据说 6 月底证监会会放行新股 IPO，在上市前的关键时期容不得任何负面消息。

王金花对艾豆的手术成果很满意，不过她故意皱眉头，嚷嚷道："太胖了！太胖了！一个月给我减到一百斤以内！"同时丢了一堆秦薇的资料给艾豆，让艾豆好好琢磨、学习、模仿。

压力山大！一个月减二十斤！

手术前艾豆大约一百二十斤，手术后一个月大概面条吃多了，已经很控制食量了，但还是胖了一斤。

艾豆给自己制订了一个要命的减肥计划：早餐，一杯豆浆；午餐，一个番茄或一根黄瓜；晚餐，一个水果或一份蔬菜沙拉。实在饿得受不了，就加一个鸡蛋或者在沙拉里加点鸡胸肉。然后每天带一大瓶水，走两站路到一家麦乐迪练三小时歌，再走回来。

就这样一边节食一边锻炼。一开始很难受，奇怪的是，时间一长身子反而轻盈起来，脸上不再长痘痘，皮肤也好了。一个月，居然真的降到一百斤。

王金花啧啧称奇："人的主观能动性还真是大。你的减肥食谱也给我一份，我回家也试试。"

术后两个月，整容的效果逐渐显露出来。一开始鼻子有异物感，现在习惯了。原先的圆鼻头现在变得小而翘，鼻梁明显比以前高挺，而且隆鼻之后内眼角被拉长了一点，感觉眼睛更大了。每天照镜子都觉得自己在变化，肯定是越变越好看啦。现在看来，当初决定整容是正确的。

还有，叶教授没有完全把她的下颌完全削掉，还是留有一定的折角，这是属于秦薇的折角。艾豆觉得保留这个小角度很有必要，否则和那些锥子脸们就雷同了。

窄脸、大眼、高鼻、阔嘴，水肿消去、拿掉绷带，原来圆脸、翘鼻、樱桃嘴的邻家女孩似乎一下子成熟起来，不仅是脸部的线条变得硬朗，心好像也坚强起来。

艾豆隐隐觉得，自己似乎在变成另一个人。

整容的效果连叶教授见到她都夸："酷！帅！太漂亮了！现在就想签你做代言。"

艾豆觉得现在这个模样最漂亮，如果王金花要求她把体重再减下去也有信心，就是不好看。她身高一米七左右，这个身高一百斤正合适。秦薇一米七，九十斤，实在太瘦了。

唯一一个缺憾就是减肥之后胸围降得太厉害，现在只剩A杯了，以前的胸罩都不能用了。秦薇也是平胸，估计是实力派，不屑隆胸。

艾豆打算接下来饮食逐渐恢复正常，通过运动来控制体重。最好可以保持一百斤的体重，身上有点肉，脸可以再瘦一点。

如果再剪一个利落的短发，染成金黄色或白色，踩一双恨天高登台，哼哼，肯定很炫。

"我是秦薇！你们好吗？""举起手，让我看见你们。""豆子们，跳起来！""Don't hurt me……"

一边练嗓子，一边在K房里模仿秦薇登台喊话的情景。偶尔，艾豆也会喊"我是天后！""我是艾豆！你们爱我吗？"

沉浸到巨星的幻境里给艾豆带来一个额外的好处，嗓子变好了，原先唱不上去的音居然能唱上去了。

可惜王金花交代她暂时不要剪头发，出门戴口罩。不要和外人交往，保持低调。

"你还要见一个人，她这关过了，你就可以上岗了。"

"王总？"

"王总那问题不大。"王金花的确忘记替身还需要王子冲过目。

"那还需要见谁？"艾豆有点紧张。

"还有谁？你要演的那个人啊！"

2.另一个我

秦薇给外界的印象是不按常理出牌，既可以和娱记勾肩搭背，也有要大牌、放鸽子、竖中指、打狗仔的过激行为。时而热情，时而冷漠的性格让外人很难捉摸，据说这与秦薇出生于单亲家庭有关。

根据资料显示，秦薇是北京人，从出生起就与母亲两个人生活。秦薇的母亲是音乐老师，秦薇曾经就读于音乐学院作曲系。

秦薇出生于1980年12月27日，摩羯座，属猴，O型血。高中时期秦薇就组了一支乐队，名字叫“SUPER MONKEY”。大学时期她的摇滚乐队名字叫“MONKEY2”，和美虎签约后这个乐队解散了。因为新公司美虎不赞成秦薇继续走纯摇滚路线，要求秦薇单飞。

秦薇只读到大二就退学了，资料上说秦薇退学是因为喜欢摇滚。音乐学院不教摇滚，理念冲突，退学。

艾豆在网上搜索到另一种说法，据称是“MONKEY2”的前成员爆料说秦薇因在学校琴房吸食大麻被要求退学。

秦薇与美虎签约之后，改走结合蓝调、爵士的轻摇滚路线，大受欢迎，走红，现在大红大紫。

秦薇的代表作有《SUPER MONKEY》、《口红》、《花痴》、《Don't hurt me！》、《零点24分的北京》、《一个人的朱丽夜》，等等。

由于是摇滚天后、外形出众、粉丝超多，秦薇代言的广告很多，林林总总有化妆品、首饰、洋酒、汽车、假发、服装等总计十七个品牌。

秦薇拍过一部地下电影——《北京的骨头》，是残酷青春题材（艾豆早就看过这部网络名片），影片主题曲就是秦薇的排行榜冠军单曲——《零点24分的北京》。

艾豆通过王金花提供的秦薇演唱会、MV、电视访谈、纪录片模仿秦薇的习惯动作、语气语调、措辞和习惯用语。

《北京的骨头》她又看了很多遍，在前面那些视频里摇滚天后面对镜头未免做作，言谈举止带着表演的成分，而这部电影里的秦薇仅仅是一个酒吧歌手，行为随性而粗俗，应该是真我流露。艾豆认为好的替身演员，除了能跟戴着面具的天后亦步亦趋保持一致外，最好还需要了解到脱去伪装的主人内心情感，《北京的骨头》提供了一个更全面了解秦薇的渠道。

秦薇在《北京的骨头》中有大量裸露镜头，片子因此不能公映毋庸置疑。

秦薇的绯闻不断，与她有染的男人似乎都是音乐圈的。但似乎秦薇每一段恋情都持续不长，原因王金花给的资料上没有说，也许那些绯闻大都不是真实的。目前秦薇没有对外公开的男朋友。

总体而言，艾豆在动作上模仿秦薇还比较容易，因为两个人外形和步履接近。但在声音上不太好把握。秦薇的嗓门儿比较高亢，有点哑，这大概与烟酒摄入过多有关。秦薇说话有时快，有时慢，有时又会长时间沉默，把对话人晾在一边。艾豆平常说话音调柔和、条理清楚，与秦薇不是一个路数。

艾豆试着少喝水，让嗓子处于比较干的状态。这样每当说话的时候，嗓子一紧，就提醒自己注意模仿秦薇语调。

“你想骗过我和秦薇身边的人是不可能的，你只要能骗过外面的人就行。”王金花对艾豆的进展还比较满意，安抚她不用紧张，慢慢练，不会这么快就让她上岗的。

“还有，”王金花补充道，“秦薇一直在关注你，你的情况我都有转给她。现在，她迫不及待想见你了。”

果然，秦薇第一眼看到艾豆，先是怔了三秒钟，然后揪着王金花的手臂硬拽，尖叫道:“哇哦！天哪！花姐，你从哪里把她找来的？”不等王金花回答又扑过来，“哦，你就是艾豆。宝贝，让姐好好瞧一瞧。”

艾豆今天穿了一条黑色牛仔裤，外加帆布鞋，身上是黑T恤，外面套一件黑色的机车款旧皮衣。皮衣是王金花从公司拿来的，这身装扮是秦薇在《北京的骨头》里的一个扮相。

“人最喜欢的就是自己，秦薇看你就像照镜子。你不用说话，只要乖乖地站在那里让她看，她就会喜欢你。”来之前王金花交代艾豆见面的注意事项。

王金花说得没错，秦薇看她就像在照镜子，凑近、后退，左看看、右看看，眯着眼睛仔细端详。

艾豆原地不动，开始模仿秦薇的动作，掐腰、抱手、摸鼻子，这下引得秦薇更加兴致勃勃，两个人开始互相模仿，不亦乐乎。

秦薇上下打量艾豆的同时，艾豆也在悄悄观察秦薇。

面前这个高个女人（穿着高跟长筒皮靴的秦薇比艾豆高半头），锥子脸，面色青白，黑眼圈，满脸暗疮，看起来十分憔悴。哪里是舞台上那个又蹦又跳、激情狂放、光彩照人的摇滚巨星？！

公开场合露面的秦薇从来都化着浓重的妆，没想到天后真人露相这么惨不忍睹。

没有化妆的秦薇简直不能看，谁说自己和她长得很像的？难道我也是这个德行吗？艾豆心里颤悠悠的，恨不能马上去照镜子。

不过，艾豆嘴上还是乖巧地说：“薇姐，我是艾豆，我是你的豆子。”

据说秦薇最爱吃的食物是豆子，所以她的歌迷粉丝自称豆子，秦薇有时也会自称大豆。

果然秦薇心中大悦：“宝贝，来，抱抱。”秦薇给了艾豆一个熊抱，还在她的脸上亲了一口。抱抱，是秦薇和朋友之间的见面语和习惯动作。这一段时间艾豆也经常练这个动作。

不过秦薇实在是太瘦了，那是一种特别的瘦削和憔悴，简直就是一种病态。拥抱自己的时候，艾豆感觉秦薇像一件轻薄款的羽绒衣一样包上来，感觉不到力量和体温。

秦薇身上喷有香水，但艾豆还是闻得出一股烟味。吸烟是秦薇的癖好，她一般吸白色万宝路，一天两包。

艾豆一直很讨厌吸烟，这一项模仿不来。证券公司有的大户室内烟雾缭绕，进去一会儿满头、满脸都是烟味。好在秦薇一般不会在公众场合吸烟，会不会都无大碍。

秦薇还喜欢喝酒，网上就有她在夜店喝得醉醺醺冲偷拍狗仔竖中指的照片。艾豆只在应酬的时候喝酒，她的酒量很好，对付不良居心的男人绰绰有余。酒量是遗传的，母亲酒量就很好。

秦薇把艾豆拉在身边，脸贴着脸，问一个跟着来的女孩："梦梦，我们像不像？"

那个叫"梦梦"的女孩左瞄瞄，右瞄瞄，说："像，像双胞胎。"

"真的？"秦薇掏出手机自拍，然后再看手机上的成像："哎呀，梦梦，你可真会拍马屁。我老得快像她妈了。"

秦薇说完放肆大笑，大家都跟着笑起来。

笑过之后，秦薇对着王金花感叹："花姐，真是岁月不饶人啊，看见她你是不是像看见五年前的我。"

王金花笑道："就喜欢胡说八道，没有的事。我看是你最近又瘦了，皮肤也不好，再胖起来状态就回来了。"

"真的吗？"

"当然。"

"唉，年轻就是好。看看你的皮肤。我的皮肤，该去拉皮了。"秦薇拉艾豆在沙发上坐下，再次端详。

"是，好像啊，如果能回到从前就好了。"

艾豆微笑着说："薇姐，其实我们没有那么大差别，我们年龄差不多。主要是今天我化妆了，你没化妆。我一直在模仿你，来之前我觉得已经模仿得差不多了，今天见到你，才发现自己差太远了。如果你化好妆，我就更望尘莫及了。"

"哟，花姐你看，上海女孩就是嘴甜。"秦薇故意皱眉，但掩不住脸上的笑意。

艾豆觉得好笑，秦薇这么容易哄。

"来，来，再夸姐几句。最近就没什么开心的事。"

"薇姐，我说的是真的。国内歌手我最喜欢的就是你。我可不是拍马屁，否则也不会模仿你。可惜我的水平不行，你是真正的实力派。”

“我看过你的演唱视频，唱得还不错，应该是学过的吧？”

“我小学参加过少年宫的合唱团，中学的音乐老师不错，是上海音乐学院毕业的，我跟她学了很多，大学时也一直有练。”

“怪不得，我看你唱歌还是比较讲究技巧的。”

“不行啊，毕竟是业余的。你那首《Don't hurt me》，我只能用假声混。”

“哦，那个高音区已经到a3了，真声能唱下来的话，你可以当专业歌手了。”

“薇姐，你太厉害了，a3轻轻松松就上去了。贴吧里有豆子说你现场飙高音，真声可以到b4，神一般的存在啊！”

“哎哟，那还是上大学的时候，现在可不成。”秦薇的嗓子尤其高音的表现力在国内女歌手中当然是出类拔萃的，平常表扬的话听得太多，偶尔听到比较专业的赞誉还是得意的。

秦薇冲梦梦一伸手，食指勾勾。梦梦赶紧去包中摸出一盒白色包装的万宝路出来。

“你抽吗？”秦薇把烟盒开口的地方冲向艾豆。

“我还在学。”艾豆想去接烟。

“就不害你了。”秦薇把手缩回去，“花姐不让我在公众场合抽烟。”

“我的话你听吗？”王金花反问。

秦薇笑笑，抽出一支烟，旁若无人地抽起来。

回到刚才的话题，艾豆对秦薇说：“哎，薇姐，我真声顶多到g2，再上去就得用混音了。”

“你嗓子还可以，再好好练练，应该可以唱高一些。”

“一高就觉得喉咙紧，累得慌。”

“可能是喉位高了，气不顺。有时太用力反而唱不好，放松一点，把喉位降下来，去找共鸣。”

“我回去按你教的再试试。哎，我想拜你做老师啊，薇姐。”

“哪天有空教教你可以，做老师不行，我这人没耐心。”

……

秦薇和艾豆一见如故，从唱歌到整容，越聊越投机，到后来秦薇甚至提出让艾豆到她家住几天，好好聊个痛快。

一个多小时一眨眼就过去了，秦薇的语速明显下降，开始打哈欠。

王金花见状，过来对秦薇说：“×× 卫视的频道总监刚才给我打电话，说想和你见一面，一起吃个饭好不好？”

“我现在一点儿胃口都没有。”

“是吃晚饭。”

“我晚上要录歌。”

“人家专门飞北京就是为了见你，你就赏个脸吧。”

“有什么事吧？那个人说话唾沫横飞，挺让人讨厌的。”

“就是上次说的那个事，他们台要推的新节目——《中国星之声》，他们还是想请你做导师。”

“导师，我这种人能做导师？我说了我不去。”

“他说还有一个国内一线演员也要去。”

“谁爱去谁去，反正我不去。”

“……”

“录电视节目难受死了，装模作样不说，一录就是七八个小时，都快长痔疮了。我吃不消，你拒绝他吧！”

王金花没办法，只好说：“好，这个我来说。不过晚上就吃个饭，随便聊聊，以后还有合作。吃完饭你就走，不耽误你进录音棚。”×× 台是王金花的大客户，财神不能轻易得罪。

秦薇又打了一个哈欠：“那随便你。”

她站起身，助理梦梦过来帮她穿上大衣。

秦薇转头伸出一根食指，在艾豆眼前晃着，语调古怪地说：“另一个我，晚上我给你打电话，我会把你写进我的歌里……”

3. 假面天后

3 月 28 日，周六，开工大吉！

艾豆的第一份替身工作是为廊坊一家 shopping mall 开幕剪彩。秦薇嫌远，还要早起，不愿去。顺理成章，王金花安排艾豆顶班。

北京的春天云白气爽，和街边的行道树一样，捂了一个冬天的心情开始发芽。

一大早，有车子把艾豆接到一家化妆工作室。

艾豆看到秦薇的助理林梦梦在里面，左手拿着一杯豆浆，右手拿着一块面包，一边在啃，一边和一个女人聊天。

看到艾豆，林梦梦站起身来打招呼：“薇姐早。”

艾豆稍稍愣了一下，赶紧说：“梦梦，你来啦！”

林梦梦继续说：“薇姐，你昨晚看起来睡得不好，眼皮都肿了。”

艾豆有点紧张，有外人在，她不知道如何回答。昨晚她兴奋过头，大概到三点才迷迷糊糊睡着，六点又被闹钟闹起。

林梦梦笑了：“没关系，你别紧张，这是薇姐的御用化妆师，米老师。”

艾豆冲着米老师点头：“你好，米老师。我叫……请多关照。”

米老师笑道：“‘秦’小姐，你好，花姐都交代过了，今天我来帮你化妆。”

米老师是一个四十出头的圆脸女人，圆眼睛，眼角的鱼尾纹很明显。她留着比较幼稚的童花头，有几缕头发挑染成酒红色。

林梦梦问米老师：“米老师，你看像不像？”

米老师点点头：“很像，与阿薇前两年很像。”

米老师拍拍化妆椅：“请坐，秦小姐，我们开始吧！”

也许是看到艾豆直挺挺地坐得太端正，米老师又笑：“你不要紧张，坐舒服一点，化妆要一段时间。”

米老师一下手就是厚厚的粉底，然后专注而细致地一层层上妆。

艾豆和很多上海女人一样，皮肤不错，所以她平时化妆一般不打粉底，上隔离霜后打点散粉，然后上点腮红，涂涂口红，完成，十五分钟以内搞定。

艾豆上次见秦薇，素颜的秦薇脸上肤质很差，不化妆根本无法见人。艺人天天化妆，对皮肤伤害严重，尤其像秦薇这样喜欢浓妆的，皮肤可想而知。

还有秦薇眼部的妆还画得特别浓烈。果然，米老师除了给艾豆画眼线，还装假睫毛，装好假睫毛再涂睫毛膏。

艾豆心想：My god，这下卸妆有的烦了。

米老师建议，要去买一瓶专门的眼部卸妆液。

妆化得差不多的时候，王金花也来了。

化妆师问王金花有什么意见。王金花瞅了几眼，说没问题。

米老师定妆，没有问艾豆的意见。

米老师最后还给艾豆戴上一顶黑色的长直假发，一副镶有硕大钻石的耳环，一块镶满钻石的手表，肖邦的。

艾豆轻轻吸口气：“哇，好多钻石呀！”

米老师笑道：“别紧张，假的。”

终于化好了，艾豆看着化妆镜中的自己，真是不敢认。除了眼睛是活的，其他部位像贴了人皮面具一样。整个人看上去明显成熟多了，艾豆想一定是王金花交代过米老师，要刻意把她化老。

服饰昨天就配好了，黑底暗格的打底衫、紫色的打底裤、黑色双排扣薄呢大衣、prada深黑色磨皮高跟长筒靴、紫色birkin包、prada墨镜。

长筒靴的金属鞋跟足足有十三厘米高。艾豆站起来，比屋子里其他三个女人要高一头，鹤立鸡群啊！

我是巨星！我是天后！艾豆心想。

虽然昨天已经做过预演，虽然有王金花在身边，一路上艾豆还是很紧张。

王金花见状，宽慰道：“今天到现场后先和开发商见个面，然后出席开张仪式。先是领导讲话，再是老板讲话，然后剪彩。剪完彩参观商场，走一圈就回北京。你不用紧张，只要保持微笑就行了。一切问题我和梦梦都会帮你过滤、挡驾的。”其实王金花多少也有点担心，林梦梦是她向秦薇借来的，米老师也跟车，一起为艾豆护驾。

还好实际情况比艾豆和王金花想象得顺利多了，没有人看出来狸猫换太子。

现场来了大量秦薇的歌迷粉丝，艾豆所到之处全都人山人海，随时有人冲过来要签名、要合影。

商场内到处悬挂着印有秦薇头像的广告招贴，“3.28，与天后一起HI”。

化过妆的自己与海报上的秦薇外貌并无二致，更何况还戴着墨镜，艾豆稍微心安。

凑热闹的人很多，一堆保安围在身边，艾豆像提线木偶一样被人牵着走。

王金花别说保护她了，早被挤得东倒西歪，头发凌乱。倒是林梦梦机敏强悍，在艾豆身边左抵右挡，帮艾豆挡掉不少骚扰。

除了秦薇外，开发商还请了几位中小明星捧场，一位热门的女主播负责现场主持。

最后与领导、老板一起剪彩的，只有秦薇。艾豆看到了那些小明星在一边妒忌的眼神。哼！

虽然场面乱哄哄的，艾豆现在反而不紧张了，兴奋开始占据心房。保持微笑，偶尔伸出手和四周围观的人群打打招呼。

艾豆朝一个方向的粉丝挥手，那个方向的人群就爆发出欢呼，换一个方向，又是一片欢呼。

太帅了！太好玩了！

仅此而已，太简单了！

替身工作远比想象中轻松，唯一让艾豆感到不轻松的是高跟鞋。

艾豆在女生中算比较高的，在上海她平常较少穿高跟鞋，更不要说十几厘米的恨天高了。

可是，高跟鞋是秦薇的标志性穿着。尤其在这种场合，不穿不行。

王金花给她配的这双十三厘米高跟的prada长筒靴，超酷、超帅、超酸。一个半小时穿下来，艾豆感觉脚趾痛得不行，脚踝快要折断了。

回程的车上，艾豆实在受不了，也顾不得一车的人，径直脱掉鞋子光脚透气。

王金花笑："下次你带一双平底鞋，换着穿，一直穿谁也受不了。"

艾豆说："薇姐好像很享受。"

王金花一撇嘴："她啊，死要漂亮活受罪，脚都穿变形了。"

王金花对艾豆第一次演出成果很满意，按照艾豆今天的表现，类似的活动第二次就不需要她跟着了。

月底发薪水，总共2.5万元。除了基本工资外，公司多给了五千，多出的五千是廊坊剪彩的奖金吗？

工作合同里没有明确奖金计算方式，艾豆也不清楚秦薇的出场费具体是多少，所以这是糊涂账。但是刚开始不能提要求，这个常识艾豆懂。何况，比起以前的工作和薪水，艾豆对现状相当满意。

四月，王金花又给艾豆安排了几份工作，不是出席门店开张就是楼盘开盘这样的商业活动。由于这种活动无聊，或者在外地某个三四线城市，舟车劳顿，以前秦薇经常不愿出席。现在有艾豆顶班，相当于多出一大块营业收入，皆大欢喜。

至于有很多圈内人或者娱记出没的场合，如果秦薇本人不能出席，王金花都会推掉。毕竟秦薇和艾豆两个人还是有差异的，王金花担心撞上熟人或者眼尖的狗仔，还是谨慎一点儿好。

几次下来，艾豆对出席这种商务场合已经驾轻就熟。现在她知道人越多越安全，往往只要一个人带头喊"秦薇来了"，就会有一百个人附和，叫喊、拍照，还有粉丝会哭，哪还有人怀疑真假。

虽然喊的是别人的名字，艾豆暂时还乐在其中。只是工作结束回家的时候，会有一点失落。从前呼后拥、保镖助理开道，人人奉承，出入豪华厅堂的巨星，到司机停在某个僻静的街道，把裹着围巾、戴着口罩的她悄悄放下，再一个人回到苹果园那套简装的出租房，这种反差，任谁都会感到失落的。

如果哪一天，粉丝喊的是自己的名字就真Hi了！

而且，单单出席商务活动实在没什么技术含量。

美虎有一个经纪策划团队专门为秦薇服务。出席某个场合，所有的事情都是安排好的，所有媒体提问都要经过筛选。她只要露个面，说几句客套话，按流程走下来就可以结束了。

替身工作的新鲜感开始消退，艾豆想自己是不是太贪心了一点，正式工作才开始三个星期不到。

如果王金花能给她安排一些更有挑战性的工作就好了。艾豆想去找秦薇，让秦薇教她唱歌。唱功提高后，说不定有机会登台演出。但是王金花似乎不愿意她接触秦薇，艾豆不敢造次僭越。

鉴于艾豆的表现，王金花其实想给艾豆多安排一点儿活，但是秦薇不希望艾豆染指过多，她只同意王金花给艾豆安排一些不重要的或者外地的商业活动，演出和广告代言不行。

另外，秦薇虽然同意出国戒毒，但是迟迟不愿动身。一会儿说走，一会儿又说准备在家戒毒。

王金花知道秦薇在逃避，在家戒毒那是胡扯。不过也没办法逼她，只得由她放纵。

4. 挑战失败

很快，艾豆的挑战来了。

今年年初，福建的一家运动鞋厂商火焰鸟上门希望秦薇代言旗下产品。但秦薇今年来身体状况很差，萎靡颓废，为运动品牌代言简直就是笑话。再说火焰鸟只是一个新出的不知名品牌，与公司对秦薇的定位不符。于是王金花报了一个天价，当时把对方吓退了。不曾想，火焰鸟考虑了两个月，居然再度上门表示接受美虎报价。

那是一个令人无法拒绝的价钱，美虎心动了，秦薇也没意见。于是三月底美虎代表秦薇与火焰鸟鞋业正式签约，秦薇将代言火焰鸟品牌系列运动鞋。

代言广告涉及平面广告和电视广告拍摄，平面广告可以在北京拍摄，但厂商希望电视广告画面中出现厂房等企业形象，需要到晋江拍摄。可是秦薇沉迷毒品，从四月以来整日浑浑噩噩，几乎足不出户。计划中的广告拍摄已经推迟了两次，再推火焰鸟要不干了。王子冲和王金花决定冒险让艾豆试一下，秦薇此时身不由己，只好点头同意。

王金花对艾豆说："这是我给你争取的机会，不要给我丢脸。"

艾豆心花怒放："谢谢花姐，我一定会努力的！"

这又是艾豆的处女作。

虽然之前艾豆的表现相当不错，但拍广告毕竟比剪彩复杂得多，不仅需要和各类人马打交道，还需要表演能力过硬。

去晋江要先乘飞机到厦门，再从厦门转车去晋江石狮。王金花有事不能陪同前往，除了秦薇经纪团队中专门负责广告业务的专员外，王金花再次向秦薇借助理林梦梦来护驾。

林梦梦原来是美虎艺人部的工作人员，秦薇是她的服务对象之一，秦薇成名之后转为秦薇的私人助理。现在除了王金花，秦薇和外界联络交际的主要渠道就是林梦梦。林梦梦不仅处理各类事物非常有经验，而且做事得体，深得公司和秦薇信赖。

王金花希望让林梦梦的经验帮助艾豆化解工作上的生疏和紧张。再有一则，经常采访秦薇的娱记普遍认识林梦梦。有林梦梦在，相当于为艾豆背书——秦薇在此。

虽然火焰鸟厂商承诺提供最好的出行待遇，艾豆和林梦梦乘飞机去厦门，美虎公司依然再派了一辆房车、一辆SUV和两个保镖过去。王金花知道排场唬人，尤其是闽南这样的财富之区。

最初，一切顺利，厂商很客气，接待很殷勤。

艾豆这次来主要是拍电视广告。广告公司是一家4A广告公司，看起来也很专业，导演还是一位老外。

根据拍摄脚本，秦薇出现时穿着紧身运动衫、运动鞋，清晨时分跑过街道、海滩、城市广场、街道、工厂。在奔跑的过程中，朝阳冉冉升起。

现场拍摄时出了状况。

首先，身高近一米七、一百斤不到的艾豆太瘦，身子单薄，腿细细的没有肌肉，紧身衣撑不起来，不好看。折腾一番之后，决定换宽松一点儿的运动衣。

调来合适的运动衣，开拍，艾豆的跑步姿势又有问题。

一是紧张，二来艾豆不喜欢运动，平常极少参加体育活动。她跑步姿势有点内八字，手的摆动也很机械，画面上看起来很怪，简而言之，难登大雅之堂。

这下麻烦了，跑步姿势几乎是天生的，艾豆现在已经奔三了，一时之间怎么改得过来？

跑了好多遍，导演都不满意。

从五点到七点，太阳已经升得老高，这个场景就没法拍了。

第二天又是失败。

广告公司开始抱怨，现场几十号人，机器设备，还有群众演员、场地，大概还申请了封路，每天一大笔开销。毕竟是请天后拍广告，也不敢说太多。

第三天，艾豆依然无法达到要求。

如此再三，那个老外导演脸色开始不好看，从嘟嘟囔囔到骂骂咧咧。虽然翻译传达的时候把难听的话都删除了，但艾豆听得明明白白。苦于是自己的原因阻碍拍摄进度，艾豆不敢还嘴，可越是紧张，动作就越拘谨效果越差。

再一次失败之后，老外导演把话筒一摔，径直走开了。现场一下子安静下来，工作人员看看导演，看看艾豆，开始窃窃私语。

过了一会儿，摄像师也走了，只剩下艾豆一个人待在场中。艾豆感觉无地自容，想逃却手脚发软，连步子都迈不开。

林梦梦过来把艾豆拉回房车，关上车门。

“你怎么啦？”

“对不起。”艾豆低下头。

“大小姐，你这样可不行！”林梦梦的语气有点重。

这些天，林梦梦对艾豆人前毕恭毕敬，人后比较随便，两个人还挺聊得来。今天是她第一次这样严肃和艾豆说话。

“对——对不起。”艾豆的眼泪禁不住落了下来。

“从来没有人敢对薇姐这样说话，花姐也不敢。还丢话筒，他算什么玩意儿？薇姐知道肯定气疯了。”

“实在对不起，我给薇姐丢脸了。”艾豆哭出声。

林梦梦皱起眉头：“你不要哭，万一被他们听见更丢脸了。”

艾豆只好捂住嘴巴抽噎。

“唉，你这样软弱，人家就蹬鼻子上脸，给你脸色看。薇姐拍广告，哪个工作人员不是屁颠屁颠的。那个导演在耍威风，给你脸色看，你知不知道？”

“我知道，是我的问题。”艾豆心虚。

“如果你服软，他就会爬到你头上去。”

艾豆尴尬地说："这是我的问题，我实在跑不来。"

"那怎么办？"

"要不打电话给花姐，让薇姐自己来。"

"哼，你这时候打电话给花姐，那是讨骂。"

"……"

"哼，薇姐还说你不错。没想到这么快就掉链子了？"

"对不起——我——那怎么办？"

"我不清楚，反正不能服软。你刚才那个样子，我看了都丢人。"

艾豆很沮丧，自己真没用，连跑步都不会，还挑战个屁。

这时有人过来敲车门，是广告公司的。他说导演回来了，问可不可以开工？

林梦梦没好气地回答道："你们先等着，小姐现在不舒服。"然后对车外大喊，"王大斌、杜强，你们过来，没有薇姐的吩咐，谁也不要靠近。"

王大斌和杜强是公司从北京派过来的保镖，人高马大，黑衣墨镜，在车门边一站，哼哈二将，煞是威武。广告公司的人识趣地避开了。

"要不我再去试一试？"艾豆一点儿自信都没有。

"你行吗？算了吧，看你那垂头丧气的模样，一点儿神气都没有，怎么拍？我看不如回酒店，今天先不拍了。"

"那怎么行吗？外面这么多人等着呢。"

"管他们的，姑娘不高兴，说不拍就不拍。"

"这个——"艾豆可没这个胆量。

秦薇的助理都这么牛气，这时候艾豆开始明白替身和天后的差别了。

"怕什么？薇姐就是这样，今天不高兴，就在床上躺一天，天王老子来请都不理睬。"

"那要违约了？"

"违约？合同上怎么写的？"

"我没看过合同。"

"身体不舒服总可以吧。合同上应该有这一条，如遇身体原因有权延期什么的。我帮薇姐看过合同，她的广告合同上都有这样的条款。"

艾豆嗫嚅道："我看还是先打个电话给花姐吧。"

不用等艾豆打电话给王金花，现场已经有美虎的人打电话报告了。艾豆和林梦梦在车内商量的同时，其他同事已经把目前的僵局捅给王金花了。

王金花的意见和林梦梦一样，她让艾豆先回去，商量一下再说。接到指示，美虎的两辆车扬长而去，这下轮到广告公司傻眼了。

5. 大牌是这样耍的

艾豆碰到的难题对久经沙场的王金花来说，只是一件小 case。

没名气的小艺人性格脾气都要藏起来，只有乖乖听话的份儿。大牌明星脾气大、架子大，要小心伺候。像秦薇这样的大牌，赚钱已经不是第一要素，经纪人一切都顺着她的心思来，因为赚主子的钱是经纪人的第一要务。

秦薇的代言合同上有由于身体原因可以推迟或取消拍摄计划，以及有权更改拍摄内容的保护性条款。

火焰鸟这种级别的客户也不怕得罪，所以王金花了解过艾豆的情况后，指示："第一，你让小乔去跟火焰鸟的人说，广告公司的这个剧本创意不行。你不喜欢，要改。"

"如果他们不同意我怎么回答？"艾豆一听就紧张。

"不用你回答，也不用你出面说，小乔会坚持的，但是她会说是你的意思。"王金花明显不满意艾豆的态度，"你要知道，你现在不是小艾，是秦薇，是国内最红的摇滚天后。我要告诉你的第二点，比第一点更重要。不要低眉顺眼的，像个受气的小媳妇。拿出巨星的派头和腔调，不要给秦薇丢脸！如果你连摆架子都不会，你就回来吧，这份工作不适合你。明白吗？"

"明白了。"

"声音大一点！我听不见！"王金花在电话里吼。

"听明白了！"艾豆大声说。

"我听不见，再大声一点！"

"我是秦薇！我要改剧本！"艾豆对着话筒放开嗓子大喊。

砰！一幅装饰画从酒店客房的墙上掉落到地上。嘶吼的力量有这么神奇吗？

遵照王金花的指示，艾豆让企划小乔转告火焰鸟，广告公司这个跑步的剧本她不满意，要改。改好她审阅通过后再拍。另外，她不想再见到那个老外导演。要么他走，要么她走（这是艾豆自己想到的）。

把条件抛出去后，美虎一行人就准备回北京。

天后要大牌，自然惊动了火焰鸟的林老板。

厂商负责人突然上门求见，艾豆着实紧张，急匆匆地打电话请示王金花。好在登门的林由豪不是去北京签合同的那一位林老板，王金花让艾豆随便应付一下。

艾豆化好妆，戴了墨镜去咖啡厅见林由豪。这个林老板看上去很年轻，三十岁左右，有着典型闽南人的长相。

“秦小姐，真是不好意思，听说你的房间里有一幅画砸了下来，有没有事啊？我已经要求他们换房间了。”林由豪再三道歉，普通话有一股闽南腔。

“不用了，我今天晚上就回北京。”艾豆语气生硬。实际上她挺紧张的，这个林老板似乎很精明，她突然想到这时候拿根烟也许会镇定很多。

欧耶！林梦梦真乃神人也，居然在这个时候出现，递上一包香烟和一个打火机。

艾豆装模作样地问：“这里能吸烟吗？”

“没关系，石狮的酒店都能吸烟。”林由豪招手让服务生送烟灰缸。

“你抽吗？”艾豆问林由豪。

不曾想，林由豪居然不抽烟。在闽南这些天，看到的男人几乎各个抽烟。

“真少见。”艾豆揶揄道。

林由豪解释：“我以前也抽，抽得很厉害，后来得了支气管扩张，就不敢抽了。”

“这么严重？那我也不抽了。”艾豆顺势把香烟放回桌上，反正她抽烟也是装腔作势，能不抽更好。

“没事，你抽，不影响我。”林由豪有点尴尬。

“不了，怎么能让衣食父母吸二手烟，哈哈。”艾豆觉得在吸烟上小胜一筹，开始放松。

坐舒服一点，放开点，要有天后的气场。

言归正传。

“这个，秦小姐……广告还没有拍好……怎么急着回北京？”

“你应该知道了，这个本子我没法拍。”

“但是，广告公司说剧本事先提交过，贵方没有异议才开拍的。”

“对不起，我没看过。”艾豆只能耍赖，内心其实很惭愧，确实都是她的错。

林由豪迟疑了一下，说：“你看能不能多待一两天，我让广告公司马上改剧本。”

林由豪把火焰鸟接下来的广告推广计划和艾豆大致汇报了一下，他希望艾豆能留在晋江把广告拍完再走。

“剧本弄弄也要几天，我最近工作排得很满，没办法在这等。等剧本弄好了，我马上飞过来。你看行吗，林老板？”艾豆一副爱莫能助的模样。

林由豪有点恼火：“秦小姐，请你代言，我们是非常有诚意。现在请哪个大腕儿也不需要一千万，还是扣税的。”

这次火焰鸟请秦薇代言的代言费是一年税后一千万人民币。这个数字不要说一般影视明星，一线明星也只有当红时才能拿到。

艾豆耸耸肩：“很多吗？”

林由豪稍稍愣了一下，再苦笑：“秦小姐，你是天皇巨星，日进斗金，可能不知道我们做鞋的辛苦。一千万，我们可能要卖几十万双鞋才赚得回来。”

“林老板，你谦虚了。现在电视台不都是你们福建的运动鞋在做广告吗？好像还请了NBA的明星嘛，应该不止一千万吧。”

“现在经济不好，国内的运动品牌都很困难。竞争又激烈，不打广告不行，只好硬着头皮上。我们好在前两年扩张没那么厉害，但是库存依然不低。这里没有外人，说出来不怕你笑话。我看过你去年在娱乐圈收入排行榜的数字，我们去年20多亿的销售收入，净利润还不到你收入的一半。今年情况更不好，人工成本又涨得厉害，晋江不少小厂都关门了。”

艾豆看过一些运动品牌类上市公司去年的财报，普遍亏损、高库存，证券公司都建议投资者远离此类股。

“优胜劣汰，最终能生存下来的才是好公司，不是有首闽南语歌叫‘爱拼才会赢’吗？”

听艾豆这么一说，林由豪有点兴奋：“秦小姐你也知道‘爱拼才会赢’？这是我们闽南人的真实写照啊！秦小姐，以前我们给别人代工，做一双鞋就赚两三块钱。现在做自己的品牌，资金压力又很大。说实话，这个价钱我们是尽力而为了。本来公司并没有这么高的预算，因为我是你的歌迷，是我极力主张请你代言的。我们是非常有诚意的，希望借助你的影响力、号召力来推广火焰鸟。我们的媒体计划早都排好了，就等你来拍广告……”

八卦媒体上有说国内一线明星的广告代言费在几百万左右，火焰鸟这次为秦薇一下投入一千多万，对火焰鸟这个级别的企业来说是天价了。现在做实业真是挺可怜的，这么大的企业，辛辛苦苦干一年赚的钱还不一定能在北京三环内买套房子。

艾豆挺同情林由豪的：“价钱都是公司谈的。虽然你们出的价钱不错，但是你应该知道一般的品牌我是不会代言的。不拍不是我耍大牌，是我对那个剧本有异议，我觉广告创意不好，没有展示出火焰鸟的特色。电视上运动鞋广告都是某个运动员或者明星跑跑跳跳，广告又多，根本分不清谁是谁？如果我也那么跑一圈，到时候搞不好大家只知道秦薇又做广告了，却不知道谁是广告主。那你们做广告不就失败了吗？既然由我来代言火焰鸟，我希望火焰鸟能一飞冲天。我不希望最后我赚钱，你们亏钱。搞到最后销售不好，你们觉得请秦薇没用、亏了，我也很没面子。你说我说得对吗，林老板？你们还认为我是在耍大牌吗？”

艾豆虽然说的是客套话，但这一席话说得相当诚恳、分析到位，就像她在做业务员时的表现。

林老板很受用，竟然站起来鞠了一躬：“哪里哪里，我可没说您耍大牌，我们感谢还来不及呢！真没想到，您考虑得这么深入。我们请您做广告就是想突出名人效应，忽略了产品自身的卖点。真是非常谢谢您，您的意见非常有价值，是及时雨呀！我回去要好好检讨一下，重新做几个方案。”

“好，这个建议算我附送的，不另外收费了。”

“其实我们也知道，如果再不做出改变，这样拖下去，必死无疑。所以去年我们公司设计部大换血，请了好几位国外设计师，就是想拼拼设计，做一些上档次的产品。”

“是有几款鞋样子不错。”

“你穿的那款跑步鞋就是我们今年秋冬季的主打产品，你喜欢吗？”

这下揭到艾豆伤疤，她老实不客气地说：“说实话，没感觉。”

“啊，怎么会没感觉，它的鞋底和鞋面都是采用目前国内最先进的……它根据猫科动物的足底特点，仿生……”

林由豪给天后解释自家跑步鞋的优点，可惜艾豆一点儿都不感兴趣：“我不跑步，你说的那些优点我不清楚好在哪里。我只管样子好看不好看。”

“那你觉得样子好看吗？”

“这么贵？这个价钱在网上可以买到耐克和阿迪达斯的鞋了吧？”艾豆印象中网上耐克和阿迪达斯便宜的也就一两百一双。

“我们做的是专业跑步鞋，不是那些大路货。专业的跑步鞋比一般的运动鞋贵，阿迪达斯的专业跑步鞋至少一千元以上，美津浓和艾斯克斯的更贵，淘宝上一两百块的基本都是假货，专业练跑步的是不会买假货的。”

艾豆觉得未必。她看过一个资料，现在国内的假货销售已经占据耐克半壁江山，企业苦不堪言。

“你们跑步鞋是卖给专业选手的吗？”

“我们的跑步鞋是专业级的，可以比赛用。火焰鸟一直是福建体工队的赞助商，现在我们在和国家田径队谈，希望赞助国家队。”

“一般人跑步没那么讲究吧，我看随便什么运动鞋都可以穿。”

“我们有详尽的市场调查，真正爱好跑步的消费者还是比较讲究鞋的性能和质量的。当然我们希望普通消费者会来买我们的跑步鞋。跑步鞋科技含量高、材料轻便，穿着起来比一般的运动鞋舒适，一般消费者能感受得出来。”

“你没明白我的意思，林老板。一个普通消费者，在花三四百元买运动鞋的时候，他会买阿迪达斯还是火焰鸟呢？而一个长跑爱好者，他买专业跑步鞋的时候会考虑国产品牌吗？还是崇洋媚外去买一双阿迪达斯或者美津浓的跑步鞋？你们的USER目标客户到底是谁？”

艾豆的商务英语硕士不是白读的，市场营销是必修课之一。毕业后又在券商业务部混了那么久，侃侃市场定位、客户定位不在话下。

林由豪没想到艾豆一下提出这么专业的问题，不得不慎重回答：“火焰鸟做跑步鞋还是这两年的事，口碑还不能跟索康尼、美津浓这些专业的品牌比。我们现在也不指望专业的运动员来买我们的跑步鞋。我们的目标客户是爱好运动、比较讲究装备但是预算有限的年轻人……我们的卖点是产品是专业级的，价格却只有同档次国外品牌的三分之一或更低。”

艾豆叉起双手咬牙装出生气的模样：“原来你们把我定位成质平价廉的代表？”

林由豪不慌不忙地解释：“秦小姐，你误会了。你是实力派！摇滚天后！大众情人！绝对质优！所以我们付出了高昂的代价才把你请到石狮来。”

能开玩笑，气氛就开始融洽了。

两个人吃饭的时候，林由豪说：“秦小姐，我看过《北京的骨头》。”

“好看吗？”

“好看，很那个——”

“重口味是吗？”

男人笑得有点暧昧：“秦小姐，你为什么不继续拍了？我觉得你拍电影很好看。”

“都是白看，又不能卖票。”

“你坐在窗台上唱歌那一段，哇，人太漂亮啦，歌太好听啦！‘Hi baby，这是零点二十四分的北京，请卸下你的心防。不要说不会再爱，不要把夜色当作伪装。相信我，我不……’”

林由豪突然荒腔走板地开始唱秦薇电影《北京的骨头》的主题歌《零点二十四分的北京》。

“哈哈哈，天哪，求求你不要唱了。林老板你把秦薇的歌糟蹋成什么样了……”

林由豪不受干扰，更起劲儿地往下唱：“……Hi baby，相信我……”三瓶红酒下肚，林由豪舌头有点大。

太可乐了，但艾豆不敢放肆大笑。艾豆很清醒，只是觉得脸有点热。整容手术刚满三个月，她怕大笑把刚刚长好的伤口撕开了。金玉叶的医生说真正完全长好至少需要半年以上，做一切运动时都要小心。

“秦小姐，这下你相信我是你的歌迷了吧。”林由豪嗓子已经破了，“对不起，你的歌音太高了，没有一首我能唱下来。”

说真的，两个人在一起的气氛真心愉快。

笑过之后，艾豆双手抚着脸说：“林老板，你去找一下，我在电影里一直穿的一双运动鞋，应该叫板鞋吧。那是剧组找来的，我觉得很不错，就一直穿。我喜欢板鞋，我觉得板鞋和牛仔裤一样，越穿越好看，运动鞋一旧就很难看。”

“板鞋我们也有生产。”

“拿几双给我看看，你看是不是能够专门为我设计一款限量版的板鞋。我喜欢真皮的，鞋帮高一点，白色、紫色都可以。到时候我可以放到官网上卖，可以卖一双捐多少钱给慈善基金会这样，价格就卖888或1888一双好了。你看这个主意怎么样？应该可以帮你们提高品牌形象。”

林由豪拍案叫绝：“这个主意太妙了！我马上叫设计师做方案。休闲鞋也是我们想突破的方向，就是苦于没有突破口。如果有你来为我们破局那是再好不过了。你的粉丝那么多，肯定很好卖。”

“我觉得还可以另外起个名字，做一个高端的运动休闲品牌，成功以后可以把整个产品线档次提高。嗯，我觉得名字要重新起一个，火焰鸟给人的感觉比较low，林老板，你明白我的意思吗？”

“我明白。秦小姐，我太佩服你了，你不仅是摇滚天后，还是营销天后！”林老板的赞语是真心的，天后的形象越发崇高。

艾豆沾沾自喜：“可以叫秦薇鞋？薇薇鞋？qq鞋？weiwei鞋？拼音的weiwei鞋，我觉得挺不错的。”

林由豪表示赞同。

“秦小姐，你不要叫我林老板了，不好听，你叫我阿豪或者由豪都可以。”

“都一样，反正公司最终都是你的。”

“不是你想象的那样。我们是家族企业，我只是公司的一分子。我还有两个妹妹，还有很多亲戚在公司里做。”

“你们闽南人最重男轻女，你又是老大，迟早是你接班，接班以后就是你说了算啦。”

“现在火焰鸟鞋业这一块儿是我的父亲和叔叔在负责，我只是打打下手。我们集团还有房地产投资，这一块儿现在是我母亲和我在管。”

“房地产现在赚钱啊！”

“还不错，多亏前些年拿了两块地，不过等这两块地开发完，就没事干了。现在地价高得吓人，我们也不敢冲进去。”

“那就专心主业，好好卖鞋。”

“说实在话，做鞋太辛苦了，我的性格不合适。”

“那你想做什么？”

“今年电影票房很好，我想试试看！”

“你个外行想拍电影？喝多了吧？你不要只看到赚钱的，赔钱的是大多数。”

“只是试试看，我自己也不会投很多，找几个朋友每人投个五百万、一千万的，凑个三五千万还是比较容易的。”

“哦，你是不是想捧女朋友啊？”

“如果我想捧我的女朋友，别人怎么会愿意投钱？人家又不是傻子，再说我现在没有女朋友。下次我去北京，你可以帮我引见一下美虎影视方面的负责人吗？”

“嗯，我可以帮你问问王子冲，要不要再帮你介绍几个漂亮的女演员？”

“天后我都见过了，小明星就算了。”

6. 人下人和人上人

艾豆问林梦梦：“梦梦，你怎么知道我需要一包烟？”

林梦梦笑嘻嘻：“你出门前，我看你很紧张的样子，就怕你怯场。带包烟跟下去看你是不是需要我帮腔。不知道怎么说话的时候，就吸口烟。薇姐也是这样，抽烟的时候比较安静。”

“谢谢你，梦梦。”

“没事，我就是干这个的。”

“希望这次可以混过关……”

“应该没问题，我看你和林老板谈得挺起劲儿的。”

“没办法，尽力应付吧。我怕给薇姐丢脸，下次就没机会了。”艾豆突然意识到，表现太过可不好，风头盖过主子是犯忌的。

“你说薇姐会怪我吧？”艾豆小心翼翼地问。

“不会，薇姐自己拍广告也经常 NG。当然，没人敢说她。”

“那我就放心了。”艾豆夸张地呼气、抚胸口。

“你小心，花姐那儿可不一定让你好过。”

啊，艾豆又紧张起来。

“花姐骂起人来可凶了，在花姐手下做事一定要小心。”

“那我该怎么办？”

“能怎么办？给她骂呗。你不要紧张，花姐愿意骂你是看得起你，真的不想要你的时候，根本懒得骂你，直接让你走。”

“哦，挨骂还算我运气好？那我现在就得乞求上帝保佑回北京一定要挨骂。”

林梦梦呵呵笑道：“你的运气很好，妈祖保佑你一定挨骂。”

哈哈哈，两人大笑。

艾豆又问林梦梦：“你真觉得我的运气好吗？”

“当然好。”

“有什么好，不过一个替身罢了。”

“替身有什么不好？有薪水拿，还有宿舍，这个条件说出去，不知有多少人羡慕你。”

“我觉得没什么嘛。”

“没什么？你知道北京有多少北漂每天打扮得漂漂亮亮出去混，晚上回去只能挤在群租房里？”

“吃得苦中苦，方为人上人。”

“你说得轻巧，人上人有这么好当的吗？多少女演员都是靠潜规则拿角色的？娱乐圈里，‘人上人’说的是这个意思。”

真令人作呕……艾豆无语。如果真这样肮脏，那她的运气是不错。

“如果没背景，就算你愿意被潜规则也不见得有机会出头。所以你运气真的很好，薇姐和花姐都是大姐大，你如果真想在娱乐圈混，这个起点很多人都求之不得。”

“我会努力的。”艾豆补了一句，“你跟薇姐说，我会努力不给她丢脸。”

“薇姐人很好，很照顾自己人，你自己要把握好机会。”

艾豆点点头：“我知道，薇姐那边还要靠你帮我说说好话。”

“我会的。以后你发达了，我还要靠你照顾。”

“我可没想那么远，先把替身做好就行了。”

艾豆这么说倒并非完全言不由衷。

艾豆分析过自己优缺点：长相是别人的，以后顶多人家说她“小秦薇”；缺演技，这次拍广告一下就原形毕露了；嗓子也一般，除非是碰上那种难度不高一炮而红的神曲，否则当歌手想红很难。

自己的优点是学东西快，对老板的意图领会快，如果往经营这条路上走，应该可以。

将来无论走演艺之路还是管理之路，都得靠两个大姐大提携。现在要做的就是做好“人下人”，甘当垫脚石，让别人踩，直到别人离不开你。

告别林由豪，艾豆启程回北京。

回程没有搭飞机，艾豆和林梦梦直接跟房车走。林梦梦准备带艾豆回老家玩玩。

林梦梦的老家是莆田，离福建的省会福州很近。

莆田最著名的景点是湄洲湾的妈祖像，妈祖据说是海上渔民的守护神，香火很旺。艾豆和林梦梦为了各自心事都烧香祭拜。

林梦梦告诉艾豆，莆田人也非常重男轻女，她家在农村，家里还有两个弟弟。从小父母就不大管她，所以她很早就辍学离家打工。林梦梦已经好几年没回家了，平常和家里联系也不多，偶尔打个电话。这次路过莆田，艾豆问她是否要回家看看，她说不，乡下乱七八糟的没什么好看。艾豆心想，这个林梦梦和父母的关系比她还糟糕。

实际上莆田城区看起来也是乱糟糟的，与晋江差距不小。据说莆田人经商意识极强，但是往往不太遵守商业规则。比如现在网上充斥大量售价极低的名牌运动鞋仿制品，莆田就是主产地。

晋江人选择自创品牌，莆田人选择仿冒，结果就是晋江有一大批服装鞋帽上市企业，莆田没有。仿冒、替身终归是没有出路的。风险再大，火焰鸟也要打造自己的品牌。要想成就一番事业，就要拼。

爱拼才会赢！

晋江莆田之行，艾豆重新认识了自己这份工作。

不过在向王金花和秦薇汇报的时候，艾豆还是收敛了许多。把自己失败的经过老老实实向王金花和秦薇供述一遍，与林由豪吃饭喝酒的章节自然略过。

秦薇对艾豆给她丢脸一点儿不以为然，听见替身出糗似乎让她很开心，似乎因此对艾豆的好感还加深了。而且秦薇对艾豆建议火焰鸟推“秦薇鞋”很有兴趣，她让艾豆转告火焰鸟，她有兴趣参与设计。艾豆觉得自己当时提“秦薇鞋”

是有点高兴过头了。

王金花这一关可没那么好过。这是艾豆上岗以来第一次大失误，王金花把艾豆劈头盖脸一通狠骂。艾豆马上就挂不住痛哭流涕了，一边抹眼泪还得一边乖乖点头接受教训。

好在林由豪动作神速，火焰鸟新的电视广告脚本已经发过来了。根据艾豆的要求，广告公司新提了五个方案。从广告创意上看，林由豪多少采纳了艾豆的意见，不再把宝压在跑步鞋上，板鞋的地位得到突出。最终选定的方案是“我唱歌时、我创作时、我旅游时、我锻炼时，穿着不同款式的火焰鸟运动休闲鞋”。林由豪还请美虎尽快安排秦薇档期，以便广告开拍。

看来事情已经应付过去了，下面的戏王金花还需要艾豆接着演。骂过之后王金花丢给艾豆一包纸巾，没有让她下岗。

妈祖保佑，又过一关。

第二次再到厦门拍火焰鸟的广告，林由豪亲自从晋江到厦门压阵，广告公司把老外导演撤换掉，上上下下对艾豆都异常客气。

失败是成功之母，吸取第一次出镜教训，艾豆在北京已做足功课。王金花请了一个指导老师帮艾豆把脚本过了一遍，所有的表演细节都演练到位。所以拍摄进行得很顺利，一天搞定全部镜头拍摄。这次“天后”的效率异常高，让业主和广告公司都心服口服。

由于不少镜头是在海滩上拍的，四月的厦门还很冷，海滩上海风呼呼，带点雨丝。拍摄中要跑要跳，运动出汗又吹风，艾豆当天晚上就感冒鼻塞。在酒店吃了感冒药不管用。回到北京，艾豆感冒愈发严重，开始流鼻涕。

在向秦薇汇报拍摄过程时，艾豆的嗓子也不灵光了，但这一环节不能跳过。艾豆想得很清楚：多向老板汇报工作和思想绝对有好处，起码老板会以为你比较胸怀坦荡，没在打什么鬼主意。最差也可以在老板面前混个脸熟。

秦薇果然很关切地问她怎么啦，艾豆说自己拍广告不小心感冒了，鼻塞、流鼻涕、咽喉疼。

秦薇问艾豆觉不觉得鼻梁那儿不舒服，就是放了假体的位置。秦薇提醒艾豆，做了隆鼻手术之后最怕感冒什么的，因为很容易引起假体发炎，一发炎那就麻烦大了，搞不好得做手术拿出来。

艾豆听秦薇这么一说，很是紧张，赶紧去金玉叶找叶教授。

有一段日子不见，叶院长检查了艾豆的情况，告诉她不用紧张，就是普通的病毒性感冒，吃点药就好了。

“如果是假体引起的感染或者感染到假体，你的鼻子外形会有变化，发红、发肿什么的。不过以后还是要注意风雨天气，尽量不要感冒，以免增加感染风险。”叶院长交代艾豆一些注意事项。

叶院长依然不忘推销，他说艾豆手术部位都恢复得超好、效果超漂亮，事实证明金玉叶的水平就是高。当然恢复好也说明艾豆的身体机能很棒，对整形手术不排斥，以后可以继续折腾、继续整形。

这下艾豆放心了。

其实艾豆自己也觉得整容之后，不单外形上变漂亮了，更重要的是整个人的精、气、神与以往完全不同，她变得自信了。虽然自己的模板是秦薇，但是在和秦薇接触之后，艾豆觉得自己比秦薇更年轻、更精神、更好看。

艾豆想起叶院长曾经谈过星相的问题，于是再问：“叶院长，你再看看现在的我有没有星相了啊？”

叶院长正色道：“何止星相，我觉得有女王相！”

推销高手的话听起来要打折扣，不过另一个男人这样说就不一样了。

艾豆三月份回上海去办新的身份证，她担心不换证连飞机都上不了。因为整容加上减肥，新面孔和身份证上的旧照片看起来完全是两个人。

回上海艾豆不敢直接回家，偷偷把老妈叫出来。看见大变脸的女儿，妈妈也吓了一跳。好在妈妈还是比较开明的，认为艾豆整容后比以前漂亮很多。不过妈妈劝艾豆还是不要回家的好，“你爸看见非气昏过去不可”！

艾豆让妈妈瞒着爸爸把户口簿拿出来，她准备顺便把港澳通行证换掉，再把护照办下来。艾豆长这么大还没出过国，只去香港和澳门旅游过。王金花跟她说过一切皆有可能，包括大把出国机会。

确实一切皆有可能，新身份证办下来还没用过。第一次去晋江拍广告从北京坐飞机去厦门由于是火焰鸟出钱，王金花让她用的秦薇的身份证去，过安检时艾豆紧张得快喘不过气来，好在一切顺利。回程干脆直接坐公司的房车回京，第二次再去厦门她也是坐公司的车，虽然辛苦一点，但免得担惊受怕。

拍完广告感冒，北京又是雾霾天，艾豆担心在北京污染影响康复，特别是影响到假体，于是向王金花请假回上海待几天。

艾豆去北京之后和肖晓彤疏于联系。肖晓彤一开始还不断打电话发信息给她，但艾豆这么不冷不热的，肖晓彤毕竟是个男人，低三下四的多少有失面子，渐渐地也就不再打电话给艾豆。

艾豆私底下想肖晓彤会不会已另寻新欢，他的条件找个新女友应该很容易。

当初和肖晓彤那一晚多少有借此绑定他的成分在。上次回上海，艾豆忍不住去见肖晓彤，想让他震撼一下。

效果当然达到了，在确认眼前那个明星范儿的女人就是他的（前）女友艾豆后，肖晓彤简直傻掉了，根本不知道说什么好。艾豆甚至觉得在肖晓彤眼中看到了自卑。

两个人只是吃了一顿饭就礼貌地分手了，什么也没做。

告别后肖晓彤发过一个信息给她：我们的距离是不是越来越远了？艾豆的回复模棱两可：别想太多，保重！

这次回上海，艾豆住在衡山宾馆贵宾楼，现在她已经习惯出行住五星级酒店了。

艾豆让肖晓彤直接到酒店找她，这次她没想再震撼他，已经震撼够了，她怕把肖晓彤震蔫儿了就不好玩了。

两个人的距离越拉越大这是不争的事实，但并不代表艾豆不再需要肖晓彤。生理需要男人有，女人也有。

虽然在艾豆的第一次上肖晓彤失败了，但艾豆收获了地位。

给女人高潮对一个男人很重要，除了享受做爱的快感，更能满足一个男人征服女人的成就感。其实这是一种非常可笑的虚荣心，因为论做爱的战斗力，男人天生就是弱者。

早泄使肖晓彤从此低艾豆一头，即便之后的表现有进步，但男女朋友之间的均势早已打破。

男人在乎女人有没有快感，殊不知女人除了快感要得更多。肉体的快感很短暂，对一个女人来说，男人带来的原始快感远不如地位上升带来的成就感持久。起码艾豆就是这么想的。

现在两个人的距离明显越拉越大，艾豆却很想和肖晓彤做爱。

艾豆洗完澡，围好浴巾出来。肖晓彤坐在椅子上，假装看电视。

艾豆哼了一声：“难道你要臭烘烘地在椅子上坐一个晚上？”

肖晓彤没领会女人的心思，傻傻地回望她。

艾豆皱眉嗔道：“还不去洗澡！”

肖晓彤这才恍然大悟，喜不自禁地冲进卫生间。

没两分钟就出来了，还穿着他那小白短裤，那里已经鼓得老高。

艾豆皱鼻子：“你洗干净没有？”

“洗干净了，陛下。”

“陛下？你叫我什么？”艾豆似乎没听清楚。

“陛下，亲爱的女王陛下。”

这是艾豆第二次听到有人称她“女王”了，艾豆又惊又喜：“女王，真的吗？”

“你是我的女王！”肖晓彤毕恭毕敬。

这个男人已经完全拜倒在她的脚下下，艾豆当然心花怒放，决定今晚要好好赏他。

“我是女王，你是谁？”

“陛下，我是你最忠心的男仆。”

听起来真舒服，“女王”继续发问：“既然我是你的女王，你要怎样表达你的忠心？”

“我会全心全意服侍你？”

“一辈子吗？”

“一辈子！”

“不许骗我。”

“绝无虚言。”

“跪下发誓！”

肖晓彤扑通一下，单膝跪在艾豆面前：“我发誓，我要一辈子忠心耿耿地服侍女王陛下，无论她……”

哈哈，太爽了！

不够！一点花言巧语怎能满足胃口大开的“女王”？！

“今天晚上你要怎么服侍我？”

这下，“男仆”有点踌躇了，他嗫嚅着说：“我……会尽全力让您快乐。”

“你行吗？”

“女王”故意斜眼瞄瞄“男仆”的胯部。

肖晓彤知道艾豆的意思，他的脸腾地一下红起来：“……我……有办法。”

“什么办法？我不信。”

“一会儿你就会相信。陛下，请您先躺下，我马上为您服务。”

艾豆半信半疑地躺下，心中祈祷：“妈祖，请赐‘男仆’耐力吧！”

“男仆”没有行动，说：“女王陛下请您翻身，卧在床上。”

艾豆瞪了肖晓彤一眼：“如果这次表现不好，就没有下次了。”

肖晓彤毕恭毕敬，点头哈腰。

“女王”满腹狐疑地翻过身，不知“男仆”要搞什么名堂。

"男仆"走近床边，俯下身，沐浴露的味道中掺杂着一缕荷尔蒙的气息。

肖晓彤把双手搭在艾豆的双肩上，手很热。

艾豆悄悄吸了一口气。

可是肖晓彤的手并没有走艾豆想象中的路线，而是用手掌握住艾豆肩头肌肉，两个拇指抵在艾豆的颈肩处，开始揉捏。

哦，原来"男仆"在给"女王陛下"按摩放松，艾豆舒了一口气。

肖晓彤的按摩并非敷衍了事的前戏，真的是正儿八经地给艾豆在按摩。

身体放松下来，艾豆觉得胸前的浴巾有点硌了。

"你把我的浴巾拿走。"

肖晓彤的气息没有刚才平稳了，他把手轻轻伸到艾豆腋下，把艾豆托起，再把浴巾解开慢慢抽出来。

浴巾抚过艾豆的乳房，一阵发麻。好在脸朝下，红了也看不见。

颈部、肩部、背、腰……肖晓彤一寸寸一板一眼地按下去。

真是好耐心，艾豆都有点沉不住气了。

腰下是臀部，到这里，手势有了变法。

……

"女王陛下，背部的按摩已经做好了。哪里不舒服，我再帮您按按。"

"可以啦。"好舒服，艾豆都快睡着了。

"那好，请您翻过身，我给你做前面。"

真是一副奴才相啊！

艾豆慵懒地翻身，动作很妖娆。

空气有点古怪，房间里分明有两颗心脏在跳舞。

肖晓彤颤抖着跪在床上，把艾豆的双脚曲起来，艾豆的膝盖有点僵，毕竟是女生嘛。

"男仆"可真沉得住气，居然又开始按摩了。

按摩从下往上做，肖晓彤端起艾豆一条小腿，先做脚。

不过，这次是用嘴。

从拇趾开始，"男仆"啜吸每一根脚趾，好像在舔一根甜美的冰棍。

咦，真亏他做得出来，"女王"觉得小肚子一阵抽筋。

舔到脚掌心的时候，"女王"实在受不了了，一伸脚把"男仆"踢到床下。

"真对不起，太痒了！""女王"咬住嘴唇忍笑，又满脸羞涩道，"继续吧。"

7. 花美男的诱惑

福兮祸所伏。

艾豆闯祸了！

因为艾豆回上海，除了肖晓彤，还见了另一个男人。

拍火焰鸟运动鞋广告时艾豆认识了一位来自上海的运动员，自称是某位世界冠军的师弟。师弟的成绩不能和师兄相提并论，但是师弟的相貌可以甩满脸痘痘的师兄几条街，他那脸蛋儿简直可以称为花美男。

毕竟是运动员出身，师弟有一般娘娘腔花美男没有的健美身材。全身上下几乎没有一丝赘肉，一米八五的身高、健硕的胸肌、八块腹肌、若隐若现的人鱼线还有那两条健美的大长腿。这是女性朋友会喷鼻血的身材呀！再加上那脸蛋儿，太性感了。

花美男师弟在火焰鸟广告中是个配角，不过他对“薇姐”很殷勤、很nice，上海男人的优良传统他都有。

艾豆承认，她心动了。

拍完广告，两个人互留了电话。留完电话后艾豆有点后悔，替身工作对保密要求很严。王金花要求她不得随便对外留联络方式，以免有通话和短信之类的疏忽让外界看出破绽。所以艾豆目前使用两部手机，分别管理以前的关系和目前的工作电话。工作电话的通讯簿上只有秦薇和美虎公司方面的人，拍完火焰鸟的广告，她只把电话号码留给林由豪和这位花美男师弟。

艾豆回北京后，师弟要加她微信，艾豆有顾忌，故意忽略。师弟不以为意，经常和她联络，发一些训练和生活照给她。爱美之心艾豆当然有，所以两个人之间有互动。师弟偶尔玩些小暧昧，在夜深的时候会发些性感的照片过来。

艾豆以天后的口吻照单全收，甚至豪放地要求他发更给力的照片过来。师弟乐意为天后献身，乖乖地发过来让艾豆脸红心乱的艳照。

艾豆知道师弟在试探自己的底线，但是她还是警觉的，她认为师弟向她献殷勤并非两情相悦，而是看在天后的分儿上。反正无所谓，千里之外，玩玩嘛。

艾豆办好事准备回京，师弟正好打电话来问安，艾豆一时意志不坚定，约师弟见面吃饭。

在上海几天，艾豆发现在性上面，自己比以前要得多了。也许是肖晓彤提供的女王福利点燃了内心的欲望，艾豆鬼使神差地想到那两条深入隐秘地带的人鱼线。

艾豆告诉肖晓彤回京的日期提前了一天，而且拒绝肖晓彤送机，然后又把酒店换到浦东的香格里拉。

天后召见，师弟屁颠屁颠地赶来，然后在上海不夜天和黄浦江的见证下，伪天后和花美男做了性情男女爱做的事。

两具成熟健美的躯体的纠缠令人窒息，持续的高潮令艾豆在飞机上依然回味不止，心神荡漾。

春梦了无痕，可几乎在艾豆回北京还不到一天，微博、微信上就开始疯传摇滚天后秦薇和新欢的床照。

艾豆看到那张照片时，立即傻眼了。

照片上分明是她和师弟嘛。照片上的她和师弟裸着上半身，她半侧着脸闭着眼睛很陶醉的模样，师弟是一手搂着她，噘着嘴很猛、很臭屁的模样对着镜头。

真是玩昏头了，师弟什么时候偷拍了这张照片她都没有意识，真是糗大了。

艾豆马上打电话质问师弟，师弟一开始还说他也不知道怎么回事，追问之下，才知道师弟偷拍了一张两个人的床照。和天后上床很得意，微信发给朋友炫耀。没想到朋友转发到微博上，他已经要求朋友删帖了。

师弟向“天后”讨饶。

“侬这个畜生！”艾豆气糊涂了，直接用上海话骂人。可是骂人管屁用，天后艳照已经成为最热话题了。

艾豆没敢告诉王金花，她不知道王金花知不知道这件事。犹豫半天，她先打电话通知秦薇。秦薇还不知道这件事，赶紧上网看消息。

看完之后，秦薇说：“看到了吧，男人就是猪，让他上床他就会拉你一床单屎。”然后又笑嘻嘻地评价说师弟长得很帅，她可以理解艾豆为什么把持不住，如果是她也会就范的。

艾豆可笑不出来，因为王金花雷霆震怒：“我真服了你！连自己的下半身都管不住，你还是滚回上海当你的瘪三吧！”

艾豆无地自容。

/ 第四章 /
她是谁

1. 第一现场

老崔终于来上班了。

自己累死累活跑了半个多月，老崔歇了那么久，却还是一副无精打采的模样。

中队长夏彦让老崔和小武搭档，负责 8·12 女尸案的侦破工作。夏彦特别嘱咐老崔带带小武。

小武心里很不服：就老崔这吊儿郎当的样儿，还能带我？

不爽归不爽，活还是要干。北京的吸毒人员还有几个没找到，河北的还只是刚开始电话联络，如果联系不上的都要像北京这样去跑一遍，估计再有一个月的时间都不够。

还有，小武已经有一个月没和女朋友见面了。女友意见很大，上周给小武下了最后通牒：如果认为工作比她重要就分手。

小武把案发以来专案组的调查进展和老崔休假期间自己辛辛苦苦做的村镇排查，以及正在进行的在案吸毒人员比对工作告诉老崔后，对方只轻描淡写地说了一句“辛苦了”。

小武还没来得及说希望老崔分担点工作量的话，老崔又说了一句“我去办点事”，就又不见了。

一个上午都不见老崔的人影儿，直到下午午休过后两点多，他才夹着一个档案袋，施施然出现在办公室。

小武正在打河北石家庄的电话，没空理他。老崔坐在一边，饶有兴趣地听了一会儿，突然插话：“你花这么多时间在这些没用的事情上干什么？”

小武顿时石化。

半分钟过后小武才领悟：你一句话把我的工作成果都抹杀掉了！小武简直

要吐血："这是夏队安排的任务，有什么不对吗？"

老崔眨巴眨巴眼："夏队的安排没有问题，是你做的有问题。"

小武咬牙切齿："有什么问题？请指教。"

"好吧，夏队长让我带带你，今天我就教教你。"老崔居然摆起谱来，"夏队让你去查吸毒人员，这没有错。但全国有多少吸毒人员符合条件？你一个个查，要查到什么时候？你是学刑侦的吧，老师一定教过，侦查的第一要务就是定位，分析现场遗留的痕迹，圈定侦查方向。"

小武抬手做个"请"的手势，摆出洗耳恭听的模样。心里却说：废话，这要你说吗？

"石家庄离北京有多远？"

两地的具体路程有多远小武说不上来，但是开车大概两个小时，上次案情分析会上有人说过。

"开车两个小时，那是跑高速。我告诉你，石家庄到北京 270 公里，一路上多少收费站？跑高速两个小时得飙车。如果跑 107 国道时间翻倍不止。那么远的距离，这一路上会碰到多少巡逻的警车？天那么热，尸体都臭了。你觉得抛尸会跑那么远吗？"

"我认为两三个小时距离可以接受。"

由于大部分符合死者特点的北京吸毒人员都找到且排除了，河北符合条件的吸毒人员有好几个都在石家庄，小武认为石家庄离北京不远，死者来自石家庄的可能性是存在的。

"好，我们就算他胆子大，不怕。那你分析一下，他为什么要跑长途运到北京来？"

"抛尸地点是山沟，荒无人迹。罪犯也许一开始就计划找一个山沟沟抛尸，只是没想到会有放羊的经过。"

"山沟沟？石家庄附近没有山吗？你去过石家庄没有？"

"没有。"

"那我告诉你，石家庄西面就是绵延上千公里的太行山脉。罪犯为什么不直接在附近找一个山沟沟抛尸，非得跑北京来找山沟沟？太行山不比北京的山高？有那个时间不如挖个坑把尸体埋了更不容易被发现。"

小武觉得老崔讲得有点道理，但并不能排除长距离移尸的可能。

关于抛尸距离问题之前就有争议，有人认为案发第一现场应该距离尸体发现地三十公里以内，有的人认为跨省（碎尸后）抛尸的案件很多。特别是几年前北京曾经发生过杀人之后请快递把尸体寄到内蒙古某旗，凶手亲自过去接货再抛尸的凶案，由于在当地找不到对应的失踪人员，这个案子拖了两三年才由于一个偶然因素破案。这个案例让小武印象很深刻。

所以小武坚持道："就不能是高智商犯罪？凶犯是外地的，但是他想制造死者是北京人的假象，运到北京来就是为了混淆警方的调查视线。"

"嘿，好一个高智商罪犯。他不在第一时间抛尸，不怕在路上留下痕迹？花那么长时间跑长途，他为什么不用这时间来碎尸呢？"

依老崔的经验，凶杀案凶手杀人后移尸的距离或长或短，往往长距离抛尸大都是尸体经过分尸、碎尸处理后，分解的尸块比较容易携带，方便长距离携带运输。但是8·12女尸的尸体明显处理仓促，只是毁坏面容和手指指纹，最后暴尸野外。这说明凶手虽然有毁尸灭迹的意图但没有分尸、碎尸（大动作）的胆量和耐心。老崔因此认为抛尸人对尸体弃之唯恐不及，不具备跨省移尸、抛尸的心理素质。

"死者是吸毒的，吸毒过量猝死。人又不是我杀的，我干吗要分尸？分尸多麻烦啊，万一被抓到还要加重刑罚。"小武理直气壮。

"怕麻烦你还大老远送北京来？"

小武已经意识到自己的问题。这不是凶杀案，只是抛尸案。死者吸毒过量猝死，身边人抛尸。抛尸人本来就是怕麻烦，尽快抛掉了事，这种情况下应该不会选择跑长途。

不过现在这种情况下选择向老崔认输岂不是很没面子，小武选择嘴硬："也许他抛尸不是为了逃脱罪责，是向北京警方挑战？"

"你小子电视剧看多了是吧？故意留下线索给警察？如果真是这样，这可不是简单的抛尸案。心理变态？仇恨社会？这是一个恐怖分子啊！你赶紧向上汇报，光凭我们两个调查肯定会误事的。"

自己的分析确实有漏洞，小武软一点："石家庄远，涿州总可以吧。涿州离抛尸地点的距离比我们中队离那儿还近吧。还有廊坊，也不远。"

"涿州？涿州河很多，随便找条河沉下去不比运到北京强？"老崔突然又微笑起来，"小武，涿州你也没去过吧？"

这笑明显是嘲笑。

小武有点泄气，确实他没有去过石家庄，也没有去过涿州。从小到大，他都很少离开北京，大学去过天津、内蒙古和青岛；河北他自己只去过廊坊，军训去过保定。没出过国，没坐过飞机，是够逊的。

不过小武很不喜欢老崔的态度，年纪大有经验了不起啊？这个案子现在遇到瓶颈了，我倒要看看你有什么高招！

2. 拇外翻

“老崔，崔老师，你有什么高见？”小武皮笑肉不笑。

“小朋友，现在教你怎么逆向思维。”老崔喷出一口烟，“死者是个吸毒的，吸毒的身边只剩三种人，一是家人；二是毒友；三是利益相关的人，比如生意伙伴或者毒贩。家人不会抛尸；毒友没力气跑不远；利益相关的人怕惹麻烦抛尸肯定是越快脱手越好。另外，抛尸肯定都是从人多的地方向人少的地方转移，城里向城外转移。相对于北京，石家庄、涿州就是郊区农村，没有人会从郊区往城里运尸体的。向警方挑衅的罪犯有，但他们千方百计都要把犯罪痕迹抹掉，故意留线索让警方抓到自己，那不是高智商。”

小武咂摸着老崔的话，虽然他坚持认为抛尸肯定是抛得越远越安全，但现实中确实发生的概率很小。想挑衅的话应该把尸体抛到一般人可以发现的地方；想逃脱罪责的话掩盖罪证还是越快越好。从抛尸人入手不失为一种破案途径。

老鸟的经验值得汲取，小武放低姿态：“好吧，老崔，崔老师，按照你的意思，这个女人肯定是北京人？”

“是不是北京人我不知道，住在北京是肯定的。”

“有什么证据证明她是住在北京的？”

“没有证据，直觉。”

小武觉得老警察都很刚愎自用，迷信直觉。老崔很典型。

“那直觉告诉你这个女人住在哪个区？”

老崔很笃定地说：“城里的，应该在四环以内。”

“照你刚才说的抛尸会就近吗，四环离抛尸地点可比涿州离那儿还远得多。房山也是北京，房山的不行吗？”

“你死脑筋啊，一来我说就近丢也不会丢在家门口；二来这女人怎么看也不像农民。”

“农民？崔老师，歧视农民兄弟，这就是你的不对了。涿州是地级市，房山现在也是区了。”

“哼，你想把家搬到房山吗？”

“不想……”小武承认。

“那就是了，这个女人不像附近农村的。”老崔没有跟小武纠缠地域歧视问题，他问小武，“你看过尸检吗？”

“看过。”

“哼，我印象中那天在现场，你胆小不敢看。是不是？”老崔毫不客气，直接点小武的命门。

“胆小？不至于啦！”小武想辩解，“天热，我是觉得臭。”

“那好，尸检的照片也很清楚，你仔细看过吗？”

“这个，案情分析会上我听赵老师讲解过。”

“现场不敢看，照片不认真分析，没有第一手资料，怎么分析案情？光听别人说？不行啊，年轻人。”

老崔又点上一支烟，看模样有点小得意。

小武虚心点头，这是他的缺点，老崔批评得对。做刑侦绝不能人云亦云，一定要有自己的主见。

老崔从档案袋中抽出一张照片递给小武：“你看这个女人的手脚，像是农村长大的吗？”

原来老崔是去分局鉴定中心借了女尸案的档案出来。小武猜，老崔一定发现了什么。

“这一张是手部特写，这一张是脚。”老崔又找出两张照片。

小武的眼珠在三张照片间转来转去，说：“这手都割成这样了，怎么看？”

“手指尖割了，指干还在，她手指、手掌上有茧子吗？”

小武这才认真去找，女人的手指、手掌都比较光滑，确实没有茧子。

“但是这不能断定这个女人就一定不是农村的，现在农村的女人不干农活的也很多。”

“你以为是乡村爱情啊，村姑各个都细皮嫩肉的。你说你去调查过附近乡镇，哪里看上去是有钱的呀？”

案发附近都是山沟沟，附近乡村大都比较贫困。如果不是刚刚跑过，小武真不敢相信北京还会有这么贫困的地区。

“那种地方出来的女人会细胳膊、细腿的吗？”

“她不是吸毒吗？”

“那个地方有人吸毒吗？”

这一点小武向当地派出所调查过，附近几个山村都没有吸毒人员。小武无语。

老崔换了一个问题：“你有女朋友吗？”

“有。”

“你女朋友平常穿高跟鞋吗？”

“穿。”

“她的脚有什么异样吗？”

“我看挺好的，能有什么异样？”

“你见过她的光脚吗？”

“见过。”

“她的脚趾有什么特别吗？”

“正常吧。我见过的女人光脚的比较少。”小武嬉皮笑脸。

“那你看这张照片，死者的脚和你女朋友的脚相比有什么特别吗？”

小武是见过女朋友的光脚，但女朋友光脚的时候大致其他地方也光着。说实在话，女友光着的时候，小武的视线是不会停在脚这个部位的，他又没有恋足癖。

现在小武看照片上死者的脚，脑袋里是和自己的脚相比。照片上女人的脚纤细得多，但是女人大脚拇指的关节好像特别大，向外面鼓出一个包。不知道老崔指的异样是不是这个？

“知道这是什么情况吗？”

小武摇摇头。

“这是拇外翻。知道什么叫拇外翻吗？”

“拇指外翻？这脚拇指鼓了一个大包，但拇指没有外翻啊！”

“这种情况就叫拇外翻，是一种病。我上趟厕所，你自己查查什么是拇外翻……”

小武掏出手机，上网搜“拇外翻”。

原来拇外翻俗称大脚骨，是指拇趾骨和第一跖骨之关节倾斜超过 15 度，多与遗传（约占 80% 以上）、穿鞋不适有关。网上还有一张某女明星拇外翻的照片，她的病灶夸张到像把小锤子。

小武等老崔回来后和他开玩笑：“我查到了，还好我女朋友没有。老崔，你怎么那么有经验？阅女无数吧？”

老崔面色一沉：“正经点。想跟我学的话，就竖起耳朵好好听，好好记，我的话只说一遍。”

小武闭嘴。心想这点玩笑都不能开，好无趣的人。

老崔继续授徒：“拇外翻也被称为高跟脚，经常穿高跟鞋的女人最容易得这个病。你现在还认为这个女人是附近山区农村的或者是住在附近农村里的吗？”

小武心想拇外翻又不全是穿高跟鞋造成的，也可能是村姑遗传的病，还是不能排除死者是村姑啊。不过和细皮嫩肉联系起来，说她是村姑是比较勉强。

唉，为了避免惹恼崔老师，还是不抬杠好了。

周末晚上和女朋友亲热过后，小武捧起女友的脚复习功课。

女友平常也喜欢穿高跟鞋，虽然她的脚没有出现拇外翻的症状，但是五个脚趾明显被挤到一块，互相接触的地方有压痕，脚侧脚底脚跟跟鞋接触的部位都有老茧和轻微的磨损。女尸的脚也是如此，这些可不是遗传的，肯定是尖头高跟鞋造成的。

小武想，根据这些老茧的部位应该可以计算出平常所穿高跟鞋的高度。死者身高一米七，再穿一双高跟鞋，很多男人都要矮一头。

什么样的女人会这样穿呢？她有男朋友吗？她的男友会忌讳她比自己高吗？

看他一副沉迷的模样，女友娇嗔道：“你干什么？”

小武知道这时候可不是谈工作的好时机，只好说谎话：“欣赏，你的脚太美了。”

女友心花怒放：“那，小武子，本宫就赏你亲个够……”

3. 老崔的秘密

可惜拇外翻、高跟脚对缩小调查范围帮助不大，吸毒人员动态管控上可没有高跟脚这个选项。

案发已经三个星期，至今没有失踪人口报案。人尸对不上，这种案子最难办，往往会成为悬案。

北京在案且符合死者条件的吸毒人员小武已经全部上门查过一遍，原计划接下来查河北的，老崔建议小武河北的电话联络一下就行，暂时没有必要去跑。

北京在案的吸毒人员还有多位没有联系上，小武问老崔直觉这其中会不会有死者？如果有的话，可以继续寻找或者联络家人认尸。

老崔摇摇头。

摇头表示有还是没有？

老崔说："警方只能发认尸启示，不能逼人家来认尸。如果你想要求你查的那些吸毒人员家属来认尸，程序上有点麻烦。这个案子发生那么久都没人报案，我觉得死者要么无家人要么家人根本不管她的死活。即便有人愿意来认尸，这样破损的尸体也认不出，还得做DNA比对，这又需要申请批准。"

老崔说得不错，有些吸毒人员联络不上，小武试探过其家人是否知道其死活，家属直截了当地说"是死是活由她去"。

"那怎么办？没有支援，这样什么时候才可以破案啊？"

小武又想起被队长否定的"颅骨复原"，他问老崔这个技术是否可行？

"这个啊，很多年前就听说过，但从来没试过，可能有难度吧。这具尸体的脸还有部分在，水平高的画像师也许可以复原死者面容。"

"我们分局的画像师画不了。"小武把他请王丹画像的经过告诉老崔。

老崔印象曾经看过一个先进事迹报告，上海铁路公安局有一个画像师水平很高，可以模拟画出腐败变形的死者面容。

但是，老崔又说："这种吸毒暴毙的案子啊，我估计队里是不愿意弄那么大动静的。"

小武不忿："那夏队还要我跑东跑西干什么，不是消磨时间嘛！"

夏彦安排老崔和小武继续调查8·12女尸案。老崔老弱病残，小武是只菜鸟，这样一老一少的搭档，明摆是准备放弃。

老崔可以理解，换他也是安排先办重要的案子。但是现实中实话是说不得的，老崔拍拍小武的肩膀"不能这样说，线索都是靠人跑出来的。这种调查是基本功，你刚上岗，多锻炼锻炼也是要的。"

"你是不是早看出这个案子不重要，没搞头，故意请假不来？"

"我还没有那么大的胆子。"老崔又掏出香烟。

从法医那儿得知死者的最终死因确定为海洛因注射过量，老崔对这个死因并不意外，但多少还是感到失望。

8月12日当天出警的时候，老崔还是蛮兴奋的，二十多年的刑警生涯，除了短兵相接的生死时刻，凶杀案总是最刺激的。

来中队有一段日子了，第一次遇上命案。说实话，刑警干久了，对走流程的小案子审美疲劳。但是当那具女尸翻过来检查的时候，老崔却感到失落，这是一个瘾君子。

这些年，吸毒猝死者的尸体他见过太多。虽然尸表腐烂遮盖掉很多吸毒症状，但是腹股沟两个明显的凹痕和青紫的血管还是很明显地暴露了她的身份。又一个瘾君子死了，老崔把这个特征指给在负责现场勘验的法医赵拙文。

以老崔的经验，瘾君子被抛尸大都是同住的毒友干的。也许又是一个瘾君子，这种人抓到有什么意思？判几年，搞不好还得为他戒毒。出来再复吸，再猝死，轮到下一个为他抛尸。

瘾君子的归宿大致如此。快则三五年，迟则十几年，他们总会走到这一步。经年累月的毒品侵袭之后，五脏六腑都不堪腐朽，猝死只是最后的仪式，宣告人生提前谢幕。

待过重案组的人往往觉得只有大案、要案才刺激，才值得去破。一个抛尸案，花大精力去侦破似乎没多大价值。

绞尽脑汁去确认一个暴毙的瘾君子有意义吗？

20∶11，老崔踏入治疗室。

这两个月来老崔几乎每天都是这个时间到。门诊部晚上八点停止门诊，老崔特殊，可以晚点去。

张医生照例问了几个问题，然后开出了一张白底红字的剂量卡。

老崔付了十元钱，拿着剂量卡来到服药室。服药室被铁栅栏门隔成两间，老崔将剂量卡从窗口递给里间的护士。护士在脱工作服，她示意老崔先坐一下。

老崔没有坐，他瞧了一眼墙上的监控探头，下意识地低下头。

护士将登记簿递出来，老崔在上面签了一个名字，这不是他的真名。

老崔将登记簿递回给护士，护士将一小杯药递给他。老崔拿起小纸杯一饮而尽，然后朝护士张张嘴。

护士一声不吭，冷冷地看着他。老崔又从饮水机接了半杯白水喝下，然后将药杯扔进墙角的垃圾桶，转身离开。

戴上口罩，走出门诊部小楼，身后的牌子上写着：×× 社区药物维持治疗门诊部。药物维持治疗实际上就是美沙酮维持治疗，这样的美沙酮维持治疗门诊部北京现在有十家，每天有 1700 多位吸毒人员在门诊部接受美沙酮维持治疗。

老崔也是其中一员。

美沙酮，药效与吗啡类似，具有镇痛作用，并可产生呼吸抑制、缩瞳、镇静等作用。在 20 世纪 60 年代初期发现此药具有治疗海洛因依赖脱毒和替代维持治疗的药效作用。

街对面停着一辆旧捷达，妻子坐在副驾上。

这些年老崔自问对组织、对同事、对工作，都问心无愧。对家庭，却是满心愧疚。干刑警二十多年，妻子几乎没有不担心的日子。甚至还被寻仇的歹徒威胁到人身安全。染上毒瘾之后，如果不是妻子的坚持和照顾，老崔也许早就废了。

五年前，老崔在一次执行缉毒任务中沾染上白粉。三年前，就在即将提升为缉毒大队大队长的前夕，老崔被举报了。组织还算仁慈，念在他立过赫赫战功的分儿上，只罢了他的官职，警衔待遇不变，然后就是强制病休、戒毒。

从此叱咤江湖的缉毒队长沦落为精神病院戒毒科的常客，心理落差可想而知。老崔颓废了。

在最无力、最绝望的时候，老崔甚至想来一针厉害的，就这样不省人事走掉算了。这时，是妻子挽救了老崔，她把他送进强制戒毒所。强制戒毒结束后，妻子又去求老领导给老崔安排工作，希望能用工作来冲淡心瘾，赶走毒魔。

原单位是不合适了，戒毒的人离原环境越远越好。领导就把老崔调到郊区公安局刑警队，鼓励他重整旗鼓。职位当然是没有了，现在老崔不求官，能重新做回正常人就是老天眷顾。

中队长夏彦年纪比老崔轻得多，对老崔的情况不甚清楚，只知道是大领导的安排，对老崔相当客气。大领导说老崔身上有工伤，要多休息。夏彦就尽量少给老崔安排工作，所以老崔是中队唯一每天准时下班的刑警。

这也是没有办法的事情，老崔每天必须定时前往美沙酮维持治疗门诊部服药。妻子坚持每天陪同前往、监督，这是死约定。

8月12日女尸案出警当天，现场勘查拖得太晚，荒郊野岭手机信号又不好，超过约定时间老崔没有出现。妻子联系不上老崔，担心得不得了，在路边被一辆电动自行车撞倒，头着地造成脑震荡。

看到妻子伤成那样，老崔眼泪哗地就流下来。他出事后，才发现自己经营的所谓人脉全不管用，有人卸磨杀驴，有人落井下石。

小武说他根本不看重8·12女尸案，实际上确实如此。明知中队人手不足，为了照顾妻子，老崔依然请了两周假。换作以前，老崔安顿好妻子后肯定立即返回一线。现在，他几乎失去一切。这个世界真正在乎你的只剩下身边的那一位，不能再失去她。

4. 尸体会说话

赵拙文告诉老崔，这具女尸和别的吸毒者有一些不同之处。

其一，虽然少数人吸毒后内分泌失常造成体重失控超重的现象，但是大多数瘾君子到生命的最后阶段，一般都形容枯槁，甚至很多人瘦到皮包骨头，虚脱而死。这个女人身高一米七一，考虑失血、腐败、虫噬等情况，估计死亡时体重在 48 ～ 50 公斤之间。虽然偏瘦，但这个体重相比那些身高超过一米八、体重还不到 50 公斤的模特来说，还算正常。

而且尸检时，体内器官病理检查没有发现什么异常病变。除了曾经得过肺结核外，吸毒者常见的皮肤溃烂、肝炎、心内膜炎等在这个女人身上都没有发现。死者体征和一般吸毒者普遍携带各种炎症的情形不同。

其二，死者体内发现有苯甲胺（冰毒）和海洛因以及安定成分，但冰毒成分含量很低，不至于致命。海洛因的含量很高，应该是致命的原因（也许两者混吸综合作用致死）。海洛因主要分鼻吸和注射两种方式，注射一般选择手臂和腹股沟静脉。这个女人腹股沟注射痕迹很明显，但是在手臂上却找不到针眼儿。奇怪吧？

法医对第一个疑点的解释是，死者很可能是戒毒后复吸。

瘾君子身上常见的一些细菌性感染造成的病变在戒毒期间已经得到治疗。比如说尸检发现死者曾经犯有肺结核，肺结核也是吸毒人员常见病，但死者的肺结核已经痊愈。

老崔同意赵拙文的看法，由于毒品不纯和吸毒器具的肮脏，吸毒人员很容易感染各种细菌和传染病，体表常常出现化脓、溃烂等炎症症状。经过戒毒和相关治疗，这些病症得到控制和治疗。瘾君子绝大多数形销骨立，死者的体重也极有可能是在戒毒期间恢复的。因此人看起来健康很多，甚至与常人无异。

但是戒毒难在心瘾难戒，吸毒人员复吸率极高。长时间戒毒之后对毒品的耐受力下降，而复吸为追求快感往往使用戒毒前的吸毒量，尤其是使用静脉注射的，特别容易因为吸毒过量而死亡。

死者如果是在强制戒毒所戒过毒，那么只要查查两年来被收容的强制戒毒人员名单，就有可能发现死者身份。如果是在民营戒毒所或是家中自己戒毒，找起来还是很麻烦。

老崔认为还有一个可能是死者比较讲究个人卫生，没有和别人混用注射针筒。很多传染病就是通过合用注射器传染的。而且死者很可能家境不错，一旦身体不适染病医疗有保障，因此在一般瘾君子身上常见的炎症在死者身上早已经得到治疗。再有就是有钱人买的毒品质量相对高，受污染较少，也可以减少某些疾病发生。

但是第二个疑点为什么手臂上找不到注射针孔就不太好解释。

吸白粉一般都是先从鼻吸或烫吸开始，再过渡到静脉注射。静脉注射一般是从手臂和手背开始，因为这里找血管比较方便。在腹股沟注射，俗称开天窗，据说快感特别强烈。

老崔自己以前都是鼻吸和烫吸，庆幸还没有发展到注射就被发现了，所以现在戒起来还容易一点。没静脉注射说明他理智还在，一般发展到静脉注射的基本没救。

据说再厉害的还有直接注射动脉，那种感觉像火烧一样，玩到这样的离“猝死”也就不远了。

如果长时间戒毒，身上的针眼儿会逐渐愈合消失。但是短时间戒毒，半年以内，原先注射时形成的陈旧针眼儿不容易消失，还有感染等因素造成的瘀伤瘢痕很难消除，同时对血管造成的伤害几乎是一辈子的。一开始就采用腹股沟注射的人很少见。这个死者的注射针眼儿都集中在腹股沟，手臂上没有找到注射针眼儿，这点确实很奇怪。

……

老崔和赵法医讨论了一会儿，没有头绪。

老崔问赵法医：“我们是不是可以仔仔细细再做一次尸检？也许可以找到更多线索，尸体会说话。”

“尸体会说话”，法医最喜欢讲这句话。现在就需要这具尸体自己说：WHO AM I?

老崔再去找赵拙文的目的，就是希望分局技术处能对尸体重新做一个细致的检查，以期发现新线索缩小寻找死者身份范围。

但是女尸案的尸检结果已经出来，技术处不愿意继续浪费时间在这个案子上。

而且尸体已经送去殡仪馆了，照赵拙文的话说就是：“我们的工作已经完了，找人是你们的工作。”

老崔没有权力命令法医为他们工作。关键是中队长夏彦没有特别支持他们的想法。

老崔自己当过官，知道像这样的郊区刑警队，一般一个小案子，就几千块的办案费。平均下来，大概一个刑事案件办案费也就两万左右。如果不是大案、要案，调查一直没有结果的话，就会暂时挂起来。夏彦的想法肯定是吸毒的不值得费那么多精力，否则也不会只安排他和小武继续调查。这种无主的案子最难办，每条线索都需要大量时间来核查，没有支援，没有经费，光靠两个人要干到猴年马月？

老崔有点灰心。

8·12现场老崔很快就发现死者是个吸毒的，当时他有预感死者也许吸毒过量致命，这种情形在老崔职业生涯司空见惯。但是被抛弃的尸体经过毁容、破坏指纹，对付一个吸毒暴毙的瘾君子，似乎小题大做了。

既然毁尸为什么不毁得彻底一点？半数以上凶杀案都会出现毁尸现象。切、煮、烧都是常见的毁尸手法，像本案只破坏面部和指纹的反而比较少见。虽然瘾君子经常恍恍惚惚，经常干不可理喻的事，但是在老崔二十年职业生涯中，这种情况只听过没见过。

老崔直觉这个案子背后可能有蹊跷。

为什么怕这个瘾君子被认出来？她是一个有身份的人？还是有案底？抛尸背后也许还隐藏着什么？如果牵涉到某个贩毒团伙，这个案子还值得做做。

不过按经验，这种案子十之八九还是自己吸毒过量致死。排除凶杀，这个案子感觉就不那么好玩了。

吸毒之后，很多事他都提不起兴趣。

很多案子，破不破都无所谓。案子总在那里，永远破不完，总有新案子接踵而来。

越来越麻木，很多事，都习以为常，觉得无所谓。不刺激，不给力，不想做。越沉浸到这种情绪，越无法自拔。越萎靡，就越想找刺激。

该不会又要去看心理医生了吧？

老崔觉得指间突然一烫，烟已经烧到屁股了。

脑袋里有个声音在叫：喂，老崔，你要振作一点！

老崔不想让自己的情绪影响到小武，他把烟头用力揿在烟灰缸，挺高音量对小武说："你别管案子重要不重要。你是新人，重要的案子也不会交给你。我可以告诉你，这个找不到失踪者的无头案难度绝对比一般的凶杀案高。如果知道死者的身份，案子离破就不远了。动脑筋再想想，有没有突破口？你如果能破掉这个案子，就可以提前转正了。”

5. 现场教学

小武想了一个招：请母校支援。

老崔皱了皱眉头：“我没记错的话，你们学校没有法医系的吧？”

小武是公安大学刑侦专业毕业的。公安大学没有法医系，只招收法医学研究生。

小武的想法并非另找法医来做尸检，因为即便请到全国最好的法医来做尸检，也许能对死因和死亡时间做出更准确的判断，但是对死者身份确定并不一定有帮助。

小武是受老崔的启发，他想既然他不识拇外翻，法医也有可能遗漏某些线索。是不是可以回到“痕迹”上？从尸体上遗留的痕迹来收集死者身份线索。

“法医系是没有，但是我们有尸检课，有教法医学的教授。请教授来可能性不大，我是想请学校刑事科学技术系的老师和同学们一起来研究，从死者身上的痕迹来判断身份。请他们来，肯定没问题。反正他们也需要现场实践机会。”

小武讲的“刑事科学技术”其实属于公安法医和技术们应该掌握的基本技术。教学中，刑事科学技术系和法医系的学习科目很多是重叠的。由于对法医的医学基础理论知识要求越来越高，现在警校的法医系都不招收本科生。国内最好的两所警校公安大学和刑警学院都只针对医学院校毕业生招收研究生或者第二学位。不过法医学是警校里学刑事科学技术的本科生的必修科目，尸检也是不可或缺的。

刑事科学技术系的学生大四到公安机关和各种鉴定中心实习时，也是给法医打下手，或是做物证鉴定。反正同学都需要实践，小武想去请他们来，肯定没问题。

“好吧，那就试试看，死马当活马医。”老崔本想说你真以为臭皮匠可以胜过诸葛亮啊。无论是法医尸检还是痕迹分析，都是一个非常讲究经验的行当。老崔并不看好这帮菜鸟。但看到小武如此积极，不好意思再打击。

小武给自己和老崔鼓劲：“人多力量大，也许学弟、学妹们会有新发现。”

阳光积极，意气风发，不断蹦出新想法。看着小武，老崔似乎想起自己的年轻时代。

唉，老崔，要振作起来！老崔也暗暗地在心底给自己打气。

事情如小武判断，果然很顺利。

公安大学刑事科学技术系派了一个毕业班来，还有两位带队老师。其中一位老师是法医学专业的副教授。

一共三十多个人，把一个解剖台围了个里外三层。

小武只瞄了一眼尸体，就闪到人后了。

老崔负责介绍情况。

原本小武和老崔商量是不是先不提供既有的尸检报告，让同学们自己去找答案，这样不容易被束缚住。老崔认为学生毕竟经验不足，不必浪费时间，把既有的报告提出来让大家讨论更好。

所以老崔先把已有的尸检报告陈述一遍，把一些要点一一指给老师和同学们看。同时说明可以对已有的尸检报告提出质疑，但必须有确凿证据说明不成立的理由。老崔明确指出，邀请大家此行最重要的目的是通过技术分析还原死者身份。

“希望通过大家细致的检查和分析，告诉我们，她是一个什么样的人？我们怎样找到她？”

整个尸检过程持续了一整天。

上午，由那位法医学的副教授负责操作和讲解。对照着尸检报告，上上下下、前前后后、里里外外，各种尸斑、伤痕和腐败痕迹，一项项找到、识别、观察、记录、拍照。学生提问，老师讲解，完全就是一场现场教学课。

老崔觉得有点乏味，小武却越听越有劲儿，慢慢地也挤到前面观察。毕竟想当个好刑警，怎能怕尸体呢？

小武特别留心死者的脚，死者两只脚的大拇指外侧都是畸形的，明显凸起一块。其余四趾也受压挤蜷在一起，脚指头微微翻起。脚底有茧，脚跟有磨损。这肯定不是遗传，是高跟鞋的受害者。

拇外翻实物比照片更难看，小武想，一定要建议女朋友以后少穿高跟鞋。

在讲解到死者的吸毒特征时，老崔请副教授注意检查死者手臂是否有注射痕迹？结果确实如赵拙文指出的一样，大家在死者手臂上，包括上半身都找不到注射针眼儿，上臂静脉血管也没有明显毒品侵袭痕迹。

相形之下，死者腹股沟处就有明显注射毒品留下的瘢痕和瘀青以及针眼儿，邻近的静脉血管也带有青紫色和硬结，这些应该都是注射海洛因造成的。

副教授指着腹股沟的一处瘢痕说："从这个凹痕看，死者注射毒品至少一年以上。但手臂上和身上却一点注射痕迹都没有，这种注射习惯是很少见的。"

再度仔细观察后，副教授指出，死者腹股沟的针眼儿有两种：一种是较长时间以前的，针眼儿颜色发黑；一种是近期，应该就是死前留下的，颜色青紫。老针眼儿数量较多，两侧都有，大概有数十个。新针眼儿只发现两个，在右侧大腿上。由于腹股沟靠近阴部已经被蛆虫吞噬部分，也许被吞噬部分内还有新针眼儿，就尚未可知了。

老崔问："能看得出老针眼儿和新针眼儿发生的时间吗？"

副教授又认真看了一会儿，对老崔说："老针眼儿应该是三个月以前的，两个新针眼儿应该就在死前几天内吧。从这两种针眼儿分析，她应该隔了很长一段时间没有注射毒品了。这些疤痕看起来还挺干净的，不像一些吸毒的那样脏、化脓。我想应该是去戒毒了，停了一段时间没吸，化脓感染之类的也得到了治疗，最近可能又复吸了。这种很久没吸突然又复吸，剂量如果没控制好的话，特别容易导致猝死。"

副教授要求学生们："等下你们可以对血液和头发分别取样，要检测毒品种类和含量。头发要分段检测，这样可以大致掌握她的吸毒时间和吸毒量。如果她在前段时间确实戒毒了，那么靠近头皮的这二三厘米头发中毒品的含量应该递减到零。"

之前老崔和赵拙文讨论时，赵拙文虽然没有提到新旧针眼儿，但对死者没有一般吸毒者显得那么"肮脏病态"，赵拙文的看法和副教授一致，死者之前应该是在戒毒，身体的炎症应该是得到缓解和治疗。

老崔基本同意法医的观点，不过他还有自己的看法。由于毒品对人体免疫力的迫害以及共用针管传染疾病，吸毒人员往往避免不了各种细菌性疾病的侵袭，因此患上各种炎症，体表会有化脓、溃烂等病症。老崔还只是鼻吸，就觉得身体越来越差，很容易患感冒发烧，容易疲劳。这个死者体表显得相当"干净"，这也许与她处的环境、经济情况、注重个人卫生以及使用海洛因质量有关。死者生前应该比较讲究卫生，没有和别人共用注射针管，所以没有发生交叉感染。因此体表比较干净，没有吸毒人员常见的化脓和溃疡，体内除肺结核外亦未见更多疾病。因此，老崔猜测死者也许和他一样还算一个"体面"人。而且她很可能是一个有工作的人，需要经常和别人接触，对个人形象比较注重。手背和手臂上注射海洛因，针眼儿容易被外人看到。为了避免被怀疑是瘾君子，她在注射毒品的时候选择比较隐蔽的腹股沟。

同时考虑到吸毒和戒毒的费用不菲，老崔因此推断死者很可能是一个个人收入较高或者家境很好的人。

下午，在副教授上完法医课后，刑事科学技术系大四的同学们开始干本行工作。他们分工协作，各取所需。女尸从头到脚，从外到里，几乎所有部位所有器官都被拍照采样。

等三十个学生把需要的东西都搜罗干净，女尸已经千疮百孔了。比如原先的披肩长发，现在成了瘌痢头。原先手指就被切掉一部分，现在指甲也被拔光了。实在是有点触目惊心！

老崔心想这帮人才是真正的“老摧”，我是不是应该把遗体捐献书撤回来？

不过，有一组学生特别对脸部翻开的肌肉和皮肤进行复位。这是干什么？

小武有点得意地对老崔说：“这是我要求的。我要求他们复原死者面貌。”

“这也行？”

“没什么不行。到时候他们会根据残存的五官，进行定位，再画像。试试看能不能复原死者面容，嘿嘿，死马当活马医，试一下总比无作为好。”

……

晚上收工的时候，小武高喊：“同学们，希望你们不要给公安大学丢脸。这个大案能不能破就靠你们啦！同学们，有没有信心？”

“有！”

老崔在一旁笑了，他觉得小武执着、肯干、有想法，将来会是一个好刑警。

6. 菜鸟发现

出乎老崔的意料，小武请来的大四菜鸟很快有了重大发现。

在他们带回去的女尸面部取样中，发现了一小块隆鼻用的假体碎片。一开始同学们把它当作鼻软骨，后来在显微镜下才发现它的组织结构非生物体，研究之后认为是人为添加的隆鼻材料假体。而且这块假体不是常用的硅胶假体，而是相对高价的膨体。

“知道什么是膨体吗？老崔。”

老崔摇摇头，他确实不知道什么是“膨体”。

“嗯，我来给你上课哈。”小武很是得意。师弟、师妹好样的，没给母校抹黑。

“女人整容，隆鼻，把鼻子垫高，就是把一个假体小塑料片放进鼻子里。膨体是假体的一种，它的学名叫聚四氟乙烯。”

实际上在学弟通知他有重大发现前，小武也不知道膨体是什么东西？以下资料来自他在网络上的搜索：

膨体的学名叫聚四氟乙烯。惰性的聚四氟乙烯被膨化后能够产生微孔构造。由于其良好的生物相容性及特有的微孔结构，无毒、无致癌、无致敏等副作用，而且人体组织细胞及血管可长入其微孔，形成组织连接，如同自体组织一样。从医学角度，是目前最为理想的生物组织代用品。

“死者生前应该做过隆鼻手术，膨体很柔软，应该是凶手在毁容时用刀把膨体切碎了。”小武用手指在鼻子上比画着横切竖割。

“我已经和殡仪馆那边联系好了，同学们下午再去尸检，看看能不能找到剩下的膨体碎片。”

“那最好再仔细检查一下，看她还有没有做过其他的整容手术？”

“好，我会交代他们的。”

老崔问小武：“做一个隆鼻手术现在要多少钱？你说的膨体要多少钱？”

“膨体是一种比较高级的隆鼻材料，另外还有一种便宜的材料叫硅胶，两者价格要差好几倍。我在网上看到，硅胶假体隆鼻一次材料加手术费便宜的四五千，贵的八九千，膨体隆鼻一般都要上万。这是我初步了解到的，网上价格很乱，具体的价格需要到整容医院去问。”

老崔想，这膨体确实是一个重大发现，赵拙文他们尸检的时候疏忽了。死者生前曾经整过容，这更印证了老崔的猜测：死者应该是个有钱人。

小武不以为然：“整个容怎么就是有钱人了？现在女人整容太平常了，我中学的时候就有女同学去割双眼皮。隆一个鼻子几千块或者上万块，省吃俭用一点儿就可以攒出来了。很多女生在大学时就去整容，为的就是毕业好找工作，或者嫁个好老公。假期整容又不耽误时间，很多家长都支持。家里出钱，就算一笔投资。”

老崔不紧不慢“你说得没错，整容花钱是一次性的，可以攒够钱再去做手术。但是你知道这些吸白粉的每天要花多少钱吗？”

“崔老师，我知道。”小武上过缉毒课，知道吸毒是一种高消费，尤其是在北京这样的大城市。

在北京买一克纯度不明的海洛因，价格从两百元到两千元不等。瘾君子每天至少两至三克，多的要五克以上。如果死者每天吸两克海洛因，那么每天毒资至少四五百元，每个月不算其他开销，光购买毒品就至少需要一万元以上。

染上毒瘾之后又无心工作，发展到后面家财耗尽、穷困潦倒，为了一点毒资往往走上犯罪道路。

老崔认为死者比较“体面”，经济上应该可以负担得起吸毒开销。而“体面人”拿到的毒品价格往往超出平均水平，而这要求她的经济状况更高。一般4号海洛因要卖到五百元以上每克，每天两克，每个月至少三万毒资。

小武说：“每个月三万，算上吃穿用的，五万差不多。五万，也不算很高啊！”

老崔差点被烟呛着：“五万一个月不多？你口气大，你一个月赚多少？”

小武笑嘻嘻道：“怎么能和我比？现在北京多少有钱人啊？这里随便一个农民都比我有钱。”小武还在实习期，每个月工资、补助加起来不到五千。“也许原来有钱，现在折腾光了，快没钱了，最后来一针大的，自杀。”

“自杀的可能性有，比较小。”

“为什么？”

“要自杀就不用去戒毒了。她之前应该在戒毒，不像要寻死的人。如果不是强制戒毒的话，去民营戒毒所，花的钱可能比吸毒还要多。而且吸白粉的人一般不会自杀，‘溜冰’的自杀率比较高。”

“为什么？”小武好奇了。

“白粉吸进去可美了，飘飘欲仙，生活如此美好，怎么舍得死？就想着怎么搞钱再吸。”

“那冰毒呢？”

“冰毒吸进去是亢奋，过后焦虑、沮丧、有幻觉，容易得抑郁症，部分人会寻死。”

“哇，老崔你是不是吸过啊，这么懂？”

“没吃过猪肉，总看过猪跑吧！”

“什么时候也尝一下，到底是什么滋味？听说第一次吸白粉很难受，只要不再吸，就不会上瘾。”

“千万别，好奇害死猫。毒品这玩意儿绝对不能碰，什么一次不会上瘾？那是骗人的。吸海洛因第一次是不舒服，很多人会晕、会吐，但是过后就觉得很轻松、很舒服。然后就会有第二次、第三次，然后就上瘾了。上瘾之后人就废了。千万别去碰！知道吗？”

白粉和冰毒，老崔都试过。从刑警转为缉毒警，老崔也是自信满满，认为自己意志力强，反正是工作需要，试一下不会上瘾，最终没逃过惩罚。前车之鉴，老崔可不想小武重蹈他的覆辙。

“照你说的，死者是个有钱人的话，那寻找的范围就可以缩小很多了。每个月开销五万，那她住的地方肯定不差。”

小武打开电脑，把他追踪的那些吸毒人员调出来。那些登记住址看上去住在比较高级地段的都已经找到、确认身份且排除了，反而是那些看上去经济条件比较差的还有多位没找到。

这下又要头痛了。

死者如果根本不在案，怎么办？

也许等校友们弄清楚她的整容项目之后，可以到整容医院去查。

刑事科学技术系大四的同学们证明，他们没有给国内警界最高学府丢脸。

尸体会说话，绝对！

膨体的发现促发了同学们的热情，甚至产生良好的竞争氛围，新发现接二连三蹦出来。

根据检验和分析结果，进一步证明8·12裸尸案的死者是个有钱人。

最新发现，隆鼻并不是死者生前做过的最大整容手术。死者的面颅上动过下颌骨和颧弓手术，就是俗称的磨骨瘦脸手术。磨骨瘦脸手术在面部整容手术中，算得上大手术了。

根据死者颧骨和下颌骨的骨骼、骨膜生长情况，这项手术至少应该是四五年前做的。据了解，四五年前国内开展这项手术的整形医院还比较少。做这项手术的爱美人士大都选择前往韩国或者日本进行手术，因此死者的手术很可能也是在国外做的。如果她是去韩国做的这个手术，手术费和旅费加起来需要二十多万人民币，去日本或者美国做会更贵。

死者鼻部发现的膨体应该也是五年前做瘦脸手术同期做的隆鼻手术。单单一个膨体隆鼻手术，五年前一流的整形医院开价在两万元以上。如果再加上韩式综合鼻手术，要价四至五万元人民币。

除此以外，死者脸部肌肉中还发现有玻尿酸。玻尿酸在面部整容中用来除皱和增加某些器官比如嘴唇的丰润感。由于玻尿酸在人体中半年左右时间就会被代谢掉，因此既然发现死者脸部有玻尿酸存在，说明死者死前一年内注射过玻尿酸。

一针正宗的玻尿酸五千至八千元，除皱一般一次要注射两针。这就需要多少钱？

会打玻尿酸的女人肯定会尝试效果更明显的肉毒杆菌毒素。如果再打肉毒杆菌，又要好几万元，而且也是需要定期补注射的。

以上整容项目说明死者在抗拒衰老，确实如老崔分析的一样，她很爱惜颜面，即便是吸毒人员，毒品也没有消磨掉她的爱美之心。既然在半年内，美容、戒毒，说明她还有追求，因此她不应该会自杀。

还有死者的牙似乎不太好，上下一共做了十三颗烤瓷牙，都是氧化锆材质的，还有一颗缺牙没补。同学们推测死者做这么多烤瓷牙除了美观的考量外，更可能与吸毒有关。吸毒的人牙齿普遍不好。同时从牙垢可见死者烟瘾不小，在肺部组织和手指间的也有长期吸烟留下的痕迹。

目前在北京做一颗氧化锆烤瓷牙大概两千至五千元，前些年宰人的牙医可能开到一万元以上一颗，因此做牙也是一大笔钱。这进一步印证死者的经济实力。

由于做牙都要拍X光片、做模，几乎没有两个人的牙是相同，所以根据牙齿鉴定死者身份由来已久。但是到医院去翻海量的X光片，对于没经验根本看不懂的实习刑警来说，几乎也是无法完成的任务。

小武想了想，毕竟做整容手术的人比做牙的少多了，先从整容着手可能容易一点。虽然死者的磨骨瘦脸手术有可能是在国外做的，但注射玻尿酸属于微创手术，国内整形医院甚至美容院都可以进行。考虑到死者的消费能力，应该不会选择小医院、小诊所。小武准备到各大整形医院调查一下。

真正调查起来，还是很难。因为现在北京能做这个手术的正规的整容医院就有二十几家，单纯拿一张面颅的X光片要医院配合寻找整容者很难。而注射玻尿酸或者肉毒杆菌毒素的人远比小武想象中的多很多，再加上很多医院还对客户隐私保密，整容者的身份需要一个一个地去核查，又是海量的工作。

虽然暂时无法找到死者，但经过向整容医生咨询，小武还是有收获的。死者的下颌角切除一部分骨头后，脸型变成比较尖的鹅蛋脸，就是现在快烂大街的“锥子脸”。

同时，根据找到的膨体碎片拼接，大致可以推断死者的鼻长和鼻梁高低。再加上所谓韩式隆鼻，流行的鼻型就那么三四种。整容医生把参考样本提供给小武。由于死者的耳朵基本保持完整，如果死者的脸型和鼻型再确定下来，离复原死者面容可是进了一大步。小武很兴奋。

实际上小武还是想简单了，实际做起来就知道复原依旧很复杂、很困难。因为脸型和鼻型虽然有了，但是眼睛、嘴巴还是未知数。小武和同学们试过把不同的眼睛和嘴巴安到一个人脸上，看起来都是不同的人。同一个眼睛素材，放大或者缩小10%再安到死者脸上，都会觉得怪怪的。

五官组合几乎无穷无尽啊！头痛！小武晚上做梦都是一张张锥子脸在面前晃啊晃的。

不过还是非常感谢公安大学刑事科学技术系的同学们，正是由于他们的探索精神和“人多眼杂”，死者身上很多小细节被发现：发量少，染发；耳洞较多，左右耳各有五个耳洞；烟瘾大；爱穿高跟鞋，等等。

虽然那张锥子脸还是模糊的，但是死者的形象已经隐隐浮现出来。

7. 目标娱乐圈

老崔帮小武继续分析：“三十二岁的有钱女人，讲究个人形象。整过容，整容要用高级的材料，她应该不太在乎钱。嗯，不停地在整容，可能不是一般的有钱。注射毒品选择在比较隐蔽的腹股沟，所以她不是躲在家里的瘾君子，可能经常要见人，手臂露在外面怕被人看见。”

“怕家里人看见不行吗？怕父母担心。”

“如果父母在身边，消失这么久怎么可能父母不报案？”

小武想老崔说得对。一直没人报案是这个案子至今无法进展的最大困扰。如果能确定死者身份，查清案件原委相对简单得多。

“每个月至少开销四五万，经常抛头露面。你想想，这样的女人她会是干什么的？”

小武想如果不是坐吃山空，每个月开销几万，每年几十万，除非是生意人或者公司高管，否则不可能有这个收入。

老崔说：“她吸毒不是一年两年了，毒瘾这么深的人，经常恍恍惚惚的，怎么上班？朝九晚五的工作肯定干不了。如果是自己做生意当老板的，失踪这么长时间没有人报案，也不可能吧？”

“也许她并不需要工作呢，家里有钱。或许家里有好几套房子，在北京城里有个两三套房，一辈子吃喝不愁。”

“真要吸上白粉，家里有两三套房可不够折腾的。一边吸毒，一边还能把自己打理得这么清楚，不是一般人。还去戒毒，这个应该也是身边人逼着去的。”老崔很清楚戒毒有多难。

“死者应该不是单身的，死前发生过性行为，她有男朋友或者是老公。”小武想了想觉得不对，“应该不是老公，老公应该不会抛尸吧？如果是老公把老婆杀了或者抛尸，老婆的家人也会察觉女儿失踪了。男朋友的话就有可能，如果这个女人不是北京人，一个人在北京，平常和家人联系比较少……”小武突然想起来，“咦，老崔，你说这个女人会不会是个外围女？”

老崔不明白：“外围女？什么是外围女？”

小武笑道：“哈哈，孤陋寡闻了吧。外围女就是那种有几分姿色的，成天打扮得漂漂亮亮的，混在有钱人圈子的女人，陪吃、陪玩、陪睡、陪吸毒。这种女人对外也有职业，一般都是什么演员、模特之类的。实际上不过是被有钱人包养的高级妓女。”

外围女，老崔学到一个新名词，对他而言。

外围女有钱，没有正经工作，经常外出见人，注重容貌，整容就是一笔投资。经常混在娱乐场所的人是比较容易染上毒瘾的。如果她本身不是北京人，是北漂，平常和家人联系不多，突然死亡短期内是没有人报案的。如果死在某个名人或者有钱人的床上，被抛尸就很好理解了。

“不过，老崔，外围女一般都很年轻，都是二十出头的年龄，我们这个死者已经三十多岁了，年纪好像偏大。”

大眼睛、瓜子脸，这种脸型的女人好像一个模子里出来的，几乎没有辨识度，不知道是不是都归功于整形医院。外围女确实挺符合死者的身份。

老崔说：“年纪不是问题。像你这样刚毕业的小年轻，喜欢年纪小的女人。像我这样的老头子，喜欢年纪大一点的。”

“那老崔你现在喜欢什么样的女人啊？”

老崔不想和小毛孩谈论女人：“现在就喜欢女尸。”

“我去，你口味够重的。”小武咧嘴笑。

“好吧，说正经的。我曾经想过这个女人可能是个高级妓女或者你说的那种被人包养的外围女。但是如果她是妓女的话，大腿那吸毒的印记很明显，嫖客肯定看得到。除非是很低级的环境、很廉价的鸡，否则嫖客怎么敢上？如果她像你说的那样混富人圈子，一个富人怎么会愿意玩吸毒的？而且圈子里很快就会传遍‘某某是吸毒的’，于是她就没得混了。如果她需要靠卖淫来赚钱，那她要么换个圈子继续混，要么降级到低层次的圈子混。”

“换圈子也藏不了，那么明显，我想她那里正常的男人看到都会怕的吧。”

“她那个身体做妓女估计价格也不高，和她的开销不匹配。我想她……”

小武抢先说：“你认为她不是卖肉的。”

老崔摇摇头：“不完全是，也有可能以前是高级妓女，或者你说的那种外围女，钱已经赚够了上岸了。但是，如果我的直觉没错的话，她反而应该是有点身份和地位的人。”

小武不屑地说：“现在这个社会，妓女不妓女的很难分。多少女演员、主持人不是在做大官或者富豪的情妇。经常在电视上露面的算有身份的吧？一般三四线的不知名小演员、小模特给大官富豪当情妇应该比拍戏容易赚钱吧？”

老崔觉得小武说的这种情况应该也存在。大官富豪年纪相对比较老，三十多岁的女人对他们来说也许更合适。但是地位高的或者很有钱的人身边应该总围着不少靠其荫庇的人，这个女人失踪了一个多月都没有反响，是什么情况？

小武发挥想象：“也许是某个位高权重的人长期包养的秘密情人、外室，空虚无聊染上毒瘾，吸毒猝死后，那个大人物怕惹麻烦，找个人抛尸。”

老崔觉得好笑：“那这个案子就有劲了。小武你要小心，调查大人物不一定有好结果，最后搞不好被派来的特工杀手干掉。”

小武这属于典型的符合逻辑的胡思乱想。死者不是一个正常的女人，没有男人会喜欢她这种不健康的女人。位高权重的人或者富豪都不会拖泥带水，更不会沉迷这样的女人。除非两人是长期关系，除非对方也是瘾君子。这可能吗？如果他是一个健康人，明知道她是瘾君子，还和她做爱？看见她死了还要狠心抛尸？可能，但概率太小了。

她的钱可能是来自男人的，但老崔的直觉是这个女人应该是相对独立的，有自己的事业的女人，像演员、歌手之类的艺人或者是演奏家、畅销书作家之流。不过即便说她有事业，也不会太大、不太有名（她也许需要某位男士给予她金钱上的赞助），否则不会失踪这么久都没有动静。

除了经济因素外，老崔不倾向死者生前做皮肉生意还有一个原因：大部分吸食海洛因成瘾的人，往往性欲都下降了，长时间不做爱都无所谓。

如果死者在经济上没有负担，不需要靠取悦男人来赚钱，又没什么性欲，那么她为什么要和别人发生关系？和她发生关系的人会是谁？

他应该是一个和她关系很近的人（也许是金主），因此虽然她性欲不强，但她并不抗拒和他做爱。

同时，和她发生关系的人并不忌讳她是一个瘾君子，那么对方很可能也是吸毒的，很可能是她的毒友。但如果对方也是吸白粉的，一样面临性欲缺失问题，为什么会和她做爱？

应该让刑技系的同学们试试看，死者阴道里发现的精子里是否可以检出毒品成分？

又或者她戒毒后，性欲回来了？或者她死前“溜冰”了，性欲增强也说不定。

“晕掉了。”小武的脑汁已经干涸了，他揪起头发恨不能把头盖掀开充点血，“转来转去，我看还是贩毒比较适合她。来钱快，不要命，死了没人在乎。”

“也许吧。不清楚，想不明白。我倒希望她是毒贩，总比折腾到最后只是抓只鸡好。”

“也许，也许搞不好那个男人是死者包养的呢？”小武又突发奇想。

我去，这下轮到老崔晕了。

晕归晕，活还得干。

不管她有多少钱，不管她是不是被包养或者包养别人，可以断定她是一个有钱的女人。不仅仅有钱，她还是一个“招摇”的女人。

小武和同学们根据死者脚上老茧位置以及厚度来推算出死者生前的穿鞋习惯。检验和计算结果表明，死者生前经常穿着高跟鞋，除了一般女人穿的几厘米高跟的高跟鞋外，那种所谓“恨天高”的十几厘米跟高的超高跟鞋在死者脚掌上也留下明显的痕迹。这种恨天高虽然在大街上也经常看得见，但绝大多数女人浅尝辄止，简直就是一种酷刑，小武的女友就受不了。大概只有娱乐圈的演员、模特或者做夜场等特殊职业的女人会经常穿这种高跟鞋。

为什么说这个女人是个“招摇”的女人？这是由于她的身高。

中国男性平均身高169厘米，女性平均身高159厘米不到，北方人会略高一点。死者身高一米七，在北方女性中算比较高的了。北京男人中北方大汉是不少，但是一米七左右的也满大街都是。这个女人身高一米七再穿那么高跟的高跟鞋，根本是不把男人放在眼里。她身边的男人必须要有非常强悍的心理才能承受身边有这么一个女人存在。

太招摇了！公安大刑事科学技术系以男生为主，生源来自全国各地，平均身高略高于国家标准、低于175厘米。对于这样的女人，大家一致认为有压力，HOLD不住！某目测身高顶多一米六五，自称一米七的广东男生对死者评价：木秀于林，风必摧之。枪打出头鸟，死有余辜。

如果用职业性质来解释她的“招摇”，就比较合理了。演艺圈、娱乐圈包括夜场的，不需要固定时间上下班，又特别讲究形象，肯在脸蛋儿上砸钱，同时这个圈子涉毒严重，确实比较符合死者形象。

就两杆枪，资源有限，调查还得朝大概率方向进行，老崔把接下来的调查方向划定在影视传媒和娱乐行业从业人员上。还有艺术圈子，音乐人、画家中吸毒的也不少。

北京地界以北为贵，目前传媒业和娱乐业上档次的公司几乎都分布在东面和北面的几个中心区，高档住宅如此，整容医院也大都如此。

老崔对娱乐圈艺术圈不是很熟悉。他准备先拜访下东区和北区的缉毒队，询问以前的同僚对这位未知死者的看法，看是否有符合死者身份形象的不在案吸毒人员。老崔知道，缉毒队手上往往有很多没登记的吸毒人员，其中有的是线人，有的懒得登记或登记错误，也有走关系打过招呼不登记或者由于其他各种原因没有采取行动的人物。

小武则继续和师弟师妹们合作，一边在尸体身上寻找线索，一边拜访各大整形医院和牙科诊所，从死者生前行动轨迹寻找线索。

/第五章/
我是谁

1. 涉毒门

傍晚六点，何谢到了首都机场，他让葛师傅去停车，自己直接去 T3 的贵宾通道。

何谢来迟了，贵宾通道外已经挤满同行。何谢大致点一下，现场来的记者差不多超过六十个，还有几十个粉丝模样的年轻人。

突然听到有人喊自己的名字“何谢”，何谢扭头看，原来是娱乐网站的小杜。

“你怎么跑北京来了？”小杜是何谢原来在深圳的同事，去年跳槽去了一家娱乐网站，何谢则被派到北京。

“你不是也来了吗？”

“我天天在北京转，你专门从广州来？”

“海牙（是的）。”小杜说粤语。

“你也是来等秦薇的吧？”

“海牙。”

“你得到的消息秦薇的飞机几点到？”

“十八点二十分，美联航。”

“丢立马还！”小杜从昨天到北京就没有出过机场，忍不住说粗口，“秦薇在微博上说昨天下午到，我昨天早上就到北京了。”

何谢得意地笑：“谁叫你不早来问我？秦薇自己不写微博，她的微博是经纪公司替她搞的。”

“丢，你的消息从哪儿来的？”

“我认识美虎内部的人。”何谢得意地说。其实何谢这话有水分，他是认识美虎传媒的人，但秦薇回国航班的消息不是内部人放给他的。

美虎传媒前几天就放消息说秦薇这两天回京，但是哪一天不确定，所以昨天就有记者来机场守候。何谢本来昨天也准备来，但是手上还有别的活儿，没空，侥幸没有白跑一趟。今天的消息比较确切，秦薇下午到。

“内部消息靠谱吧？不要害我又等一天。”小杜苦着脸。

娱记白跑是常事。像何谢、小杜这样的娱记狗仔，生命中至少一半时间是在等待中流失的。小杜就是忍受不了辛苦才换到工作时间相对轻松的网站娱乐频道。

“今天应该是真的，你看那么多粉丝接机。”粉丝团往往都有明星的宣传人员在幕后组织，有时消息甚至比专业娱记更灵通。

听何谢这么一说，小杜安心一点：“你这儿有什么料，放一点儿给我，我好回去交稿。”

“你要什么消息？”

“警方的最新进展啊？那个大拆家到底是谁？”

4月中旬，北京警方在一次娱乐圈夜宴上突袭，当场尿检多人阳性，其中包括曾红极一时，圈内人称为“大军”的过气男明星。接下来又在一位著名音乐制作人沙暴家中搜出大麻和冰毒。

好事不出门，坏事传千里。这下可热闹了，各大媒体版面都充斥着“扫毒风暴，横扫娱乐圈”“××× 尿检阳性”这样的标题，连篇累牍报道案件进展。

据说“大军”和沙暴在审讯中供出娱乐圈一长串涉毒名单，其中不乏一线大牌。

甚至有媒体爆出猛料，“大军”在审讯中招供某天后不仅毒瘾深，而且是娱乐圈中的大拆家。这下引发猜谜游戏，但是谁都没有确切消息，都是“据说”“网传”。

没有警方的公开消息，一切都是猜测。于是各路媒体削尖脑袋四处钻营，希望挖出第一手猛料。

一时间娱乐圈仿佛人人自危，一些网传涉毒的明星要么出面澄清，要么暂时回避。也有人镇定自若，采取不回应态度。当然也有不知名的小艺人主动痛陈过往涉毒荒唐史来博眼球。

秦薇是网传大拆家人选之一。秦薇及其所属经纪公司美虎传媒第一时间就驳斥了这个传言，还威胁要起诉造谣媒体。由于圈内一直有传秦薇吸毒，在此风头下当然澄而不清，秦薇成为风暴眼，无数狗仔的镜头瞄准摇滚天后。然而秦薇在事发之后突然销声匿迹，四处围追堵截的狗仔都扑空了。

五月初，秦薇突然在官方微博上发声：正在欧洲度假。

哦，原来如此，怪不得找不到人，原来躲到国外去了。于是舆论更加怀疑其涉毒。

秦薇微博上还说接下来计划去美国拍MV，将有一段时间在国外。八卦各界纷纷猜测，尿检不回到阴性她是不会回国的。

似乎为了回应外界传言，秦薇微博不断更新秦薇在国外行踪。据说还有狗仔跟着秦薇步伐追到欧洲去了。

如果老板愿意给经费，何谢也愿意追到欧洲、美国去。只是自己的英语很烂，自由行是不成的。

实际上老板也不愿意，除非你去能拍到什么新闻猛料，否则耗不起。在欧洲待一个月，至少五六万，还不算随时要支出的交通费，到时候几十万花下来，成了人家的免费摄影师。你拍到人家吃饭、购物、看风景的照片，没什么价值，没有媒体会出钱买这样的照片，想要直接上微博上下载就好了。

“大军”被拘留一段时间后释放。沙暴由于自己吸食，藏毒没有过量，未触犯刑法，移送强制戒毒。至于所谓的大拆家，警方守口如瓶，一切以官方媒体公告为准。

美虎很狠，直接递诉状，把一家称秦薇为“毒后”的门户网站告上法庭。

秦薇这一走就是两个月，一开始微博上发了一些消息，后来也不大更新。偶尔来一两张图片，看样子在美国晃荡，优哉游哉。且警方不再有行动，明星涉毒风暴也就慢慢平息下来。

上周开始，秦薇即将回国的消息突然在美虎娱乐网上放出。大洋西岸蝴蝶的翅膀扇动，已然平静的国内娱乐圈似乎又要掀起一场风暴。

今天，为了秦薇回国的消息，各大新闻媒体和网站的娱乐频道都派人来抢新闻。有几家电视台也来凑热闹，居然派出摄像和主持人到机场恭候摇滚天后大驾。

何谢自然也不例外，本来今天有别的同事来，但同事突然生病，何谢只好顶上。真是命苦，何谢已经一星期没睡过安稳觉了。

何谢对小杜说：“我能有什么消息，有消息的话早发出来了，还会等到现在。”

四月扫毒那段时间何谢像疯狗一样四处乱窜打听消息，日夜跟踪焦点人物。最终，什么独家猛料都没有得到，白忙活一场。

小杜说：“丢！你们的媒体也太不给力，什么鸟都没有。”

何谢嗤笑道：“媒体什么时候给力过？除了歌功颂德还有什么？”其实这也怪不得他们，到底是皇城脚下，写什么都得经过领导审查。

小杜不明白："前边被拘的人不是都招供了吗，怎么就没消息捅出来？"

"小虾米没人管，进去就进去了。大咖当然有人罩着，听说警方原来是准备搞搞大，但是上面不愿意搞太大，说是影响首都形象。"

"有媒体说在娱乐圈抓几个吸毒明星是为了转移网络反腐的视线，目的达到了，就该收场了。"

"这说法倒有可能，娱乐圈吸毒的太多了，真要抓估计一半得进去。再说现在毒品种类多，警察根本管不过来。秦薇肯定是吸的，据说沙暴招供秦薇以前经常和他一起吸。"

"沙暴是秦薇的前男友，他会把秦薇供出来？"

"这就不清楚了。进了局子一拍桌子就吓尿了，什么都招了。还管什么男女朋友？那谁不是把老婆都招了。"

"呵呵，大军那小子真怂。你有什么证据说秦薇吸毒？"

"我采访过秦薇以前乐队的贝斯手，他说以前乐队经常一起吸。我看他现在很窘迫，就问他有没有照片卖给我。他说没，那时光顾着吸，没顾着拍。白说。"

"如果能拿到秦薇吸毒的照片，至少二十万吧。"

"二十万？至少得五十万，现在这热头上，也许一百万也有人要。"

"那还不如直接卖给秦薇，也许可以卖五百万。"

"还是你狠，就怕你不敢要？"

"有什么不敢要，你们工作室不是谁出的钱多给谁？"

"人家相信你就不会卖第二家？这么多钱，可以买多少条命？传说美虎的老板黑白通吃，轻易不要惹，否则什么都干得出来。"

"有这么恐怖吗？好怕怕啊……"小杜做出夸张的表情。

"秦薇吸毒也不是一两天的事了，为什么没人说？一是没证据，二就是美虎压得住。所以除非有照片或者她被警察抓起来，警方亲口说'秦薇吸毒'，这事才算落定。"

小杜说："有人说秦薇这次回来是北京警方要求她回来协助调查的。"

何谢也看到网上有这么写的，他对小杜说："这个有可能，大家都是冲这传言来的。不过秦薇出国那么久，现在回来，肯定检测不出来了。吸毒的事，她肯定矢口否认。"

小杜说："可以查头发。尿检也许检测不出来，但是头发肯定有残余。据说几年前吸过毒都可以检测出来。"

"检测出来怎么样？以前吸过毒现在戒了不行啊？吸毒又不犯罪。只要不被抓现行，尿检阴性，警察也管不着。我想她既然现在敢回来，肯定是不怕警方查。

要么就是早打好招呼，不会有事。”

“大军不是招供说秦薇是大拆家吗，贩毒性质可不一样。”

“这个说法是有，但是我这还有爆料说别人是大拆家的，有的也出国很久了，还没回来。不知道该信谁？我觉得说秦薇贩毒不靠谱。秦薇吸毒应该是确定的，但说她贩毒我觉得可能性很小。秦薇每年收入都上亿吧，需要贩毒挣钱？贩毒是死罪，她那个地位的人有必要吗？娱乐圈都是小人，互相倾轧、尔虞我诈，万一被人告密，不值得。”

“那今天不是又没什么好写了？”小杜沮丧地说。

何谢呵呵一笑：“有啊，我们等下就着重关心一下秦薇的头发。看她是长发还是短发？如果剪短了，回去就有的写了。”

小杜也笑：“你的主意好，可以这样写，据专家介绍，头发是检查毒品残留……”

两个人不再谈秦薇，一边守候一边交流各自的近况和近来的八卦。

突然何谢手机响。

司机葛师傅打来的电话，说他在停车场看到王金花了，王金花的车子停在停车场，没有往贵宾通道这边来。王金花和两个人下车后也没有往贵宾通道这边来，直接去的是接机大厅。

何谢一边让葛师傅继续跟着王金花，一边琢磨：王金花来机场，十有八九是来接秦薇的。这说明秦薇今天下午回北京的消息应该是真的。一般来说，秦薇这种人来去都是走贵宾通道的，可是王金花为什么去接机大厅呢？

不一会儿，葛师傅的电话又打了过来：“王金花确实是在接机大厅，大厅里还有很多秦薇的粉丝。”

何谢心念一动，拉过小杜，悄悄告诉他：“我们换地方，快走。”

小杜还问为什么？

何谢懒得跟他多说：“别问了，你跟我走就是。”

等何谢带着小杜和他的同事跑到接机大厅一看，好家伙，人山人海。

国际到达的接机大厅里，拉着横幅举着标语牌的秦薇粉丝团，男男女女至少来了 200 多人。大厅里的记者虽然不如贵宾通道那里多，但是也有三十多人在守候。还有十几个机场保安在现场维持秩序。

靠近出口，有一帮人围着一个女人。何谢定睛一看，那女人果然是美虎传媒的艺人总监、秦薇的经纪人王金花。带头采访王金花的是北京电视台娱乐频道的记者。

这时候广播中传来纽约飞北京航班降落的消息，何谢心想好在葛师傅眼尖，不然一直在贵宾通道那傻等，今天要吃白板了。他顾不上小杜，赶紧冲王金花奔过去。

2. 避风头的天后

“哎哟！”走在前面的林梦梦叫了一声。艾豆赶紧收脚，林梦梦的脚后跟被她踩着了。

林梦梦对艾豆小声说：“姐，你别那么紧张。随意点，把巨星的范儿抖出来。”

艾豆苦笑，从一个星期前王金花从国内飞来和她谈话开始，她就没轻松过。

一个星期提心吊胆的结果是——整整瘦了六斤，之前减肥最快纪录都没这么神速。

好在已经登上飞机了，头等舱的位置很宽松，整个人可以躺下来。空姐笑容可掬，和国内航线很多空姐一脸死相大相径庭。

林梦梦对艾豆说：“姐，托你的福，我第一次坐头等舱。”

艾豆不解：“你不是经常随……”瞥眼见一个空姐走过，含糊着说，“……嗯嗯……飞来飞去？”

“国内航班头等舱坐过，国际航班头等舱从来没坐过。纽约飞北京的头等舱要八千多美金，五万多人民币，经济舱便宜的只要四千多人民币。薇姐坐头等舱，我都是坐经济舱。这次花姐怕你紧张，让我在你身边照看你，我才有机会坐头等舱。哇哦，这个头等舱座位好舒服啊，国内飞机的头等舱根本不能比。”

“嘘，小声点，我看很多空姐都是中国人，不要被别人听见了。”

“嘻嘻，别担心，你看我们不是顺顺利利过关了。”

“我的心还在跳。”

一直到飞机起飞，艾豆的心脏才稍稍平复下来。

艾豆想，如果以后机场配备快速测心跳的装置，像她这样图谋不轨的人立马束手就擒。

回国的通知是一个多星期前接到的。

在这之前的一个月，几乎是艾豆有生以来最轻松、最快乐的时光。

四月中旬某日，王子冲接到一个内部消息：娱乐圈四月大扫毒即将启动。

他让王金花赶紧通知秦薇，这段时间不要留在北京，最好出国避避风头。

之前王金花和秦薇谈戒毒，秦薇要么置若罔闻，要么口头同意实则敷衍。艾豆拍火焰鸟广告搭上花美男又让秦薇找到一个借口，说是担心艾豆，要待在国内随时给艾豆救火，等艾豆过了这关再出国戒毒。

沙暴被捕的当天，秦薇还去过沙暴的录音棚。秦薇前脚走，警方后脚来，沙暴尿检阳性，当场被捕。当天秦薇跟沙暴并没有吸毒，不过两人经常在一起吸。

不知道沙暴被抓警方的真正目标是不是秦薇，王子冲担心沙暴把秦薇供出来，叫秦薇赶快把身边家里的毒品都处理掉，然后连夜派人开车和秦薇一同离京。

像秦薇这种大腕，多少双眼睛盯着。万一被抓起来，风口浪尖上再大的关系也不敢出来讲情。吸毒被捕，先行政拘留十五天，然后就看藏毒量和公关水平，没事的话可以放出来。如果警察较真儿的话，秦薇这种上瘾的吸毒人员，按照规定需要强制戒毒两年。即便不被强制戒毒，也会被登记进入“吸毒人员动态管控”，以后行动都很麻烦。

秦薇的身体状态早就不允许她正常工作了。出国前，她的身体状况已经恶化到无法持续站立超过一刻钟，她自己也意识到再荒唐下去后果将会很严重。警方的行动又敲响警钟，秦薇不再抗拒出国戒毒。于是直接从上海买机票飞纽约，然后转往洛杉矶，王金花给她联系的戒毒所在那儿。

艾豆的四月过得跌宕起伏。一开始是为了火焰鸟的广告折腾，拍好广告后得意忘形回上海曝出艳照，被王金花羞辱臭骂之后被停工了。

出了这样的丑闻，除了羞愧难当外，艾豆还担心王金花因此解雇她。虽然回上海不至于当瘪三，但这样灰溜溜地结束替身生涯真心太失败了。壮志未酬先拔光，这样阵亡悲催啊！

猪一样的炮友，如果有刀她真想把那个师弟阉了。可是自己何尝不是猪呢？艾豆自怨自艾，恓惶得不得了。

好在娱乐圈扫毒风暴给艾豆救了火。四月中下旬娱乐圈扫毒是大新闻，陆续有大小明星、富豪公子被抓。网上有传秦薇是幕后大拆家，艾豆半信半疑。这一段时间她给秦薇做替身已经领略到秦薇的收入，秦薇根本没必要贩毒。至于吸毒，则是很有可能，因为艾豆见到真实的秦薇太不健康了。如果现在两个人一起出门，肯定绝大多数人要把艾豆认作秦薇，而把秦薇当作某个从医院逃出来的重病号。

艾豆猜想，美虎费尽周折为秦薇找替身也许正是因为秦薇吸毒，公司不想这棵摇钱树倒掉，需要找个人来替摇滚天后展现健康形象。

秦薇吸毒与否艾豆并不关心，她现在关心的倒是万一秦薇真的涉毒被捕，她会不会失业？美虎公司总不至于要她这个替身替秦薇去坐牢吧？

四月末，王金花突然通知艾豆把护照交到公司，公司准备让她去欧洲。

哇哦，艾豆高兴得跳起来。解冻了！这下不用担心失业了。

4月28日，艾豆从上海直飞去往法兰克福。她在德国待了一周，再到奥地利和瑞士，然后从苏黎世飞纽约。签的是商务签证，但实际上是艾豆独自一个人的行程，也算不上是完全自由行，因为行程都是公司给她安排好了的。

免费旅游，在高消费的欧洲吃住还都是五星级的。腐败之余，艾豆只要按照王金花的要求把自己一路游览、吃喝玩乐的照片发给公司就行。

哈哈，还有什么比这更惬意的工作。第一次出国就享受这么高标准的待遇，天后的替身都这么爽，不知道真天后会有什么待遇。

五月上旬，艾豆都在享受欧洲旅游的快感，享受替身工作带来的虚荣。

秦薇微博上五月更新的内容几乎全部来自艾豆，口吻当然是秦薇本人的。艾豆每天把游历的照片和文字发给公司，王金花决定是否使用。

王金花挑中的照片大部分是景观或者美食，较少直接画面有艾豆的照片。整个欧洲行程她只用了一张有艾豆的照片——艾豆和一群中国游客在海德堡大学的合影。当时这群游客中有秦薇的粉丝——豆子，她把艾豆误认为秦薇，请求合影。艾豆将错就错，就有了这张照片。照片的注释一语双关：嗑药神马赶脚（什么感觉）不知道，和豆子们在一起才是真的Hi！

秦薇的微博粉丝原来有一千五百多万，扫毒开始，粉丝数狂涨。艾豆在欧洲的时候已经突破两千万，等艾豆到美国，粉丝数已经上升到两千五百万。摇滚天后的微博粉丝是艾豆微博粉丝数的十万倍。

伪天后艾豆的一举一动，都有数百万人关注。几乎每一条无关紧要的微博都有五位数的评论量和四位数的转发量。上微博的时候，浏览熟悉的照片和经过文案修饰过的熟悉又陌生的文字，艾豆偶尔会产生一种幻觉，我是秦薇吗？

伪天后，真享受。这份工作真心棒，身在其中才知道它的魅力，当初错过真的会遗憾终生。只是不知道，这般美好还能持续多久？

艾豆猜秦薇一定出事了，否则完全可以让秦薇自己露面以正视听。美虎现在花这么大的代价让替身来虚假代言，肯定是哪方面出问题了。

“秦薇”的真身在哪里呢？

五月中旬，艾豆到达美国。

几乎同时，秦薇官方微博发布的消息显示，秦薇目前在洛杉矶，为一部好莱坞大片试镜。

微博没有秦薇的照片，配发的照片上是助理林梦梦在洛杉矶街头大啖热狗。这照片不是艾豆拍的，王金花没有安排艾豆和秦薇见面。

艾豆想，既然林梦梦在洛杉矶，秦薇现在应该是在洛杉矶了。

艾豆的美国之行第一站是纽约。王金花给她安排的住所在长岛，一个人住在郊区，一栋大别墅就自己一个人住，挺吓人的。

到纽约之后，王金花没有给艾豆工作指示，只是让她尽量不要接触中国人。请示王金花之后，艾豆参加一个老美的旅行团（避开中国人），去西海岸玩了一圈。这次旅游是自己掏的腰包，不过和一帮胖乎乎、没心眼儿的美国老年人一起玩，超级开心。

旅途中，艾豆大秀歌喉。艾豆的歌唱水平虽然不能跟秦薇比，但是比一帮子美国老头儿、老太太可强多了，特别是国内流行的那些英文老歌艾豆会的不少。

一曲《Yesterday Once More》唱罢，一个很喜欢艾豆的得克萨斯州老头儿感动得热泪盈眶，感动之余他把自己的古董雷朋 Wayfarer 墨镜送给艾豆。

那老款雷朋墨镜是真正玳瑁框，随着时间的流逝，镜架虽然有了磨损，但是玳瑁色彩却依然绚丽，光泽温润如玉。再配上绿色的镜片，简直太炫了。而且这副眼镜特别配艾豆整形后的锥子脸。

艾豆戴着这副眼镜被老外搂着肩膀的照片被王金花发到秦薇微博上，而且这个老外被描述成好莱坞金牌编剧。

旅行结束艾豆回到长岛休整。如果王金花没有指示，她准备继续出去玩。她的英语没问题，美国人大都很友好，艾豆觉得可以来一个真正的自由行。如果会开车就好了，可以自己租辆车慢慢开，可惜自己没驾照。

5 月 18 日，艾豆收到王金花的微信，让她进入状态，准备回国。

旅游虽然使人轻松，但如果就这样混完一年合约，艾豆觉得不够踏实。心底没有着落的感觉也不好，她还没有老到浑浑噩噩的境地，还是有工作更让人充实。

所以艾豆很兴奋地回复：时刻准备着。

3. 美虎娱乐的策略

事情并不是艾豆想得那么简单。

在秦薇官方微博上发艾豆的照片虽然没有引起怀疑，也挡住一些风言风语，但天后风口浪尖上出国不归还是惹人猜忌的。

娱乐圈表面上看着光鲜亮丽，暗地里互相拆台、互相踩的事情比比皆是，吸毒在圈子里并不是秘密，但这次秦薇被拎出来大肆炒作肯定是有人暗中捣鬼。

秦薇出国之后，更是谣言满天飞。甚至有谣言说沙暴招供秦薇是娱乐圈大拆家，王子冲气得不行。他打听过，沙暴嘴挺硬，只承认自己吸毒，没有供出别人。抗拒从严，这是沙暴后来被判处强制戒毒的原因。“大军”坦白从宽，拘留期满就放出来了。

原定IPO六月重启，美虎传媒在首批名单中。秦薇是美虎的赚钱机器，还是前十大股东之一。关键时刻造谣秦薇贩毒，肯定是同行。

美虎不得不仓促应战，王子冲让人悄悄安排水军反扑，转移视线。其结果就是一堆明星纷纷“中枪”，再纷纷出来辟谣。

由于股市表现低迷，原定六月末重启的IPO据说又要推到七月。这么一来已经过会的美虎传媒需要补交2013年半年报，又是一大堆事。

随着涉毒传闻愈演愈烈，秦薇又置身海外，公司担心更加引起证监会关注的话就麻烦了。不仅秦薇这一块收入占美虎这两年盈利的百分之四十，而且秦薇还持有美虎传媒百分之三的股份，算是较大的个人股东。万一证监会要秦薇现身说明一下情况怎么办?

由于秦薇出国，很多商演和广告代言不得不推掉，但是秦薇代言的丽贝卡假发新一季广告拍摄已经一拖再拖，再推迟就要违约了。丽贝卡是假发业龙头，不能得罪。还有许多合约在身的广告厂商纷纷前来咨询秦薇涉毒传言真伪。六月，秦薇还有一个国际奢侈品大牌的合同要谈续约。

可是秦薇的戒毒疗程刚开始，现在的状态很不稳定，不可能现在中断治疗回国。回来又复吸怎么办？何况传言真真假假，万一经过扫毒风暴秦薇已经被盯上了怎么办？如果秦薇出问题，有可能直接导致美虎传媒IPO流产。

在四月中“大军”和沙暴被捕之后，警方没有进一步行动。万众期待的“天后大拆家”一直没有下文，无料可爆的媒体把视线转向校长开房以及“毒大米”事件上。

热闹了一个月的娱乐圈扫毒风暴逐渐平息下来，内部消息说扫毒行动已经结束，马可以照跑，冰可以照溜。

大老板斟酌一番，让王子冲和王金花还是把艾豆推到前台吧，先混过IPO要紧。

所以，一个星期前王金花突然飞到纽约，和艾豆面对面。她问艾豆，如果让你用秦薇的护照回国，你有什么想法？

有什么想法？艾豆完全没有想法。这完全超出她的想象空间，她不知道王金花怎么会提出如此荒唐的要求？

之前艾豆在国内的替身工作在涉及身份证明时都非常谨慎，近距离的地方都自驾车来去，一般不在当地住宿。唯一一次远距离的到厦门乘飞机艾豆用的是自己的身份证，也没有让火焰鸟接机，王金花专门从北京调车到厦门和晋江使用。入住酒店时才用林梦梦带来的秦薇的身份证登记。这样做就是为了避免艾豆紧张出纰漏、惹麻烦。现在王金花突然提出要艾豆用秦薇的身份坐飞机，这是前所未有的，何况还从美国离境。

王金花解释说，秦薇现在在美国治病，短期内无法回国。但是我们有很多合约在手，等着她开工。如果秦薇不能回国的话，将面临很大的损失。领导们商量了一下，希望艾豆可以代替秦薇回国工作。

艾豆有点不知所措，看来秦薇涉毒是真的了。也不知道她到底是什么问题？如果回国之后警方来调查怎么办？这时候再装秦薇就是欺骗警方。替身工作固然不错，她可不想牵扯到犯罪活动中。

艾豆问王金花：“网上传言秦薇涉毒是不是真的？”

王金花眨巴眨巴眼睛，坦白道：“小艾，你是个聪明的女孩，可能已经猜到发生什么事了。秦薇是有一些不良癖好，但这与你无关。你就是一个演员，演的是秦薇这个角色，其他的你什么都不知道，也不需要知道。这样不是更好吗？”

“网上传她是大拆家。”

“哼，这怎么可能！这是无稽之谈。她的圈子那么小，贩毒给谁？还大拆家呢？你也知道秦薇的收入，她有必要去贩毒吗？！吸毒不犯刑法，顶多就是个治安问题，贩毒搞不好就是死罪。如果秦薇真的触犯了法律，公司早就放弃她了。我可以向你保证，她没有干任何违法的事，警方也没有调查她。我们都是有身份的人，没必要为了谁去犯法。就算我是秦薇的经纪人，也不会为了她去犯罪，何苦惹祸上身？当然我也不会让你去犯法。”

不做犯法的事？让她盗用秦薇的护照回国，不是明摆着犯法？！有身份的人，多讽刺啊……

艾豆也不相信秦薇会贩毒，不过从王金花的话看，秦薇吸毒成瘾确定无疑了。吸毒不犯法吗？不犯法为什么警察要抓？秦薇要逃出国？

“放在以前，我是可以装着不知道。但是现在你让我用别人的护照回国，这可是犯法的呀！”

“嗯，这是有点麻烦，所以我先来征求你的意见，我们不会勉强你。”王金花不动声色。

“能不能让秦薇先回国，我再回去替她？上次拍广告的时候，秦薇不是就在北京吗？”

“我先去看过秦薇才到你这儿的，秦薇还得在美国待一段时间。如果‘秦薇’没回去，你回国替她，突然跳出来，很容易被人识破。你也知道，现在的狗仔无孔不入。”

“这个，风险太大了，我怕——”艾豆心中明白，秦薇吸毒滞留美国从某种意义上给她提供了工作机会，“花姐，这是美国，我怕，万一出事就回不去了。”

“哈哈，留在美国，多少人梦寐以求啊！”王金花打趣道，“你放心，美国人不会把你扣在美国的，驱逐出境才对。所以你不要担心回不去。”

“回国也要坐牢，以后就有案底了。”

“你放心，不会有事的。你现在的脸蛋儿和秦薇护照上的照片几乎就像一个模子刻出来的，美国人绝对看不出来。”王金花掏出一本护照，打开，照片上的人确实很像艾豆。这是秦薇的护照。

“可是出入境都要验指纹，一验指纹不就露馅了吗？”

根据美国的出入境管理法规，外国人进出美国海关的时候，需要查验双手指纹。过关时，你必须在海关官员面前把双手按在电子检验器上扫描，只有指纹和你在签证时留在大使馆的指纹符合时，才会被允许通关。

王金花告诉艾豆：“这个你不用担心，美国入关时会查指纹，出关时不查。”

艾豆不信：“但是我看到规定是要查的。”

王金花耸耸肩：“你别不信，真的不用查。我进出美国几十次了，从来没有查过。随便走，有机票就行。”

“我用秦薇的护照回国，秦薇怎么办？”

“你用秦薇的，秦薇用你的。”王金花找到借口，“秦薇把护照借给你，她就一点儿不担心。”

“秦薇会不会不回国了？”

“那你以后就是秦薇了，哈哈哈……”王金花大笑，“你想多了，你愿意秦薇还不愿意呢，你回国去做大明星，她在美国扮演屌丝艾豆。可能吗？待在这里很闷的。你放心，秦薇病一好就会回去，到时你们再换回来。”

“但是……”理智上应该拒绝，但是王金花会不会提出交换条件呢？

王金花不再拐弯抹角：“公司原则上同意，如果你愿意替秦薇回去，完成替身工作，可以拿到合同约定外的奖励。”

“这……”艾豆迟疑着，理智上，艾豆觉得应该拒绝这个诱惑，但是……

王金花继续：“嗯，奖励还是蛮高的，比我的收入都高。”

艾豆忍不住问：“会是多高呢？”

王金花笑吟吟：“以前给你的提成都是很少的。这次回国后，你接手的每项工作，都可以提成百分之五。”

四月拍火焰鸟运动鞋广告，艾豆听林由豪说秦薇的代言费是税后一千万。如果按照百分之五的比例提成，艾豆一次就可以拿到五十万。Oh，my god！

“嗯，别太高兴，公司要扣税和管理费的，两项加起来快六成了。”王金花笑嘻嘻道。

40%也很不错了，艾豆试探问：“火焰鸟的广告可以提吗？”

“那可不行，这个是你出国前的。”

现在，艾豆脑袋里不像刚听到王金花让她替秦薇回国时那般乱糟糟，她理了一下思绪，再问道：“万一我被查到怎么办？”

“不会的。万一被抓到，我们也有办法。我会让秦薇的助理，你见过的，就是林梦梦陪你回国。到时候护照放在她那儿，万一有问题她会出来说是她的问题，护照放在一起，拿错了。”

“可是机票是秦薇的名字，人家问机票怎么回事，怎么办？”

“你放心，买机票的时候会用你的名字多买一张。万一被海关拦下来的话可以说机票和护照夹在一起，原来是准备三个人一起回国的。秦薇临时有事去洛杉矶了，把护照拿错了。再去换回来很麻烦，就想侥幸试一下。秦薇是大明星，美国人也认人，会通融的。”

“如果人家不相信怎么办？”

“艾小姐，你可以再考虑一下，做不做由你，我不是在强迫你。”王金花有点不耐烦，收起笑容，盯着艾豆的眼睛。王金花何等眼尖，刚才说到百分之五提成时艾豆眼珠那点亮光一闪，她知道有戏了。

艾豆避开王金花的视线：“花姐，我很怕，现在脑袋乱得很。这个事情很大，你让我想一想。我要想一想，明天再答复你，好吗？”

艾豆的脑袋一点儿不乱，她现在迫切需要知道：出境美国是否需要按手印？

网上相关资讯并不多，大部分有经验的人都说不需要或者说没有像入境时那样强制性要求。但是艾豆查到美国国土安全部的规定，外籍人出入美国国境时都需要拍照及留存指纹。

艾豆再在北美华人论坛上发帖咨询老中，回复都说出境时管得不严，不需要。

有一个老中告诉艾豆，出境时办理出境手续是自助的，由自己在机器上自助扫描指纹和护照，然后机器打出一份证明保存，作为出境记录之用。

而美国外交部规定：

从美国出境时，出境者须再次留取指纹和拍照，并将《美国海关出入境登记表》下半部分交还给口岸移民官。如不交回，将会被认定为逾期滞留，并可能被阻止再入境；如在美期间《美国海关出入境登记表》发生丢失、损坏，须及时向附近的移民局报告并申请补发；如若出境时忘记交回该表，可将该表及其他可证明出境的材料留存复印件后寄往：

ACS Inc.

1084 South Laurel Road

London, Kentucky 40744

再入境时，可向海关和边境保护局官员递交上述复印件以证明入境资格。

同时，艾豆查到：

根据《中华人民共和国出境入境管理法》第七章，法律责任的第七十一条规定：

有下列行为之一的，处一千元以上五千元以下罚款；情节严重的，处五日以上十日以下拘留，可以并处二千元以上一万元以下罚款：

（一）持用伪造、变造、骗取的出境入境证件出境入境的；

（二）冒用他人出境入境证件出境入境的；

（三）逃避出境入境边防检查的；

（四）以其他方式非法出境入境的。

艾豆翻来覆去想了一个晚上，她再三问自己，值得冒这个险吗？她准备回头吗？

最后，艾豆确认她不想在这时候回头，她要赌一下。爱拼才会赢！

心里有底后，艾豆决定和王金花谈条件。

第二天，艾豆要求王金花要给她写一个证明，证明是公司或王金花要求她用秦薇的护照回国的。

王金花又不傻，这个要求当然不会同意。

王金花的反应在艾豆的意料之中，她的第二个要求是如果风险都由她一个人承担，公司必须在经济上先给她补偿。如果不先给她补偿，她将拒绝以秦薇的身份回国。

王金花瞪着艾豆："你要多少经济补偿？"

扭捏作态一番，艾豆低眉细语："三十万美金。"

王金花心中暗骂你个婊子养的，面色平静道："你胃口不小啊……"

艾豆现在很紧张。报多少数字合适，她想了快一宿。其实有一半十五万美金艾豆也愿意接受。再想反正都开口要钱了，就不要管什么脸皮不脸皮了。大家本来就是赤裸裸的金钱关系，他们提那么荒唐的、非法的要求时可没为自己着想，干脆开三十万让对方杀好了。

"花姐，这个数字对你和秦薇不算什么。对我来说，万一有事，多少算一个保障。我想我被抓了，公司肯定不会再要我了，以后找工作也很难。"一宿辗转反侧，现在大大的黑眼圈，艾豆看上去很是憔悴，正好装可怜。

王金花笑笑："我也是打工的，不能做主，我要问下公司的意见。你这个数字可以降低一点吗？"

艾豆嘴上说："三十万一半算风险补偿，一半算预付款，可以用我以后的工作提成抵扣。按照你跟我说的提成比例，应该很快就可以抵扣完毕的。"

四月份艾豆到账的工资只有两万，这仅仅是约定的底薪。如果按照三月份出席商务活动的提成比例，四月光火焰鸟的广告奖金她就应该拿到六位数以上。艳照曝光后王金花说过要给她惩罚，估计是把她的业绩提成全扣光了。太狠了！此时不报，更待何时！

不过艾豆心下想，如果王金花不同意她的条件，她再退一步全部抵扣也是可以的。

王金花不悦："还没回国就要那么多钱，我看公司同意的可能性很小。回国后再支付可以吗？"

"这个，不行。"艾豆低眉顺眼，可回答很坚定。钱必须先到手，否则万一出事她被抓进去坐牢，谁也不会认账。先拿钱后回国，这是原则。

"花姐，你昨天跟我说了以后，我吓得一个晚上都没睡。这个毕竟是犯法的事，如果公司不同意，这事作罢，我倒轻松了。"

王金花鼻腔内哼了一声，她觉得需要重新认识一下这个女孩了。

王金花回国后三天，艾豆到账三十万美金。

根据双方达成口头协议，公司同意预付三十万美金给艾豆，此项费用全部由艾豆后期替身工作提成冲抵。

艾豆愉快地接受了这个条件。

整整三十万美金呀，艾豆把"3"后面的"0"数了一遍又一遍。

三十万美金其实并不多，这笔钱在北京、上海、纽约市区内都买不到房子，在长岛很偏远的位置大概可以买个小别墅。

可这毕竟是人生第一桶金啊！

艾豆决定把钱就存在美国，这样安全一点儿。打死我也不会吐出来，哼。

4. 助理林梦梦

回国前一周，林梦梦来纽约。

给火焰鸟拍广告时两人处过一段时间，两个人比较对胃口，这次再“合作”关系更融洽，说话更随便。

林梦梦没有隐瞒艾豆，秦薇确实在洛杉矶橘郡的一家戒毒所戒毒。她在戒毒所附近租了一套房子，就近照顾秦薇。王金花之前是到洛杉矶探望过秦薇，她向秦薇借林梦梦陪艾豆回国。

艾豆问林梦梦秦薇戒毒需要多长时间？林梦梦说时间不好说，要看个人情况，由于这个戒毒所不是强制戒毒所，秦薇自己的打算是在美国住半年。

至于出境查指纹的事，林梦梦的说法和王金花一致。进美国需要按手印，出美国不需要。万一被查出来，被海关关几天，驱逐出境。

林梦梦满不在乎地告诉艾豆：“以前在我们福建偷渡的多了，都是这样。不过偷渡美国成功要三四十万人民币。现在国内条件好了，现在美国的钱也不如以前好赚了，偷渡的人比以前少多了。”

王金花还从国内快递一个包裹来，林梦梦看过说是秦薇放在北京家中比较常用的日常饰品和包包。

“花姐怎么拿得到这些东西？”

“薇姐的家门对花姐是敞开的。”

其中一顶折叠的白色巴拿马小草帽和一个崭新的银色蛇皮包艾豆都超爱。

“这个包好漂亮，这个款式我在第五大道都没看见过。什么时候出的？”

“这个包是厂商送的蛇年限量版，专为中国的VIP客户定制的，薇姐大概也就用了一两次吧。薇姐包包太多了，根本用不过来。”

艾豆心中羡慕，这种包的普通款在美国起价都要一万美金，还要排队。蛇皮限量款在外面根本买不到，天后就是不一样啊！

快递来的物品中还有天美时的手表，大表盘的运动款。天美时虽然不算一线大牌，但秦薇很喜欢，一般出门也是会佩戴的。

王金花还让艾豆自己去买能够和包搭配的外套和高跟鞋。外套没问题，一提高跟鞋艾豆就头痛加脚痛。

她平常不穿高跟鞋，出席商务活动时不得不穿，每穿一次几乎脚都要磨破，又酸又疼，苦不堪言。

艾豆苦着脸说："我最怕穿高跟鞋了，花姐还要我穿高跟鞋回国，真要命。"

林梦梦笑着说："我也穿不来，可是薇姐穿高跟鞋可以跑步，在舞台上又蹦又跳，吓人吧？"

"我穿高跟鞋走几步还可以，超过五分钟脚就开始痛了，真心不爱呀！"

"哈哈，谁让你想当明星呢？有的明星穿高跟鞋站台，助理就拎着平底鞋跟在一边，一下台就换鞋。你就忍忍吧，以后你出名了，有了自己的助理，可以让助理帮你拎鞋。"

"我已经老了，没机会啦，能演个替身就不错了。"这绝对不是艾豆的真心话。

"还好，不老。现在当红女明星都要三十多，薇姐大概也是到你这个年纪才开始真正走红的。"

"好吧，承你贵言。嗯，梦梦，你跟薇姐几年了？"

"我跟薇姐五年，不，快六年了。"

"你是怎么认识薇姐的？"

"我是公司安排给薇姐的。薇姐一开始也没有助理，后来红了，公司就让我给她当助理，一直干下来。"

"薇姐好像很信任你。"

"还好吧，处得久了。大家都知根知底的，像老夫老妻似的。"

"我听说有的明星很不好伺候，会不会有受委屈的时候？"

"薇姐还好啦，不然也不会一直跟着她。她是大明星，你是小助理，摆正位置把心态调整好就好了。"

"那薇姐给你的待遇还好吧？"

"我的工作合同还是和公司签的，公司每个月就给我三千元。"

"三千元？三千元在北京怎么活？"

"那么多人还不是在活？我还好，薇姐会另外给我红包。"

"我想也是，不然也做不了这么久。"

"你来当替身，收入应该不低吧？"

"每个月两万。"艾豆还是有所隐瞒的。

"你的运气来了，花姐这次来美国跟薇姐说要给你提成。"

艾豆猜林梦梦可能很清楚她和美虎签的条件，她是秦薇的嫡系，王金花和秦薇沟通替身的事情秦薇可能都没瞒着林梦梦。搞不好秦薇还征求过林梦梦对她的看法。林梦梦可能早知道她的工资待遇，问她收入是试探她是否对自己说真话。

果然，林梦梦说："你的条件说出去肯定会让那些北漂羡慕死的。公司还给你租房，据我所知，你是公司绝无仅有的。唉，在北京最大的问题就是住房了。我刚到北京的时候，住在地下室，潮湿得要命，还要八百块一个月。"

艾豆庆幸自己没有说谎。

林梦梦告诉艾豆，自己初中毕业就出来工作了。在莆田、厦门、福州都待过，后来到北京进美虎后才算稳定下来。秦薇人不错，希望能做久一点。

艾豆觉得林梦梦挺不容易的，小地方出来的小孩没有背景，一切都要靠自己打拼。唉，自己虽然是上海人，但又好到哪里去？

艾豆最终决定不穿高跟鞋回国。

她去看了王金花推荐的几个牌子，发现新款都好贵，随随便便都要上千美金一双。这次王金花没有批钱，大概意思是要她自己掏腰包。艾豆不想买，虽然刚进账三十万美金，艾豆还没有习惯买这个价位的东西。况且万一露馅被抓要吐出"赃款"的话，这笔钱就更不能动了。

再说穿那么高的高跟鞋坐飞机可是要命的事，艾豆准备就穿火焰鸟的运动鞋回国。拍广告的时候，火焰鸟送了几双鞋子给她。这次出国艾豆就穿了一双，现在已经很合脚了。这是秦薇代言的产品，王金花问起来可以混得过去。就算被娱记发现，穿自己代言的产品也不存在掉价不掉价的问题。反而火焰鸟和林由豪会很高兴。

王金花还有一个要求——减肥。

出国一个多月，日子过得太惬意，再加上美食诱惑，一不小心艾豆的体重重了七八斤，脸颊又开始见肉。一个多星期要瘦回去，太痛苦了。

干脆就在微博上写：太胖了，牛排吃多了，回去别吓着大家。配图当然还是林梦梦吃牛排的照片。

林梦梦装鬼脸："好吧，你们就消费我吧，我不怕胖。你干脆多发几张照片，搞不好回北京我就红了。"

"梦梦你没有微博吗？"

"没有。"

“你去开个微博好了，天后的小跟班，肯定红得快。”

“公司不让。我签过保密合同的，不能透露雇主半点隐私。”

实际上，这次减肥比艾豆想象中容易得多。

回国进入倒计时，艾豆开始陷入焦灼不安、忧心忡忡，紧张、失眠一直困扰着她。毕竟从小到大都是乖乖女，没有叛逆期，没做过任何离经叛道的事，突然就要犯案了。

艾豆开始害怕，万一被抓到怎么办？如果人被抓了坐牢，钱还要没收，不就竹篮打水一场空？

两天不睡觉，脸颊就凹进去。

林梦梦惊喜:“哇，薇姐，你减肥可真是神速啊，有什么秘方可以传授一下？”

哎，能有什么秘方？两天两夜睡不着、吃不下担心坐牢你试试看会不会瘦？

“我们出去逛一逛，看人家认不认得出你？”林梦梦倒是开心。

两个人去纽约曼哈顿下城的唐人街，满眼的黑皮肤、黄头发和中文招牌，街道脏兮兮的，仿佛回到国内南方沿海某个小城。

戴着墨镜、打扮招摇的艾豆很快就被“认出来”，陆续有华人和游客过来要求签名合影，林梦梦边笑边帮忙拍照。

“你今天晚上可以睡着觉了。”

“但愿。”艾豆琢磨着，林梦梦察言观色的水平是高，自己的一举一动她都看在眼里。毕竟她是秦薇的亲信，对她还得小心才是。

唐人街有不少冠以福州小吃的店铺，还有专门的英文单词Fu-zhounese Cuisine，看来福州小吃在这儿挺流行的。

逛了一圈，两人在一家 “福州丫霸小吃店”坐下，店很小，只有六张不大的桌子。一个老板模样的中年人在柜台里操持，一个年轻的男侍应在外面收拾。

“丫霸什么意思？”艾豆问林梦梦。

“丫霸是福州话，很棒、牛 × 的意思。”

艾豆点了一碗两美元的鱼丸，有七颗。林梦梦要了一碗锅边糊和两个虾圈酥，四美元。

鱼丸的味道一般，里面的肉馅油滋滋的，艾豆只吃了一个就不想吃了。锅边糊和虾圈酥大概味道不错，林梦梦吃得很香。艾豆也不能吃，有油要禁食，还要减肥呢。

看林梦梦胃口很好，艾豆就问要不要吃她剩下的鱼丸，林梦梦也不忌讳，拿过来就吃。

听老板和伙计说的话好像是福建方言，艾豆跟林梦梦开玩笑：“你们是老乡，要不要用福州话打个招呼，搞不好可以打折。”

“福州话和我们莆田话完全不同，说不来的。打折？别做梦了，福州人最小气。”林梦梦给艾豆讲了几下福州人小气的笑话。

也许是林梦梦的嗓门儿大了点，柜台里的老板突然冒出一句：“泼粘告。”

林梦梦一下跳起来，冲老板叽里呱啦一通鸟语。老板一开始还骂一两句鸟语，林梦梦更猛烈地回击，气势汹汹。老板很快就不吭声了，不知是不好跟顾客吵架还是吵架吵输了。

大概是吵输了，因为林梦梦很得意的模样。对他们的对话，艾豆一句也听不懂，她纳闷地问林梦梦：“你和老板说什么？好像吵架。”

“哼，他用福州话说‘莆田猴’，骂人的。”林梦梦给艾豆解释，“福州人和莆田人互相瞧不起，有话说‘好女不嫁莆田男，好男不娶福州女’。不过我们莆田女孩是公认的好媳妇。”

结账的时候，林梦梦指着艾豆对老板说：“真不会做生意！能这样对上帝说话吗？知道她是谁吗？秦薇！大明星到你店里吃鱼丸，三生有幸啊！真不会做生意。”

艾豆觉得脸红，赶紧拉林梦梦：“算啦算啦，不要说了。”

林梦梦抢在艾豆前面掏出一张十美元的纸币，拍在桌子上，豪气地说：“不用找了，给你做小费。”

出店后，艾豆对林梦梦说：“你刚才挺凶的，不怕人家打你。”

林梦梦雄赳赳气昂昂：“他敢打我？你去打听一下，福建人中间最厉害的就是我们莆田人了。福州人和上海人一样，就会动嘴皮子。”

林梦梦这种泼辣的劲头让艾豆自愧不如，莆田人的性格是什么？无所畏惧吗？

看艾豆似乎被吓住了，林梦梦嘎嘎笑道：“也没有啦，我们做助理的就是这样，为主子冲锋陷阵，一言既出，驷马难追。”

这是什么形容词？艾豆心下想，林梦梦还真是没文化。这种粗人一定要跟她搞好关系，否则发起飙来自己可不是对手。

5. 机场冲突

“出来了，出来了。”人群中一阵骚动。何谢赶紧端起相机，寻找目标。

只见两个穿黑西装的机场客服开路，一个穿着橘色运动外套的年轻女子背着 LV 双肩包，推着一辆行李车走在前面。何谢认得这是秦薇的助理林梦梦。

眼见“秦薇”一行出现，守候多时的记者和粉丝一拥而上，现场秩序顿时大乱。

何谢早已挤占正对出口通道的有利位置，见到“秦薇”出现，立即按动快门连拍。

跟在林梦梦背后的正是“秦薇”。今天“秦薇”穿了一件半长的白色薄款连帽风衣，衣襟敞着，里面是黑色 T 恤、吊牌项链。下身是一条有破洞的牛仔裤，头上戴一顶白色小草帽。脸上是一副大墨镜，高鼻阔嘴，深色唇膏。左手挎着一个银色的蛇皮大包，右手握一部手机，一边走一边捂着嘴低头打电话。

何谢正拍得起劲儿，突然感觉身后一股人浪压上来，一下把他拍在不锈钢栏杆上，整个人差点从栏杆上挤翻过去。

娱记是最不讲文明的物种，他们的词典中根本没有“礼让”二字。看见猎物出现，马上退化进入丛林时代，你推我搡，各个奋勇争先。

何谢被撞得肋骨生疼，哪有人道歉？！几支长枪短炮瞬间越过何谢肩膀和头顶，噼里啪啦，快门声不绝于耳。闪光灯此起彼伏，晃得人睁不开眼。从里面出来的旅客显然不适应这种待遇，有人迅速逃离，有人好奇四顾。

眼瞅着“秦薇”一行走了出来，王金花在保镖护卫下，上前与“秦薇”拥抱。

“秦薇回国”已经谋划多日。

一开始王金花想尽量减小影响，让艾豆像秦薇往常一样走贵宾通道，直接上车离开机场，尽量缩短艾豆和媒体记者的接触时间。

但是时间再短，也短不过快门的速度。丑媳妇总归要见公婆，不如大大方方露出来，和媒体见个面，打打招呼，反而减少猜疑。

当然也不能让媒体和狗仔为所欲为。虽然艾豆之前出席商务活动时都没有被识破，但这次毕竟是她第一次和娱记狗仔正面交锋。那么多媒体娱记在场，万一怯场露馅的风险还是要预防的。

为此，王金花专门制订一套方案：

安排友好媒体、粉丝和网络水军发表“挺秦”言论，对抹黑秦薇的言论进行压制、删帖，争取在网络上形成“挺秦”的氛围。

争取媒体正面报道秦薇回国消息。关于秦薇吸毒或者贩毒都是网络传言，既然警方没有指证秦薇吸毒，秦薇就是清白的，回国是堂堂正正的事。既然避不开，不如利用这个时机狠狠炒一把，制造轰动效应。

安排秦薇的铁杆粉丝接机。大批粉丝拥趸出现，呐喊，对偶像的疯狂举动可以震碎、扫除任何怀疑目光。这时即便有人觉得这个秦薇有点异样，但是在那么多铁杆粉丝的狂热追捧下，就像皇帝的新衣，谁敢怀疑谁会怀疑是替身呢？

乱中取胜。安排社会人员加入粉丝团，寻机在现场和记者发生冲突，制造混乱转移媒体视线。

制造新话题。避免媒体把视线一直集中在艾豆脸上，进而产生怀疑。

王金花在娱乐圈沉浮那么多年，对媒体的了解和操控功力非凡。今天现场出现的情况，果然不出其所料。

“秦薇”出现后，接机大厅内立即骚动起来。看到这个场面，十几个机场保安和客服以及王金花带来的四个保镖赶紧把艾豆围起来。

王金花心中暗暗高兴，越乱越好。她和“秦薇”拥抱的时候，在她耳边说：“不要紧张，你表现得很好。向粉丝挥挥手，打个招呼。”

于是艾豆朝粉丝挥手，又抛了一个飞吻给粉丝。

这个飞吻瞬间引爆原本就热情高涨的粉丝，原本还算有队形的粉丝团也围上来狂呼“大豆、大豆我们爱你”、“我们永远支持你”，不少人冲击包围圈想和艾豆握手拥抱。

一时间人潮汹涌，看着被冲得东倒西歪的保安、为了抢位互相推搡的娱记、疯狂呐喊的粉丝，王金花为自己一手导演的混乱既得意又心惊。

混乱中，王金花的屁股被摸了好几把，身边的保镖们也开始力不从心。好在秦薇的粉丝们虽然热情高涨，但还算有组织，一边拼命喊着：“大豆、大豆，豆子爱你！”一边主动分开一条通道让“秦薇”一行通过。

娱记哪管这些，见缝插针，蜂拥而上。“秦薇，秦薇”喊个不停。

王金花跟艾豆交代好，下飞机之后不用说话，她会来接机，一切皆由其代言。

王金花一边抵挡戳到脸上的话筒，一边大喊“请大家让一让，秦小姐很累了，有什么问题过两天再说，今天不接受采访。”

一名男记问：“秦薇，听说你回国是来接受警方调查的，是吗？”

王金花挡在前面：“胡说八道，我怎么不知道。”

一名女记问："秦薇，传说你是娱乐圈的大拆家，你有什么要说的？"

王金花："你是 ×× 娱乐的，我回去就给你们老板发律师函。"

何谢一直跟着人丛移动，边走边拍，这时候他也叫道："秦薇，听说你吸毒很多年了，是不是真的？"

王金花略微皱眉，没有理他，指挥一行人向前推进。

何谢不依不饶，追问："是不是真的啊？是不是真的？"

一边的保镖开口骂道："你妈的，你说什么？欠揍啊！"

何谢嘴硬："我问秦薇，关你什么事？"

那个保镖恼怒，伸手来抓何谢，何谢往旁边一缩躲过。何谢躲过保镖的魔爪，脚下却不知被谁绊了一下。何谢顿时失去重心，一下子摔在地上。啊，一股剧痛从手臂直蹿脑门。

"打人了！打人了！"旁边人大喊。

这下现场更热闹了，何谢成了瞬间焦点，一堆相机转向他噼里啪啦猛拍。

"秦薇"和王金花一行没有停留，径直朝外走。

何谢站起身想找那个绊他的浑蛋，手腕猛地一哆嗦，疼得他又蹲回地上。

何谢身高一米七五，体重一百八十五斤，当真是膀大腰圆。想当年读大学的时候有六块腹肌，现在只有一锅肥膘，买牛仔裤都得上网找专门大腰围的外单。

这都拜这些年做狗仔所赐。狗仔生活极不规律，经常熬夜，饮食不正常，垃圾食品吃得多又缺乏锻炼，不胖才怪。

刚才着地的时候，为了保护相机，何谢单掌在地上撑了一下。左手掌在地上那一撑，估计一百八十多斤的体重都压在手腕上，一下扭到，疼死！

何谢不得不停止工作，葛师傅赶紧拉他去医院挂急诊，X 光一照，腕骨骨裂。

这算小伤，何谢有一次跟踪某位明星，被她的保镖发现堵在车里打了一顿，在床上躺了一周才能出来走动。事后私了，才赔两万。

这回不知道能不能要到赔偿？是他先出言不逊，保镖动手并没碰到他，他是被其他人绊倒的，估计这样索赔很难。在医院一共花了三百二，哎，自认倒霉吧。

手上了夹板绷带，活还得做。从医院出来，何谢赶回家发稿。

做娱记收入虽然不错，但这活儿不分白天黑夜，一个电话来拎起相机就跑。老板像条皮鞭不断在抽打他们这些陀螺，生物钟颠倒，完全是拿命在换钱。

去医院来回一折腾，三个小时又没了。等他回到住处整理照片的时候，网上秦薇回国已经有大量新闻照片流传了。自己摔在地上的镜头也成了"花絮"，照片上的何谢坐在地上捏着手腕疼得龇牙咧嘴。

何谢今天的照片拍得不好，几乎没有拍到秦薇完整的照片。现场人太多，镜头经常被不相干的人挡住。摔伤后上医院，后面的照片自然没有，明天肯定要被老板骂了。

何谢挑了一些照片发回工作室，同时把自己受伤打着绷带的手照片发给老板，希望老板慈悲为怀，少骂两句。

老板很快回电话过来，假心假意慰问两句，话头一转又要求不要松懈，这几天盯紧一点，秦薇是热点之中的热点，不怕牺牲排除万难也要搞到独家猛料。

虽然何谢在电话里跟老板叫苦，但实际上他也没打算休息，轻伤不下火线嘛。做狗仔其实挺好玩的，天天和明星玩猫鼠游戏。跟踪人也会上瘾，收入还不错，这些都是何谢欲罢不能的原因。

何谢的老板也是狗仔出生，即便现在做老板了还经常冲杀在第一线身先士卒。他们公司的狗血口号是“不怕牺牲，排除万难，为了人民福利”。

6. 狗仔也不容易

晚上十一点半过后，小杜打电话来问国贸附近哪里有地方吃饭？

“哇，你们公司住宿标准很高嘛，可以住国贸？”

“丢，我们从光华路一路走到这儿，找不到可以吃饭的地方。”小杜告诉何谢，他和同事两个人到现在还没吃晚饭。

“这个时候，饭店早关门了。”何谢想了想说，“国贸西面、建国门外大街上好像有家麦当劳，24 小时营业。”

“丢！”小杜又骂粗口，“这两天我已经吃三顿麦当劳、肯德基了，现在一闻那味儿就想吐。这附近哪里有可以喝点汤汤水水的地方？”

“你以为这是广州啊！要不你到簋街看看，那里的店开得比较晚，现在过去应该有的吃。”

过半小时，小杜又打电话来，说已经在簋街坐下了，要不要过来喝一杯。何谢住在亮马桥，现在不堵过去方便，就答应了。

小杜和同事吃的是火锅，看何谢手上缠着绷带，询问缘由和伤情。何谢把当时的情况和医生诊断说了一下。

小杜说：“这下你可以找秦薇索赔了。”

何谢问：“你跟在我后面，有拍到我是被推倒的照片吗？”

“没有，一开始我跟着你，但是你太能钻，一下子挤到前面，我跟不上。后来听到有人叫打人了，才看到是你摔在地上。我看到你的时候你已经在地上了，你是被秦薇的保镖推倒的吗？”小杜手上端的是相机，他问同来的摄像小黄，“你有没有拍到谢哥摔倒的镜头？”

小黄摇头：“我一直跟着秦薇，没注意。”

小杜转向何谢，义正词严：“不能就这么算了，一定要找他们算账。”然后变脸又笑道，“和他们交涉有什么结果一定要告诉我啊。”

何谢白了小杜一眼：“你小子想拿我做新闻。”

小杜嬉笑道：“为人民福利，不能白白牺牲啊。这不是你们的企业精神吗？”

小杜一边说笑，一边给何谢斟满一杯啤酒。

何谢接过啤酒，骂道：“你个孙子，看到我摔了，也不上前扶一把？”

“那时那么多人，根本挤不过去。公司说不怕牺牲，你又没牺牲，我当然还是追主角去啦。”

“你们后面有拍到什么吗？”

“没什么，就是跟着她们走出接机大厅，上车，走人。”

何谢抿了一口啤酒，问：“这么晚你在光华路干什么？”何谢明知故问，他知道秦薇住在光华路上的丽晶华府。

“能干什么？还不是一直跟秦薇跟到那里。”

“你们什么时候也这么敬业了，守到这么晚？”

“有什么办法，又不是我愿意，老板要求的。”

“有收获吗？”

“有个屁收获。”

“我想也是。那是人家家里，人家回家睡觉，你们守在那儿不是自己找罪受？”

“我们老板说秦薇回来要倒时差，不会那么早睡觉，搞不好要出来吃夜宵，要求我们必须守着。”

“你们老板很霸道呀？”

“新来的，是个女的，什么都不懂，就会坐在那儿发号施令。”提起蛮横的女上司，小杜也头疼。

“那要看实际情况，那么晚了，那么多记者守在门外，秦薇怎么会再出门？再说她住的那房子下面和旁边的丽晶酒店是通的，要吃饭出电梯一拐就行了。或者打个电话，酒店送餐上门，你们守在外面怎么拍？”

“丢，我也没办法，老板要求守，我们只能守。”

“你们北京公司没人吗？为什么要你们从广州过来。”

“之前在北京只有编辑部，现在娱乐部准备提高自制内容比重，也准备搞狗仔队追星。搞不好我下个月也要调到北京来。”

“哎，看来网站也不好混。”

“给人家打工哪儿都不好混，如果真要我来北京，我还不如回原来的单位。”小杜不避讳同事小黄在一边。

“欢迎，北京站现在正缺人手。”

小杜摇头：“说说而已，当狗仔太辛苦了，我的身体吃不消。再说北京不是我们这种人待的地方……”

小杜开始抱怨北京东西难吃、空气差、交通堵，生活诸多不方便。这些问题何谢深有同感，但做娱乐八卦，北京还是大本营。

“你们等下还去秦薇家吗？”

“不去了，回酒店。”

“老板同意你们撤了？”

“没，王金花出来让我们不要再守了。”

原来当晚十一点，丽晶华府外马路上还有十多位记者守着。王金花的车子从地下车库出来，特意停下。王金花摇下车窗，对围过来的娱记们说：“大家辛苦了，不要再守了，秦薇今晚不会出门，大家回家休息吧。”娱记们这才散去。

小杜说：“王金花挺会做人的。”

何谢同意。王金花会做人在圈子里是出名的，要不然也不会签下那么多明星。

“王金花有没有说接下来秦薇有什么活动没有？”

“她说如果有什么情况，公关部会主动通知大家的。”

“那你们是留在北京还是回广州？”

“明天先请示一下，没有特殊情况我想回广州了。”

“大老远跑过来，就这么回去？”

“就像你刚才说的，人家回家休息，我们整天守着也白搭。如果真想甩掉我们，随时有办法。就像今天秦薇回国，本来她明明可以走贵宾通道，直接上车，一溜烟儿就可以跑掉了。她非要慢慢经过接机大厅，明摆是做给媒体看，嘿，我很好，我回国了。”

何谢觉得小杜分析得有道理。

小黄也说：“我也觉得秦薇好像成竹在胸，她应该知道会有很多媒体到机场。可是她一点儿不怕，还安排粉丝接机。我看她今天状态很好，好像在示威，你们大家看我像吸毒的吗？”

小杜说："应该是秦薇的经纪团队策划的，用回国做一次免费宣传。"

小黄突发奇想："会不会所谓的幕后大拆家都是秦薇在自我炒作？"

何谢不明白："不会吧，涉毒很光彩吗？"

小黄说："现在的明星才不管好评、恶评，只要能增加曝光度就行。就像戛纳电影节的红毯秀，中国的女星打酱油也愿意去，没有邀请的也要想方设法挤进去秀一下。你没看到秦薇涉毒的消息一出，她微博粉丝就疯狂地往上涨。过两天秦薇出来澄清，我没有涉毒，都是人家造谣。事情过后，她的名气更大、更红。"

何谢摇摇头，他不认同小黄的说法。

虽然有时候艺人会故意制造甚至与娱记合作一些新闻（不排除丑闻）来为自己博眼球，但是吸毒毕竟不同于一般的丑闻，在中国一个艺人吸毒，那他的形象基本就完了。秦薇吸毒的事何谢不止听一个人说过。他的信息来源还是比较可靠的，因为摇滚圈吸毒很普遍，包括秦薇乐队前成员都这么说，所以何谢相信秦薇是吸毒的。因为吸毒，所以不会去惹火烧身。秦薇身上有那么多代言广告，如果她真的涉毒，这些广告商肯定会抛弃她，那损失可不是一点点。

何谢浏览今天的娱乐新闻，今天所有媒体的娱乐头条无一例外是：摇滚天后秦薇在涉毒传闻中归国。微博、微信、百度的秦薇吧、天涯娱乐八卦等都有大量转载。

秦薇的经纪人王金花回答电视台娱乐频道记者提问时，明确否认秦薇涉毒传言，秦薇本人不会回应这种无聊下流的中伤，对相关造谣媒体保留诉讼权利。

不知道是雇用了水军还是秦薇粉丝力量强大，网络上对秦薇的支持反而占多数。如果这是炒作，无疑是成功的。

何谢还注意到小杜所在的娱乐频道除报道相同信息外，特别关注秦薇的化妆、衣着和配饰。

秦薇从头到脚的衣物饰品被一件一件拎出来介绍点评：什么品牌、多少钱，什么限量版的一线大牌包包和国产运动鞋搭配效果如何？令何谢不解的是，这种八卦下面跟随的评论还特别多、特别热烈。如果光凭几张照片让何谢来写稿子，何谢可想不到这许多花花玩意儿。看来小杜的女上司果然有过人之处，着眼点和别人不一样。

除非是对方走光，一般情况何谢是不会刻意去拍人家下半身的。小杜他们就刻意把秦薇的墨镜、鞋子、皮包 logo 都拍得很清楚，下次问问他是不是女上司有要求。

看到报道何谢才恍然大悟，怪不得何谢觉得秦薇这次回国好像有点怪。原因是秦薇今天脚上穿的是一双平底的运动鞋，不显个。秦薇本身个子较高，加上平常爱穿高跟鞋，以往出现在媒体面前时总让人觉得“高高在上”。今天大概是坐飞机换了平底鞋，显得个子没有平常高，埋没在保镖堆中，让习惯她“高高在上”而自身身高仅一米七五的狗仔何谢觉得天后好像变得“平易近人”了。

照片显示秦薇脚上穿的是一双国产的火焰鸟牌子运动鞋。鞋子的款式虽然不错，但火焰鸟这个牌子的主打市场好像是二三线城市，天后穿这种鞋子档次太低了吧？

何谢和小杜说笑过，可以验毒的头发照片上看不清楚，因为秦薇头上戴着一顶小草帽，大部分头发都被遮住了，看长度是留着短发，今天秦薇大概没戴假发。虽然一贯墨镜、浓妆，纤瘦但背挺得很直，脸上有笑容，总的看来状态不错。步履很稳健，乍看是不像吸毒的。

何谢暗想：我就不信你真能戒得了毒。

另外，何谢摔跤被一家知名娱乐网站做了新闻。虽然也有别家媒体报道秦薇保镖和娱记起冲突，但这家网站用了一个很浑蛋的标题：天后驾到，狗仔仆街。

“仆街”从字面上看有仆倒在地的意思，但是“仆街”在粤语中是“浑蛋”的意思，是用来骂人的。文中还像煞有介事地提到摔倒的狗仔说要告秦薇保镖伤害，本网站将保持关注事件后续发展云云。

何谢立即给小杜打电话痛骂：“丢立马还！居然敢消费老子……居然还用了这么难看的一张照片……居然连正脸都不给！”

7. 天后豪宅

晚上七八点还是东三环交通的高峰期，艾豆跟着王金花从机场高速出来不久就堵上了。一路走走停停，花了将近一个半小时才到东三环光华路的秦薇家。

回国前，王金花已经告诉过艾豆：回国后，她会暂时住在秦薇家。这样会更自然一点，更不容易被外人识破。

“薇姐真大方。”换作艾豆绝对不会同意把自己的房子借给外人。

“她是蛮喜欢你的，你不要辜负她的信任。不要带外人去，尤其是男人。”王金花说话一点不客气。

“我知道。”艾豆有点脸红，她知道王金花指的是什么。

秦薇在北京有两套房子，一套是故去母亲单位分的老房子，现在借给贴身助理林梦梦住；一套就是光华路丽晶华府这里。秦薇在北京的时候一般都住在丽晶华府，所以经常有狗仔在这里守她。

丽晶华府有两栋高楼，一栋是高级住宅，一栋是五星级酒店。住宅和酒店下面两层是连在一起的商业用房。酒店和住宅有独立的入口和地下车库，王金花艾豆一行到达后车子直接开入地下车库，门禁和保安把尾随而来的狗仔挡在外面。

王金花、艾豆和林梦梦直接从地下车库进电梯上楼。

电梯刚启动就在一楼停住，门打开，进来一女一男。女人踩着高跟鞋，趾高气扬，对跟在身边的矮个男人说："烦死了，有什么好拍的，每天出去吃个饭都跟一大批人。"

那男人说："今天针对的应该不是我们，好像秦薇回国了。"

那女人眉头一紧，似乎不高兴了。

王金花心中好笑，小宋平时看着挺机灵的，这时说话怎么这么傻。这位杨小姐脾气大在圈内是出名的，小宋地位不如她，和她交往一定很累。进电梯的正是影、视、歌三栖明星杨玛丽和她的男友宋平。宋平要比杨玛丽小五六岁，不过现在姐弟恋已经不算什么大事，何况杨玛丽还是大明星，追她的男人自然多不胜数。

杨玛丽可能没想到电梯里会有这么多人，脸一下绷起来。也许认出电梯内的是王金花和秦薇，脸色瞬间又缓和下来，笑吟吟地打招呼："啊，花姐，秦薇，这么巧。"

王金花说："是啊，好巧啊。玛丽，好久不见。"

"花姐，你好。"宋平也和王金花打招呼，然后把手伸向艾豆，"秦薇，幸会幸会，刚从美国回来吧？"

艾豆有点紧张，她"嗯"了一声。马上觉得这样不自然、不礼貌，再伸出手和宋平握了一下，微笑道："刚下飞机，路上堵得不得了，北京空气好差。"

宋平回答很实诚："今天天气算好的，前两天都是严重污染，那才难受。"

秦薇家的楼层先到，王金花对杨玛丽说有空聚聚，杨玛丽爽快地点头。艾豆潇洒地向他俩挥挥手，出了电梯。

电梯门关上后，艾豆问林梦梦："杨玛丽也住在这里？"

林梦梦点头："是呀，她住在二十八层。她买了一整层，据说是她以前那个富二代男朋友出的钱。"

艾豆有点担心，她问王金花："杨玛丽和秦薇熟吗？"

王金花说："点头之交吧，电视上见面的概率比电梯里见到的概率大得多。不要担心，以后碰到了大方打个招呼就好。"

林梦梦证实："薇姐搬来这儿有三年了，我在电梯里就碰见过她一次。她可骄傲了，根本不拿正眼看人。有什么了不起的？票房毒药。"

王金花笑言："人就是这样，这两年她是比以前谦和多了。"正说着，她的手机响了起来，又是记者。从出机场开始，就不断有媒体打她的电话要求采访秦薇，她都说需要征求秦薇本人的意愿后再给大家回复。后来不胜其烦，媒体来电一律拒接。

王金花让林梦梦带艾豆去房间，自己上网看消息。

秦薇回国的消息已经传开了，网上照片也很多。王金花粗粗浏览了一下，没发现什么纰漏，应该一切顺利。她打了一个电话给董事长报平安，又给王子冲打了一个电话。

艾豆以秦薇的身份回国，回国后住在哪里王金花和王子冲讨论过。王金花原本想在郊区找个别墅清净点，可以躲开狗仔。王子冲认为艾豆只要一回国就是众矢之的，躲得过一天，躲不过一周，总会被狗仔逮到。而且别墅区狗仔只要守住大门，躲都没法躲。还是在市区好，人多车多，容易施展调虎离山之计。最好就是住在秦薇家，这样就不会有人怀疑艾豆是替身。王金花跟秦薇提了王子冲的想法，秦薇竟然一点儿防备心都没有，一口就答应了。王金花说艾豆就待几天，等风头过去再换地方。秦薇说没关系，房子空着也是空着。她对艾豆印象很好，房子借给艾豆住她不担心。

秦薇这个人重眼缘，对人一向没什么戒备心。在娱乐圈，像秦薇这样为人处世比较缺心眼儿的人是极少见的。尤其是女艺人，争风吃醋、钩心斗角，无所不用其极。

秦薇好在她是实力派，横跨摇滚和流行界，地位超然，有大量死忠的粉丝，能跟她争的人不多。再加上王金花和美虎公司一直帮她把关，处理各类杂事、破事，不需要去迎合别人，也没有坑人的必要，再加上喜欢独处，所以她既没有敌人，也缺乏朋友。

像杨玛丽那样的女演员就不一样了。现在王金花就一边吃着酒店送上来的鸡汤面，一边算计着是不是可以利用杨玛丽和宋平的情事搞点舆论出来。

一直有人打电话进来汇报外面狗仔的情况，王金花笃定地吃完面，看下手表，已经十一点半了。已经在秦薇家坐了一个半小时，该交代艾豆和林梦梦的事情都交代好了，可以走了。据说丽晶华府外面现在还守着不少娱记，她准备出门时去打个招呼。

走之前王金花交代艾豆，外面都是狗仔，自己不要出去，不要回自己家，有需要让梦梦或者司机去办，明天她会再来。

凌晨，艾豆醒过来。

她看了一下手表，两点刚过，睡下去不到两个小时。

一时睡不着，艾豆爬起身，走到窗边拉开窗帘往外看。

此时北京的夜空是丑陋的，黑不黑、褐不褐、灰不灰，像一块混了乱七八糟各色颜料的调色盘，黏糊糊、脏兮兮的。

往下看，楼下马路上的街灯是昏黄的，有车停在街边，依稀有人在走动。不知道是路人还是那些跟来的狗仔。

觉得口渴，艾豆出门找水。

卧室外的走廊铺着地毯，光着脚走上去悄无声息。

秦薇家很大，几乎到处都铺着地毯。太奢侈了！艾豆想，秦薇真是有钱人啊！一般人家装修哪敢铺地毯，做卫生都做死了。

砰，传来一声轻微的碰击声。艾豆身子一紧，哪里传来的声音？是林梦梦还没有睡吗？立了一会儿，没有动静，艾豆重新迈开步子。

客厅、餐厅和厨房里都没有找到饮水机，冰箱里也是空的。餐厅的橱柜里有几瓶威士忌和伏特加，总不能喝酒解渴吧。没办法，艾豆拿了一只杯子准备接点自来水润润嗓子。

突然，身后传来声音："嘿，你找什么？"

艾豆吓得一激灵，差点儿没把手中的玻璃杯打掉。

"梦梦，你吓死我了。"艾豆摸摸胸口，大口吐气。

"你是不是要喝水？"吓了艾豆一跳，林梦梦表情得意。

"是呀，我找了半天没看到饮水机。"

"哦，还没来得及跟你讲，薇姐家没有饮水机，厨房里有净水机。"林梦梦拉开一个碗柜门，里面有一个圆柱状的白色物件，"这是净水机，下面有水龙头，打开就有水，可以直接喝。我帮你倒，你要热水吗？"

"哦，真是老土，我还准备喝生水呢，我要温水。"艾豆把杯子递给林梦梦，看她操作。

"很简单，和饮水机一样，两个龙头，这个红的是热水，这个白的是冷水。其实这里的自来水可以直接饮用，物业那儿好像有一个大的净水器把净水通过管道分到各家各户。不过薇姐的妈妈觉得味道不好，又担心管道不干净，自己又装了一个。”

林梦梦把一杯温水递给艾豆，艾豆一口气喝下大半杯。她觉得净水机出来的水喝上去没什么感觉，和普通的蒸馏水差不多。

“薇姐平时也不喝这些水，她喝依云的矿泉水，一般家里有储备，也许喝光了。”

白说嘛，艾豆喝过依云矿泉水，她分辨不出好在哪里？有钱人就是爱折腾，有可以直接饮用的水不用，装净水机。装了净水机又不喝净水，那为什么还要装？洗澡吗？

艾豆问林梦梦：“你还没有睡？”林梦梦身上的衣服很整齐。

“没有，睡不着。”

“哦，我刚才听到砰的一声，还以为有贼呢，吓得不敢动。”

林梦梦脸有点僵，艾豆马上意识到说“有贼”不合适，赶紧道歉：“啊，对不起，我吓糊涂了，你的房间在哪边？”

“没有。我在薇姐的房间整理东西。”林梦梦跟艾豆解释，“反正睡不着，就整理一下东西。薇姐这次去美国走得匆忙，很多东西忘带了。趁这次回来，我要把她要的东西都理出来，带出去。”

“哦，难为你了。”

“这有什么难为的。”

艾豆觉得自己有点语无伦次了，赶快转移话题：“房子太大了，不习惯。”

“等你住惯这里，再让你回小房子去住，估计你要不习惯的。”

“我胆子小，小房子更习惯。嗯，薇姐没有雇保姆吗？”

“有啊。”

“没看见呀。”

“我通知她暂时不要来了。花姐担心保姆不认你、嘴巴大，到外面乱说。让我通知她暂时休息一段时间，等薇姐回国后再来。”

“我想也是，这么大的房子，这房间看起来很整洁，应该经常有人做卫生的。”

“保姆主要是照顾薇姐的起居，房间卫生是请物业的卫生工来做。平常每天物业都会派人来做卫生，不过我看你还是不用的好。这些物业阿姨和薇姐已经很熟了，用她们我怕你会被她们识破。另外保姆不在，没人盯着那些阿姨，也不放心。所以接下来一段时间这里的卫生你要自己做了。”

“没问题，我搞得定。”

“你这儿安顿好，我还要回美国去。”

“啊，你还要回美国？什么时候？”

“我待不了几天，薇姐让我送你回来就回去，她一个人在那里很烦的。”

“薇姐要在美国待多久？”

“这个我不清楚，至少半年吧。”

“这么久？”

“不好吗？你可以好好享受一下天后的待遇。”

艾豆现在想的可不是天后待遇，她关心她的身份。秦薇应该赶在她的签证过期前回来吧，不然两个人都麻烦了。

“没你我可不成。”

“你行的。花姐有可能会给你安排一个新助理。”

第二天王金花没来，她让艾豆在家休息，不要出门。

无处可去，林梦梦带艾豆参观摇滚天后的豪宅。

秦薇的这套房子面积三百五十多平方米，是一个大平层。房子是2009年年初买的，单价六万多，精装。当时金融危机余波未平，买房的人不多，发展商给秦薇打了折，总价两千万元成交。到现在，丽晶华府的房价翻了不止一倍。

“密码是617617，你试一下。”

丽晶华府单元住宅的进户大门用的是指纹密码锁，户主可以直接按指纹开锁，也可以用密码按键或者钥匙开门。

进门后，先是一个二十多平方米左右的门厅，放置了衣柜、鞋柜和一把椅子。再推开两扇门才算真正进入房间。上次艾豆来就啧啧称奇，房子大就是有气派。一般人家住房小，入口处顶多做个玄关。

门厅进去才是一个四十平方米大小的客厅，客厅外是一个大阳台。客厅里放着组合沙发，一面墙上是一长幅抽象画，画的好像是一把吉他。另一面墙上是四幅波普艺术风格的秦薇画像。

房子内部整体装修乍看并不奢华，林梦梦介绍说：“用的都是好东西，发展商说一平方米装修费就要一万，据说是什么新古典主义风格。地板用的是希腊进口的大理石，墙纸更牛×说是什么小牛皮做的，看不出来吧？”

“看不出来。”艾豆凑近墙面看，没看到毛孔。再用手摸，比较软而已。地上都铺着地毯，也看不出高级大理石是什么模样。

“薇姐觉得大理石冷冰冰的，就铺了地毯。七八月天热时收起来，十月以后再铺上去。”

“洗地毯很累吧？”艾豆还是屌丝心态。

“不累，一个电话，厂家就来收去，洗好再送回来。”林梦梦笑道。

“洗地毯贵不贵？”

“贵。这些地毯都是纯羊毛的，洗一次要几千块钱，也不是全洗，每次就洗几块脏的。”

“有钱真好。”艾豆由衷感叹。

这套房子原来设计有五个卧室，全部带独立卫生间。艾豆住的客房，也有独立卫生间。

秦薇住最里面的主卧，主卧是一个大套间，里面有卧室、更衣间和卫生间。林梦梦把主卧的门推开让艾豆看了一眼，并没让她进去，就把门又关上了。

主卧的边上有一个开放的空间是起居室，起居室里放了沙发，靠窗放了一架立式钢琴。

“从这个窗子可以看到故宫的，可惜今天天气不好。”林梦梦指着故宫的方向说。

艾豆朝着林梦梦指的方向看，远处灰蒙蒙的，一百米外的建筑就看不大清楚了。今天大概又是重度污染，北京比纽约空气差太远了。

放在窗边的立式钢琴的牌子是斯坦威。艾豆知道斯坦威的定价，起步价至少二三十万。

钢琴上有几个相框，照片主角是一个中年妇女的独照以及她和秦薇两人在各个年龄段的合影。艾豆心想这应该是秦薇的母亲，看样子秦薇和母亲的感情确实很好。关于秦薇父亲的资料是缺失的，王金花没有跟她说过秦薇父亲的情况，网上说秦薇是单亲家庭长大的。

艾豆注意到秦薇以前的脸确实是长方形的，和自己整容前很像。在一张二十多岁的秦薇和母亲的合影中，秦薇的脸已经变成“锥子脸”了，但是比现在要胖得多，和自己整容后两三个月时很像。估计那时的秦薇已经整过容，尚未吸毒或是吸毒还不严重，对身体的伤害还没有体现出来。

林梦梦问艾豆：“你会弹钢琴吗？”

“不会。”艾豆小时候在少年宫合唱团，团里的孩子家中几乎都有钢琴或者小提琴，她很羡慕。可惜她家的家境不太好，没有买琴的预算。

“这架钢琴主要是秦薇妈妈弹。秦妈妈是很好的人，可惜走了。”

“薇姐一直跟她妈妈一起住吗？”在艾豆的概念中，摇滚歌手都很叛逆，没有家的概念，但是秦薇家给她的感觉还是井井有条，比较温馨的。

“薇姐以前到处跑，住酒店的时间比在家多得多。她不愿住家里，因为秦妈妈会管她。后来她妈妈得了乳腺癌，就经常回家了。买了这边的房子后又把妈妈接过来一起住。”

“这个房间就是秦妈妈的房间。”林梦梦指着靠近起居室的一个房门告诉艾豆。这一次，她连门把手都没有碰。

“秦妈妈得乳腺癌去年走了。她走了以后，房间里的摆设一直没动。里面的摆设绝对不能碰，阿姨进去做卫生弄乱一点儿薇姐都会很生气。你在这里住，记得一定不要进去，不要碰里面的东西。”

艾豆点点头，林梦梦说话的口气让她不太舒服。

朝南三间卧室，朝北的两间卧室被改作更衣室和储藏间。参观秦薇更衣室的时候，林梦梦没有藏着、掖着，她敞开大门向艾豆炫耀，仿佛她是这里的主人一样。

秦薇的更衣间很大，是两个房间打通的，足足有六七十平方米吧，衣服、鞋、帽、假发、配饰被分门别类地放在一起。

其中最惹眼的是鞋柜，从上到下有八层倾斜的隔板，隔板上摆着一双双色彩造型各异的鞋子，最多的当然是高跟鞋。秦薇大概有两三百双鞋吧。

即便这么大空间，东西还不够放，很多衣服、鞋盒、包包都叠在一起塞在柜子里。

听见艾豆不断发出的啧啧赞叹，林梦梦得意地说：“这里总共有一百八十六双高跟鞋，不算平底鞋和运动鞋，靴子也不算。”

艾豆羡慕地说：“这些鞋好漂亮啊，我最不喜欢穿高跟鞋了，现在都想试一试。”

“薇姐说了，到时候你有需要的话，这里的衣服、鞋子你都可以拿去穿。”

“真的吗？”艾豆喜不自禁，哪个女孩不喜欢漂亮的高跟鞋呢？更何况秦薇的鞋子满眼都是时尚杂志上那些耀眼的LOGO。

“不穿也是浪费，可惜我个子矮穿不了。薇姐每季买一大堆衣服和鞋子，往往穿不了几次就再也不穿了。每隔一段时间就要清理掉一大批，留下的都是她认为特别经典的款式，她说过几年可以拿出来再穿。”

“可以开一家二手店。”艾豆建议。

“我也建议薇姐可以拿到二手店寄卖，她懒得去，都是随随便便地送人。反正她也不缺钱。”

艾豆想，怪不得林梦梦一身上下都是名牌，大概都是秦薇淘汰给她的。只是林梦梦外形偏“土肥圆”，那些名牌穿在她身上像假货似的。

等被有钱人更衣间震撼的艾豆缓过神来才发现，林梦梦已经走出房门，艾豆赶紧跟出去。唉，替身毕竟是屌丝啊！

林梦梦从餐厅的阳台走出去不见了，艾豆跟过去一看，原来阳台一端还连着一个房间。这个房间比较小，大概只有十平方米左右，有一张单人床、衣橱和壁挂电视机。

“这是保姆的房间，她不在，我临时住一下。”

艾豆突然意识到自己是不是占了林梦梦平常住的房间，赶紧说：“哎呀，我是不是占了你的房间了？”

“没有啦，那是客房，谁睡都一样。”

“我习惯住小房，苹果园的房间就很小，我们还是换过来吧。”

“你不用客气，我住两天就回美国，你要住一段时间。明天我还要回自己家，换来换去不方便。”

林梦梦坚持不换，艾豆只好作罢。

三百多平方米的天后豪宅，艾豆跟着林梦梦参观一圈下来加上聊天花了一个半小时。

如果接下来自己一个人住，卫生自己搞，那可受不了。艾豆以前在家是甩手掌柜，家务都是妈妈做。

林梦梦给艾豆出主意：“你可以把自己锁在房间里，叫物业派人来做客厅和厨房公共区域的卫生，房间里的卫生自己做一下，这样可以省力点儿。”

“也只有这个办法了。请这里的物业做一次卫生多少钱？”

“这个我不清楚，你先签单好了，等薇姐回来结。”林梦梦还算体谅，“不过物业不负责洗地毯，你要小心，哈哈。”

艾豆想以后还得小心翼翼，千万不要把饮料洒到地毯上，否则要洗地毯就亏大了。没钱，豪宅也不是那么好住的。

“秦妈妈不在了，那这里就薇姐和保姆两个人住吗？”

“嗯。”

“薇姐有没有男朋友？”

“没有。”

“网上关于她的绯闻可不少。”网上八卦说秦薇的私生活混乱，艾豆的用词很委婉了。

“都是胡说八道，你别信。”林梦梦开始维护主子荣誉。

“她吸毒很久了吗？”艾豆想混乱也许是因为吸毒。

“也没有多久，有也只是偶尔玩玩。你知道的，她们唱歌搞音乐的比较流行这个。薇姐抽白粉跟她妈妈去世有关，太伤心了，整个人都崩溃了，就开始抽。越抽越大，身体搞垮了，没办法见人了，才会有你。”

我应该感谢白粉吗？艾豆暗想。

“也怪我那时候没有劝阻她，如果我那时候能够阻止她就好了。”林梦梦一脸责任重大的模样，“希望这次可以戒毒成功，否则就惨了。”

艾豆心想：是啊，我们都指望着秦薇吃饭呢。秦薇如果出了事，我们就都失业了。不过最好不要戒毒成功，秦薇戒毒成功我的位置就不稳了。哎呀，我怎么能这样想呢？我真是腹黑女啊，艾豆自责。

艾豆说：“薇姐外表上看起来很风光，实际上很寂寞。”

林梦梦总结：“高处不胜寒。”

艾豆认为林梦梦这次还是用词不当。秦薇的寂寞与地位无关，秦薇缺乏的是亲情和爱情。这也许和她是单亲家庭出身有关。

“薇姐在北京没有亲戚吗？外公、外婆什么的？”

“薇姐的外公、外婆都过世了，亲戚好像也没有，反正我没看到她有亲戚来往。薇姐她老家也不是北京的，她妈妈是天津人。”

“那还是应该找个男朋友，一个人很孤独，没有精神寄托，才会吸毒，有男朋友在身边会好很多。”

“哼，两个人在一起，吸得更多，薇姐又不是没有男朋友。”

林梦梦刚才说秦薇没有男朋友，现在又说秦薇有男朋友。秦薇到底有没有男朋友啊？

这个话题林梦梦不想深入，艾豆也不好再追问。

中午叫的丽晶酒店的午餐，艾豆和林梦梦都嫌又贵又不好吃。晚餐林梦梦和司机秦师傅出去买菜回来自己做，艾豆还让林梦梦带六斤外卖的小龙虾回来。

这个季节正是吃小龙虾的时候，艾豆超喜欢吃小龙虾，以前在上海每年都要吃很多，天气一开始热就馋这个。

林梦梦买菜回来告诉艾豆，外面守了不少狗仔，出门要小心。

艾豆说：“狗仔也挺辛苦的。”

“以后你就不会这么说了。狗仔烦得很，像苍蝇一样，赶都赶不走。你以后天天和他们相伴，有的你烦。”

说实在话，艾豆是挺怕这帮狗仔的。昨天在机场就见识过狗仔的疯狂，出机场后一路上她们坐的车被狗仔的车围追堵截，到最后几乎前后左右的车道都被狗仔的车占据了。狗仔确实很无礼，打着闪光灯猛拍，灯光闪得她们的司机几乎没法开车。

之前艾豆替身出席商务活动捞金，现场的媒体记者大都是商家请来的，比较友好，什么该说，什么不该问都有规矩。接下来面对的是无孔不入的狗仔队，他们可是不择手段的吸血鬼，可以把人往死路上逼的。万一哪天被识破可不知如何收场？

“也没你想得那么可怕。你和他们之间毕竟有距离，隔着人、车玻璃什么的，光线也不好，不可能看得很清楚。你没看到狗仔拍的照片都模模糊糊的，不会像我们这样面对面的，脸上的一条皱纹、一个痣都看得很清楚。”

“那你或是秦师傅是不是一眼就看得出我不是薇姐？”

“我和薇姐朝夕相处，当然一眼就看得出来。不过你和薇姐确实很像，不是安慰你。你现在就像两年前的薇姐，简直一模一样。不熟悉的人应该看不出来，你别太担心。秦师傅跟薇姐的时间也不短了，昨天一开始他就没有看出来。”

“真的吗？”

秦师傅是秦薇的司机，昨天他开车来接艾豆，开车门时过来说什么，艾豆那时很紧张，没听清楚。后来在车上她看到秦师傅在后视镜中扫了她好几眼。

“秦师傅我已经交代好了，你不必担心。”林梦梦跟艾豆说。

8. 炒作无底线

小龙虾吃得正高兴，艾豆接到火焰鸟少东家林由豪打来的电话。

在欧洲时林由豪和她通过一个电话，林由豪告诉艾豆他看到网上关于秦薇涉毒传言，不知真假？

艾豆当然否认涉毒，说自己健康得很。到美国后林由豪又给她打了一个电话问艳照的师弟是否是她的男友？这个艾豆没有承认也没有否认。

林由豪告诉艾豆他看到秦薇回国的新闻特意来问候一下，艾豆表示谢意。

林由豪突然问她那个师弟是否真的是她男友，是因为火焰鸟准备推以他为主角的网络广告。

艾豆对林由豪说：“他是你们请的演员，你们想怎么做广告就怎么做，何必问我？”

林由豪告诉艾豆火焰鸟的网络广告虽然主演是花美男师弟，但主题创意是“天后的新欢”。广告中，他将几乎全裸出镜，穿着火焰鸟球鞋做运动状或者做花美男状，只在关键部位用火焰鸟产品遮盖一下。

林由豪解释说这个创意还是王金花提议的，当初他问是否可行，秦薇会不会有异议，王金花大包大揽说没问题。

这是一个有风险的广告计划，带情色意味，正规媒体肯定是不能登的，只有通过网络推广。这种广告推得好有可能达到病毒营销奇效，对于急于从第二梯队挤进运动品牌第一梯队的火焰鸟来说，诱惑力奇大。加上闽南人爱赌，林由豪说干就干。

艾豆想，王金花终究没有放过她。

艾豆和那个师弟的艳照刚曝光时，王金花很生气。好在秦薇之前在这方面也相当混乱，包括秦薇自传性质影片《北京的骨头》中就有大量裸露镜头。秦薇的粉丝都是死忠。这种八卦对摇滚天后没有任何影响，只是笑谈甚至美谈，所以王金花根本就没有费心去处理这件事。她恼火的是艾豆的失控行为，才刚开始工作就胡搞，下次还不知道会捅出什么事情来？如果一般小艺人犯了这种错，在王金花这里是别想混了。艾豆特殊，无可替代，现在正是用人时候，但是处罚是不可避免的。艾豆四月的奖金提成全部扣发，王金花还准备冷藏艾豆一段时间，让小妮子清醒一下。

警方扫毒、秦薇涉毒给艾豆救了火。由于秦薇涉毒的“呼声”高涨，王金花每天接到无数个媒体的询问电话，简直不堪其扰。媒体电话可以拒接，但是还有很多秦薇代言产品的厂商来电需要解释安抚，这其中就包括刚拍好广告还未投放的火焰鸟。

情急之下，王金花想到用艾豆和那个师弟的“艳照门”对冲“涉毒门”。她要求艾豆让师弟多发几张两人床照，来证明天后健康得很。

艾豆心下并不情愿继续炒作艳照，而且事发之后她已要求师弟在微博上澄清，否认照片中的女人是天后秦薇。再加上照片本身照得并不清楚，外界普遍质疑的是师弟，认为这个小男模利用秦薇炒作自己。

王金花突然要求她主动发艳照，不是诚心糟践人吗？可那个时候艾豆不敢忤逆王金花，只能硬着头皮地去问师弟是否还有其他床照。师弟赌咒发誓他只偷拍了那一张照片，再无存货。艾豆转告王金花，王金花根本不信，让艾豆再去要。艾豆尴尬得很，难不成艾豆还得回上海找那个被她骂“畜生”的师弟一起再拍几张床照？那可真是丢人丢到黄浦江了！

好在秦薇仓皇出逃后公司紧接着安排艾豆出国，艾豆出国之后王金花没有再追究艳照的事情，艾豆以为逃过一劫。

现在火焰鸟方面师弟的广告已经拍好准备上网，由于一直没有秦薇亲自点头同意，林由豪担心广告推出后秦薇如果否认师弟与其有关系而且同时指责火焰鸟盗用其名号做广告的话，反而影响火焰鸟的形象，所以特意再打电话来希望得到天后的首肯。

由于对这件事一无所知，艾豆不敢立即表态。她装作不太高兴的样子跟林由豪说要再想一下。

挂断林由豪电话后，艾豆想王金花大概想继续炒作天后和男友的艳照事件来化解秦薇涉毒危机，她觉自己的隐私再次被消费很不舒服。但是艾豆不敢这样跟王金花讲话，她打电话给王金花，说晚上买了小龙虾吃，是不是可以发微博？王金花说好。

艾豆再说接到林由豪电话说要做情色广告，似乎不太妥当。王金花告诉她别管妥当不妥当，这件事已经与火焰鸟协商好了，她只要向林由豪表示同意即可。

艾豆无语，心想自己在王金花心中，终归只是一枚棋子，想挪到哪儿就挪到哪儿。

艾豆不知道的是，王金花看上那个师弟了。

师弟高大健美，长相讨喜，包装好推出去肯定老少女人通杀。虽然艳照一事显示其品德上有瑕疵，但在娱乐圈这算不上什么。这种人王金花见多了，有野心、有心机王金花不怕，只要能带来利益，无所谓好人坏人，与狼共舞而已。

于是经纪界大腕花姐一个电话把花美男招来，甩出一纸经纪合约。新人的经纪约当然条件苛刻，花美男犹豫间，王金花暗示自己好喜欢吃鲜肉小笼包，如果能让她美美地咬上几口，合同条件可以放宽许多。

花美男心领神会，要想人上人，须吃得苦中苦。何况被女人咬几口也算不得什么苦，师弟欣然同意。

王金花当然不会亏待这个好面首，除了放宽签约条件外，她为师弟度身打造了一个一炮而红的邪招。

王金花建议林由豪，如果不担心艳照的负面影响，可以让花美男师弟继续秀他那健美身材，最好全裸，关键部位用火焰鸟的运动鞋遮一下就好了。然后搭他和秦薇的艳照事件顺风车炒作。林由豪问王金花师弟真是秦薇的男朋友吗？王金花说暂时是，天后喜新厌旧，要用赶快用，过期作废。

至于师弟方面更没问题，他的职业规划就是再跑两年如果不能出成绩就转行当模特。秀肉有什么问题？能把自己的名字和摇滚天后放在一起曝光那真是走了狗屎运。

在这个行业浸淫了十多年，王金花化解秦薇涉毒可不止这一招师弟裸奔“英雄救美”。

“秦薇”不得不回国，但天后回国势必引发媒体关注追逐。王子冲突发奇想，不如让替身艾豆去做尿检自证清白，一了百了。王金花认为王子冲的建议太冲动，这么做好似此地无银三百两，反而容易暴露更多疑点。美虎在等待上市的此刻不想发生任何意外，因此大事化小，小事化了是最佳选择。

以不变应万变，不理睬不回应，让“秦薇”顺其自然，该吃就吃，该喝就喝，该玩就玩，该工作就工作。天后该干什么干什么，狗仔追久了会累，大众也会审美疲劳。

娱乐圈的八卦层出不穷，只要有更八卦的消息出来，压过秦薇涉毒的新闻，秦薇就解脱了。到时候让艾豆再出国把秦薇换回来。所以在丽晶华府电梯内看到杨玛丽和小宋后，王金花马上想到可以再消费一把杨玛丽这个“霉婆”了。

9. 私家会所

该吃就吃，该喝就喝。

回国第三天晚上，王金花带着米老师杀到，今晚她准备带艾豆出门吃饭。狗仔已经守两天了，一点儿货不给也不行，让他们多少拍点东西回去交差大家更和谐，相安无事嘛。

艾豆看到米老师来，问：“是不是要化浓妆？”

米老师扫了一眼王金花，王金花说：“等下去的地方比较隐蔽，外人拍不到，顶多在车里被拍几张。随便你，你决定吧。”

米老师瞅了艾豆几眼，说：“算了，这么晚，没人看得出来。戴个口罩好了。”

米老师拉开自己的手提包，掏出一包口罩，说：“等下我们一人一个，让他们猜谁是秦薇？”

王金花说：“就你这矮冬瓜还秦薇。”

米老师也不生气，带艾豆去秦薇的更衣间挑了一身衣服和一顶黑白格子的小圆帽。看样子米老师对秦薇家也很熟。

然后，三个女人戴着口罩出门。

秦薇的奔驰车一出丽晶华府的地库来到外面的街道上，一帮人就围上来，直接堵在车头，不管车内人眼睛受得了受不了，端着相机就是一通猛拍。

秦师傅赶紧踩一脚刹车，骂道：“孙子，不要命啦。”

噼里啪啦，闪光灯令人无法睁眼，艾豆只好拉下帽檐挡住闪光。

王金花把车窗开条缝："大家辛苦了，给大家发点福利。天晚了，都回家吃饭吧。"她把米老师那包口罩送给围在车外的狗仔们。

王金花带去的当然是高档地盘，一家在紫禁城边上胡同里的私家会所。奔驰车开进大院后，一大溜儿跟来的狗仔车都被挡在红门外。

昨天艾豆和林梦梦在秦薇家吃小龙虾的照片被王金花放到微博上，王金花把六斤小龙虾改为十斤，反响不错。粉丝啧啧称羡，普遍反映大豆的胃口也是女王级的。

这家私人会所菜品的特色是中西合璧，王金花点的主菜是花雕血鸭、蟹黄狮子头和芥末龙虾，然后先要了一瓶茅台。

王金花对外宣称是来给秦薇接风，她让艾豆上秦薇微博发：花姐说一人一瓶（茅台照），不醉不归。倒，没喝趴先吓趴了。

服务生介绍花雕血鸭借鉴法国血鸭的做法。先把鸭子烤至四分熟，剥皮，鸭肉切片。然后把用鸭血、鸭肝、花雕、高汤等熬制的酱汁浇在铺在盘中的鸭肉上。鸭肉嫩滑，鸭血汁香浓，再加上花雕的酒香，口感异常丰富。

蟹黄狮子头是江浙一带常见的菜，以前艾豆偏胖，平常不敢吃狮子头。今天既然王金花请客，前一段时间在美国又没什么好吃的，回国前又节食，艾豆胃里的馋虫早涌到喉咙口了。一杯茅台下肚，来一口狮子头，鲜香软嫩，肥而不腻。再喝一口热乎乎的汤汁，烈酒和浓汤同时沁入脾胃，非常舒服。

王金花和米老师的酒量都很惊人，尤其米老师，几乎都是一口闷。两个人一边聊天吃菜，一边不停喝酒，很快一瓶茅台见底，再来一瓶。

艾豆负责发微博，王金花说："你帮米老师拍张照片，就写帝都第一女酒鬼，三瓶不倒翁。"

艾豆改成：第二瓶了，大家猜，花姐和米咪谁的酒量好？配图是米老师满面通红、油光发亮的圆脸。

米老师说："花花，你就消费我吧。哪天我把你的破事也发到我的微博上，看你怎么办？"

王金花笑眯眯地说："我能有什么破事？"

"哼，你以为我不知道，那天我在龙熙看到你和那个什么的去开房。"米老师一边说一边意味深长地斜了艾豆一眼。

"打住，打住，"王金花制止米老师往下说，"真衰啊，跑那么偏都撞上你，真是见鬼了。"

“嗯——”米老师装怒。

“对不起，说错话了，罚。”王金花一仰脖，一杯茅台下肚，“你跑那儿去干什么？”

“就许你去开房，不许我去工作啊？”

“好了，你饶了我吧，要不我把他介绍给你？”

“你饶了我吧，我怕被我们家老张劈死。”

聊着聊着王金花问米老师圈内传杨玛丽甩了宋平，有了新欢的消息是不是真的？而传闻中的新欢就是正当红的歌手许文天。许文天也是米老师的客户，年初有个电视台要做一档音乐节目，找秦薇做评委导师，秦薇嫌累不愿意去。结果电视台转聘许文天，节目推出后反响强烈，全城热议，许文天的身价随之大涨。据说杨玛丽因此甩掉宋平投入许文天怀抱。

米老师说杨玛丽和许文天交往不是一两天了，以前许文天还有老婆，杨玛丽怕担上小三的名头破坏形象，一直瞒着。现在许文天离婚了，两个人可以名正言顺地在一起了。小宋真傻，还想着与杨玛丽修成正果呢。

“喂，你说的他们两个人在一起打麻将的照片还在吗？”王金花问米老师。

“哼，我就知道你这么好心，拉我出来喝酒，原来是有求于我。”

“你把我当什么人了，我们在一起喝的酒还少吗？”王金花满脸通红。

王金花准备用杨玛丽的绯闻来转移媒体视线，杨玛丽影、视、歌全面发展，也算是一线大牌明星，档次上跟秦薇不相上下。

前段日子米老师跟王金花说杨玛丽和许文天好上了，那时网络上刚开始传杨玛丽和宋平的绯闻，有图有真相，王金花不信。米老师说去参加活动，大家在酒店打麻将，杨玛丽和许文天在桌子底下动手动脚的，她看见随手照了一张。这两天王金花想起来可以用这个搞点舆论，就向米老师要照片。

照片就在米老师手机里，王金花开心极了：“你把照片发给我，我有用。”

那天在电梯内看到杨玛丽之后，王金花就想到把她脚踩两只船的猛料爆出去，肯定很轰动。

米老师愁眉苦脸：“这下许文天要找我算账了。花花，你要补偿我，我们的钱快点结吧。”

“不关我的事，我早就报上去了，老板没批啊。”

“你帮我催催王子冲吧。”

“公司又改制度了，最近卡得很严，王子冲批了也不算。”

“那怎么办？我都快揭不开锅了。”

“好吧，我帮你求求老板，尽量这个月给你结点儿。”

“天哪，才一点儿。”

“你别不知足，美虎快上市了，光那些股票就够你花的了。”

米老师不说话了。三年前美虎传媒私募，米老师通过王金花入了一些股，这两年就指望公司上市了。

王金花存好杨玛丽和许文天打麻将的照片，对艾豆说：“你等着看好戏。”

10. 鲜肉广告

恍惚一夜之间，到处都是师弟的鲜肉照。

火焰鸟动用大批水军在网络上狂发师弟的情色运动写真打广告。

随便上网搜一下，你就可以发现男人的暴露照一点儿不比女人少，各种口味的都有。这个世界上不是只有女人想一脱成名，抱着同样梦想的男人也有一大把。如果拍几张裸露照、露点照就可以轰动江湖的话，那是做梦！所以除了天生丽质、秀色可餐、照片养眼之外，一定要傍上名人或者某个新闻事件，才有一炮而红的机会。

视频是高清摄影，每一个动作都很清晰，慢动作时肌肉的纹理和皮肤上的汗珠都清晰可见。片子拍得很美，绝对是力与美的呈现。视频上传时关键部位打了马赛克。视频的最后，师弟背部全裸（穿运动鞋），两脚叉开，摆一个C罗罚任意球的POSE，酷得不行！

轰动了！

在水军的帮助下，这个视频立马轰动了！然后很快就有人说“这不是那个自称是秦薇小男友的×××吗？”再把艾豆和师弟的床照搬出来，这下就更轰动了！各路媒体争相跟进。

头条！

除了四月师弟自己爆出的那张床照，这次又有两张新照片。两张新照片都没拍到脸，画面上只有两具纠缠的躯干，应该是从身体侧后面拍摄的。

不知是王金花还是火焰鸟安排的，报纸娱乐版也上了师弟马赛克裸露的大图：秦薇新欢？

艾豆看到两张新曝光的照片后，抽了自己两耳光。

师弟赌咒发誓只拍一张根本就是骗人的！自己居然还相信了他的话，不知道他是不是还藏了什么更恶心的照片没发？艾豆又是生气，又是无奈，但也只能干看。

秦薇的官方微博上不失时机地转了师弟只着运动鞋的裸照，配图的文字模棱两可：“本宫的新欢？你们说的是人还是鞋？”

艾豆知道王金花和林由豪一定商量妥了，一唱一和。

一周后，火焰鸟发动第二轮宣传攻势，把产品推到前面。火焰鸟各地门店和网店首页也挂上了师弟的海报和秦薇的代言广告海报。

秦薇微博配合发了一张照片：它才是我的新欢！师弟裸跪在地上，双手捧着一双火焰鸟跑步鞋。

立即有人举报火焰鸟广告违规，工商部门介入调查。这下好了，从娱乐新闻进入财经新闻。火焰鸟求之不得，即便被判违规，目的已经达到，就让工商局罚款好了。“天后新欢”的广告效应可是千金难买啊！

后来林由豪打电话给艾豆千恩万谢，艾豆只能嘿嘿干笑。就当那是秦薇的艳照，与她无关。

阿Q精神万岁！

一出艳照八卦的好戏，演绎到现在居然变成多赢：火焰鸟借机打开销路；王金花签了新人；师弟一炮而红；网友饱了眼福。艾豆虽然被消费了，但是秦薇的名声更加响亮，粉丝更多，找上门的厂家更多，艾豆因此更忙，提成也更多了。

所谓祸兮福所倚，福兮祸所伏，运气这个事情很难说的。

难道坏事变好事？经此折腾，艾豆开始体会到娱乐圈的水有多深、多诡谲、多变态，需要多么高深的泳技才可以避开漩涡，畅游下去呀。她还有很多需要学习的地方。

网上秦薇的消息再热闹也与艾豆无关，王金花不让她出门。回国一周，她就和王金花、米老师出门吃过一顿饭，和林梦梦在丽晶酒店晃了晃还撞上两个鬼鬼祟祟的狗仔，除此以外就没下过楼。

一周后，林梦梦回美国。一个人守着一座大房子，艾豆开始觉得无聊。除了两个房间外，艾豆已经把秦薇家翻个底朝天。没进去的两个房间就是林梦梦跟她说不要进的秦薇主卧和秦妈妈的房间。林梦梦返美后，艾豆禁不住好奇想进去窥探一番，却发现房门是锁着的。

房门肯定是林梦梦锁的，因为林梦梦在时艾豆看见她进进出出收拾东西。现在门锁了，说明人家多少是防着她的。这让艾豆既不舒服又有点紧张，她想秦薇会不会在房间安了监控探头，自己的一举一动都在人家眼皮子底下？

艾豆疑神疑鬼，花了大半天时间一个挨一个房间检查，角落里、空调口，等等，看是不是隐藏了针孔摄像机。直到所有可疑之物都排除了，艾豆长出一口气，浑身上下才真正放松下来。

看来拥有豪宅不如拥有自由重要。

睡觉、吃饭、上网、给家里打电话、把秦薇的衣服和鞋子全部试穿一遍，再听音乐、弹钢琴……当可做的事都做过一遍后，依然感到无聊怎么办？

把肖晓彤叫到北京来？让他看看自己住的豪宅，他会不会惊呆了？肯定！不过艾豆不敢再犯这种错误，而且毕竟这不是自己的房子，没什么好炫耀的。

倒是“她的新欢”师弟，即便艾豆根本不理他，每天至少发给她一条信息。裸奔视频上网后，他还给艾豆发链接，大言不惭地问观后感如何？

艾豆想，这种人也许今后成功的概率比她大。

既要有一张漂亮的脸，还要有一张超级厚脸皮，是娱乐圈生存的不二法则。

11. 艾豆开工

熬到第三周，王金花终于安排艾豆开工，为丽贝卡假发拍摄新一季广告。

丽贝卡是国内假发业的龙头，秦薇去年成为它的代言人。近两年，秦薇由于吸毒导致头发掉得特别厉害，所以她出门经常戴帽子或者使用假发。从这个角度看，丽贝卡挑她代言，太合适了。今年的新广告照合同应该在五月份拍摄，由于秦薇逃到美国不得不推迟。再拖下去就要违约了，王金花不得不把艾豆推上阵。

丽贝卡负责广告业务的是老板娘黄婷婷。去年秦薇拍广告期间黄婷婷都在场，秦薇还出席过丽贝卡北京旗舰店的开业仪式，算是和秦薇比较熟了。四月扫毒行动后黄婷婷就打过好几个电话询问秦薇是否涉毒？由于一直联系不上秦薇，她威胁过王金花如果秦薇涉毒是真的，那么丽贝卡公司就要立即终止合同，还要他们赔偿损失。

“这是一个厉害的女人。”王金花叮嘱艾豆一定要小心应付。由于去年拍广告的时候秦薇和黄婷婷有过交流，王金花让艾豆这次见面装嗓子不好，尽量少说话，以免言多必失。

倒是米老师安慰艾豆不必太过担心。去年和今年丽贝卡假发广告用的造型师都是米老师。去年秦薇的广告造型是“摇滚天后”，今年的造型是“百变女神”。“百变女神”讲究的就是形象变化多端、看不出真面目。你戴着各种款式的假发化好妆再闭上嘴，黄婷婷哪里分得出真假？

话虽是这么说，由于丽贝卡是大企业，比起火焰鸟那种二线厂商王金花明显重视得多。除了让米老师给艾豆上课，她让艾豆和远在美国的秦薇联系，尽量掌握秦薇和黄婷婷之间聊过的话题。最后，王金花还亲自陪艾豆去拍广告。

这边厢很紧张，不打无准备之战。那边厢真正见到黄婷婷时，气氛反而平和得很，半点交锋的意思都没有。

王金花跟艾豆介绍过黄婷婷的基本情况，在她口中丽贝卡的老板娘四十多岁、身强力壮、中气十足、全身名牌，随时会发飙，整一个土豪。

传说中强势的女老板黄婷婷今天一身粉色香奈儿套装。由于身材比较矮壮，衣服肩膀处显得有点儿紧。握手时艾豆看见黄婷婷右手无名指上戴着一枚鸽子蛋大小的碧绿翡翠钻戒，估摸价格不菲。左手腕也是一块钻表，好像是某“P”打头的大牌。

艾豆知道丽贝卡前身是河南一家乡镇小厂，黄婷婷和老公共同创业，二十年的时间发展到现在成为假发业龙头、上市公司，非常不容易。现在土豪多金，城里人还不一样拍马屁。

黄婷婷外形虽然有点“乡”、有点老，但依然是一副干练女强人的模样。但黄婷婷今天似乎没什么精神，她既没质疑艾豆，也没责怪王金花拍摄计划一拖再拖。与王金花和艾豆礼节性地打过招呼，就一个人坐在摄影棚角落里发愣。

两者相安无事，艾豆积极投入工作。

休息了近两个月，艾豆的状态很好，迅速进入状态。瞅着拍摄进展顺利，王金花放宽心，第二天没来，由艾豆一个人搞定。一个人面对，艾豆有点慌，表现就不如第一天那么好，NG 次数比第一天多得多。

休息的时候，米老师给艾豆补妆，黄婷婷进到化妆室站在艾豆身后观看。艾豆从镜子中看见黄婷婷盯着她的脸看个不停，她心想坏了，黄婷婷是不是看出破绽了？

果然，黄婷婷开口就把艾豆吓个半死：“秦薇，你怎么好像换了一个人？”

艾豆的心脏怦怦乱跳，硬着头皮说：“没啊。”

黄婷婷走到艾豆侧面盯着她说：“我们是去年九月份见的面。这一年不到时间，我看你的气色比去年好多了，皮肤也变水灵了，看上去好像年轻了五岁。”

“有吗？我……怎么不觉得？”艾豆摸着脸蛋儿支支吾吾，自己是比秦薇年轻四岁，黄婷婷果然厉害，一眼就看出来了。怎么办？

艾豆瞅瞅镜子中的米老师寻求帮助，可是米老师好像也吓傻了，半张着嘴僵在那里不吭声。王金花在场就好了。

黄婷婷说：“妹子，跟姐姐说说，是不是去整容了？”

哦哦，艾豆愣了一下，原来是这样啊。看来黄婷婷并非辨出她是替身，而是以为秦薇去整容变年轻了。

艾豆当下心定，露齿一笑：“黄总，你真厉害，我化这么浓的妆都被你看出来了。”

黄婷婷自负地说：“我的眼睛多厉害，想瞒我可没那么容易。”

艾豆顺势吹捧：“黄总，你的眼睛太毒了，我就动了几个小手术，别人都看不出来，你一下就看出来。”

黄婷婷说：“快跟姐说说，你在哪里做的手术，效果这么好？”

艾豆说：“老板娘，你看是不是先把活儿干完再找个地方说。”

黄婷婷手一挥，说：“不用了，今天停工。我们换个地方聊，姐有事问你。”

12. 老板娘的隐私

黄婷婷这么急切地问艾豆整容问题是有原因的，因为黄婷婷的老公、丽贝卡的大老板在外面有外遇了。

“他最近老往北京跑，说是谈生意，我就起疑心了。”黄婷婷一边喝闷酒，一边开始倾诉。

男人想骗女人其实没那么容易，女人不揭穿的原因要么是骗自己，要么是想装傻。黄婷婷可不是一般的家庭妇女，马上雇私家侦探跟踪。一番调查下来，黄婷婷的老公果然在北京包养了一个二十六岁的情妇，还在东四环买了一套价格八百多万的公寓给情妇住。黄婷婷的鼻子都气歪了，别看她在外面雷厉风行像个女强人，但是家里老公说了算，她不太敢吵，郁闷得不行，已经多日吃不好睡不好了。

秦薇告诉艾豆黄婷婷去年跟她吹过自家情况，什么事业成功、夫妻恩爱、孩子有出息，一脸得意，幸福得不得了。

艾豆叹了一口气，装模作样抽出一根香烟点上：“你知道我是单亲家庭出生的，特别羡慕家庭美满的人。现在看来你也是一样，终究黄粱一梦。姐，你想怎样？离婚吗？”

黄婷婷迟疑道：“这个，还没到那个地步。”

“你对他还有感情？”

“这么多年夫妻，感情当然有。”

“那你是对他还抱有希望？”

“我们一直很好的。那个，也很好。” 艾豆不断给黄婷婷添酒，黄婷婷舌头渐大，该说的不该说的都吐了出来。

黄婷婷跟艾豆吐露他们夫妻性生活一直不错，一周一两次床上运动总是有的。就是近期老公老往外跑，性生活数量下滑明显才引起黄婷婷的怀疑。

“现在还不想撕破脸，公司做到现在不容易。他以前都很老实的，我想他应该只是玩玩的。”黄婷婷看到“秦薇”整容效果显著，她想来取经。

艾豆想黄婷婷还真是天真，以为夫妻二十年的感情坚不可摧。狗屁！靠整容想对抗地心引力那是痴人说梦。不过金玉叶的叶院长那三寸不烂之舌又有用武之地了，黄婷婷这种人老珠黄的富婆绝对是狠宰对象。

“我可以把金玉叶的叶教授介绍给你，你可以去咨询一下。不过——”艾豆把才抽两口的香烟揿在烟灰缸里，对黄婷婷说：“姐，你要小心，小心小三怀上孩子。”

“啊？”黄婷婷根本没想到这一层，“不会吧。我调查过了，房产证上的名字还是我老公的，否则，否则我早就和他吵了。”

“那姐你就提心吊胆地等着吧，看你老公还会不会回来。”

看“秦薇”讥讽她的软弱，黄婷婷发狠道：“我准备找人教训一下那个小贱人，叫她滚得远远的。”

“别，姐，你这样会把老公推得更远的。到时候，小贱人躲在你老公怀里哭哭啼啼的时候，要什么有什么。”

“那妹子你给姐出出主意，除了离婚。”

艾豆知道很多女人很难过婚姻这一关，吵归吵闹归闹，离婚没门儿，黄婷婷也不例外。如果换成是她，老公在外面包二奶，二话不说，立即转移财产，然后离婚。

艾豆想了一想，说：“你觉得你老公更在乎女人还是在乎公司？”

黄婷婷毫不犹豫地说：“这当然是公司，我们把丽贝卡做到现在全国最大，容易吗？！”

“那好，公司是你们两人的，好像你儿子也持有股份，你儿子应该站在你这边吧。你回去可以召开股东会，让你老公做一个选择，要小三还是要公司？”

艾豆做功课的时候查过丽贝卡的公司资料，黄婷婷一家共计持有上市公司百分之五十三的股票，其中黄婷婷和老公各持有百分之二十五，儿子持有百分之三。黄婷婷和儿子的股票加起来超过老公，不离婚也可以让董事长易主。

黄婷婷知道艾豆的意思，这个她不是没想过，但是这样逼老公很容易撕破脸。

艾豆两手一翻："得，那你就一个人生闷气吧。我没招了。"

艾豆觉得每个人都有自己的弱点。黄婷婷的弱点就是家庭观念太保守，这样最后受伤的往往是自己。

"姐，你要小心，有的男人也许到最后会觉得女人比公司更重要。前几年网上不是有一个男的在微博上高调宣布去私奔吗？连这点脸面都不给老婆留，亏他说得出来。"

"听说他后来还是回家了。"老公回家是每个怨妇的终极幻想。

"姐，我被你打败了。你还抱这种幻想？回家就会老实吗？身在曹营心在汉，你受得了？"艾豆一点同情心没有，继续打击黄婷婷，"姐，虽然我年纪不如你，也不会做生意，但我会看人。我见识过的男人肯定比你多。男人靠得住，母猪会上树。男人会出轨一次就会出轨第二次，不出轨的男人要么阳痿要么是没条件。你老公身价几十亿，想勾引他的女人比苍蝇都多。你防住一个能防住第二个？你现在四十多，年富力强，又有钱，想干什么就干什么。等你到六十岁的时候，再有钱有什么用？"

艾豆发现她越打击黄婷婷，黄婷婷越信任她。

"姐，换我就离婚了，一个人过更潇洒。你们不一样，有家、有儿子，还有那么一大摊事业。但是你一定要让他知道他出轨你不高兴！你要跟他摊牌，要家还是要小三？如果要小三，好，分家，他下课，董事长你来做。"

黄婷婷瞪大眼睛："让他下课他要发疯的！"

"不要怕！你要让他知道我是不怕离婚的。谁离不开谁，他要想清楚？嗯，你先跟他分居，不要让他进家门。"

"哎呀妈呀，这不要天下大乱啊！"

"你也是赫赫有名的女强人啊。怕什么？！再说分开也不见得都是坏事。出去玩一玩，搞不好你会发现在一棵树上吊死是多么愚蠢的行为。也许到你们七老八十了，都玩不动了，才发现原来最爱的还是对方。哈哈，那时可以再搬到一起过。"为了哄黄婷婷开心，艾豆开始胡说八道。

"小秦，去年我怎么就没发现你这么能说？"

"那时是因为还没收到你付的广告费。再说情感咨询也是要收费的。"艾豆不知道自己什么时候开始这么能胡说，不过这时候用胡说来蒙混过关再好不过。

胡说不能解决实际问题，但可以调节气氛和心情，加上酒精的作用，黄婷婷逐渐开朗起来，开始有说有笑。

“还是你潇洒，年轻漂亮，又是一线明星，想找什么样的男朋友都可以。”

“你也可以啊。你那么有钱，多少小白脸排着队想巴结你。”

“姐跟你不一样，姐是有家庭的人。”

“这跟结婚有什么关系，关键看你怎么想。你一个人在家守身如玉，你老公在外面彩旗飘飘。”艾豆突然想到一个歪点子，“要不我给你介绍一个花美男怎么样？不仅长得帅，身材特别好。”

艾豆突然想到可以把师弟介绍给黄婷婷。让一个花美男来抚慰一个怨妇受伤的心再合适不过。

师弟的裸奔视频走红后，艾豆在网上看到更多关于他的真实资料。原来他一年前就被田径队劝退，原因是不好好训练，经常彻夜不归。这与他跟艾豆说自己是现役运动员有出入。之前他和艾豆的床照曝光时也骗艾豆只拍一张，实际肯定不止。看来这个人人品有问题，为博出名不择手段。事发之后虽然艾豆不理他，但师弟脸皮够厚，坚持每天向“薇姐”表忠心，随时把自己的照片和动态发给她。

艾豆肮脏地想，让他去做鸭子，也许行。

“你思想太开放了，我都快老太婆了，想都不敢想。”黄婷婷居然脸上飞红。

“这有什么，允许男人找小三，不允许女人欣赏一下花美男啊？我给你看照片。”艾豆把师弟的照片找出来给黄婷婷看。

“你看，这个小男生条件不错吧，是跨栏运动员，身材好得很哦。”艾豆的语气轻佻得像个鸨母。

黄婷婷禁不住诱惑，接过艾豆的手机：“咦，这不是你的男朋友吗？他拍的那个跨栏广告很轰动啊。”

这下轮到艾豆脸红了。看来黄婷婷对八卦并不陌生，艾豆正准备拉皮条，当然不会承认师弟与她有瓜葛。

“没有啦！他是王金花新签的模特，金花求我带带他，我正好要拍火焰鸟运动鞋的广告，就顺便把他介绍给火焰鸟。火焰鸟觉得他挺不错的，就用了。”

“那个裸奔广告策划得很不错，前一段时间网上挺轰动的。”

“要不你见见他，让他也为你裸奔一下。”艾豆继续拉皮条。

“不见，不见。这成何体统？秦薇我告诉你，你思想太不健康了。我们丽贝卡可是高档品牌，你要注意你的行为举止。”黄婷婷虽然皱起眉头，但明显脸上的肉是笑的。

“好吧，就算是我的小男朋友，行不行？他是模特，我让你见见，看看你这儿有没有工作适合他。中不中？”诱敌深入比生拉硬拽更和谐。

“这还像话。”

“那就说定了。你接下来两天还在北京吧？我等下打电话给他，叫他过来见个面。”

“在。你叫他来吧，我看他形象很不错，以后一定有前途。”

“如果觉得他有前途，姐，你就自己留下吧。”

“别胡说！姐是本分人，可不能犯错误。”黄婷婷假正经。

“那有什么，以其人之道还治其人之身，给你老公一顶大绿帽戴戴。”

“哈哈，妹子，你就不怕戴绿帽？”

“我不怕，我已经玩厌了，正想甩掉他。姐，你就收了他吧。”

“原来他是你的大破鞋？！”

哈哈哈——两个女人狂笑。

“干杯！”

“干杯！”

13. 这感觉太好了

转眼就是夏天。

北京今年热得邪乎，降雨又少，空气又脏。

丽晶华府楼下围的狗仔早已散去，即便有，现在他们的注意力也转到杨玛丽和许文天身上。这大概要拜王金花的手笔，她把杨玛丽脚踩两只船的消息抛出去了。

秦薇涉毒的传闻已经无人再提。艾豆拍摄的火焰鸟电视广告正式亮相，除了师弟的裸奔视频还余波未平之外，网络上关于秦薇的新闻几乎都是正面的。

现在，秦薇的名声更响了。面对不断找上门的广告代言和演出邀请，王金花都找理由推掉了。美虎的股东们刚松口气，他们现在就等 IPO 锣声响起，可不想这时候因小失大。所以在这个酷热的夏天，艾豆被“雪藏”了。

艾豆本来有一个新机遇。

黄婷婷对她的小男友为火焰鸟拍的裸奔广告很感兴趣。她告诉艾豆，丽贝卡也在做微电影的策划。如果“秦薇”感兴趣的话，她可以让广告公司为她度身定做几个剧本，或者秦薇可以提个方案，丽贝卡来投资。

艾豆当然有兴趣。虽然是天后的替身，但是，艾豆知道自己终归不是秦薇。于娱乐圈她毕竟还是一个缺乏经验的新人，多一个尝试对自己就是多一次历练、多一分机会。

艾豆现在对演艺事业的兴趣越发浓厚了，但当她兴冲冲地征求王金花意见的时候，王金花浇了一盆冷水。

王金花告诉她，拍摄微电影的事，黄婷婷去年年底就跟她提过。黄婷婷的算盘打得精，名义是拍微电影，实际上是给自己打广告。三四百万预算拍一个微电影，连秦薇的代言费都不够。再说秦薇自己对这种广告故事片没兴趣，王金花就找了一个理由把黄婷婷挡回去。现在黄婷婷重提此事，王金花还是说不。她告诉艾豆，公司近期准备让“秦薇”继续休息，什么活儿也不接。

艾豆郁闷得不行。

这个时候，师弟来找她。

艾豆不知道她在给丽贝卡老板娘黄婷婷拉皮条后，师弟和黄婷婷见面后发展如何？艾豆没好意思问，她猜大概是没成。因为黄婷婷没有给师弟提供什么工作机会，她只是让师弟回去找“他的女友”。如果他可以说服秦薇为丽贝卡拍微电影的话，可以在电影中为他安排一个角色。

师弟当然不会错过任何机会，他厚着脸皮求见艾豆。艾豆虽然厌恶师弟的人品，但她想听听他的想法。师弟虽然人品低下，但是天资聪颖，不择手段往上爬。这种人往往有惊人的爆发力，艾豆觉得自己在这方面还得向这个“小男友”多学习。

果然，两人见面后，师弟先来了一段煽情告白：“我和你不一样，我父母都是工人，我家住在上海的下只脚，全家就住在一间九平方米的房子里。我读书不好，从小上的体校。跨栏成绩虽然还不错，可以挤进全国前五名，但大家就只认冠军，全中国就一个刘翔。像我这样的退役后能有份工作就不错了，所以后来我想去当模特……当模特赚不了多少钱，和你拍火焰鸟广告我的报酬是五千元，但是中间人要拿去百分之七十，我到手才一千五百元。模特开销也很大，如果不出名，当野模的话根本攒不了钱，混几年年老色衰还得去找工作。那个裸奔广告是花姐帮忙谈的，火焰鸟给了二十万，公司拿去五成，扣完税我到手七万多元，算是我这些年赚的最大的一笔钱了。实际上我也不想卖肉，你知道吗？我拍那个广告，就被导演吃了豆腐。但是有什么办法呢？在北京租房子一个月要六千多元，还要置办一些服装，吃的、喝的、交通费，都是要钱的。我能怎样选择呢？我有选择的权利吗？我是穷人家的孩子，我没有背景，没有靠山，父母给我一张脸、一个身体，接下来的一切都要靠自己打拼，只要有机会我都会紧紧抓住……”

“你想红，就把我卖了。”艾豆冷笑。

“姐，我知道你恨我。我做错了，我太想红了。但是我向你发誓，那张照片真的不是我放到网上的。”师弟一脸诚恳。

艾豆心想我现在还信你我就是傻×。

“姐，你还是不信我？我，我给你跪了。”师弟真的扑通一下单膝跪在艾豆面前。

艾豆往旁边一躲，鄙夷道：“你这人怎么这么贱？人家说男儿膝下有黄金，你怎么膝盖这么软？”

师弟有点尴尬：“我怎么说你都不信。那确实是我发在微信上，被朋友放到自己的微博里的。你想我如果想红跟着你就好了，为什么要得罪你？”

“哼，你说只拍了一张照片，后来冒出来的又是怎么回事？”

“这个……”巧舌如簧的师弟也不知道怎么解释了。

“你不是跟我发过誓，说你只拍了一张。如果有多拍一张你就不是人，是狗娘养的吗？！”

师弟笑了，羞涩地笑。

艾豆太佩服了，他居然还能在这个时候吐舌头，扮可爱。

“那天晚上太陶醉、太兴奋了。姐，你好棒。真想和你再来一次。”

艾豆几乎被打败了。

“你就是我的女王，我是你的奴隶。你要你喜欢，我可以像一只小狗一样围着你转，就你一个人。”

师弟把单膝跪地改为双膝，双手弯折在胸前，模仿一只小狗在做拜拜，俊美的脸蛋儿上挂着谄媚的笑，就像一块奶油蛋糕上有一口浓痰一样。

进到艾豆心里的只有两个字——女王，又一次听到“女王”这个称呼了。

我什么时候才能成为真正的女王呢？

艾豆没想到化解无聊的工作机会是王子冲带来的。

王子冲突然打电话给她，说让她准备一下，周末去为他朋友新开的迪厅捧个场。捧场不只是露个脸，还要唱两首歌。唱歌？哇哦，艾豆既兴奋又紧张。

摇滚天后的替身已经干了四个月，艾豆还从没替秦薇唱过一首歌。除了到晋江拍火焰鸟的广告外，都是一些开张剪彩的商务活动。正儿八经的演出、访谈、封面拍摄等一次都没有。

艾豆认为自己迫切需要去做一些实实在在的表演工作，来检验自己到底适不适合从事演艺事业。爱好是一回事，能不能在娱乐圈生存是另一回事，更何况艾豆需要的是有质量、有地位的生存。

今年已经有多次商演邀请秦薇，由于她身体的原因王金花选择放弃，她似乎没有考虑让艾豆顶替的意思。艾豆问王金花是不是可以让她试一试，王金花说唱歌是秦薇的私人领地，领主不喜欢被僭越。

艾豆觉得自己像篮球队中的“蓝领”球员，专门负责身体对抗的脏活儿、苦活儿。球最后要交到主角手上，风头是属于主角的，与配角替身无关。

现在王子冲让她去迪厅唱两首歌算不算僭越？这是主子的专属领地，艾豆不敢犯忌私自接活儿啊。

王子冲倒是满不在乎，他对艾豆说我让你上你就上，秦薇那边他来搞定。

王金花对艾豆向她报备王子冲让她去唱歌倒没说什么，她提醒艾豆，一是出门注意形象，二是去那种地方千万不要碰不该碰的东西。

艾豆一下子没反应过来王金花指的是什么，还傻傻地问不该碰什么东西？王金花斥道，傻妞，不要碰你主子碰的东西。

哦，原来王金花说的是毒品。秦薇就是一面摆在面前的镜子。一个模子出来的两个人，现在一个圆润一个枯槁，一个在戒毒所一个享受自由的空气，艾豆当然不会重蹈覆辙。

艾豆现在不再担心自己像不像秦薇了。在外人眼中，她就是秦薇。除了外表相似，艾豆领悟到模仿秦薇更重要的是“神似”，因为外界的人认识秦薇都是在媒体上。媒体上的秦薇就是那个锥子脸、大眼睛、高鼻、大嘴，喜欢戴墨镜、穿高跟鞋、化浓妆，经常顶着各色假发出现，举止怪异的摇滚天后。对于大众，“秦薇”只是一个娱乐符号。所以一般对外的场合艾豆只要化化妆把秦薇身上那股不羁的调调表现出来就OK了。

艾豆担心的是怎么和乐队配合？因为秦薇演出一般用乐队现场伴奏。艾豆虽然有不少演出经验，但还从来没有在乐队伴奏下独唱过。秦薇乐队的人她也不认识，见面不知会不会有麻烦？而且时间那么紧张，她怕来不及准备。

王子冲说没那么麻烦，在迪厅唱歌没那么多讲究，用伴奏带就行。他让艾豆挑两首自己可以驾驭的秦薇代表作，公司那边他安排人送伴奏带过来，她跟着伴奏带练习就好了。

很紧张，艾豆在秦薇的歌中挑了难度比较小的《SUPER MONKEY》和《零点二十四分的北京》，在家狂练。等两首歌唱得烂熟了，再到迪厅踩场。和DJ配合演练过了两遍，一切顺利，这下艾豆有点底了。

接下来是化妆关。艾豆参考秦薇过往演唱会和MV穿着，她准备不穿胸罩（实际上减肥之后胸也小了很多，胸罩已经由75B掉到75A），上身就穿一件白背心，搭配黑色吊带，下面是一条黑色的哈伦裤，然后就是秦天后标志性的但让自己痛苦不堪的高跟鞋。

艾豆在秦薇的鞋库中找到这双黑色绑带露趾高跟鞋，挑一双绑带高跟鞋是因为艾豆发现秦薇的鞋她穿起来比较宽松，大概秦薇的脚比她的宽，所以她穿秦薇的鞋会比较松，很容易踢掉。平常走路或者站台问题不大，但是今晚上台演出需要蹦蹦跳跳，绑带的鞋比较保险。鞋跟11厘米，在秦薇的藏品中不算高，但对艾豆来说已经足够痛苦。

可是没办法，谁叫高跟鞋是秦薇的最爱呢？艾豆太佩服主子了，天后就是和常人不一样。秦薇开演唱会时可以两三个小时穿着高跟鞋在台上上蹿下跳，从一头跑到另一头再跑回来，一点儿障碍都没有，居然还不影响嗓子发音。不过秦薇现在身体垮了，站不了一刻钟就喊累要坐下休息。嗯，最好她再也站不起来。艾豆觉得自己的心理够阴暗的。

不过女人还是穿高跟鞋漂亮，既然想在娱乐圈混，学会穿高跟鞋还是必要的。

一直熬到零点过后，艾豆在一片喧嚣中登场。

直到出场前最后一秒钟，艾豆心中还是惴惴不安，担心嗓子会不会出问题、模仿会不会不到位？

实际上艾豆的担心完全是多余的。零点时分，正是迪厅的高潮。此时血管中酒精浓度恰到好处，无论跳得好看不好看都兴奋得很。也有一批人沉浸在自己的小药丸里摇头不止。

在震耳欲聋的音响声中，艾豆站在钢制的舞台上从天而降。迪厅的各色激光灯光开始狂闪，所有人的目光都望向耀眼的舞台。

现场DJ大声煽动："让我们用最热烈的掌声和叫喊声欢迎摇滚天后秦薇——"

期待已久的男男女女围过来号叫："秦薇！秦薇！我爱你！"

艾豆左手拿着话筒，右手从左到右一挥，酷酷地甩出一串飞吻——这是秦薇最常使用的开场方式。

舞台微微一震停住，灯光再一次猛烈闪烁，劲爆的前奏响起。

没有开场的废话，艾豆开始说唱："今天早上起来之后我觉得实在很无聊，不想刷牙不想吃饭不想拉屎更不想上学，于是我坐上公交车来到动物园……"

艾豆选唱的第一首歌是秦薇学生时代的代表作《SUPER MONKEY》。

"……没想到那只大猴子居然开口对我说，瞧你那小样儿就不是一个好学生，上课不好好听讲考试就会作弊只想谈恋爱，长大没出息就是人见人弃狗见狗烦破鞋一只……”

两个衣着极其暴露的长腿长发妹子在强烈的节奏下登台，各占舞台一角开始舞动。

“……破鞋，破鞋，破鞋……”全场跟着台上领舞的姑娘扭动，动作不堪入目。

这首歌是秦薇学生时代的代表作，带有黑人说唱乐特色，节奏感很强，非常适合迪厅这种场合。

秦薇中学时代就写这种歌，看来也不是善种。

“……你不是悟空你不是金刚你就是一只被别人关在笼子里的小小小MONKEY，你怎么敢装酷……”

“……我不是悟空我不是金刚但是我不是一只普通的monkey，我跳我跳我跳我跳跳跳，我要跳出这个牢笼。我叫我咬我要我妖我要成为一只SUPER MONKEY！”

“Monkey monkey，are you ready？Monkey monkey，SUPER MONKEY！”

劲歌艳舞，歌声里全场嗨翻天！台下数百个舞客一边乐不可支地跟着艾豆模仿猴子的动作，一边嗷嗷乱叫，严重返祖。

艾豆挑的两首歌其实都不算是摇滚歌曲。《SUPER MONKEY》是秦薇早期作品，偏嘻哈的说唱乐。《零点二十四分的北京》是秦薇后期（前两年）的作品，这时候秦薇已经放弃纯摇滚，走更商业大众化的轻摇滚和灵魂乐创作。不过市场还是习惯把她称为摇滚天后。

艾豆虽然在嗓音上接近秦薇，但这主要是平常说话，真唱起歌来她的嗓子不如秦薇高亢浑厚。况且秦薇嗓音中还有一种沙哑的穿透力，辨识度很高，所以真要演出秦薇那些招牌摇滚曲目艾豆是绝对不敢的。

《零点二十四分的北京》是秦薇为自己主演的地下电影《北京的骨头》创作的主题曲，艾豆挑这首歌的原因是调不高，比较好唱。秦薇写这首歌时不知道是不是受了毒品的影响？这首歌很飘，有灵魂出窍的感觉。

这首歌同样在全场大合唱“寂寞啊北京，寂寞啊北京”中结束，舞台在掌声和“ENCORE!”狂呼声中冉冉升起，“天后”挥挥手再见，不带走一丝干冰。

回到后台，一大堆人鼓掌欢迎。

艾豆豪放地和王子冲的朋友们逐一拥抱。轮到王子冲时，王子冲在她耳边说：“唱得不错。”

艾豆今晚的表现超出王子冲想象。他想，这个女人的潜能还真的可以，和秦薇的味道不一样，假以时日也许会成为明星。

“谢谢王总，感觉还没唱够。”艾豆觉得意犹未尽，嗓子刚打开就结束了，唱得不爽。

“好啊，等下换地方继续。”

对一个歌手来说，没了听众，没了观众，没有欢呼声，一个人唱歌老没劲了。

也不是没有听众，只是那唯一的听众是你的老板，是不是更没劲了？

从人声鼎沸的迪厅换到KTV包房，艾豆没唱几首歌就觉得没劲了，而且王子冲好像对唱歌没什么兴趣。总不能冷场是吧，艾豆丢下话筒陪老板喝酒。

酒精可以拉近两个人的距离。之前在迪厅艾豆已经和王子冲的朋友喝过一轮，敬酒的太多，艾豆的酒量虽好，现在也有点上头了。

借着酒劲儿，艾豆向王子冲申请更多的表现机会，更大的舞台。

“你太急了，你才进娱乐圈多久啊，半年都不到吧，能像现在这样已经很不错了。”王总还是清醒的。

“出名要趁早啊。”

艾豆自觉已经不年轻了，唱歌水平有限，比专业歌手差多了，想试试看演戏行不行。她一直记挂着拍微电影的事，如果王子冲点头，或许可以帮助说服秦薇。

“不行，你一点儿经验都没有。”想打动王总没那么容易。

“不试试怎么知道行不行嘛。”艾豆开始并不擅长的撒娇。

“太冒险了。”

“不需要公司出钱，是广告商出钱，就当拍一个加长的广告。”

“拍广告我们是要收代言费的。”

看来王子冲并不比花姐好通融，艾豆满心失望，端起酒杯，把杯子里剩下的威士忌一口闷掉。再倒半杯，不加冰，一仰脖子又灌了下去。

王子冲在一旁看得有滋有味，“你真的想拍？”王子冲口气变暖了。

“当然。”

“你觉得你行吗？”

“我行！我有这个潜能。”

王子冲扭动了一下身躯，伸手拾起自己的酒杯，抿了一口。

“那你证明一下，我看看你的潜能到底有多少？”说完，王子冲伸舌头舔了一圈嘴唇，往沙发上一靠。

“怎么——证明？”此刻艾豆的脑子已经转不动了。

王子冲的身子往下滑了一点，挺腰，拉开拉链，歪嘴笑道：“你证明给它看。”

/ 第六章 /
你是谁

1. 有人认尸

老崔接到一个电话，是找武警官的。

小武出去办案了，老崔问电话内边的男人有什么事？

电话里的男人问："那么崔警官在吗？"

老崔说："我就是崔警官，你有什么事？"

男人说："你好，崔警官。我看到你们发的一张认尸启事，我可能认识上面的人。"

"哪一张认尸启事？"老崔漫不经心地问道。最近中队没给他什么任务，更别说命案了。

"时间有点久了，是去年八月份的。"

老崔的背直了一点儿："是那个脸被划破的吸毒女尸吗？"

"是的，上面写的联系人是武警官和崔警官。"

8•12女尸案发生后，发过认尸启事，上面联系人是专案组成员老崔和小武。认尸启事发出去之后，有不少电话打进来，当时专案组逐一核实后都排除了。后来由于一直不能确定死者的身份，再加上尸检倾向死者是吸毒过量死亡的，是意外，队内对此案的重视度逐渐下降。老崔和小武跑了一段时间没有进展，队内于是暂停此案调查。小武和老崔也被分配到别的案子去了。时间一久，老崔也对这个案子基本放弃，不再关心。

由于内网上也有信息发布，所以陆陆续续还会有各地调查失踪人口的同行打电话来询问。不过毕竟时间过去有点久了，近一两个月小武和老崔都没有接到相关电话。

打电话来的男人不是同行，他自称姓吴，他说可能认识死者，但是拒绝在电话里透露更多关于死者的情况。他要求面谈。

老崔同意去见他。

出乎意料的是，预约见面的地点是位于大兴的强制隔离戒毒所。这个地方老崔比较熟，他当初在缉毒大队时经常来。去年8·12女尸案发后，由于死者是吸毒人员，他建议专案组可以把一部分认尸启事发到北京的三家戒毒所看是否有人能认出死者。不过当时戒毒所这方面没有反馈。

吴姓男子也是大兴戒毒所的戒毒人员，联系管教后老崔才知道这个姓吴的名声不小。他的艺名沙暴，是音乐圈大名鼎鼎的音乐制作人。沙暴是去年四月娱乐圈扫毒时被查获的。由于是第二次吸毒被捕，而且已经吸毒成瘾且认罪态度欠佳，被判强制戒毒两年。据管教介绍沙暴自恃有钱、有地位，平常意见多多，比较难搞。

见面后老崔问沙暴为什么现在才来报告？沙暴说他是最近才在戒毒所图书馆的一本旧杂志中翻到这张认尸启事的，死者非常像他的一个朋友。但是沙暴依然不肯明说死者是谁？

老崔说："好吧，怎么样你才肯说？"

"我要出去，你让我出去我就告诉你。"

老崔皱起眉头："戒毒所和我们是两个单位，这里我说了不算。"

"那换一个有权放我出去的来，我告诉他。"沙暴一副欠揍的模样。

老崔心里想，如果你是我的犯人，敢对我这样说话，看我不把你整死。

据所里介绍，沙暴被抓时发现海洛因、冰毒、K粉、大麻全部尿检阳性，称得上五毒俱全。关进来大半年了还有戒断综合征现象，而且他还经常不服管教，至少目前是肯定不能释放的。

沙暴发现那张认尸启事后如获至宝，跟所里说自己要立功了，马上就可以离所。所里根本不相信他的话。但是涉及命案，所领导同意沙暴给小武和老崔打电话。

老崔知道瘾君子撒谎成性，沙暴的话要打一个大问号。只是案子拖了这么久，有点线索只能死马当活马医了。

老崔指着自己的警衔对沙暴说："我是这个案子的负责人，我大老远跑过来，你他妈敢玩我？你丫爱说不说，回去我打报告说你妨碍公务，大概是神经系统受损严重，建议多关你丫一年，强制隔离戒毒三年。你看怎么样？还想玩吗？"

沙暴当场愣住，不知是被老崔的两杠两星唬住还是被这个满口粗话的老警察唬住？

过了一分钟，沙暴开口："好吧，我可以告诉。但是我有一个要求，我快满一年了，我要你帮我申请提前解除强制戒毒。"沙暴还在顽抗。

“如果你提供的信息是真的，算是立功了。你是去年五月进来的，我可以帮你申请提前一年解除管制。”

根据法规，强制隔离戒毒的期限为二年。执行强制隔离戒毒一年后，经诊断评估，对于戒毒情况良好的戒毒人员，强制隔离戒毒场所可以提出提前解除强制隔离戒毒的意见，报强制隔离戒毒的决定机关批准。强制隔离戒毒期满前，经诊断评估，对于需要延长戒毒期限的戒毒人员，由强制隔离戒毒场所提出延长戒毒期限的意见，报强制隔离戒毒的决定机关批准。强制隔离戒毒的期限最长可以延长一年。

沙暴犹豫不语。

“你慢慢想，想清楚再告诉我。我还有事，先走了。”老崔站起身。

“好吧，好吧，我说。”

老崔重新坐下，掏出香烟问沙暴：“你烟戒了吗？”

沙暴瞄了一眼老崔的中南海，鄙夷地说：“我不抽这种烟。”

老崔不管他，自己点烟抽起来。

“这个人很像我的朋友——秦薇。”

“秦薇？”老崔有点吃惊，“哪个秦薇？”

“还有哪个秦薇？摇滚歌星秦薇啊。”沙暴伸手把老崔摆在桌上的香烟拿过来，抽出一根叼上。

老崔心底“哦”了一声，自己疏忽大意，错过了。

去年8•12女尸案发生后，老崔和小武组成的二人专案组根据尸检结果分析，最后把调查范围缩小到在京的影视传媒和娱乐行业从业人员上。

老崔咨询过各区缉毒队，是否有合乎条件的不在案吸毒人员。当时整理出的娱乐圈涉毒名单中就有秦薇。但当时秦薇活蹦乱跳的，又是广告又是拍片，新闻多得很，于是秦薇很自然地就被排除了。当时老崔的注意力在另一个疑似失踪多日的周姓涉毒女星身上。

老崔问沙暴：“你怎么知道现在这个秦薇是替身？”强制戒毒所不能上网、不能用手机，只能在规定时间看有限的电视节目。

“我和秦薇是什么关系？她的事我怎么会不知道？！”

据沙暴介绍，他和秦薇是多年好友兼制作人，秦薇大多数唱片都是他制作的。好朋友也是好毒友，两个人经常在一起嗑药。公司为自己找了一个替身这件事秦薇也没瞒着沙暴。去年娱乐圈扫毒，沙暴被捕，秦薇仓皇出逃。沙暴被捕后嘴很紧，否认秦薇与其一同吸毒，后被判强制戒毒两年。

秦薇八月份回国，她专门来探视过沙暴，说自己前一段时间在美国戒毒，写了一些歌，过段时间拿来给沙暴看看。她还说准备找找关系，把沙暴弄出去。

“后来她就没有消息了。秦薇这个人大大咧咧的，又健忘，所以我也没在意，以为她又出国了。然后就是上周我在图书馆看杂志，翻到那本杂志里夹了这张认尸启事。越看越觉得死者的体形特征很像秦薇，就怀疑秦薇是不是死了。”

“死者哪些特征引起你的怀疑？”

“首先当然是吸毒，秦薇吸白粉的。一般白粉注射在手臂上，打在这里叫开天窗，你懂的？”沙暴指着自己的腹股沟。

老崔知道某些瘾君子管在颈动脉、股静脉注射毒品叫“开天窗”。毒品直接顺着血液进入脑子，这种注射方式据说非常容易兴奋，一般是毒瘾非常深的瘾君子才会这样做。这种注射方式非常危险，心脏负担很大，容易当场猝死。

“秦薇一开始也是在手臂上注射，后来发现手臂上注射针眼儿很难愈合，看上去很难看，触目惊心。她是明星，经常要演出、要见人，还有那么多广告，当然不能让外人看出自己吸毒，于是就改在腹股沟注射，主要这里隐蔽。”

这和老崔当初的猜测一致，死者可能是公众人物需要隐藏针眼儿。

“关键是那个脚。秦薇的脚因为穿高跟鞋变形了，大拇指那儿突起一大块，很不好看。死者也是那个样子。吸毒的开天窗很常见，有那种脚的我想不会很多，两个凑在一块，再加上年龄身高都差不多，我想死的是秦薇，可能性很大。”

经沙暴这么一说，秦薇身上的特征确实和8·12死者吻合度极高。秦薇的身份也符合老崔对死者系娱乐业从业人员的设定。

“谁会杀秦薇？秦薇有仇人吗？”老崔没有直接告诉沙暴秦薇的死因。

“秦薇在圈子里口碑挺好的啊，我很少听人家说她坏话。她身上那么多伤口，这得跟她有多大仇啊？”沙暴告诉老崔秦薇实际上挺宅的，一般不大和外人来往，“我印象中她没仇人。不过她这个地位，招人嫉恨应该是难免的。也许哪次演出邀请没有去，就得罪人了。现在这个社会，神经病太多了。走在大街上搞不好都会被人砍一刀。你说是不是，崔警官。”

“划破她的脸就是不想她被认出来，动手的应该是熟人。”老崔引导沙暴。

“可是谁会杀她呢？她死了对谁有好处？她活着大家都可以赚她的钱啊。我也赚她的钱。嗯，除了那个替身。也许她想把秦薇杀了自己取代她？对，很有可能。秦薇戒毒成功回国，替身就要下岗。她担心失业，就把秦薇杀掉。崔警官，我的推理有道理吗？”

“有点道理。不过秦薇死前应该和一个男人在一起，秦薇有男朋友吗？”

“据我所知秦薇现在应该没男朋友。哦，现在的情况我就不知道了，阴间的事我可不敢说。嘻嘻。”

“秦薇怎么没男友？不是说她私生活很混乱吗？”秦薇私生活混乱是老崔从网上看来的八卦。

“唱摇滚，嗑药是必需的。性生活比较混乱，这也是难免的。崔警官，你懂的。”沙暴语气轻佻，“要说男朋友，我就是秦薇的男朋友，不过是前男友。秦薇现在不需要我了，她更喜欢那个。”

老崔跟沙暴直说8·12死者身上的伤口都不是致命伤，尸检发现死者血液内海洛因达到致死量。

“哦——那就正常了。她刚戒毒回来，很久没吸了，突然来一针，又是开天窗，一口气没上来就挂了。”

老崔又问了沙暴一些秦薇体征和喜好以及交往等情况，准备起身。如果死者确系秦薇的话，案件算是有了重大进展。老崔心情大好，感觉比喝美沙酮轻松多了，急着回去落实。

“崔警官，我这算不算立功了？”沙暴也急。

“如果我们确认死者是秦薇，算立功。”

“那你赶快去核实一下。我求你了，崔警官，帮我赶快离开这个破地方。再待下去我要疯掉了！”

“秦薇死了，你好像一点儿都不难过？”

沙暴反问老崔：“有什么好难过的？既然好这一口，就知道迟早会有这一天。有钱的，活得久一点；没钱的，死得快一点。像我这样一边吸一边戒，也许能活一辈子。”沙暴嘴角又挂上那一抹玩世不恭的诮笑。

老崔无语。

“当当当当，当当当当——”

“这是什么曲子？”

“《命运》——贝多芬第五交响乐。溜冰的时候听，你会想杀人。”

2.装聋作哑

老崔和小武被拦在片场外，工作人员说秦薇正在里面拍片，要等一会儿。

“那我们进去看看。”小武说。

“不行，不行，里面正在拍限制级内容，导演说一个人都不准进。”工作人员很尽责。

小武还想往里闯，老崔说："算了，已经等这么久了，不在乎再等一会儿。"

这一会儿就是一个多小时。今年冬天虽然不冷，但毕竟今天零下三摄氏度，老崔穿着一件厚棉夹克，小武身上是薄款羽绒衣，体感还是比较冷的。

终于片场的门打开了，有工作人员出来。老崔和小武进去。

片场里面大概有一千平方米，有一个角落被布置成卧室模样，两台摄影机对着一张大床，床上的白床单很凌乱。床边还放了两台电暖器，一个女人正坐在床上整理衣服，一个胖胖的助理模样的女人拿着保温杯和衣物在旁边伺候。

小武猜之前大概是在拍床戏，怪不得要清场。他用胳膊肘捅了老崔一下，又指指那个女演员。

老崔明白，小武的意思是"那个女演员就是'秦薇'"。

来之前，老崔看过小武从网上搜罗来的秦薇资料。网上的照片要么是秦薇的舞台照，要么是她出席某个活动的娱乐新闻照，大多数照片中的秦薇都是浓妆，酷酷的模样。有些照片中的秦薇显得很瘦、很憔悴，符合老崔心中"疑似瘾君子"的判断。

眼前这个秦薇比网上的秦薇似乎要胖一些，上身穿着一件宽松的白衬衣，下半身光着两条大腿。她脸上应该是有化妆，但是看不大出来。大眼睛、高鼻梁，还有一张大嘴。嘴虽然大，但吃饭的模样还挺斯文，咀嚼的时候会掩着嘴。也许是演戏，但整个人看上去很漂亮，很有活力，甚至可以用阳光来形容。她一点儿不像瘾君子。

老崔心里想，这就对了。

秦薇穿好衣服从床上坐起来，助理又为她披上一件长羽绒衣。她接过保温杯喝了几口水又走到摄影机后与一个相貌英俊的年轻男人以及一位中年男人沟通。老崔猜也许是男主角和导演。

等秦薇和导演看完回放，走到一边休息的时候，小武走过去对她说："秦小姐，你有空吗？"

紧跟秦薇的女助理很警惕："对不起，薇姐现在不接受采访。"

小武掏出警官证在她面前晃了一下，女助理不敢再拦，扭头看秦薇。

秦薇板着脸："你有什么事？"

小武把警官证收起来，说："你看这边人多，我们是不是到外面换个地方聊一聊？"

"你没看见我还在拍戏？"秦薇的表情很为难。

小武坚持道："我们就一个问题，很快。"

秦薇只好点头："那快一点儿，这么多人等着呢。"

老崔和小武带着秦薇来到片场外面停着的吉普车边，敲了敲车窗。

车窗摇下来，里面坐着沙暴和戒毒所的管教。

小武问秦薇："你认得他吗？"

沙暴主动打招呼："嗨，你好。"

艾豆觉得面前这个平头男人挺面熟，好像在什么地方见过，但是又想不起来。她迟疑道："我们认识吗？"

老崔问沙暴："你认识她吗？"

沙暴点头："很像。"

老崔皱眉头："点头什么意思？她是秦薇吗？"

沙暴得意地笑："当当当当——崔警官，我立功了。"

来之前，沙暴本人也无法确认今天见到的秦薇是秦薇本人还是替身。老崔也是提心吊胆，生怕又是一个假情报，空欢喜一场。

沙暴此言一出，老崔心中大石头落地，整个人顿时轻松起来。小武更是兴奋，挥拳一舞，"嘿！"

几个人顾自对答，一旁的艾豆脸上已然失色。

小武转向她："他是秦薇的前男友沙暴，你不认识他？"

艾豆心想怪不得这么面熟，原来是沙暴。沙暴原先是一头艺术家及肩长卷发，现在被强制戒毒所理成平头。艾豆原来也只是在照片上见过沙暴，造型变化这么大，一下子认不出来情有可原。

"唉，你什么时候头发理得这么短，我一下没——"艾豆打住，这时候再往下演好像没什么意义了。

小武说："秦小姐，我们在调查一起案件。今天要麻烦你跟我们走一趟，因为案件牵涉到你。"

这下艾豆紧张了："牵涉到我？什么案件？我怎么不知道？"

小武吓艾豆："秦小姐，这可是一件命案。"

艾豆"啊"了一声，脸唰地一下变白，双手拉紧了羽绒衣。

小武正色道："小姐，我跟你再次确认一下，你是秦薇本人吗？"

艾豆低下头，不吭声。

小武得意了，催促道："唉，你怎么不说话？"

艾豆抬起头，嗫嚅道："我要打个电话？"

小武不知道该不该让这个"秦薇"打电话，他看老崔。

老崔抬抬手："没事，你打吧。"

秦薇掏出手机，看老崔和小武没有离开的意思，只好当着两人的面拨电话。电话接通后，她稍转身，对电话里的人说：“花姐，我在片场。这里有两个警察，他们要找薇姐。”

虽然艾豆承认她是替身，但是她对秦薇的去向一无所知。言称她只是一个替身演员，一切听老板安排。

老崔和小武从艾豆这里得到的信息是她去年8月7日乘飞机去西藏旅行，8月15日才回京，8月22日《白骨精》网络版开机。8·12女尸案发生期间她有不在场的证据。

艾豆口中的老板是美虎传媒的艺人总监王金花。她对来访的老崔和小武说她也和秦薇失去联系好几个月了，她一直找不到秦薇。如果警方能帮忙找回她，那就太感谢了，公司还有好多工作在等着秦薇呢。

来之前，老崔和小武已经调查过王金花以及她所在的美虎公司背景。秦薇是目前美虎旗下最大牌的明星，利益相关，秦薇有个三长两短，公司和王金花的损失无疑是巨大的。作为秦薇的经纪人，王金花如此淡定反而让人觉得不正常。

“她玩消失不是第一次了。”王金花对两个刑警解释说秦薇脾气很古怪，经常无缘无故失踪，过一段时间又会冒出来。王金花已经习惯她的处事风格。

“你就不担心她出意外？”

“出什么意外？”王金花瞪大眼睛。

“比如说，吸毒过量，死了。”

“吸毒？你开什么玩笑，秦薇怎么会吸毒？”

“难道你不知道秦薇吸毒吗？”

“没有。”王金花一口否认。

“她的很多朋友，包括她的男朋友沙暴，都证明秦薇一直在吸毒。”

“开玩笑，我怎么不知道。沙暴怎么回事？是不是脑子坏了，自己吸毒还诬陷别人。他说他是秦薇的男朋友？幻想的吧？！”

老崔讥笑道：“你这经纪人做得不错呀。”

“我只是她的经纪人，又不是她妈。”王金花一摊手，“我只负责为她联系工作、谈合同，她的私生活我从不干涉，也无权干涉。像秦薇这个级别的大明星，围在她身边的人很杂，不排除其中有吸毒的人。”

“你承认她身边有人吸毒？”

“警察同志，你不要曲解我的意思。我的原话是不排除她身边有人吸毒。

至于我，虽然是她的经纪人，但是我从来没有当面见过她吸毒，我也是第一次听到你说她吸毒。”王金花毕竟是见多识广的老江湖，并不怵。

老崔认为王金花的话不可信。一个海洛因瘾君子的日常举止和正常人是迥异的，很好辨认。王金花是秦薇多年唯一的经纪人，朝夕相处，不可能不知道她吸不吸毒。何况秦薇吸毒已经名声在外，在公安局缉毒处内部也是有关注的，只是由于各种因素，没有采取行动而已。去年四月娱乐圈扫毒，其实有把秦薇列入目标，据说有人在幕后做了工作，秦薇的名字最终被消掉了。王金花是秦薇经纪人，当然要维护秦薇的形象。不到万不得已，王金花肯定是不会承认秦薇涉毒的。

“我们怀疑照片上的死者是秦薇，现在想请你辨认一下。”

老崔懒得再和王金花绕圈子，让小武出示 8·12 女尸案的死者照片，请王金花辨认。

王金花拒绝：“不用看，秦薇不会出事。”

“你还是看看吧，沙暴认为照片上这个人就是秦薇。”

“沙暴怎么回事？”王金花一脸厌恶的表情。看老崔坚持，她只好接过照片。第一张照片就是那张被刀子划得稀巴烂的面部特写。“这怎么认得出来？太恶心了。”

“那你对她的身体特征应该有所了解吧？”小武把女尸的身体各部位照片一一递给王金花。

王金花随便翻了翻，就说：“我看还是不必了，我胆小。”

“我认为照片还算好看的，不然还得请你去殡仪馆认尸。”小武想起那具经过多次尸检又被刑事科学技术系师弟、师妹们里里外外折腾过的女尸，不管王金花怕不怕，反正他是不想再看了。

听小武这么说，王金花只好皱着眉头继续看那些尸体照片。

老崔在一边注意王金花看照片时的表情。当翻到足部拇外翻特写照片时，老崔捕捉到王金花的面部肌肉轻微一颤，随即问：“秦薇的脚是不是也有这种畸形？”

“这个，秦薇的脚因为穿高跟鞋是有点变形，但是没有那么严重。”王金花的语气没有前面那么肯定了。

“你再仔细看看，”老崔又把前面看过的照片摊开，“手、脖子、胸部，是不是秦薇的？”

王金花瞧向老崔，为难地说：“这些太难看了，我认为，不是秦薇的。”

“嗯，尸体往往会有点失真。”老崔没有继续为难王金花，他换了问题，道：

“秦薇除了丽晶华府的住所还有没有其他住所？”

“在北京她好像只有丽晶华府一处房产，外地我不清楚，一般都是住酒店吧。警察同志，你们该不会要搜查秦薇家吧？”

老崔整理好照片对王金花说：“我们怀疑这具女尸可能是秦薇，既然你认不出来，秦薇又失踪这么久，接下来我们肯定要搜查秦薇的住所。”

“啊！有这么严重。阿薇她，怎么可能就这么走了？我不相信！”

王金花再次向老崔和小武解释秦薇经常玩失踪耽误事，后来她主动提出让公司帮自己找个替身，自己不方便或无心工作的时候替身可以出场暂时顶一下。于是乎公司才想办法为秦薇找到艾豆这个替身。这一次秦薇失踪她也没在意，据说是要在国外修整一段时间。无论如何，王金花不相信秦薇死了。

老崔认为王金花说谎了。那个替身艾豆和秦薇长得那么像，应该不是随随便便就找得到的。秦薇失踪那么久，身边人都装聋作哑，这点很不正常。老崔猜想也许王金花对秦薇出事早有心理准备，才会找那么一个替身来代替秦薇。现在秦薇死了，王金花却把找替身一事推给秦薇。

如果8·12死者真是秦薇本人的话，王金花不见得脱得了干系，搞不好参与抛尸的人中就有她。不过现在还不急于揭穿王金花，目前首要任务是确认8·12死者是否就是秦薇。如果死者不是秦薇，也不能对王金花怎么样。

“你的心情我理解。我们警方不会草率下结论的，一切以法律认可的事实为依据。接下来我们会搜查秦薇的住所，寻找物证。你知道她家里还有别的人住吗？”

以往公安机关发现尸体往往通过联系直系亲属辨认，现在可以通过DNA比对来鉴定身份。老崔查过秦薇的母亲已经死亡，父亲未知，没有其他直系亲属，只能通过寻找收集秦薇遗留的生物质来和8·12女尸案的死者做DNA比对，看是否为同一个人。

王金花告诉老崔和小武，秦薇原来和母亲同住，家里有一个住家保姆，去年年中据说辞职不干了。秦薇的私人助理林梦梦也经常住在秦薇家。替身艾豆去年在秦薇家住过一段时间。林梦梦似乎和秦薇一起失踪了。这也是王金花判断秦薇没事的理由，林梦梦很能干，有林梦梦陪伴秦薇不会有事。

秦薇的助理也失踪了？这是一个新情况。

3. 搜查秦宅

8·12女尸案突然有了重大进展，由于涉及一个家喻户晓的歌星，队内立马重视起来。就在申请秦薇家的搜查证时，中队长夏彦接到领导指示要求专案组执行案情保密纪律，因为案子涉及名人，先别声张，随时报告进展。夏彦心里有数，案子已经拖了不少时间，此时新出现的线索还不一定确认死者系秦薇。如果死者确系秦薇，万一破不了案局里的压力会很大。

夏彦口中答应，实际不以为意。死者确定，这个案子就容易办了。一般这种抛尸案十有八九是身边人干的。他和老崔意见一致，先确认死者身份再说。

在假秦薇——艾豆和王金花的带领下，一帮便衣警察进入丽晶华府。王金花对带队的中队长夏彦表示谢意，因为刑警们没有穿警服。

保安看见艾豆主动打招呼："秦小姐，你好，好久不见。"

艾豆自然回礼："你好。"

艾豆已于去年九月搬离秦薇家，秦薇家的门禁卡她已经交还给王金花。所以进电梯、开门操作都是王金花。

王金花在大门密码锁上输密码的时候，艾豆看到她按的好像还是原来那几个数字，没变。

王金花按好数字按键，"咔嗒"一声，王金花顺手一推，一扇厚重的大门很轻盈地打开了。

夏彦问王金花："你有秦薇家的门禁卡和密码？"

王金花点头："有。这里我经常来，秦薇给我办了一张门禁卡，密码我也知道。"

"除了你还有谁有门禁卡？"

"这个我不太清楚，秦薇办了几张门禁卡我不知道。平常能进出秦薇家的大概有四五个人吧。我、保姆、司机、助理、秦薇本人，哦，还有艾小姐，她也住过一段时间。"

夏彦转向艾豆。

艾豆赶紧说："我早就不住这里了，薇姐家的出入卡我交给花姐了。"

秦薇家和艾豆离开时差别不大，只是多了一层灰尘。

技术人员们换上工作服，夏彦、老崔、小武、艾豆、王金花也都戴上发套，穿上鞋套。

检查过所有房间后，技术们开始分头工作。今天主要的工作就是收集秦薇身体遗落的可用作DNA检验的生物质，比如头发、皮屑、血液等。

艾豆在秦薇家住过一段时间，她给技术刑警指出秦薇的房间以及私人用品。

技术们在秦薇家的主卧和卫生间内找到毛发，同时把牙刷、电动剃毛器、指甲刀、口红等物件都装袋带走。

指纹也是这次采集的目标，技术们顺便把王金花和艾豆的指纹也采集了。

秦薇的鞋也是技术们感兴趣的，因为鞋内往往会留下皮肤分泌物、碎屑或者磨破脚渗出的血液。

所以一个技术员问艾豆："你懂得这些鞋里哪几双比较磨脚吗？"

秦薇的鞋艾豆大都试过，哪双好穿、哪双不好穿她心里还是有数的。讨厌的是，艾豆试鞋时几乎都是光着脚的，万一警察在鞋里找到她的DNA不知道会不会有麻烦。

艾豆说："你们挑跟高的，越高越不舒服。"

老崔在一边问："这些鞋你穿过吗？"

"我穿过一些，因为我是薇姐的替身，有时要出席一些活动，会借薇姐的鞋穿。"

"秦薇的鞋你合脚吗？"

"还可以，我们都穿38码的鞋。不过薇姐的脚要宽一点儿。"

"你们比过？"

"没有，因为我穿薇姐的鞋觉得有点松，所以我想薇姐的脚大概会宽一点儿。"

"抱歉，你能脱掉鞋子和袜子让我看看你的脚吗？"

艾豆不知道这个老警察想干什么，不过她还是乖乖地脱掉鞋袜。小武看艾豆的脚纤细白净，保养得很好，没有拇外翻。

"麻烦你再穿下秦薇的鞋。"老崔给艾豆挑了一双黑色高跟鞋，这双鞋大概使用较为频繁，在秦薇的鞋中看起来相对旧一点儿。

艾豆穿上这双鞋，老崔蹲下身检查松紧，确实艾豆穿这双鞋松得比较厉害，鞋头有一指以上的松动空间。

"这鞋这么松，你穿得住吗？你知道秦薇有高跟脚吗？就是大拇指这里凸出来。"老崔问艾豆，眼角故意扫向王金花。

王金花知道老崔怀疑艾豆穿秦薇鞋松是因为秦薇脚有畸形的拇外翻，之前她否认过，如果今天艾豆说她知道秦薇有拇外翻，自己就比较被动了。

好在艾豆回答说：“穿高跟鞋脚比较难受，特别是这种跟特别高的鞋，平常买鞋的时候会买大半码甚至一码的鞋子，脚会舒服一点儿。”

在秦薇的主卧和卫生间内有重大发现：

在主卧卫生间的洗手台台面上发现一个小塑料袋，小塑料袋中残余些许白色粉末状物体，疑似4号海洛因。还有一个已拆封针筒的塑料包装套。在抽屉内发现两支未拆封的注射针筒。在主卧床头柜上发现一支使用过的注射针筒。

另外，床尾长椅上搭着一件T恤、一件胸罩和一条牛仔裤，床边地上有一条内裤。有点奇怪的是床上只有床垫，没有床单。桌上摊放着各种物品，如果不是已经沾满灰尘，乍看就像主人还在屋子里一样。

老崔问王金花和艾豆主卧内场景是否见过？

王金花说一般只有秦薇在家时她才进来，去年八月初她来过一次，之后至今再没来过。

艾豆说她住在这儿的时候，主卧的门是锁着的。她开不了，也不会去开。（主卧的门是警方用万能钥匙打开的。）

4. 重大嫌疑

技术组从秦薇家提取到多项生物质经过DNA鉴定，都证明其与8·12女尸案的死者系同一个人。

死者居然是天后，8·12女尸案立即上升为大案。

案子获得重大突破，中队长夏彦并不是很高兴，因为上级指示案子转由分局重案组接手负责。夏彦心里不忿，这摆明是来摘桃子的嘛。一般这种抛尸案只要死者身份得到确认就比较容易破了。重案组插一脚，功劳就得分一大块。不过既然领导下命令了，不服从是不行的。

8·12专案组成员老崔和小武继续协助重案组进行后续侦破工作。

老崔认为这案子由重案组接管还是有点道理的，一是由于死者的身份；二是涉及秦薇的毒品来源，这可能是涉及娱乐圈贩毒的一条重大线索，深挖的话也许又是一个贩毒大案，缉毒处也要介入。

分局重案组的头儿是霍遵。霍遵和老崔的工作时间差不多，曾经一起培训过，算是老相识了。他对老崔的情况应该了解，两人见面，握握手，一切尽在不言中。

老崔觉得这个案子现在开始有点意思了。

案子到这个时候，不管死的是谁，有名无名，无论是他杀、自杀还是意外，刑侦要做的第一件事就是确定：死者的最后时光和谁在一起？

专案组把和秦薇走得近的人员分为四类：

1. 身边人，包括保姆、助理、司机，各有一人。

保姆在去年六月秦薇出国后另寻工作。调查离职原因系知道秦薇吸毒怕惹麻烦辞职，辞职后所有出入卡和钥匙都已交还，再未回过秦家。

秦薇的私人司机和助理去年八月秦薇出事后一同消失。

2. 经纪人王金花和美虎公司专门为秦薇配的服务团队，包括替身艾豆。

王金花本人8月6日去海南三亚一周操办一场模特大赛，有不在北京的证据。

美虎公司秦薇经纪团队的人接受王金花领导，他们只在有事的时候才会和秦薇联系。他们中有人去过秦家，但必须有秦家人陪同才可出入丽晶华府。

记录中去年八月秦薇只有网络剧《白骨精》的拍摄计划，他们最后一次见到真秦薇是在8月7日举办的《白骨精》开机仪式上。八月下旬《白骨精》正式开拍时他们发现主角又换作替身艾豆了。秦薇吸毒以及去美国戒毒在内部早有传闻。秦薇替身一事王金花严令保密，底下人也不敢多问。去年八月至今他们实际服务对象都是艾豆。

艾豆自称去年八月初秦薇回国后搬离秦家。她去年8月7日起去西藏旅行，8月15日才回京。

3. 秦薇的朋友以及工作伙伴。

秦薇是单亲家庭，唯一的亲人母亲已经去世。据王金花介绍秦薇目前没有男友，来往比较多的还是音乐圈中的朋友。不排除有某些朋友可以出入秦家。比如化妆师米老师，但米老师没有出入门禁卡，也不知道房门密码。

4. 毒贩、毒友或其他。

目前还不能确定丽晶华府秦宅就是第一案发现场，秦薇也许死在某个毒友家或者某一个毒贩处。

根据尸检结果分析，8•12女尸案的死者秦薇的死亡时间是在8月7日晚间至8月8日凌晨。

由于死者阴道内有残留的精液，因此这个男人是最大的嫌疑人。

秦薇的司机和助理被列为重要嫌疑犯。由于他们是秦薇日常最接近的人，他们可以出入秦家，现在这两人“同时”消失，很蹊跷。

8•12女尸案死者证实为秦薇之后，王金花不再否认秦薇吸毒。她告诉专案组秦薇是去美国戒毒，原计划半年时间，实际四个月时间不到。秦薇是8月1日回国的，自称已经戒毒成功。王金花看她状态不错，能吃能喝，与出国前的状态大相径庭。回国前几天秦薇都在见朋友，包括去探视沙暴。那段时间艾豆和她接触的时间也不少。由于自己担任中国模特大赛的评委，8月6日至13日她都在三亚录制节目，有不在京的证据。

艾豆这边的回忆是，秦薇回国后，她把《白骨精》的前期准备工作和秦薇做了交接。秦薇回国后，艾豆搬回自己在苹果园的宿舍。她8月7日从北京飞往拉萨，8月15日回京。

由于8月7日当天秦薇参加网络剧《白骨精》的网上开机仪式，美虎公司有她的活动记录，所以专案组决定先从这里着手。

8月7日早上，王金花的下属小易给秦薇的助理林梦梦打电话确认下午一点半到场。考虑到秦薇经常有迟到的习惯，小易把仪式开始的时间提前了半小时。果然下午近三点钟，秦薇才到。小易发现这个秦薇是真秦薇，而不是替身艾豆。开机仪式举行了一个小时结束。之后小易接到通知，原定8月15日的开机时间延后，然后开机时间改为8月22日，出场的女主角又变回艾豆。

8月7日当天出席《白骨精》开机仪式的有剧组人员、网站和美虎公司人员以及各家媒体记者。小易对当天记忆比较深刻，因为这个秦薇是真的，两人有几个月没见面了，所以秦薇看到他也很亲切。活动结束后，他一直把秦薇送上车才离开。他记得很清楚，秦薇是和助理林梦梦两个人一起走的，除了司机外，没有别人。

那么下午四点仪式结束之后到第二天凌晨这段时间秦薇去哪里了？和谁在一起？

由于秦薇的贴身助理林梦梦和司机秦师傅暂时联系不上，专案组找秦薇住所丽晶华府物业调查。由于物业的监控记录存储时间有限，时间过去太久，物业方面没有人记得当天下午或者晚上秦薇是否回家。

调查秦薇及其助理、司机通讯记录的一路刑警拿到当天三人的手机通话记录。根据记录，秦薇当天和多人有通话，包括有林梦梦、秦师傅、王金花和艾豆。

其中和林梦梦的通话一共有四通。最晚的两通一通是8月7日晚上12点09分秦薇打给林梦梦，通话时间2分53秒；另一通是十五分钟后，林梦梦又打给秦薇，这次通话时间只有53秒。之后秦薇的手机就没再打进、打出过电话。

如果这两通电话都是秦薇本人拨打和接听的话，那么至少在12点20分之前秦薇还“正常”地活着。

由于秦薇的尸身上没有发现强暴的迹象，所以和秦薇发生性关系的男人应该是她的熟人。

但是王金花说秦薇那时没有男朋友。

和秦薇在一起的男人是谁？

小武印象中，去年有一段时间师弟裸奔破跨栏世界纪录的视频在网上很火，这个师弟传说是秦薇的男朋友。上网把师弟的信息找出来，小武发现他跟秦薇的关系不一般，不仅是传说中的男友，而且去年还和秦薇合演微电影《白骨精》。不过大电影版《白骨精》里，师弟的主角位置被一位影坛一哥顶替了，他出演一个配角。

现在知道《白骨精》开拍时真秦薇已经死了，女主角实际上是替身艾豆。

根据媒体信息分析，师弟很可能是艾豆的男友，而艾豆是掩盖秦薇死亡的最直接受益人。

8月7日晚上和秦薇在一起的人会不会是师弟呢？

由于8月7日当天下午师弟也出席了微电影《白骨精》的网上开机仪式，领导没有忽视小武的猜测。

立即传唤师弟。

“去年8月7日那天你在哪里？”

“8月7日？”

“帮你回忆一下，那天是《白骨精》的网络开机仪式，仪式结束后你去哪里了？”

师弟想了想说：“当天下午和剧组的人在一起，晚上剧组聚餐。”

“秦薇去了吗？”

“哪一个秦薇？”

“真秦薇，不是现在的艾豆。”

“去了。”

“艾豆呢？”

“艾豆当然不能去。当时剧组里除了我和导演外，大概没有人知道艾豆是薇姐的替身。”师弟回忆说聚餐的时候秦薇来了，吃完饭他们换到KTV唱歌，秦薇坐了一会儿，“后来她大概不屑与我们这些破嗓子一起唱歌，先走了。”

“她走的时候大概是几点？”

“吃完饭去唱歌，大概是十点左右吧，具体时间记不清了。”

“她一个人回家的吗？”

“不是，她和林梦梦一起来，一起走的。”

“你呢？”

“我？”师弟稍稍迟疑了一下，“我送她们回家，因为吃饭和唱歌时喝了不少酒。”

“你们怎么回家的？坐谁的车？”

“我们坐的是秦薇的私家车，司机开的。那天晚上司机开的好像是G55吧。”

“还有别人吗？”

“没有了。”

“你、秦薇、秦薇的助理和司机，就你们四个人一起走的？”

“是的。”

“是回丽晶华府吗？”

“是的。”

“你以前去过丽晶华府吗？”

“没有。”

“艾豆住在那儿的时候你没去过吗？”

“没有。”

“你不是她的男朋友吗？”

“那是宣传需要，我们只是同事。”

“你们四个人一起回丽晶华府，都上楼了？”

“我和林梦梦、秦薇一起上楼，秦师傅好像没上楼？”

“你确定秦师傅没上楼吗？”

“好像，应该是没有上楼。”

“你在秦薇家待到几点？”

“我在秦薇家坐了没多久就走了。”

“具体时间？”

“这个记不清了，大概十点、十一点差不多。”

“在此期间，你们做过什么没有？”

“没做什么，就是聊天——”

“你们是不是发生性关系了？”

“没有。”师弟低下头。

“你想清楚再回答，你是不是和秦薇发生性关系了？”

“我，记不清了。那天晚上喝了很多酒。”

“你再想清楚一点，我们在死者的阴道里发现了精液。”

“我——”

事已至此，师弟承认 8 月 7 日晚上回到秦薇家后，他们借着酒精，发生了性关系。发生性关系之后，他没有在秦薇家过夜，十二点之前就自行离开了。

“你走的时候，秦薇什么样？”

“什么样？挺好的。我们聊了一会儿天，看时间晚了，我就回家了。”

“看时间？你刚才说你记不得时间了？”

“我，我这只是一种说法，看天晚了。”师弟回答得有点狼狈。

“8 月 7 日那天晚上你和秦薇是不是吸毒了？”

“没有，绝对没有！”师弟赌咒发誓，“我是运动员，绝对不会碰那些东西。你们如果不相信，可以给我做尿检。”

“秦薇体内发现有多种毒品，证明她死前肯定接触过毒品。她死的时候，就是你和她在一起的时候，你有什么要解释的吗？”

师弟怕了：“这个，警官，我是真不知道。我走的时候，她还好好的。哦——”师弟突然捞到一根救命稻草，“警官，我走的时候，是她亲自送我出门，给我开的电梯门的。她住的那个地方进电梯必须要用卡的，没有卡根本进不去。你们可以查一下。也可以查监控啊，我真的什么都没干。”

丽晶华府的电梯和楼宇出入大门都是用智能卡控制的，只有住户才可以使用。使用智能卡乘电梯，每个住户只能到自己住的楼层。这一点专案组已经了解。

“你说你走的时候，秦薇还清醒？”

“清醒。”

“你确定她清醒吗？”

“她很清醒，是她送我出门，帮我刷卡开电梯的。”

“她就没有什么异常的举动？”

“我没有发现。”

“你离开秦薇家是几点？”

“大概十一点多吧。警官，我真的不确定，喝了很多酒，记不清了。”

“离开之后，你还回去过吗？”

“没有，下楼后，我就打车回家了，没有回去。”

“这之后你还见过秦薇吗？”

“没有。”

“打过电话吗？”

“没有。”

“没有？你们关系那么密切，秦薇失踪了，你不觉得奇怪吗？”

“我没有她的电话。”

师弟表示他和真秦薇见面的次数屈指可数，第一次见面还是艾豆引见的。《白骨精》筹备之初见面的都是“假秦薇”艾豆，他以为女主角就是艾豆。突然开拍前真秦薇出现，艾豆说她只是替身。天后现真身，自己难免会巴结一点儿。第二次见面就是 8 月 7 日的开机仪式。晚上大家聚会，酒喝多了，乱性。后来，“因为我记得当时《白骨精》就要开拍了，公司突然通知延期。后来正式开拍时，是艾豆来的，我不知道为什么又换人？”

“公司什么时候通知你们剧组延期的？”

“7 号之后几天吧，反正是 15 号之前，因为原定 15 日正式开机。”

“当初告诉你们什么理由延期？”

“好像说是秦薇身体不舒服。”

“谁告诉你说秦薇身体不舒服？”

“我问的是花姐，王金花。”

“你问过艾豆为什么秦薇又不演了吗？”

“我问过艾豆，她说这是公司的安排，叫我不要多问。我就没有多问。”

“你刚才说，当天晚上秦薇的助理林梦梦和你们一起回家，是吧？”

“是的，我记得我们一起上的车，一起回家。”

“林梦梦和你们一起进入秦薇家了吗？还是到丽晶华府楼下就自己走了？”

“我印象中林梦梦应该是和我们一起上楼的。”

“回家之后呢？你和秦薇在一起的时候，林梦梦在哪里？”

“……”

林梦梦是一直待在秦薇家中还是先走了，师弟想不起来了？

“……”

“老崔，你有什么要问的吗？”负责问话的杜警官把头扭向老崔。

老崔把烟头在烟缸里揿灭，眯着眼问师弟：“那天晚上你们做了几次？”

“做什么？”

“做爱。”

“这个，一次？两次？”

“到底一次还是两次？”

“记不清了。这有什么关系吗？”

“我问你几次你回答几次就行。别夸张，这里多说没好处。”

“一次。”

“就一次？”

"就一次。"

"做了多久？"

"警官，你这种问题是不是侵权了。我又不是罪犯。"

"是不是罪犯现在谁说了都不算，要等调查结果出来。秦薇死的那天晚上，你和她在一起，现在怀疑你与她的死有关。你最好配合一点。"

"正常吧。"

"正常是多久？几分钟？十几分钟？"

"应该有半小时吧。"

"她满足吗？"

"应该还行吧。"

老崔询问两个人之间性爱问题不是他有恶情趣，原因在于秦薇是一个海洛因瘾君子。王金花说秦薇没有男朋友老崔信。海洛因上瘾的人一般性欲很差，长时间不做爱也无妨，身边不必要放个男人。除非是卖淫的。秦薇出国戒毒三四个月是否能重新唤醒她的性欲尚不清楚。老崔自身的感觉——悬。而在"溜冰"群体中，又有以冰助性的说法。秦薇尸检发现血液内含有苯丙胺（冰毒）成分，但摄入剂量不足以致命。致命的是她注射的海洛因。

吸食冰毒与海洛因之后反应不同。吸食海洛因之后人很放松，更愿意一个人耽于幻想。外人看起来这个人迷迷糊糊的，一个人傻乐。而吸食冰毒的人会比较兴奋、冲动、有攻击性，外人看起来很不安分，上蹿下跳的。

秦薇戒毒时间这么短就中断回国，回到熟悉的圈子和生活中来，以老崔的经验看，她百分百会复吸的。如果秦薇 7 日晚上注射了海洛因，她大概是不会和师弟这个相对陌生的人做爱的，甚至她也不会去参加剧组的聚会。她应该一个人在家沉迷于毒品制造的梦境中。因此师弟没有说谎的话，秦薇参加剧组聚会——回家——与师弟做爱之前，应该是没有吸食海洛因或者吸食的海洛因剂量很小不足以致命。真正让她致命的剂量是在做爱之后或者师弟离开之后才注射的。而一旦注射可能导致猝死的超量海洛因之后，人是不可能清醒地站起来为别人刷卡开电梯门的。

因此，老崔认为在师弟走了以后，秦薇才自己或者被别人注射海洛因导致猝死，然后再有人毁其容、抛其尸。

"师弟有可能说谎。有可能是秦薇先吸毒，师弟再和她发生性关系，发生完性关系才发现秦薇死了，或者他看秦薇睡着了或者昏迷趁机强奸秦薇。"有人不同意老崔的看法。

"你是说这是奸尸啊？"

“这种解释说得通啊，师弟和秦薇发生性关系之后发现秦薇死了，害怕担责，就起歹念抛尸。”

“这没必要吧。秦薇是自己吸毒死的，师弟正常报警又不需要担责，没必要铤而走险。”

“他也许担心自己的演艺事业受影响，也许那天晚上酒喝多了，也可能他也吸毒了，行为失控。”

“你这种说法无法解释十二点过后秦薇打电话给司机和助理，能打电话说明秦薇那时人还是清醒的。师弟如果有什么不轨行为秦薇肯定会告诉助理。当然除非师弟说谎，他并非十二点之前离开秦薇家的。”

通过对秦薇手机通话记录的调查，秦薇在8月7日晚上12点07分和12点09分分别打电话给秦师傅和林梦梦，秦师傅的电话没打通，林梦梦的电话打通了。不知道两个人在电话中谈了些什么。

根据秦薇家发现的海洛因残余以及注射针筒，专案组推测秦薇家中经常存有毒品，她应该是在自己家中注射毒品的。她没必要在这个时间出外寻找毒品，秦薇离家到毒贩或者毒友家吸毒身亡的可能性很小。

既然秦薇打电话给林梦梦，说明此时林梦梦已经离开秦家。

而此时师弟是否还在秦薇家呢？他有没有说谎？

5. 消失的林梦梦

检验结果证实秦薇阴道内的精液是师弟留下的。师弟还主动要求测谎，测谎结果表明他对专案组叙述的8月7日自己和秦薇接触经过始末基本属实。

那么老崔关于秦薇是在师弟离开丽晶华府之后才注射过量海洛因，导致猝死的分析是比较靠谱的。

尸检结果比较支持秦薇自己注射海洛因猝死，是意外。老崔从最初接触8•12女尸案对这个结论就没有异议。因为瘾君子戒毒后复吸的概率在百分之九十以上，更不要说像秦薇这样短期戒毒回家又没有任何约束的人了。经过一段时间的戒毒，人体对毒品的耐受力下降。这时候复吸，即便是沿用之前的剂量都有可能给身体造成极大伤害。秦薇很可能一下注射过多海洛因或者注射纯度特别高的海洛因引发身体机能衰竭导致猝死。

由于在秦薇家主卧卫生间内发现剩余海洛因及注射用针筒，针筒上的指纹和在秦薇卧室内采集到的其他指纹相同，针头上遗留的生物质与8•12死者一致，因此，基本可以判断秦薇在师弟离开之后并未离家，她是死在自己家的。

由于丽晶华府的管理方式导致可以进出秦薇家的人范围很小，所以熟人作案的可能性极大。

丽晶华府物业方面称秦家前后一共办过六张出入卡。有一张在秦薇家发现。王金花手中有三张，一张是秦薇替她办的，另两张是艾豆搬离秦宅和保姆辞职后交还给她的。剩下两张应该在助理林梦梦和司机秦师傅手中。

案发当时手中有出入卡的人中王金花、艾豆当时都在外地，没有作案时间。而早已经辞职的保姆虽然也曾经持过王金花给她的卡，不过她离开后就还给王金花了，而且经调查她也一直不在北京。初步可以排除她们亲自作案的可能性。

但是这不能排除她们涉案，理论上最想掩盖秦薇死亡消息的是她的经纪人王金花以及美虎公司；其次就是替身艾豆。她们都有作案动机。

王金花的作案动机在于她早已经为秦薇找好替身，说明她对秦薇遭遇不测有心理准备。秦薇猝死之后掩盖封锁秦薇死亡消息，她的主观意愿应该很强烈，因此她乃至美虎公司可能会做出抛尸的决定，找人来执行。

艾豆是掩盖秦薇死亡真相的直接受益者，否则秦薇死讯如果公开，她就失业了。

由于目前失踪的司机秦师傅和助理林梦梦手中都拥有出入卡，所以目前他们涉案的嫌疑最大。艾豆仅仅是秦薇的替身，指使他俩抛尸的可能性较小。而他俩都属于美虎公司员工，美虎公司或者王金花指使他们抛尸掩盖真相的可能性是存在的。

师弟供述他是从王金花处得知秦薇临时决定出国，《白骨精》因此拍摄暂停的消息的。王金花是不是第一时间就得到了秦薇死亡的信息呢？否则无缘无故她为什么要通知《白骨精》剧组拍摄暂停？

王金花对专案组解释说，她通知《白骨精》拍摄暂停是由于秦薇临时出状况退出演出导致的。这个状况并不是她知道秦薇死亡，而是她于8月12日收到秦薇短信，短信上说：我决定还是回美国，一回国我就想吸，再待两天肯定前功尽弃，我决定坐今天的航班去纽约。抱歉，勿念。这则短信在王金花的旧手机内一直保留着没删，她出示给了专案组。

这也有道理。女主角出国了，戏自然拍不了。但是由于各方面都准备妥当，该花的钱都已经花出去了，为了不让投资商赔钱，所以美虎公司最后决定让替身继续。

王金花还说，之前警方调查时，她没有出示短信的原因是那时还不知道秦薇已死亡，她一直以为秦薇在美国戒毒。她对警方说联系不上秦薇是因为她不想让外界知道秦薇吸毒的事实。但是她后来确实联系不上秦薇，她想秦薇这次真心想戒毒，刻意与外界中断联系。再加上自己非常忙，也就没有刻意去找秦薇。没想到真出事了。

而替身给美虎带来的收益很有限，根本没有外界猜测得那么多。因为秦薇收益最大部分在于广告代言、演唱会和走穴收入，这些工作替身艾豆并无能力承担，所以去年全年秦薇的大部分工作都停了。替身主要作用在于展示健康形象，清除外界有关秦薇吸毒的猜测。

至于林梦梦，王金花以为她陪秦薇去美国了，因为秦薇之前去美国戒毒就是林梦梦陪同的。

专案组现在已经知道8月7日晚上林梦梦与秦薇和师弟一同回家。师弟与秦薇交欢期间她离开了秦家。12点09分她和秦薇通过一个电话，然后两人在一刻钟后又通过一个电话。这之后她是回秦家还是去了其他地方，还不得而知。

林梦梦会是秦薇猝死的见证人和抛尸人吗？如果她是抛尸人，她的动机是什么？

专案组获取的信息：林梦梦是福建莆田人，在京工作多年，无房无车。现住在雇主秦薇在音乐学院教工宿舍的私房。

根据王金花的介绍，林梦梦在美虎公司每月有固定3000元的薪水，每年秦薇会给她二三十万的红包。同时作为秦薇的私人助理，秦薇不时会给她各种名牌衣物、箱包等物品。折算下来林梦梦每年收入接近四十万，而且她免费住在秦薇提供的房子内，这也是个不小的福利。

正因为秦薇待林梦梦不薄，所以林梦梦对秦薇照顾得也很尽心尽力。如果秦薇死了，这些收入一下子就全消失了，道理上林梦梦是会尽全力保护秦薇平安的。即便秦薇自作孽不可活，林梦梦也没有抛尸的必要。抛尸对她没有任何的好处。

“会不会由于秦薇吸毒成瘾，实际上经常虐待林梦梦，林梦梦怀恨在心，秦薇猝死之后，她因恨毁尸、抛尸？”专案组有人的想法别出心裁，但很快就被大多数人否定了，“那也太变态了。秦薇身边围了多少人，又不止她一个。秦薇突然失踪肯定会引起经纪人的怀疑。抛尸败露的风险太大，为了出口气把自己折进去？不值得。”

确实，除非林梦梦的脑子也被毒品熏坏了，否则一个智商正常的人这么做简直是匪夷所思。

专案组大多数刑警都认为林梦梦参与抛尸的可能性很小。不过作为秦薇多年的贴身助理，秦薇死后林梦梦不辞而别也不符合常理。

林梦梦的手机在8月7日之后就处于关机状态，无法联络。其家人方面说她很久没和家里联系，家里也不知道她去哪里了。

专案组搜查了林梦梦的住所。林梦梦的衣物和私人用品依然摆放在屋内各处，但已经满布灰尘，没有发现林梦梦的身份证件，也没有发现她的手机。

林梦梦的银行账户里有三万多元现金，这笔钱有将近一半是美虎公司近几个月汇给她的工资。林梦梦余额宝账户里数额比较大，有45万元。这些钱在去年8月7日以后都没有动用过。同时，林梦梦的信用卡没有使用记录，没有酒店登记记录，没有出境记录。

“林梦梦还活着吗？”

“林梦梦不会也因为吸毒猝死被抛尸了吧？”

王金花和秦薇经纪团队的工作人员都表示秦薇的助理林梦梦给他们的印象是身体非常健康，充满活力，绝对不像吸毒人员。

替身艾豆和林梦梦接触不少，她表示两人同居期间她没有发现林梦梦有任何吸毒举动。

如果前面专案组还有人怀疑林梦梦是抛尸人，随着调查深入，现在更多的人怀疑无影无踪的林梦梦是遇害了。她会不会因为保护秦薇（比如阻止抛尸）而遇害？

秦薇死亡的消息还是走漏了。

“摇滚天后秦薇半年前暴毙！毁尸！抛尸！”“一代摇滚天后死于非命！”“毒后暴毙！”还有什么比这个“惊天命案”更能上媒体头条的吗？

专案组本不想那么快曝光，但是纸又如何包得住火。调查牵扯到那么多人，秦薇死亡消息很快走漏。记者很厉害，8·12女尸的照片第一时间被挖出来，简单打几个马赛克就赤裸裸地摆上头版。什么“吸毒暴毙”“毁尸”“抛尸”都是新闻关键词，“娱乐圈史上第一凶案”“自杀？他杀？”“谁是凶手？”各家媒体竭尽全力争夺眼球。

现在，夏彦应该庆幸这个案子由重案组来接办了，否则被领导臭骂、被记者堵在单位大门口追问为什么这么大的案子早没有上报（公开），为什么拖了这么久都没有破案的人有可能就是他了。8·12女尸案的破案压力已经转到分局重案组的头儿霍遵身上。分局领导和市局方面指示务必尽快破案！

虽然专案组对秦薇的经纪人王金花和替身艾豆持有疑问，但是她们都有不在场证明，都坚决否认涉案。专案组只能暂时搁置对两人的怀疑，继续把精力放在寻找当天晚上和秦薇在一起的司机秦师傅和助理林梦梦上。

6. 神仙水

司机秦师傅“投案”了。

秦师傅解释说自己这一段时间在外地谋生活，不知道警方在找他。

说起去年8月7日的事，秦师傅倒是记得很清楚。当天下午他送秦薇去参加《白骨精》网络开机仪式，晚上送秦薇参加剧组聚会，聚会完送秦薇回家。林梦梦和师弟以及秦薇同车。到家秦薇没事让他下班，于是他就回家了。然后几日他联系不上秦薇和林梦梦，他联系到王金花，王金花告诉他秦薇出国了。

至于为什么自己“失踪”，秦师傅解释说虽然是秦薇的全职司机，但他是美虎为秦薇特派的，他的劳动合同是和美虎签的。在美虎只有基本工资，收入大头在秦薇这边。秦薇出国几个月，就没有给额外补贴，每月只有基本工资3000元，还要扣保险，在北京养家都不够。他知道秦薇出国是戒毒，这一去又是一年半载，他实在耗不起，于是就辞职了。现在他和朋友在野三坡合资经营一家农家乐。秦薇出事的消息他也是在媒体上看到的，他很吃惊。

秦师傅四十出头，中等身材，面色红润。他是地道的北京人，口齿相当流利，和负责问话的黄波一问一答，没半小时就把所有问题都回答完了。

老崔和霍遵等几位同事在另一个房间通过监控看审，大家都注意到秦师傅不时地擦汗、喝水，很可疑。

“我是主动来说明情况的。”秦师傅一边用纸巾擦汗一边强调。

实际上，专案组在秦师傅家附近蹲了三天，上门对家属“晓之以理，动之以情”两趟。

秦师傅是秦薇死亡当天晚上最接近她的人之一，之后“恰巧消失”，上他家找人，家属却称联系不上，专案组已经把秦师傅列为重点调查对象。但是“审问”之下，秦师傅每一个问题都回答得合情合理，一时找不出破绽。

负责问话的黄波过来请示。

霍遵说：“你不觉得他很紧张吗？”

黄波说：“我注意到了。他满头细密的汗珠，还不停地喝水。但是他的表情还是很镇定自若的，眼神也敢和我接触，没有躲闪。为什么流汗他有自己的解释，他说我们这儿的暖气太热了，他现在经常待在野三坡，室内没有暖气，他已经习惯比较低的气温环境，回到北京反而不习惯。”

“野三坡那里冬天室内应该烧炭炉吧？再说冬天谁还去野三坡？”有人质疑秦师傅是否真的如其所言在野三坡经营农家乐？

“派个人过去去核实一下就知道真假了。”

“有些问题没等你问完，他就抢答了。他似乎有点过于亢奋了。”老崔对黄波说。

“是有点反常。他会抢话，这种情况比较少。我就是觉得他回答得太天衣无缝了，好像做过准备似的，反而让人怀疑。霍队，你看怎么办？”

霍遵问大家意见。大家都觉得秦师傅很可疑，但没有证据就没有羁押的理由，只能放他回家，继续跟踪观察。

老崔说：“我觉得可以给他做个尿检。他这样子，来之前可能溜过冰了。”

精神亢奋、话多、脸发白或者发红、出汗、大量饮水都是吸食冰毒（溜冰）之后的症状，老崔建议给秦师傅做尿检化验是否吸毒。

尿检结果冰毒阳性，这下秦师傅走不了了，至少可以拘留个几天，专案组可以慢慢审。

继续审，老崔加入。

秦师傅承认吸毒。

秦师傅称他吸毒是被秦薇害的。给秦薇做司机这两年，耳濡目染，再加上司机工作经常加班，为了提神，秦薇给他喝“神仙水”。一开始效果不错，人喝了这“神仙水”，精神振奋，可以两三天不睡。慢慢就离不开了，后来他才知道这“神仙水”实际上就是冰毒兑水，就努力控制自己不去碰。但是心瘾难戒，一到晚上加班就想喝一点儿，情绪不好时也想着喝一点儿。慢慢身体已经不如以前了，发虚，心脏也开始出现问题。生命诚可贵，为了自己为了家庭，他决定戒毒。戒毒必须离开以前的环境，他到河北野三坡经营农家乐就是为了离开以前的环境。如果一直在秦薇身边做事，他永远也戒不了毒，所以他选择辞职。

所谓“神仙水”有的地方叫“HAPPY 水”、“咳嗽水”，算是“新瓶装旧酒”的新型毒品。源自毒贩为了扩大销售，采用液态瓶装的方式来迷惑买家。一开始在夜场等娱乐场所销售，逐渐流行。目前市面销售的“神仙水”中含有的主要毒品成分是甲基苯丙胺（冰毒）和氯胺酮（摇头丸）。

关于 8 月 7 日当天晚上的情况，秦师傅补充交代当天晚上送秦薇去参加剧组聚会，以为秦薇和往常一样又要玩到深夜，就喝了一瓶“神仙水”提神。没想到秦薇回家很早，他不需要加班。大概是“神仙水”的作用，他回家后依然很兴奋，心脏病发作，差点死掉。折腾到第二天天亮才睡，睡醒睁开眼已经是第三天早上。他根本不知道秦薇家中发生了什么？只是觉得这样子干下去不行，想保命就一定要辞职。于是他就联系秦薇准备提辞职的事，可是一直联系不上。后来听王金花说秦薇又出国了，他就跟王金花说了辞职的事，同时把车钥匙交给王金花让王金花转交秦薇。

老崔问秦师傅：“你之前说辞职是因为秦薇出国后收入低，那么秦薇在国内的时候你每个月收入有多少？”

“每个月大概一万左右。”

“每月到手一万？”

“差不多。”

“你每天都溜？”

“没有每天，我知道这玩意儿不好，就是晚上加班时喝一点儿，平时尽量不碰。”

老崔问秦师傅收入和毒品使用量是因为“神仙水”在北京卖得可不便宜，小小一瓶卖三五百很正常。上瘾的人一天喝两三瓶，一万块只够买毒品。

“你的‘神仙水’是谁卖给你的？”

“我自己不买，都是秦薇给我的。”

秦师傅说秦薇时不时会给他一两瓶“神仙水”。他把小瓶装的“神仙水”兑在两升装大瓶雪碧里，再装回小瓶。车上最多只备一小瓶，开车乏力时喝一点儿，喝完就没有了。

“那从去年八月到现在快半年了，你的‘神仙水’从哪里来的？”

“我去戒毒了。从去年到现在我几乎都在外地，没地方买，在北京我也不知道到哪里买，买不到也就不想了，就戒了。警官，您看我这意志坚强吧。如果不是我的意志坚强，您说我还能活到现在？”秦师傅这时候还笑得出来，老崔心想这厮有点水平。

甲基苯丙胺（冰毒）发明之初就是用作兴奋剂。如果大家都按照秦师傅这个喝法，克制而不滥用，那么也就不需要那么多戒毒所了。老崔知道现在新型毒品开始泛滥，吸食群体扩散得非常快。像秦师傅这样需要长时间开车的司机以及经常加班的白领都有可能非经常性饮用。不过更多的人是有钱就一次过足瘾，哪管还见不见得到明天的太阳。

往往一开始认为自己可以控制住的人很快就上瘾了，一天不吸就心慌。很多长期吸食冰毒的人脑子都坏了，健忘，话都说不清楚，像秦师傅这样思路清晰口齿流利的非常少见。也许真如他自述的那样自控力强，或者是瘾头还不大，冰毒还没有对他的神经系统造成破坏性伤害。像沙暴，反应和口齿看上去都不错，可是他比秦师傅年轻十岁，已经百病缠身。

“那你这两天喝的‘神仙水’又是哪儿来的？”黄波突然又回到之前问过的问题。

“那是以前没喝完我一直藏在家里的存货。我就不该回北京，一回北京就坏了。本来我待在野三坡好好的，一回北京，回到这个混乱、肮脏的环境，看到家里还有存货，就犯病了，心痒痒了，没管住自己，就又喝了。”

“你这是在怪我们喽？”

“我觉得你们多少也要负一点责任。如果不是你们三番两次去我家，我爱人不会急着叫我回来说明情况。我又没有犯罪，可以不理睬你们。现在回来，害得我又吸毒了，现在还要被拘留。你们说我倒霉不倒霉？”

秦师傅是典型京油子，八面玲珑，说话圆滑，兵来将挡，水来土掩，将黄波和老崔抛过来的问题全部挡得严严实实。审问涉及的各种问题，他似乎早已经预见到，早已经设计好了说辞。

“秦薇的毒品是谁卖给她的？”

“这个我真不知道。”

“你一直和她在一起，就没有看到、听到什么？”

“我就是一开车的，老板吩咐我去哪儿我就开车去哪儿。老板的私人爱好轮不到我管，我还要靠这份工作赚钱养家。更不要说去买白粉了，我连碰都不敢碰。老板也知道我胆小，她从来不跟我说毒品的事。就是时不时给我两瓶‘神仙水’说是提神用。如果早知道‘神仙水’就是冰毒，打死我也不敢喝啊！”

老崔想这个司机不简单，回答滴水不漏。可是，太完美的答案反而让人生疑。如果真能控制滥用不上瘾，想吸时老板免费提供，月薪一万实收，还经常有红包拿，他会轻易辞职？真为了戒毒？老崔表示怀疑。

莫非秦师傅研究过刑法，钻研过吸毒、贩毒相关的处罚条例？他尽量避免自己牵涉进买卖毒品，仅停留在吸毒阶段。而且他再三强调他只是偶尔吸食，还不上瘾。这样即便被警方查获，也不是什么特别大的事，因为我国把吸毒作为一般的行政违法行为。根据《治安管理处罚法》的规定，对吸毒的处罚是十日以上十五日以下拘留，可以并处2000元以下罚款；情节较轻的，处五日以下拘留或者500元以下罚款。如果不上瘾情节轻微的话，强制戒毒也可以避免。而只有聚众吸毒或者买卖毒品超过一定数量才涉及刑罚。

“你对禁毒法研究得很透嘛。”老崔试着揭穿秦师傅。

“警官，您说的是什么意思？我不明白。我都要被拘留了还不是刑罚？”

老崔打了个哈欠：“等一会儿会给你开行政拘留通知单，你就明白了。”

“哎呀，真要拘留啊？我怎么跟我媳妇说呢？警官，您行行好，放我出去吧，以后我再也不吸了。明天我就回野三坡，我再也不回北京了。”

折腾了三四个小时，秦师傅情绪依旧高昂，老崔可有点扛不住了。眼前这个中年司机极有可能是一个心理素质强悍的高智商对手，老崔喜欢挑战，可不喜欢受虐。

黄波关心老崔：“要不要换人继续审？”

“我看今天算了，别审了。他来之前溜过冰，现在精神头还好得很。现在跟他耗吃亏的是我们，等他明天泄气了，看他嘴还硬不硬？”

老崔的意见是拖一下，把秦师傅的毒瘾钓出来，在秦师傅毒瘾发作后再审。那时候人的意志力比较弱，也许会交代更多情况。

小武请教老崔：“如果他瘾很小或者根本没上瘾，怎么办？关几天照样得放人。”

老崔嗤之以鼻：“怎么可能！喝了两年‘神仙水’，还不上瘾？你以为他真是神仙？等晚上劲头一过，明天你来看，他就废了。”

果然第三天再看到秦师傅，那个满面红光、神采飞扬、絮絮叨叨的京油子已经变了一个人。不到两天工夫，秦师傅这种所谓涉毒不深的人已经撑不住了。他脸色苍白，身子软软地瘫在椅子上不大说话。

但是秦师傅坚持原来的说法，他把秦薇送到家之后就回家了，以后再也没见过秦薇。

专案组已经派人搜查过秦师傅家，没发现任何毒品。秦师傅说家里最后一瓶“神仙水”已经被他喝掉了。

小武说：“我们是不是拿点冰毒出来，引诱他一下，说不定会招。”

黄波骂道：“去，你以为我们这里是什么地方，是可以乱来的吗？”

小武不敢再说，表面唯唯诺诺，心底很是不服。他早已听说黄波是局内有名的审讯专家，外号“辣手黄瓜”。

老崔教育小武：“你要学好的，刑讯逼供那一套现在不行了，一切讲证据。”

秦师傅虽然有毒瘾，现在看来还不算严重。“他的克制力是蛮强的。”老崔和黄波商量是不是再熬一两天等秦师傅毒瘾发作再审，“那时也许会说实话。”

专案组从侧面已经验证秦师傅说谎。去野三坡调查的同事回来报告，秦师傅所说的与朋友合股投资的农家乐实际上他只有一点小股份。而且野三坡他去得很少，这半年他去了不过两三次，每次不会超过一个星期。绝对不是他自己所说的洗心革面逃离北京去一个清静地方戒毒那么回事。不过前几天他是在野三坡。

“他很可能是得知我们在找他之后，故意跑到野三坡待几天，制造自己不在北京的假象的。”小武推测。

不过秦师傅嘴硬得很，他现在不承认自己说过那些话：“我记不清了，现在我的脑袋乱得很，我中毒了，那瓶‘神仙水’我忘记兑雪碧了，脑子喝坏了，我记不得我什么时候去野三坡了，我……”

“这小子太狡猾了。”现在专案组成员一致认为秦师傅肯定有问题，可是就是没办法。就算想办法让他说实话，到时候他可以抵赖说自己吸食冰毒之后神经错乱言不由衷，不能作为呈堂证供。

“要不我们把他放了，看他下一步会干什么？我就不信他不去买毒品，直接就可以抓到他的上家。”

拘留期满，把他放出去，跟踪、监控通话，看他和什么人联系？到哪里买毒品？这是一个办法。

可是领导不满意，他现在就想要答案：“立刻！马上！”

没办法，审讯专家“辣手黄瓜”只好加班了。

7. 关键线索

何谢抱着相机，坐在座位上睡着了，梦中一堆人围着吃火锅，毛肚、鸭血、蛋饺、肥牛、黄喉……北京的冬天冷风刺骨，吃麻辣火锅最带劲儿。好吃！老板，再来一盘鹌鹑蛋。太好吃了！再来一盘——

砰砰，有人敲车窗。

何谢一下子从睡梦中惊醒。车外站着一个男人，背光，看不清面孔，在向他摆手。

何谢警觉地把车窗摇开一条小缝。

车窗外的男人说：“喂，你好。你是记者是吧？我是警察，想问你一点儿事。”

何谢依旧警觉：“证件？”

小武掏出警官证，翻开给何谢看。

何谢看看警官证中的照片，又瞅瞅车窗外的脸，把车窗开大一点问：“阿

sir，有什么事？”

小武说：“你经常到这儿蹲点吗？”

“有时候会来。”

“记不记得去年八月份的时候有没有来？”

小武找到何谢，是经过一番周折的。

秦薇死亡当天晚上可能接触到的人除了林梦梦没有找到外都已调查过，嫌疑比较大的秦师傅坚持自己7日当晚送秦薇回家之后就再也没见过她。丽晶华府物业的视频监控由于时间已久不复存在。8·12女尸案再度受阻，可是媒体的热度却日益高涨。

媒体才不管女尸确认身份还不到一周，更多的是对警方办案能力的质疑。去年八月发生的案子，家喻户晓的女歌星，居然死亡这么久才被发现，为什么这么久还抓不到罪犯？再加上领导要求每天报进度，专案组的压力有点大。

目前警方对外公布的案情有限，只是简单说明去年8月12日发现的一具女尸最近确认为歌手秦薇。记者的挖掘能力令人叹服，第一时间8·12女尸的认尸启事就被扒出来了。疑似吸毒过量导致猝死等尸检内容也被曝光。当然媒体大众最热衷讨论是意外还是阴谋他杀。

小武一直留心网络报道，有报道提及不少娱记回忆8月7日参加过《白骨精》网络开机仪式，当时秦薇看起来状态很好，没想到之后居然玩出人命。

与专案组调查重点放在秦薇司机和助理身上不同的是，媒体把焦点放在秦薇的替身艾豆和经纪人王金花身上，成天围着两人穷追猛打。尤其是艾豆每天从早到晚都有一批记者跟着，不少网站上随时更新她的一举一动。

小武由此想到会不会有娱记8月7日当晚跟踪秦薇拍到什么？霍遵认可小武的假设，让小武立即去找。小武先联系各家媒体，询问是否有这样的记者。而后又想这样守株待兔不知何时有反馈，不如自己去找，于是乎他直接到目前狗仔聚集最多的艾豆住所和丽晶华府外寻找狗仔。尤其是晚上出去找，找那些最勤奋的狗仔。就这么一个个问下来，小武找到了何谢。

“我得回家翻一翻，不知道有没有。”去年八月何谢忙得不得了，不过好像那时追得最多的还是杨玛丽的绯闻，秦薇那时候没特别跟。眼前的警察感兴趣的是8月7日到9日和秦薇相关的进出丽晶华府的人，何谢立即意识到自己遇上秦薇案的办案刑警了。

送上门的猛料啊！何谢的瞌睡虫一扫而光，立即收工回家找照片。

何谢每年拍两三万张照片，绝大多数是拍拍垃圾。你想狗仔大都是躲在车上或者某个角落拍跟踪对象，那就不可能讲究用光平衡什么的，能把人脸拍得不那么模糊是第一要务。何谢虽然拍得多，删得也多，两三万张照片最终挑出来三四千张，存在移动硬盘里，留作档案和纪念。

小武的运气不错，何谢去年 8 月 7 日晚上恰巧在丽晶华府外蹲守。不过那天他守的不是秦薇而是杨玛丽。杨玛丽那时正跟小宋闹情变且劈腿许文天，所以那段时间公司给何谢的主要任务是盯住杨玛丽。

何谢逐张检查当晚拍的照片，当时情景逐渐浮现出来：

晚上 9 点左右何谢把车停在丽晶华府车库入口斜对面的马路上，9 点 17 分他拍了第一张照片，照片是路对面的一个行人。这张照片是试拍，目的是根据环境光线调相机设定。这是何谢的工作习惯。整理照片存档时也是以这张照片起始。

杨玛丽在北京常用车是奥迪 A8，小宋的车是宝马 530，许文天开的是路虎，秦薇的座驾是奔驰 G55。一个合格的狗仔对明星的私家车不说了如指掌，至少也该掌握个八九不离十，否则怎么跟踪？明星出门经常戴墨镜和口罩，一时无法分辨，所以跟拍时基本上都是先认车，再认人。明星的司机、助理面孔也是必修课。

何谢一直没看到杨玛丽的奥迪 A8。10 点 29 分，他拍了一张 G55，车牌很熟悉，是秦薇的车。车里坐了两三个人，没拍清。

10 点 53 分，林梦梦出现在镜头中。她拦了一辆出租车离开，大概是送秦薇回家后她下班了。之前何谢又看到秦薇的司机秦师傅从地库入口走上来，步行离开。他没拍。

11 点 45 分，师弟在路边挥手拦车。他是突然闯进镜头的，因为他不是从车库出来的，大概是从公寓内出来直接走到路边叫出租车。

12 点过后，何谢收工。今天晚上没守到杨玛丽，杨玛丽一般不会迟于 11 点半回家，如果 11 点半还没见她说明她今晚不在这里过夜。秦薇已经到家，司机和助理也下班回家。再守下去就没意思了，狗仔也要休息的。

拍到秦薇的小男友师弟算是有收获。第二天何谢把这张照片发给公司，后来没有用。大概是画面上只有一个人，还有点模糊，缺乏说服力，没有媒体感兴趣。

现在何谢想师弟那天晚上是最晚离开秦薇家的，他是不是知道什么？或者他是凶手？

第二天何谢在另一个地方，没去丽晶华府。

第三天 9 号晚上 9 点，何谢又去丽晶华府。

晚上 9∶06，何谢拍到秦薇的房车从地库出来，开车人是秦薇的司机。房车窗帘应该是拉下来的，车内的场景一点儿都看不见。

这么晚秦薇去哪儿？何谢当时想跟上去，但是突然看见许文天的路虎开过来，他的注意力立即转到许文天身上。当晚何谢拍到许文天带杨玛丽外出吃饭的照片。

8 月 9 日之后，媒体得到确切信息，杨玛丽有了新欢，公司调集所有力量对许文天和杨玛丽跟踪，何谢没有再到丽晶华府驻守。

何谢把照片拷贝交给小武，他对小武说：“武 sir，你要守信誉，第一时间告诉我谁是凶手。”

小武笑道：“不违反纪律的前提下，一有结果我肯定告诉你。”

“第一时间？”

“第一时间。”

小武和何谢约定：何谢暂时不能对外透露他提供信息给 8·12 专案组，也不要把他拍到的相关照片卖给媒体，以免干扰专案组调查工作；小武答应真相大白之后第一时间发消息给何谢，让他做一条大新闻。

8. 抛尸人

小武立了一大功！

托何谢的福。何谢在丽晶华府外拍摄的照片非常重要，这批照片首先把秦薇最后时刻前半段准确标注出来；其次，秦师傅的重大涉案嫌疑证据确凿。

按照时间顺序，10:29 秦薇坐司机驾驶的 G55 和师弟、林梦梦回家。司机秦师傅把秦薇送到地下车库，他没有上楼，从地下车库离开丽晶华府。

10:53，助理林梦梦离开丽晶华府。这时候秦薇家中可能只有她和师弟两人。林梦梦离开很可能是给师弟让位，不想干扰两个人行好事。

11:45，师弟在路边挥手拦车。时间表明师弟在秦薇家前后待的时间大概在一个小时左右。期间两人还发生性关系。

“时间够快的。”

“那要看做什么？光做爱时间够长了。”

“不用前戏？”

“好了，好了，别一谈荤的就来劲儿，分析案情就哑巴。”霍遵不满。

狗仔拍的照片证明师弟在 12 点之前已经离开秦家，秦薇 12 点之后打电话给秦师傅和林梦梦，这样师弟的嫌疑基本可以排除了。

“林梦梦去哪儿了？她就这么消失了？”

“照片没拍，不等于她没有回去过。”

狗仔在8月8日凌晨到8月9日21点之前没有在丽晶华府拍照，期间是否有人进出秦薇家不得而知。不能排除林梦梦和其他人在这个时间段进入秦薇家。

先不管林梦梦行踪，无论如何秦师傅说谎了。

之前审讯时，秦师傅说自己7日晚上送秦薇回家后再也没有回去过。现在根据何谢拍摄到的照片，秦师傅在9日晚上9点以前进入丽晶华府，9：06他又驾车离开。

他何时返回丽晶华府？是仅仅进入地下车库还是上到秦薇家？车上是否装有秦薇尸体？车上还有没其他人？

立即提审秦师傅！

再审秦师傅，秦师傅状态更差了。大概是由于在拘留所关了几天，又没有“神仙水”充血，一张脸惨白，整个人萎靡不振。据说他这两天毒瘾发作，在监房内闹得不行。

不过秦师傅还有力气抵赖：“我几乎每天都要开车进出丽晶华府，这种照片怎么能说明我在8月9号晚上去秦薇家？”

黄波说：“这种数码照片都有时间的，技术很容易鉴定真伪。我看你还是老实交代，争取宽大处理。否则继续顽抗抵赖下去，对你不好。”

“……”

“别瞎扯了，你想早点儿出去吗？”

“……”

“快点吧，大家都累了。你老婆和孩子还在等你回家呢。”

秦师傅招供。

他承认自己是那个抛尸人。

8月7日晚上他送秦薇回家后直接下班回家。由于秦薇回国之后几乎天天加班到深夜，为了提神那些天他喝了不少“神仙水”，失眠两三天，累坏了。7日晚他回家吃了安眠药睡着，醒来已经是8日晚上。他起来后发现手机上有一通秦薇打给他的电话，是8日凌晨打给他的。他赶紧给秦薇回电话，秦薇的电话关机，打林梦梦手机也关机，打秦薇家电话没人接。8日晚上他打了好几通电话给秦薇和林梦梦，但是她们的手机都关机，他以为秦薇出去玩了，手机没电。

9号中午他再次拨打秦薇和林梦梦的手机，依然关机，家中电话依然无人接。到晚上他有点担心，于是就到丽晶华府看看。他进入秦薇家后开始没发现异常，直到进入秦薇卧室发现她倒在床上，已经死了。

“你有秦薇家的钥匙？”

“没有，秦薇家用的是密码锁，我知道密码。秦薇经常让我往家里送东西或者拿东西，是她自己告诉我密码的。”

“你进入秦薇家之后，家中还有其他人吗？”

“我没有每个房间都去，我没看到其他人。”

“你凭什么判断秦薇已经死了？”

“她赤身裸体躺在床上，我叫她也没反应。走近看，脸色发青，没有呼吸，没有心跳，身体冰凉。床上还有一只注射针筒。我想她应该是死了。”

“为什么不报警？”

“我当时很害怕，糊涂了，产生幻觉，觉得警察会来抓我。我吸毒不能让警方知道，我怕被抓起来，不能让秦薇牵连到我，我还有老婆、孩子。于是就糊里糊涂地干了不应该干的事，我现在很后悔。”

“你可以一走了之，为什么要抛尸？”

“不知道，那时候神经错乱了，脑袋坏掉了，不知道怎么就做出那种事？”

“为什么要毁尸？”

“我不太记得了，也许是怕尸体被人认出来吧。”

“你用什么工具毁尸的？”

“刀。”

“什么刀？”

“就是秦薇厨房里的菜刀。”

“在哪里毁尸的？”

“卫生间的浴缸。”

“你是怎么毁尸的？”

“就是把脸和手划了。”

“为什么要这么做？”

“……我当时是在幻觉中，有警察来抓我。我把尸体破坏了，认不出来，警察就不会找到我。后来清醒了过来，发现自己拿着刀，秦薇的脸已经被我划破了。想起来应该是冰毒惹的祸，但是事情已经发生了，没办法挽回了。”

“既然你都决定毁尸了，为什么不干脆碎尸？”

“我不敢。再说她是我的老板，我跟她又没仇。”

“你怎么把尸体搬上车的？”

“我找了一个大旅行箱，把尸体用床单裹好装在旅行箱里，然后拖着旅行箱下到车库，搬上车？”

“你一个人搬的？”

“我一个人。”

“你没找别人帮忙吗？”

“没有。”

“我觉得你头脑一点儿不糊涂，还懂得要避开监控。”

“……”

“你把尸体抛在哪儿了？”

“你们不是知道吗？”

“是我在问你！”

“抛在 108 国道附近的山沟里。”

“为什么要抛在那里？”

“我知道那里是山沟，人迹罕至。我就往那个方向开，找一个偏僻的地方抛的。”

“秦薇死亡的消息公司知道吗？”

“不知道。”

“你为什么没有把秦薇死亡的消息告诉公司和王金花，你不怕他们怀疑吗？”

“我干完才想到王金花找不到秦薇可能会怀疑，所以我就告诉她秦薇想了想决定再次出国戒毒。”

“王金花相信吗？”

“我不知道她相不相信。反正这里我也做不下去，就辞职了。”

“你的‘神仙水’是哪儿来的？我怎么觉得你一直喝不完嘛！”

“我说过了，我的‘神仙水’都是秦薇给我的。”

“秦薇回国前几个月你想喝到哪里买？”

“秦薇出国期间我没喝，我说过我瘾不大，不喝也行。秦薇回国后又给了我好几瓶，我以为自己抵抗力强，一不小心喝多了，脑袋就不行了，神经错乱，所以才会干出抛尸的蠢事。我真是太愚蠢了！都是毒品害的。”

“秦薇死后这几个月，你到哪里买毒品？”

“警官，你为什么不相信我呢？我说过很多次了，我怕自己也像秦薇那样吸毒死掉，所以下定决心一定要戒毒，否则秦薇的下场就是我的下场，所以秦薇死后我就跑到外地戒毒，坚决不吸了。”

“你既然下定决心戒毒为什么家里还存有毒品？”

“这个，我藏在柜子里的，当时可能是忘记了。”

“林梦梦有和你联系吗？”

“没有。”

“你知道她去哪儿了吗？”

“不知道。”

“秦薇的手机是你拿走的吗？”

“是。”

“还在吗？”

“已经丢掉了。”

“丢哪儿了？”

“砸碎分几块丢街边垃圾桶里了。”

“你用过秦薇的手机吗？”

“用过一次，发短信给花姐，王金花。”

“什么内容？”

“内容……具体内容记不清了，大概就是说秦薇觉得在国内戒不了毒，要出国戒毒。”

“你为什么要给王金花发短信？”

“王金花是秦薇的经纪人，她们经常在一起，我怕王金花找不到秦薇起疑心。”

让秦师傅承认抛尸，花了连续将近三十四个小时。

秦师傅交代作案经过，只花了四个小时不到。

“辣手黄瓜”把审讯资料整理好，交给老崔，准备回家睡觉。

这一轮审讯老崔只参加了前半段，后来实在撑不住先告辞回家。唉，身体比以前差多了。

老崔问黄波：“你认为就这样了？”老崔递了一根烟给黄波。

黄波摆摆手，说：“不抽了，快抽吐了。感觉好像还差点什么？”

“林梦梦？”

“林梦梦是一个问题，主要还是感觉这秦师傅可能有隐瞒，但是又撬不开他的嘴。”

“那还要审？”

“让我喘口气，这两天累坏了。他也不行了，我怕再逼他万一他神经错乱什么的就麻烦了。”

确实，如果秦师傅精神出现异常，审讯成果可能就报销了。精神病人的供词是不能成为证据的。

“你先回去休息吧。我请示一下霍遵，找医生先给他治疗一下。”

霍遵看完秦师傅交代的供词，也认为这个秦师傅有点鬼，总能自圆其说，不能自圆其说的时候，就称记不清了，或是推给“神仙水”让自己产生幻觉。

“老崔，按你的经验，产生幻觉的情况下，大卸八块分尸更有可能吧。还会这么细心地把手指尖的指纹都削掉？在产生幻觉的情况下能干出这种精细活儿吗？”

老崔心想霍遵你这是什么意思，我的感觉如何？老崔尝试过冰毒，冰毒带给人的是一时的兴奋刺激，并没有海洛因那种舒适感。

吸食海洛因和冰毒产生的幻觉不一样的，简单说海洛因的幻觉是美好的，冰毒的幻觉大都是恶的、暴力的。

老崔告诉霍遵：“这个我不清楚，要听下专家的意见。一般溜冰的如果不太过量，做事是很专注、很兴奋的。切手指应该没问题。但是溜过头了又不一样，有暴力倾向，动作比较大，行为不受控制。过后又会失忆，记不清自己做过什么。”

“我看他头脑清楚得很，思维很缜密。我总觉得他去抛尸有点过火了，这种事轮不到他吧。如果是王金花给钱、指使他抛尸我觉得更说得通一点儿。”霍遵说。

“是比较可疑，这个问题我问过，黄波也反复问。他一开始说是幻觉中毁尸、抛尸，后来又解释是先毁尸，清醒之后后悔但大错已酿成，不得不抛尸。”

老崔观察秦师傅在拘留所的这些天，虽然有毒瘾发作的症状，但并不是很强烈，感觉他瘾好像不是很大，这种级别的吸毒量应该还不至于产生幻觉。但是现在的情况不能说明去年的问题，也许他经过一段时间的脱毒，毒瘾变小了也是有可能的。

霍遵注意到的问题真的很难判断，尤其对于老崔这种有过“经验”的人，他知道多么荒唐，常人无法想象的行径都可能在一个吸毒分子身上发生。如果秦薇是普通人的话，他倾向秦师傅没有说谎，就是“真凶”。

但是对于秦薇这个级别的大明星，刑侦部门来不得半点差池。因此即便舆论压力大，专案组现在还不敢对外宣称8·12女尸案已经告破。

戒毒医生调理两天后，续审，审讯专家黄波再无收获。

带秦师傅指认现场，秦师傅无法确定具体抛尸地点，但是整体道路的方位是对的。考虑到抛尸当时是夜间，加上紧张因素，记不清具体地点情有可原。

在秦薇家中提取到的一把厨刀和8·12女尸面颅骨骼上留下的划痕一致。秦薇的手机被秦师傅砸毁后丢在垃圾箱内无法找回。包裹尸体的床单剪碎后丢弃在垃圾桶也无法寻找。装秦薇尸体的LV旅行箱被秦师傅卖到二手店，经店方协助追回。

医生的看法：幻觉一般在过量吸食的人群中易产生，由于冰毒对人的中枢神经破坏很厉害，产生幻觉的中毒者往往神志混乱，一些日常的简单动作这时候都很难完成。因为产生幻觉而发生过激行为毁尸是有可能的，但是产生幻觉之后还能驾车横跨车水马龙的北京城到几十公里外黑灯瞎火的山间公路抛尸，就比较不可想象了。即便按照秦师傅所说的他先是由于幻觉毁尸，清醒过来再抛尸，也有一定问题。因为间隔时间太短，冰毒中毒者在短短两三个小时内不可能自我完成从幻觉到清醒且可以正常行动的转化。

"总有特例吧？"

"我不能保证，但是我没见过。"医生说。

9. 蒸发的巨额资产

近日娱乐圈最大的新闻当然是秦薇之死，娱乐八卦论坛有大量的帖子是关于秦薇的。

由于警方没有公布具体案情，给喜欢八卦的网民留出巨大的想象空间。目前围绕秦薇之死，最多的帖子主题是讨论死因。认为秦薇死亡是意外的网民不多，大多数网民认为背后有阴谋，秦薇是被谋杀的。

至于凶手，有说是替身艾豆，有说是王金花，有说是毒贩，有说是某女星，有说是娱乐圈某大佬，有说是……

小武把认为秦薇死于谋杀的帖子都看过一遍，没有发现有什么有价值的分析。大部分帖子和跟帖回复都是胡说八道，少部分推理即便有一点儿道理，也与专案组掌握的材料有出入。

不过有两个说法小武觉得值得研究一下：

1. 有推测秦薇是被某债务人杀害的。债务人欠秦薇的钱还不了，杀人赖账；或者两个人合伙投资，对方想把秦薇的钱吞掉。

2. 还有人在问：秦薇死了，她的遗产归谁？是不是有亲属因为遗产分配问题动杀机？

关于秦薇的财产问题，专案组一开始就调查了。

秦薇的两个银行账户内现金存款总计两千三百多万，这些钱在去年8月7日之后没有动过。

秦薇的法律顾问说秦薇没有立遗嘱。

秦薇是意外死亡，她才32岁，也许她认为自己还没到立遗嘱的时间吧。

秦薇虽然有名、有地位、有钱，但沉溺于毒品不能自拔。这多少与其出生于单亲家庭有关。可怜的是母亲又早走一步，孤零零一个人，没有男朋友，没有子女。

根据国家法律，如果没有留下遗嘱，继承人依法定继承形式来继承，法定继承的有资格人员只有直系亲属，即配偶、父母、子女、祖父母和外祖父母、孙子女和外孙子女。如果没有上述直系亲属，遗产就要归国家所有了。

秦薇没有遗嘱，没有直系亲属（除非现在她父亲冒出来），所以专案组认为应该不存在因为要改遗嘱导致亲人反目成仇的情况。

由于秦薇的现金在死后没有被动用，以及尸检情况，专案组暂时排除谋财害命的可能。

但是秦薇这几年在娱乐圈艺人收入榜上都排名靠前，她的钱应该不止银行账户上的两三千万元。会不会这两三千万元只是表面的，秦薇还有更多的财产已经被转移侵吞了？

秦薇的财产有多少？王金花说网上的那个数字比较夸张，没有考虑税收以及公司的管理费，等等。她估计秦薇目前的身家大概有两亿左右，包括房产、珠宝、现金，不包括她作品版权，不包括她持有的美虎传媒股票。如果美虎传媒能上市，秦薇拥有的股票大概值两到三亿。

另外秦薇不懂理财，乱花钱的情况很经常，败掉的钱也不少。以前她妈妈帮她管钱，妈妈死后就没人管了。她曾经建议秦薇买点股票、基金什么的，秦薇都没兴趣。王金花也不好多说什么。秦薇曾经和朋友合作开过酒吧，虽然以失败告终，但其中应该不涉及利益纠纷。至于秦薇在外是否有借钱给别人？王金花就不清楚了。

王金花建议，秦薇的钱是妈妈在管，你们可以再查查秦薇妈妈的银行账户。

不查不知道，一查吓一跳。

秦母在三家银行开设银行账户，总计资产有5367万元都被转走了。这下霍遵急得跳起来，出这么大纰漏，居然把这么重要的线索放掉，耽误了将近两周时间！现在骂人也不顶事，领导首先负主要责任。赶紧查吧。

秦母银行账户上的钱先是在去年9月20日转走50万元，过了一周，剩下5300多万元全部被转走，只剩下了几千块零头留在账上没有再动。

第一个50万元被转入一个叫宁思甜的招行账户，剩下的钱被转入这个宁思甜账户和另外两个人在光大和建行的账户。转账全部是通过网银进行的。

5367万元被转入三个账户后又陆续被转进38个账户，再从38个账户转入356个个人账户，然后在福建厦门、泉州、漳州、南靖、安溪和广东广州、东莞、茂名等地的银行柜员机上全部提现。

经调查，宁思甜等三人与上述资金流转无关。这个作案手法非常类似常见的信用卡网银诈骗案，先是钱被转到几个大户账上，再分散到众多散户账上，再由专门的“车手（俗称）”负责到银行柜员机上提现，完成整个诈骗流程。

这类案子主要靠辨识银行柜员机探头拍摄到的提现人来侦破，难度不大，但是费功夫。由于国内目前这种银行诈骗案太多，如果是小额钱款，警方精力有限是不会劳民伤财去抓捕的。当然8·12女尸案这样的重案不一样，且涉及如此大额资金，专案组立即申请启动跨区域警方合作。

这种银行卡诈骗案以前还是比较好破的，因为最终是要在柜员机上提现的。只要按照柜员机监控视频拍到的画面按图索骥找到提现人，再顺藤摸瓜抓主谋。但是现在的“车手”都很狡猾，在提现的时候都会化装，避免被监控拍到真实面容，这样给案件侦破带来很大麻烦。

本案更麻烦的是“车手”提现的时间是在去年十月和十一月，至今已过去四个月左右，绝大多数银行柜员机的监控画面存储已经被覆盖。等于“车手”提现的画面已经消失，辨识的机会都没有怎样抓捕？那只有再追溯这些账户的源头，调查相关涉案人员。由于福建、广东等地从事此类诈骗的团伙和个人多如牛毛，这些账户的开设人与诈骗人以及提现人也许根本无关，甚至互不相识连面都没见过在网上就直接交易了。网上黑市存在大量的个人身份证和银行信用卡账户买卖。涉案账户往往在使用过后会被弃用。

逐一排查无疑要耗用大量人力，延长侦破时间。秦薇案至今已经半年，媒体曝光也半个多月过去，霍遵和专案组的压力日增。

秦母是银行的私人银行贵宾客户，之前她账上的钱一直在银行做理财产品。但是前年下半年起秦母做的理财产品陆续到期后，这些钱就都处于活期状态，银行方面曾经联系秦母，没有联系上。实际上秦母前年患病死亡后，秦薇疏于打理，资金一直闲置，直至秦薇去年8月7日死后一个月后陆续被转走。

银行方面出具的信息表明秦母账上的钱都是通过U盾转走的，这说明秦母的网银U盾被某人窃取，而且此人知道秦母U盾的登录账号和密码。

秦薇与母亲同住，秦母逝世后，她的遗物应该都在秦薇手上，包括网银U盾。秦母账上的资金在近一年内有进有出，虽然次数很少，但说明秦薇有在使用这些账户。秦薇健在，觊觎的人只能流口水，秦薇死亡之后他终于有机会下手了。

这个人一定是秦薇身边的人、对秦家财产了解的人、可以进得去秦家的人、知道秦母U盾放置何处的人、知道U盾密码的人。

虽然王金花、秦师傅和艾豆以及秦家前保姆多少都符合以上条件，但是王金花没有作案的必要，前保姆现在还在做保姆，而且她在秦薇死之前很早就辞职了，从账面资金出入情况来看，她可以排除。艾豆和秦薇交往尚浅，秦师傅相对属于外围。只有林梦梦这个陪伴秦薇多年的亲信心腹，最有作案的条件。

而且林梦梦是福建莆田人，在福建从事银行信用卡网银诈骗的犯罪团伙极多，会不会林梦梦在秦薇死亡之后盗取秦母的网银U盾，然后和诈骗集团联手在柜员机提现，最终把秦母账上的资金席卷一空？钱到手之后，林梦梦就销声匿迹了？

案情分析会上，专案组有人猜道："这就是为什么8月7日之后，林梦梦再无踪影的缘故。或许她早已经改头换面，在异国他乡享受生活了。"

果真如此吗？众人七嘴八舌，提出质疑的人也不在少数。

"为什么她自己账上的几十万不取走？"

"有五千万了谁还在乎那几十万？"

"为什么不要？她应该知道终究会追查到她身上，反正都要跑路，为什么不把钱都带走？"

"还有，秦薇账上还有2300多万，她为什么不要？"

还有，秦师傅与林梦梦什么关系？他们是同谋吗？如果不是同谋怎么会这么巧？这边抛尸，那边盗钱。是秦师傅助其抛尸？如果秦师傅不抛尸掩盖秦薇死亡消息的话，林梦梦不可能如此从容盗取秦母网银，即便盗取了暴露的风险也很大。

再有，如果秦母网银失窃系林梦梦作案，那秦薇之死是不是与此有关，否则这么凑巧秦薇就吸毒过量猝死？林梦梦会不会谋杀秦薇呢？

发现秦母网银失窃后，专案组立即审问秦师傅，秦师傅否认与此有关，怎么审也没用。秦师傅的理由也很简单，如果有这么大笔钱，他还会待在北京？还用投资农家乐？早直接移民出国了。而通过查询秦师傅及其家人亲属的银行账户，也确实没有这样大笔的资金进出。

再逼下去，秦师傅“交代”了。但是交代得语无伦次，他与林梦梦合谋作案过程根本不合逻辑，找不到佐证。再加上秦师傅出现精神异常迹象，专案组不得不中断审讯，暂时选择相信秦师傅与秦母网银失窃无关。

虽然专案组内有不同意见，有组员认为以上线索尚不能证明林梦梦涉案，但是目前秦薇案压力大，霍遵不得不决定对林梦梦下通缉令，对其家属进行监视调查。同时对相关人等的经济账重新深入调查。人手无比紧张！霍遵不得不请经侦支队支援调查。

10. 非常手段

把秦薇家中的保险箱打开之后，部分回答了“为什么秦薇账上的2300多万没被转走？”的问题。

由于秦母网银失窃，专案组重新审查秦薇财产去向，秦薇丽晶华府家中的保险箱亦被打开。调查人员在保险箱中发现了秦薇的护照和现金、存折、银行卡、手表、首饰等贵重财物。同时，发现秦薇的网银U盾都在保险箱中，而秦母中行和建行的两个网银U盾却不在其中。秦母房间以及家中其他地方也没有搜查到。

专案组因此判断秦母的网银U盾失窃，然后犯罪分子通过转账和提现盗走账上钱款。而秦薇的网银U盾由于被锁在保险箱中，逃过一劫。

小武问老崔：“崔老师，你认为林梦梦会是幕后主谋吗？”

“你以为呢？”

“我认为如果没有秦师傅的配合，林梦梦作案成功的可能性很小。如果秦师傅抛尸与林梦梦无关的话，那林梦梦的胆子也太大了。”

“这有什么奇怪的，人为财死，鸟为食亡。也许她一直在等这一天呢？”

“那是不是就该怀疑秦薇是被她谋杀的？”

“有可能。”

“我就是觉得没那么简单，一个小姑娘就这样把案子做了？”

“那倒不一定，人心叵测。”

“我总觉得背后不正常，特别是王金花的反应，太让人怀疑了。她说她不知道秦薇失踪，这么长时间没有怀疑，打死我都不信。”

“又绕回来了。”

“我就是想不明白，才请教您老。”

“我也想不明白。”老崔很老实地回答道。

随着调查深入案子反而越发蹊跷。如果没有幕后指使，秦师傅抛尸本就过分了。如果林梦梦早有预谋，那她运气太好了。秦薇吸毒猝死，秦师傅帮忙抛尸掩饰，王金花不闻不问，任由林梦梦把秦母账上资金洗劫一空。如果林梦梦想逃，为什么她不用最快的速度把钱转走提现，而是慢悠悠地前后用了两个月才把钱转走提完。

这些都不符合常规啊，所以老崔也想不明白。

老崔可以回答小武我想不明白，可是霍遵就没法这样回答上级了。

案子被媒体曝光快一个月，现在还只有一个让人疑窦丛生的“认罪”的秦师傅。如果从秦母银行资金失窃这块着手，可能还要拖相当长的时间，很难交差啊！

霍遵感觉还是从秦师傅这块入手可能会快一点。但是秦师傅“硬”得很，除了承认抛尸外一概不知道。

“是不是能想些办法让他开口？”霍遵私下问老崔。

“他不是已经招供了？”

“不给力啊。”霍遵递了一根烟给老崔。

“老黄已经很够意思了。”

“我看黄波已经黔驴技穷了。”

“也许事实就是如此。”

“你信吗？”霍遵喷出一股烟，“反正我不信。”

老崔默不作声。

“老崔，你这儿有没有什么办法让他多说一点儿？”

“我能有什么办法？还不是黄波那些套路。”

“你们以前审毒贩有没有什么特别的办法？”

霍遵以为是不是可以在秦师傅进入幻觉状态后进行审讯。幻觉状态下心理不设防，也许会说出更多清醒时不会说的秘密。老崔已经猜出霍遵的意图，但是这是不合法的手段，严令禁止的，老崔不想揽这种活儿。

“毒瘾发作的时候是不是比较好审？”

“因人而异吧。这个秦师傅的意志力比较强。”

海洛因毒瘾发作，全身酸麻，骨骼有如蚁噬。这时只求能吸上一口，什么都顾不上了。冰毒毒瘾发作的感受，老崔没有直接经验，听说没海洛因毒瘾发作那么难受。所以冰毒比海洛因好戒一点儿。从秦师傅关押在看守所这些天观察，他有冰毒吸食者那种焦躁不安的戒断反应，但还没严重到失控地步，说明他毒瘾不深。想用霍遵的招数降伏他不见得管用。

“是不是让他吸，他会多说点儿？”霍遵明说了。

“溜冰的兴奋起来可以三四天不睡觉，他吸了之后，我们可能更搞不定他了。”老崔摇了摇头。而且吸食冰毒的人会比较偏执、比较轴，这可能是秦师傅审讯比较难搞的原因。

霍遵把意图说得更明白了：“让他多吸点，最好进入幻觉状态。在他进入幻觉状态后再审。”

“那样可能很危险。”老崔没想到霍遵这样大胆，“领导，你知道采用非正常手段收集的口供是不被认可的。万一有人捅出去，你的麻烦就大了。”

根据我国刑法规定，采用刑讯逼供等非法方法收集的犯罪嫌疑人、被告人供述和采用暴力、威胁等非法方法收集的证人证言、被害人陈述，应当予以排除。

而且秦师傅毒瘾不深，如果要他产生幻觉势必要加量或者加药，而人体的承受力是有限的，吸毒也是一个渐进的过程，一下加量很容易超过阈值造成中毒意外。秦薇就是一个最直接的案例。

霍遵把烟掐掉，问：“你说怎么办？现在我是焦头烂额了。”

老崔沉默了一会儿，说：“我知道有的民营戒毒所有一些特殊的治疗手段，以毒攻毒，比较偏激。也许可以找他们试一试。”

霍遵喜出望外：“你怎么不早说。”

“谁知道你胆子这么大？再说我也只是听说，具体怎么样我也不清楚。”

“不管啦，死马当活马医，先试试再说。”

“薇姐，不是我干的。是王总干的！”

“王总”是王子冲。在满脸鲜血的“秦薇”的逼问下，秦师傅崩溃了。

“秦薇”是艾豆假扮的。

艾豆一开始并不愿意配合。老崔威胁追究她盗用秦薇护照的责任，艾豆只得答应假扮脸被划破的秦薇吓唬在民营戒毒所里已经产生幻觉的秦师傅。

幻觉中秦师傅的描述并不清晰。凭推测，霍遵和老崔感觉，大概是发现秦薇吸毒猝死之后，王子冲把秦薇的脸划破，和秦师傅一起抛尸。

已经足够了，挖出王子冲让整个专案组为之一振！

11. 精神病院

可是准备抓捕王子冲时，专案组发现王子冲也消失了。

美虎公司表示王子冲去年十月已经辞职，目前和公司没有任何联络。

专案组一致认为王子冲有充足理由指使秦师傅甚至共同抛尸。秦薇是美虎公司的摇钱树，这棵摇钱树不能倒。只要能封锁住秦薇死亡的消息，替身艾豆还可以继续为美虎赚钱。

可是王子冲好好的副总为什么不干了？何况美虎正准备上市，王子冲应该持有公司股份，为什么要辞职？

王金花表示王子冲辞职好像是因为要移民，目前王子冲在公司已不持有任何股份。

这下麻烦了！

还好，查下来王子冲的妻子和女儿已经入籍加拿大，而王子冲本人目前还持有中国护照，且目前人应该在国内。

一边通知边控，一边抓紧追捕。

王子冲在亚运村的住宅上月有水电消费，物业人员反映去年底还看见王子冲，但是近一段时间没见着。物业还反映王子冲个人生活好像不检点，经常看见他带不同女人出入小区。

在做了王子冲父母的工作之后，王子冲父母透露儿子现在在精神病院。

去年十一月的一天，王子冲突然惊厥昏迷，被送到医院抢救，经紧急抢救人虽然活过来，但发现精神分裂了。时而惊恐，时而暴力。父母没办法照顾。妻子从加拿大赶回来，倒是相当决断，直接送精神病院。

联系王妻，王妻说不关她的事，警方想怎样就怎样，她已经对这个人不抱任何希望了。

进病房要按门铃，里面护士过来开铁门，然后进入大厅。

小武看大厅里病人不少，都自由自在地游荡。一台电视机无声地开着。这里跟小武想象的不太一样。小武没来过精神病院，今天主动要求随队来见识一下。

小心穿过大厅，进入病房区。这里和普通医院病房差不多，走廊两侧是一间一间的病房，差别在这里的病房都装了大窗和铁栅栏。

医生把刑警们带到王子冲所在的病房。从窗子里看进去，一个中年男人被约束带绑在床上，正看着天花板发呆。也许是看到窗外有几个穿警服的人，他露出惊恐的表情，徒劳地挣扎了几下，把脸扭向内侧。

“看起来挺老实的嘛，为什么要绑着？”

“白天还可以，晚上就不行了，闹得很。”

医生介绍王子冲是从协和医院转过来的，诊疗报告称尿液中检查出PMMA、冰毒和氯胺酮，病人由于吸食混合毒品导致血压升高、心律失常、体温升高后昏迷。苏醒后出现幻觉、躁狂的精神分裂症状。

刚转入精神病院的时候王子冲的攻击性很强，只好把他关在单人间。经过一段时间治疗，现在正常多了，但是依然有暴力倾向，尤其在晚间会做出过激举动。院方担心他伤害其他病人或者自残，暂时还让他一个人住，同时使用约束带限制行动。

小武问医生PMMA是何物？

戒毒科医生介绍：“PMMA的成分比较接近冰毒，化学结构上比冰毒甲基苯丙胺，也就是甲基安非他命多了副甲氧基，国内称副甲氧基甲基安非他命。”

“PMMA和冰毒的作用有什么差别吗？”

“作用机理应该差不多。据说PMMA比冰毒更刺激，不过这种毒品比较新，研究刚开始，还没有数据。”

“我们可以审问他吗？”

“以他目前的情况，我看比较难。他现在要么痴痴呆呆的，要么惊恐万状，要么就是动手伤人，我们都很难和他对话，更不要说你们了。”

“他会是伪装的吗？”小武问医生。

“他为什么要伪装？他想待在这里？他是被家人送进来的。如果他想出去，至少应该伪装没病吧。”

小武想王子冲是没必要伪装的，因为警方找他是这几天的事，他发病的时候又没有警方在找他。

医生说王子冲的脑部CT检查发现有脑萎缩迹象，应该是长期吸食冰毒造成的影响。伴随脑萎缩而来的就是记忆力下降，智商变低，目前他的痴呆症状与此有关，而且这种伤害是不可逆的。

王子冲已经确诊精神分裂症，就算最终他和秦师傅合谋抛尸罪名成立，他也可以不承担刑事责任。

“跑了这么久，最终白费力。”

“他现在这样子，惩罚还不够吗？”

如果我得了脑萎缩，起码刑警是干不了了。小武想想都不寒而栗。

“王子冲吸食冰毒很久了吗？”老崔问王金花。

“不清楚，我觉得他在公司的时候还挺正常的。”王金花一副事不关己的模样。

“现在这个事情已经越闹越大，贵公司牵扯进去的人越来越多，你就没什么要说的吗？”

“我确实不知情。他就算溜冰也不在公司里。再说公司这么大，我们负责的部门不一样，平常一周也就见一两次面。”

“是不是因为他吸毒你们把他开除了。”

“我没有这个权力。在公司，他的职位比我要高一点儿。”

“你真的不知道他和秦师傅合谋把秦薇抛尸吗？”

“崔警官，我要怎么说你才相信？我是真的不知道。我要发誓吗？”

/ 第七章 /
不算结案的结案

1. 一丘之貉

王金花一开始不明白王子冲为什么要让秦师傅抛尸。后来明白了，她没得选择。

王金花等警方上门已经很久了，她没想到的是警察会来得这么晚。

要来的终归是要来的，目前情形，除了装傻王金花无能为力，就看董事长有没有办法了。

时间回到去年 8 月 10 日，人在三亚的王金花被董事长一个紧急电话召回北京，来接机的居然是王子冲。

一路上王金花问王子冲出了什么事，这么火烧火燎的？

王子冲说见到董事长就知道了。

当王子冲开车带她拐进后海的一条胡同时，王金花意识到这是去董事长的家。

王金花上次去董事长家还是数年前董事长挖她加入美虎的时候。从此之后，王金花就再也没有去过那里。董事长实际上也很少直接到公司，美虎传媒的日常运营主要是王子冲、王金花以及一位管财务的副总在负责。

董事长见到她，表情淡淡地冲王子冲一示意："你把情况跟金花说一下。"

王子冲拉着脸："秦薇死了。"

王金花的脑子一时间短路，愣了十几秒才开口："你开什么玩笑？"

"你看我像开玩笑吗？"王子冲眼球布满血丝，一脸黑气。

"什么时候？怎么死的？"

"8 号早上？或者是 7 号晚上？不清楚。"

"7 号？ 7 号她不是还去参加《白骨精》的开机仪式吗，我跟她通电话的时候她还好好的，怎么就死了？"

8月7日，秦薇下午去参加网络剧《白骨精》的发布会。由于这个戏之前一直是艾豆出头露面，秦薇回来的时间很短，接手可能会有点障碍，当天早上王金花在外地还分别打电话给导演、秦薇以及助手交代一些注意事项。

“你自己看吧。”王子冲掏出手机，点拨了几下，递给王金花。

手机屏幕显示的是秦薇的脸，照片中的秦薇闭着眼，歪张着嘴，脸色发青。

“你可以往下看，我拍了几张照片。”

接下去照片是秦薇全身照，秦薇上身穿一件无袖T恤，下半身是一条黑色三角裤，躺在床上。再下几张照片是一个注射器在手边的特写。

“为什么不抢救？”

“发现的时候已经没有心跳，身体都硬了，凉了。你看她的脸，都发黑了。”

“在哪里发现的？”

“在她家。”

“你和她在一起？”王金花盯着王子冲。

“我发现她的时候她已经——”王子冲避开王金花的眼睛，对着董事长说，“我是昨天中午去秦薇家的。我们前天约好昨天中午一起吃饭，早上我给她打电话，她的手机关机了，我就直接去她家。她的司机先到，发现秦薇出事了，叫我，我就上去，发现她倒在床上。”

王金花抬起身冲王子冲嚷道：“为什么不叫急救？”

“我刚才已经说了，我看她倒在床上，叫她、推她都没有反应。上去听她的呼吸，她已经没呼吸，没有脉搏，也没有心跳了，身体凉冰冰的。”

据王子冲说，他和司机秦师傅试着给秦薇做人工呼吸，但是一点儿反应都没有。

“你怎么知道就没救了？应该叫120的，也许还有救。”王金花颓然坐下，喃喃自语。

王金花和秦薇多年合作，友谊早胜过一般姐妹。秦薇这次美国戒毒时间虽然不长，但看起来效果不错，有活力多了，人也胖了。前几天王金花和她在一起的时候，秦薇还说毒品真是害死人，以后再也不碰了。王金花怎么也想象不到她才离开北京两天，一个大活人随随便便就没了。

王金花的眼泪哗地流下来。她对王子冲没有第一时间对秦薇施行抢救十分不满。王子冲真不是玩意儿，第一时间想到的不是救人，而是向老板报告。

王子冲急道：“她身体都冷透了，死了也不知道有多久了，我想这时候120来也没用，我也不知道怎么办好，就打电话给董事长……”

董事长抬手让王子冲暂时不要说了，等王金花哭得差不多，他才开口：“金花，我知道你和秦薇的关系不一般。这么一个大活人没有了，我也很难过。秦薇是我们美虎的顶梁柱，她死了，公司损失巨大。不过，现在不是哭的时候，当务之急，还是赶紧拿出一个应对之策。”

王金花止住抽泣，一边擦泪水，一边注意听董事长的话。

“我从证监会内部得到消息，下个月就会宣布IPO重启。今年A股表现不佳，但传媒股走得很好，美虎上市之后，我想表现也不会太差吧。而且我们还有金花你负责的美虎娱乐网，网络概念是现在的大热门，股价一飞冲天也是有可能的。大家努力这么多年，不就是等这一刻吗？”

王金花和王子冲都是美虎传媒的股东，他们两人各拥有百分之十的公司股份，秦薇拥有百分之三的股份。如果美虎成功登陆A股，王金花和王子冲拥有的股票市值至少在四亿以上。

王金花很清楚董事长这番话蕴藏的意思，但是现在——

“但是现在秦薇吸毒暴毙，也许我们的梦想就此终结。”董事长叹了一口气。

对，秦薇死亡的消息还没暴露。王金花问王子冲：“秦薇现在在哪里？”

王子冲迟疑了一下，说：“尸体还在家里，你要去看看吗？”

王金花赶紧摇头。

接下来会发生什么王金花很清楚，新闻头条、警方调查、上市梦碎，这些年的努力付之东流……王金花眼前恍惚起来。

“金花，接下来你有什么想法，说出来听听。”董事长的声音把王金花拉回现实。

“接下来，接下来大概先要应付记者吧。”王金花现在脑袋里一团糨糊，“我想，如果当时把秦薇送去抢救，可以不报姓名，就说吸毒过量要抢救——”

“喂，王金花，你怎么又绕回来？不是我不救，是人早已经死了，你把她送到医院，吸毒死的，医院马上报告警察。我看你怎么办？” 王子冲对王金花的态度非常不满。

王金花说：“董事长，您能不能想办法让公安局不发布秦薇死亡的消息？”

“这个超出我的能力范围。”董事长皱起眉头。

“就算抢救不过来，人死在医院，我们不要说她是秦薇，而是另一个人……艾豆，对，用艾豆的名字来顶替秦薇，不就行了吗？！”王金花的脑筋逐渐活络起来。

“你开什么玩笑？时间那么仓促，怎么可能？众目睽睽之下把秦薇搬上急救车，丽晶华府物业这一关你就过不了。你说她不是秦薇是艾豆，谁信？用艾豆来代替秦薇，艾豆现在在哪里？她同不同意？你说的不是替身，是替死。就算艾豆同意，还要和她家里人串通，警察有那么好骗吗？”王子冲语速很快，一连串质疑抛向王金花。

“可以试着去说服艾豆，也许她愿意。可以叫她先回丽晶华府，我们再想办法把尸体移到她住的地方，然后再报案，那么死者就是艾豆，不是秦薇。”王金花可不是一个容易被压制的主儿，何况她向来不服王子冲。

王子冲哂笑道：“艾豆也许可以说服。好，金花，你去和她说。不过，她是你的人，到时候警察来调查，你去应付。我们可什么都不知道。”

王金花张口结舌。纸上谈兵可以，警察真上门，她可不知如何应付。

看两人都不说话了，董事长开口：“金花，子冲，犯法的事我们不能干。一件事牵涉的人和环节越多，越容易失控。接下来，要做好事情曝光的准备。首先要淡化秦薇与公司的关系。秦薇吸毒致死，那是她自己的选择，与公司无关。你们去查一下，之前对她宣传比较多的地方就拿下来。秦薇只是美虎的签约艺人之一，她的死对公司经营影响不是致命的。尽量不要让秦薇死亡的消息影响公司上市进程。我想这一点你们都同意吧？”

“同意。”王子冲抢先回答。

董事长目光转向王金花，王金花也点点头。

“然后嘛，需要各方面努力。尽量把事态控制住，越少人知道越好。如果能够把消息押后到公司上市之后，即便曝光问题也不大了。”

丽晶华府住着杨玛丽和秦薇，几乎每天都有狗仔在外面晃。除了用艾豆李代桃僵，王金花不知道这种事怎样才能盖得住？

“子冲出了一个主意，金花你听听看是否可行？”董事长示意王子冲继续。

“这个，各方面都不允许秦薇死亡的消息走漏。用艾豆去替死是一个办法，但刚才董事长也说了多一个人知道，就多一分风险。最好的办法——”王子冲停下来喝了一大口水，说，“好，我直截了当，最好的办法是让尸体无声无息地消失。”

让尸体消失？真是神建议！王金花再一次张口结舌。她瞅瞅董事长，董事长面无表情。王金花想，董事长和王子冲在她来之前大概已经商量过了。

王子冲的方案是抛尸。神不知鬼不觉地把尸体运出去，然后再让艾豆回来继续当替身，对她说秦薇改变主意又出国戒毒去了。

王金花朝王子冲冷笑：“抛尸？亏你想得出来，你是不是又吸多了？”

王子冲还之以冷笑：“那你想个办法。”

王金花再冷笑：“我没有办法，犯法的事我不做，抛尸你去？”

“哼，这种事不需要我去做。”

“那谁去做？”

“秦师傅。”

“秦师傅？哪个秦师傅？”王金花觉得这个名字耳熟，但一时间反应不过来是谁。

“秦薇的司机——秦师傅。”王子冲挺得意，“尸体是他最先发现的，他是除我们以外唯一知道秦薇死亡的人，他来抛尸最合适不过。”

“他有病呀，秦薇吸毒死关他什么事？他凭什么为你抛尸？哦——”王金花反应过来，“你塞钱给他？”

“钱大概是要花一点儿，不过比起上市，这花费就微乎其微了。”

“他就不怕犯法？抛尸这是重罪吧？”

“抛尸是他想出来的，然后他开口向我要钱。”

“这个把柄在他手里，永远要受他讹诈。”

“不会的，抛尸的又不是我们，是他。再说，他也有把柄在我手里。”王子冲信心满满。

王子冲说秦师傅主动愿意帮忙抛尸，是因为有把柄在他手里。因为秦薇吸食的毒品来源正是秦师傅，秦师傅平时除了为秦薇开车，还负责为秦薇买毒品。秦薇吸毒过量死亡，秦师傅逃不了干系。抛尸既可以赚钱，也可以帮他自己逃脱罪责，王子冲正是看准这一点。

“秦薇死了，他完全可以否认秦薇的毒品来源是他。”

“他否认不了，秦薇不少朋友都从他那里拿货。”

“那也没必要冒这么大的险吧？这种事情迟早会暴露的。”

“他怎么想的我不清楚，反正现在是他自己愿意做，又不是我逼他的。他大概上网查过了，只要人不是他杀的，抛尸不是什么大不了的罪。属于侮辱尸体罪，被抓到顶多判个一两年，最多不超过三年。提供毒品致人死亡罪名就大了，至少十年以上，甚至死刑。他自己会衡量的。”

“他可以否认是他提供毒品给秦薇呀，人都死了。死不认账，又没有证据。再说他跟秦薇好几年了，你有把握他不会变卦？人总是有感情的吧。”王金花现在的情绪已经恢复正常，如何应对秦薇之死，如何趋利避害是当务之急。她觉得刚才自己让艾豆替死的想法是比较荒唐，但王子冲让秦师傅去抛尸却也有点匪夷所思。毕竟不是职业犯罪，普通人怎么禁得住警察的调查和审问？

王子冲讥笑道：“所以我说还要用钱啊，吓他一下，再给他点钱。人为财死，鸟为食亡。他自然会干。”

“我看这个事情不靠谱。万一警察查到他，他到时没守住，说是你指使他抛尸的，你就完了，还会把我们牵扯进去——”王金花瞟了一眼董事长，董事长没大动静，看来他还沉得住气。

王子冲有点不耐烦：“我想他不会和钱过不去。秦薇死了，他就失业了。我们可以跟他说万一他被抓进去，公司提供一笔补偿金给他家里，一年一百万。一百万不行？两百万总行了吧？几百万换一两年牢房，挺好赚的吧？”

“这不是钱的问题，是他敢不敢、嘴巴紧不紧的问题，还有警察相不相信的问题。如果秦师傅怕警察知道秦薇的毒品是来自他这里，他就应该直接报警，报警但否认贩毒。秦薇吸毒死亡，不关司机什么事，警察自然放过他。如果尸体被发现，警察追查抛尸人，最终自然会查到秦师傅这里。秦师傅如果被识破、认罪，警察肯定会问秦师傅抛尸的动机。就算秦师傅嘴巴紧，自己扛下来，警察也会想为什么秦薇的司机要抛尸，抛尸对司机有什么好处？秦薇死亡的消息曝光对谁最不利？肯定是美虎公司。那么美虎是否参与抛尸呢？最终肯定会把我们扯进去。” 王金花咄咄逼人，据理力争。

王金花这番话出口，董事长有点坐不住了，他对王子冲说：“金花说得有道理，秦薇死亡是意外，千万不要把自己牵扯进去。”

王子冲大声道：“董事长你放心，这个事情我来负责！我保证事情绝对到我这里为止，一切与你们无关，将来就算有警察来问，你们就说什么都不知道。”

王金花不依不饶：“你现在拍胸脯没有用，真到那一天，谁知道你会怎么说？搞不好还会说是我们指使你干的。”

王子冲跳起来指着王金花说：“王金花，你脑袋坏掉了！我是为公司考虑，你张嘴乱咬。”

王金花也跳起来：“你脑袋才有毛病！昨天晚上又去溜冰了吧？！什么破主意，抛尸，亏你也想得出来。”

王子冲急了，作势要打。

这下董事长不能再坐着了，他赶紧站起来安抚两位得力干将。

“现在不是吵架的时候。大家都是为公司好。子冲，你把方案考虑周全一点，金花帮你把关，想一个万全之策。这个时候小心谨慎是不会错的。”

王金花明白了，董事长是倾向抛尸的。

王子冲咽口气，愤愤地说：“我的脑袋没你那么简单。发现秦薇死亡之后，秦师傅紧张得不得了，因为是他拿毒品给秦薇的。”

“王八蛋，我要宰了他！”王金花骂道。秦薇好不容易开始戒毒，一回北京就复吸，原来是身边人作祟。

王子冲说秦薇回国之后毒瘾发作，秦师傅为她买来白粉。昨天发现秦薇死在床上，身上还插着注射器，秦师傅吓坏了，第一反应就是想跑路。王子冲告诉他，秦薇这样的名人死了，警察肯定不会放过他。秦师傅很紧张，问王子冲这种情况会判多少年？王子冲说死人了，至少十年吧。如果说他贩毒，死刑也有可能。秦师傅吓坏了，求王子冲能不能不要报警。王子冲说不报警怎么行。秦师傅说可以让艾豆回来代替秦薇。王子冲问他秦薇的尸体怎么办？他主动说他可以想办法处理掉。王子冲问如何处理？秦师傅说可以装到行李箱中运出公寓，然后在郊外找个没人的地方埋掉。

王金花想这个秦师傅是不是也是瘾君子，否则怎么想出这么疯狂的主意。秦薇吸毒死亡警察不见得会怀疑他，他去抛尸不是没事找事吗？

“他怎么知道你会同意他抛尸？”

“他以为公司找艾豆来就是想替换秦薇。真秦薇消失，公司获益更大。”

话虽然不错，但王金花怀疑：“他一个司机怎么会想那么多？”

“你以为人家傻啊！”

“哼，我怎么觉得会同意抛尸的人更是傻到家了。”

“我不跟你扯淡，你不傻，你去报警吧。”

王金花当然不傻，她知道这时候最聪明的选择就是装傻。抛尸这个事情虽然很离谱，但事已至此，她能怎么样？她能提反对意见吗？让公司上市流产？有病啊！也不必去挑破绽了，让王子冲去折腾，自己知道得越少越好。万一被发现，就装傻，咬死不知情就好了。

很明显，董事长和王金花想法一致。他不听王子冲阐述关于抛尸的详细计划：“你想怎么做就怎么做，不必经过我，你刚才说得很好，我们一无所知。个人行为，与公司无关。这是原则。你懂的。”

“我办事，你放心。董事长，到时候我会用秦薇的手机发信息给金花，就说决定出国戒毒。万一警察来问，让金花也有说辞应对。”王子冲拍拍胸脯，意思自己办事牢靠，考虑问题周到。

“董事长，你真的同意王子冲这么胡搞？”

“这个事情确实很头痛。不过不这样，好像也没有更好的办法。”

“王子冲最近越来越胡来了，我觉得这与他溜冰有关，脑袋有问题。”

王子冲吸食冰毒有一段时间了。王金花是从手下艺人那里知道的，有女艺人告诉她，王子冲带她们出去玩，让她们尝试冰毒，不吸还不高兴。而且王子冲吸毒之后，喜欢乱搞，还爱玩SM。很多女艺人都怕他，但又不敢得罪他。王金花得知这个情况之后报告给董事长，董事长说要跟他谈一谈，不知后来谈过没有。

"我怀疑秦薇回来复吸跟王子冲也有关，秦薇一回来他就约她出去玩。"王金花继续告状。

董事长叹口气："王子冲这个人能力很强，缺点就是管不住自己的老二。"

"如果任由他这样搞下去，公司迟早会毁在他手里。" 王金花愤愤地说。

王金花和王子冲在美虎传媒的职位都是副总经理，但是王子冲与董事长有点亲戚关系，因此王子冲在公司地位隐然在王金花之上，这让王金花一直不爽。一定要抓住这个机会把王子冲赶跑，王金花脑海中冒出这个念头。

董事长皱紧眉头："你说的情况我知道。现在出了秦薇这档事，就是敲响警钟了。公司发展到今天，很不容易。金花你和王子冲都花了很多心血。子冲吸毒这事我看也是个隐患，我想再跟他谈一下，他也必须要戒毒了。如果他不戒毒，美虎也不能再用他。"

2. 偷窥

去年七月，艾豆是在筹备《白骨精》的忙碌和喜悦中度过的。

秦薇首肯艾豆拍摄《白骨精》微电影，还亲自创作主题音乐和主题歌。丽贝卡投了五百万元，美虎负责拍摄。王子冲专门为艾豆挑了一位科班出身、性格温和的女导演来指导零经验的她尽快进入角色。男主角黄婷婷挑了师弟，艾豆没意见，她不知道黄婷婷是看在她的面子上还是师弟攻关成功。

师弟当然对"天后"千恩万谢，又要以身报答。艾豆果断拒绝。

这段时间艾豆伺候王子冲太过痛苦。王子冲人前道貌岸然，人后禽兽不如。他喜欢以冰毒助性，吸食冰毒之后欲望特别强烈，性交时间长，偶尔还有暴力倾向，令艾豆痛苦不堪，已经对性爱产生恐惧感。还好王子冲顾忌艾豆身份特殊，经常有狗仔盯梢，不能随便去娱乐场所，不能玩 3p，艾豆又坚决不溜冰，玩起来不尽兴。又或是王子冲身边女人太多，几次之后他似乎对艾豆失去了兴趣，不再来骚扰她。艾豆长出一口气，心想总算是逃出生天，可以专注于《白骨精》的拍摄准备了。

没想到月底艾豆突然接到王金花的通知，秦薇即将回国，她将亲自出演《白骨精》。

一盆冰水从头浇下，透心凉啊！

准备老半天终究是替人做嫁衣裳，艾豆还得强颜欢笑迎接主子归来，还得鞍前马后交接工作。

当把师弟介绍给秦薇之后，师弟看自己的眼神里充满肉食者的怜悯，艾豆差点崩溃。

交接完工作，艾豆向王金花请假去西藏旅游疗伤。本来她打算在西藏待上一个月，没想到去了不到一个星期，王金花就打电话让她赶紧回北京，因为秦薇选择再次出国戒毒。飞走的女主角又回到艾豆的手中，艾豆当然高兴啦。看来藏地的佛祖还真是蛮灵的，一求就有。她打电话给秦薇想表示感谢，可秦薇的手机不在服务区，林梦梦的手机也接不通，短信和微信也没有回复。

重新回到丽晶华府，艾豆感觉不太好。这里越发让她感觉自己是被排斥的，一种被人呼来唤去的感觉。主卧又被锁上了，虽然钥匙还放在保姆房内，艾豆却没心思去窥探了。

算了，就当住酒店吧，还是要调整好心态，才能奋斗下去。艾豆给自己打气。

再回到剧组，导演和师弟对她的态度明显与以前不一样。大概是知道她不过是天后替身的缘故，恭敬就免了。好在大家都是美虎签的新人，把片子拍好是第一位的。再说他们都需要天后的名头来为片子保驾护航，懂得什么该说什么不该说。人前还是给足艾豆面子，人后没有地位差距大家反而融洽。艾豆很快摆脱心理上的不适，积极投入工作。

《白骨精》在房山的一个影视基地拍。王金花为艾豆安排了一个助理，河北女孩，大手大脚，比较粗心，与林梦梦比起来差得很远。这是王金花给她装门面的，艾豆也没什么要求。只是不知道为什么秦薇的司机秦师傅辞职了，公司换了一个新司机来给她开车。

这天拍摄间歇，艾豆回保姆车休息。上车时她看见司机座位上有张纸，是一张认尸启事。

艾豆问司机："这是哪里来的？"

司机说："刚才有辆警车开过来，发给我一张。"

"嗯，给我瞧瞧。"

认尸启事

2013年8月12日，警方接群众报告，在国道附近山区发现一具女尸。该女子面部受损，身份不明。年龄约30～32岁，身高170厘米左右，体型消瘦，发现时为裸体，疑似吸毒人员。死亡时间大约在8月8日前后。

警方现需确认死者身份，如有知情者，请速与警方联系。

提供准确信息者，奖金2000元人民币。

联系人：武警官、崔警官

联系电话：010-××××××××、139××××××××

××区公安局

晚上回到家里，艾豆又把认尸启事拿出来看了一遍。

尤其是那张有明显拇外翻的脚部特写照片，艾豆看了又看。在她的印象中，秦薇也有拇外翻。面试之后，秦薇和艾豆挺投缘的，很快就接受了她。拍完火焰鸟广告秦薇还邀请艾豆到丽晶华府住过一个晚上。

秦薇在家喜欢光着脚走在地毯上，艾豆当时就注意到秦薇就是这样一双拇外翻很严重的脚。秦薇自己倒是很坦然，说高跟鞋穿太多了，把脚穿坏了，准备过一段时间去做手术矫正一下。艾豆还说，手术做好了，那么多漂亮的鞋不就废了。秦薇大笑回答，那就不做了，我本来就害怕动手术，你帮我找到一个理由。

艾豆从西藏回北京这一段时间，已经打过几个电话给秦薇和林梦梦，都是关机，发信息也没回。王金花告诉她秦薇回美国继续戒毒，艾豆想她们在洛杉矶，也许国内的手机不用了。于是她直接打秦薇在洛杉矶的戒毒所电话，戒毒所方面说秦薇已经离开那里回国了。艾豆当时想秦薇是换地方了还是在外面玩呢？

现在看这张认尸启事上的女人怎么那么像秦薇：32岁、身高171左右、消瘦、拇外翻、吸毒。

艾豆越看越不对劲儿，她尝试再次拨打秦薇和林梦梦的电话，依然关机。她准备等晚些时候美国早上时间再打电话到那家戒毒所问问。

秦薇不会出事了吧？

想了一想，艾豆去保姆房拿了备用钥匙，她准备到主卧里看看。

秦家各房间的一套备用钥匙放在保姆房的柜子抽屉内，这是秦薇亲口告诉她的。

秦薇虽然把家大方地借给艾豆住，但是主卧和秦母房间的房门是锁死的。这一点让刚入住时的艾豆玻璃心碎了一下。

拍丽贝卡假发广告时认识了老板娘黄婷婷，黄婷婷的微电影设想吸引住艾豆。艾豆认为自己目前只是戴着秦薇的假面演戏，不知道能混多久。最终想在娱乐圈有立足之地，迟早得打出自己的名号。自己的演唱水平毕竟有限，朝这方面发展根本没有机会，不如在表演上尝试一下。

微电影门槛低，全部由丽贝卡来投资，虽然广告意味浓，但是推广经费有保障，可以保证网络点击率。对艾豆这样的新人来说，通过拍摄微电影积累经验，在观众面前混个脸熟再好不过。

由于黄婷婷认为她已经付给秦薇代言费，拍微电影是举手之劳，请秦薇拍微电影的酬金她想省掉。这个王金花这里就通不过，更不要说去说服身在美国的秦薇了。

艾豆没办法，只能对黄婷婷找借口说很忙抽不出时间，且要看剧本怎么样。黄婷婷说那好她让人先准备一下剧本。艾豆说好。丽贝卡那边早有准备，很快就传了几个剧本过来，其中就有《白骨精》。

《白骨精》是一个女白领深夜加班遇上灵异事件的故事。艾豆很喜欢这个本子，但是不能说服王金花一切白搭。

攀上王子冲后，艾豆把想拍《白骨精》的意思告诉王子冲。王子冲在影视行业也是大拿。他看过《白骨精》的本子后觉得有点意思，认为秦薇会喜欢这个创意，不如请秦薇来作词、作曲，把这个微电影拍成加长版的MTV，这样也许可以说服秦薇。

王子冲告诉艾豆，你可以先跳过王金花，把剧本给秦薇看，有什么问题我再来帮你解决。

艾豆觉得王子冲的主意非常好，如果真有秦薇给这部微电影写歌，一炮而红的概率很大。她立即和在美国戒毒的秦薇联系，把王子冲的想法告诉她。

运气好得出奇，秦薇居然一口应承下来。她说在美国太无聊了，正好找点事情做做。她让艾豆先把剧本传给她，她要找感觉、提意见。

接下来就是秦薇打电话给艾豆，她让艾豆到她主卧的书房里找一台索尼D50的录音机。机子大概放在主卧套间书桌的抽屉内。艾豆跟秦薇说房间是锁着的，进不去。秦薇告诉她保姆房的五斗橱抽屉里有一套备用钥匙。艾豆终于可以进入主卧了。

秦薇的主卧是一个套间，有一间卧室、一个卫生间和相连的一间书房兼工作房。卧室很大，有一张大床、床头柜、衣橱、梳妆台。书房里有书橱、大班桌、办公椅和一张双人沙发。除了电脑、音箱，还有一台很多按键的电子设备，好像是音乐合成器，然后还有一个一米多高的铁皮保险柜。卫生间里是按摩浴缸、独立淋浴房和双人梳洗台。

卧室和卫生间里收拾得很整齐，但是书房里就比较乱。这里大概是属于秦薇的个人空间，保姆没怎么收拾。书橱里放着没喝完的威士忌，大班桌上有烟灰缸和打火机，还有一包开过口的万宝路香烟。

艾豆想，秦薇大概经常坐在这里喝酒、抽烟、写歌。嗯，还有吸毒。

艾豆在大班台下的抽屉内没有找到秦薇说的D50，书橱里也没有，后来在沙发边的茶几隔板上找到那台酷酷的小机器。

索尼 D50 录音机算业内神器了，艾豆在美虎娱乐网开个人秀时曾经也想买台 D50，由于超预算只好放弃。此时把玩实物，外形确实很酷，音效又超好，勾起艾豆曾经的梦想。现在有钱买了，艾豆准备自己也去入一台。

艾豆在书房里没有发现毒品，也许秦薇藏起来了，搞不好藏在卫生间的马桶水箱里？艾豆还真的去卫生间翻水箱盖，没有。卧室内也扫了一遍，没有。也许有暗盒，也许藏在保险箱里？

秦薇的保险箱可真大，高大概有一米二左右，上面有按键和钥匙孔，大概需要同时插钥匙和输密码才能开启，里面大概有不少现金和值钱的珠宝首饰吧？

窥探的心理满足之后，艾豆撇撇嘴，没什么了不起嘛，还把门锁得这么紧，小题大做，看不起人，呸。

艾豆突然觉得自己好低级、好贱，怎么有如此强烈的窥探欲？

谁叫王金花不给我安排工作，无聊啊，那就继续窥探吧。

窥探完秦薇的房间，艾豆又把秦薇妈妈的房间打开。

秦薇妈妈的房间墙壁上挂了不少照片，都是自己和女儿的，没有男人。艾豆觉得秦薇妈妈脸型看起来和自己的妈妈有点像，但是面相看起来比自己的妈妈厉害。单亲母亲不厉害点是不行的。年轻的秦薇确实和自己很像，脸比较圆。后来她整过容的照片，秦妈妈都没有挂在墙上。

秦妈妈的房间内也有一个书橱，里面大都是跟音乐相关的书籍还有教材。艾豆想有空的话可以补习一下，不过她现在更感兴趣的是秦薇妈妈的日记。因为她在书橱里竟然发现了秦薇妈妈的日记本。

嗨，其实秦妈妈的日记也没什么“精彩”内容，大都是日常生活的鸡毛蒜皮，没有透露秦薇的亲生父亲是谁，没有爱情故事、没有第三者就少了噱头，有母女俩关于整容的争论；有母亲对女儿吸毒的担忧；有多次带女儿戒毒的过程；有发现自己患癌之后的绝望。

还有与钱有关的内容。从日记中艾豆发现秦薇把大部分收入都交给母亲管理。不过秦妈妈不会理财，钱不是存定期就是买低风险的理财产品。直至秦母去世前账上的资金已经有五千多万。秦妈妈的钱分存于三家银行，且都开通网络银行业务。

好有钱啊！艾豆羡慕、嫉妒、恨啊！

怪不得需要保险箱，有钱人啊。像自己家没什么值钱的东西，保险箱对于自己这样的家庭都算是奢侈品。

那么大的一个保险箱价格是 8900 块，这在秦妈妈的日记中也有记载。厂家直接送货上门，介绍使用方法。

“密码是我和小薇的生日。”秦妈妈在日记中写道。

之前在找 D50 时，艾豆在秦薇的书桌最下面的一个抽屉内翻到一把造型很怪异的钥匙，不知道是开什么锁的或者只是一件玩物。现在看到秦妈妈日记中有关保险箱的记录，艾豆突然想到那把钥匙该不会是保险箱的钥匙吧？

回到秦薇的书房拿那把钥匙一试，果不其然，正是保险箱的钥匙。如果猜对密码，那么就可以把秦薇的保险箱打开。如果里面有金银财宝，我就把它们席卷一空，跑路。哈哈，想想而已。

秦薇出生于 1980 年 12 月 27 日，秦妈妈的出生年月是 1955 年 12 月 12 日。秦妈妈说保险箱密码是两个人的生日，是不是指保险箱的密码是两个人的生日组合？艾豆准备试一试。

这个保险箱密码栏是六位的，艾豆猜用月和日组合的概率大。秦妈妈和秦薇都是 12 月生的，艾豆输：121227，不对。再输：122712，不对。再输一个：271212，还不对。

突然，保险箱“嘀嘀嘀”地响了起来。艾豆吓得跳起来，是保险箱自动报警吗？艾豆吓坏了，不知如何是好。她赶紧把钥匙从保险箱上拔下来放回抽屉，飞快地逃出房间，砰地把门拉上。房间内“嘀嘀嘀”的警报声还在响。

艾豆想这保险箱不会和派出所有联系吧，警察不会来抓我吧？是不是要逃出丽晶华府啊？

还好，“嘀嘀嘀”的警报声没多久就停了，又等了一会儿，并没有人来敲门。

把房门再度打开，保险箱淡定地站在原位。艾豆吐口气，心脏还在乱跳。真是手贱啊，艾豆自责，再伸手就剁手。

剁手说说而已，谁能抵挡芝麻开门的诱惑？

试了几次，艾豆找到这个保险箱的报警规律。密码输错三次就会报警，一分钟后警铃会自动停止。仅此而已嘛，没什么可怕的，艾豆继续摸索。

可是秦薇和她妈妈两个人的生日数字艾豆试了几十种组合，都不对。艾豆只好放弃。

直到有一天晚上看电视，电视购物频道上正推销某品牌的保险箱。主持人介绍保险箱的使用方法，主持人说在忘记密码的情况下，可以用备用钥匙和主钥匙一起打开保险箱。

艾豆记得在秦薇母亲房间发现的一个铁盒里收纳了一堆大大小小的钥匙，保险箱是秦母买的，也许备用钥匙也藏在那一堆钥匙里？

果不其然。在那一堆钥匙中发现了和秦薇书桌里那把主钥匙一样的一把钥匙，以及和主钥匙串在一起的其他两把钥匙。这两把钥匙会不会是备用钥匙呢？艾豆把这一串钥匙拿到主卧去试，可是她找不到备用钥匙的插孔。

到这一步，就难不倒女汉子了。艾豆给厂家售后打电话问备用钥匙插口在哪里？售后告诉她用螺丝刀把商标铭牌卸下来，后面就是备用钥匙插孔。原来如此。按照售后指导，先转动主钥匙，再转动备用钥匙，然后扭动把手。

“芝麻开门，芝麻开门。”咔啦咔啦，大保险箱的门应声而开。

秦薇的保险箱内部分为三层，上面两层是敞开的，中间一块隔板，最下层是一个带锁的小柜子。也许不担心保险箱被打开，小柜子的钥匙就插在柜门上。

动手翻看前，艾豆先拍照，以免万一弄乱引起怀疑。

最上层放的都是文件，房产证、合同、存折什么的。中间层放了一些现金，大概有两万元美金，十几万元人民币，一个招商银行的U盾，还有一个信封。最下层柜子里都是首饰盒，贵重珠宝大概都在这里。秦薇的更衣间内设计有首饰柜，一般的首饰、手表都放在那里。

那只信封上写着一个数字：121255。信封里两本建行和中行存折、两张银行卡、两只U盾。

121255是秦薇母亲生日倒过来排列，艾豆猜这个数字是U盾的密码。

由于无法联系上秦薇和林梦梦，认尸启事上的女人体征又让艾豆产生怀疑。回到丽晶华府后她立即进入秦薇主卧一探究竟。

主卧内有些凌乱，不像艾豆之前进去时那样整洁。

卧室内衣服随便丢，一条红点内裤就丢在地上。卫生间更乱，脏衣服、浴巾放在马桶上，女人要用的各种东西摊在洗手台上。

书房内，书桌上多了一台苹果笔记本和一副耳机，烟灰缸内丢满烟头，沙发上是一条牛仔裤和三个包。沙发边的茶几上放着秦薇让艾豆寄去美国的那台索尼D50。

艾豆在沙发上的PRADA黑挎包里发现秦薇的钱夹、现金、信用卡，还有身份证。

看这个场景，感觉主人应该就在房间内。艾豆觉得纳闷儿，秦薇怎么就凭空消失了呢？

回到卧室，艾豆注意到床上只有席梦思，没有床单，挺奇怪的。文胸、内裤丢在床边，地上还有一个小针筒。

艾豆蹲下来仔细打量那个小针筒。这是用来注射海洛因的吗？秦薇回国后艾豆见她气色不错，人胖了不少，不像出国前那副病恹恹的模样。这么快就复吸了？

再把保险箱打开，秦薇的护照就躺在最上面。

这下可以确认王金花说秦薇决定再次出国戒毒是在说谎。

认尸启事上的人到底是不是秦薇？

如果秦薇死了，死因是什么？从遗落的针管看，秦薇很可能复吸了，会不会是吸毒过量死亡？

如果秦薇死亡，为了避免摇钱树倒掉影响美虎上市，公司和王金花有理由隐瞒这件事。

还有，林梦梦到哪里去了？

抛尸是林梦梦干的吗？王金花叫林梦梦抛尸？

艾豆的思绪乱得很。我该怎么办？报警吗？艾豆当然不会这么傻。好不容易盼来的工作机会，《白骨精》刚开拍。

如果秦薇真的死了，艾豆这个替身角色就非常关键了。艾豆想我是不是可以趁机向王金花提条件，要求加薪。

艾豆想现在必须确认秦薇是死、是活？可是怎样才能确认秦薇是死、是活呢？

3. 人心不足

《白骨精》两个星期就拍完了。艾豆再三斟酌，她决定和王金花谈一下，见面地点约在艾豆现在住的酒店咖啡厅里。

“神神秘秘的，什么事电话里不能说，非要约我来这里？”王金花有点不满。

“我最近一直住在这里。”

“住在这里？你钱太多了？！”

“我哪儿有钱。每天司机接送，总不能住回苹果园，排场不能丢，只好咬牙住这里。”

“丽晶华府为什么不住？”

“薇姐家我不敢住了。”

“莫名其妙，好好的为什么不住？”

“嗯，花姐，你不要再骗我了。我在薇姐的房间里发现她的护照。”

王金花愣了：“什么意思？”

“花姐你说秦薇去美国了，但是她的护照、钱包、身份证还在家里。”

“你还发现什么？”

“我看见房间里很乱，还有注射器和一小袋白色粉末状物体。”

“还有什么？”

“还有我打电话给薇姐和林梦梦，她们的电话一直关机。我打电话到薇姐在洛杉矶的戒毒所，他们说薇姐回国了，至今没有回去。我不知道薇姐出了什么事，今天约花姐来想问清楚。”

“秦薇的事我不需要向你汇报吧。你管好自己就行。”

“好吧，花姐，前些天我在拍摄基地收到这张认尸启事，我觉得上面这个女人的身体特征很像秦薇。你看看。”

艾豆掏出那张认尸启事递给王金花，王金花接过来低头观看。艾豆看王金花没有特别惊讶的模样，她想王金花应该是知道秦薇死亡情况的。

秦薇的死因也许与吸毒有关，因为在房间内发现针筒。也许是秦薇吸毒猝死之后王金花他们决定抛尸，以免美虎上市受阻。

王金花也许参与了整个事件，和她挑明就是明摆着准备在太岁头上动土了。这是要冒大风险的，艾豆有点紧张，眼睛望向隔着三张桌子的肖晓彤。肖晓彤冲她点点头。

王金花把认尸启事仔仔细细地看过一遍，确实很像秦薇，也许就是秦薇。蠢货！王金花心里骂道。王子冲让秦师傅抛尸，尸体这么快就被警察发现了。

看认尸启事上的时间，距离现在已经过去快一个月了，这说明警察现在还不知道死者是秦薇。

“我看不出这和秦薇哪里像。秦薇刚戒毒回来，觉得身体还不行，她想再休息一段时间。你可以顶她的位置，还不好？”

“花姐你如果这样说，我就不敢对你说了。”

“你什么意思？”

“我没什么意思，我是花姐您带的人，我很尊敬您，至今还是。但是我来北京是来工作的，正当的、合法的工作，我不想卷入什么乱七八糟的事情里。”

“……”

“花姐，你是薇姐的经纪人，我想你和薇姐的关系很好。我相信你不会做对不起薇姐的事，才会找你谈。如果这件事是你做的，我对你就要退避三舍了。”艾豆在咖啡桌下捏了一下拳头。

“什么乱七八糟的，我不明白你的意思。我做什么事对不起秦薇了？”王金花有点心虚。

“好吧，花姐，我再给你看一些东西。”

艾豆从包里掏出一台 iPad，打开相册，给王金花看几张照片。

第一张照片是秦薇、林梦梦和师弟三个人在电梯内。

艾豆对王金花说：“花姐，这是我去丽晶华府物业监控室拍到的监控视频截图，这上面有时间，是8月7日22点32分。薇姐他们三个人晚上一起回家。”

王金花想这个师弟真他妈不是玩意儿，这么快就搭上秦薇了。

第二张照片是电梯内只有林梦梦一个人。

“这是林梦梦离开的时间，22点50分。”

第三张照片是师弟一个人在电梯内，时间是8月7日23点42分。

第四张照片是王子冲一个人在电梯内，时间是8月8日9点41分。

第五张照片是王子冲一个人低头拉着一个银色旅行箱，时间是8月8日21点34分。那只贴满标签的 Rimowa 铝制旅行箱是秦薇的。

“这张照片上的时间是晚上9点34分，王总拉走的这个旅行箱在他来时是没有的。从王总走了以后一直到我从拉萨回北京这段时间的视频我都看过，都没有薇姐。在8月7日晚上回家之后，监控就再也没有拍到薇姐的画面。薇姐一直待在房间里？薇姐到哪里去了？”

王金花无言以对。

“我猜薇姐就在那只旅行箱里。薇姐被害了，然后被抛尸。现在尸体被警察发现了。凶手要么是那个什么师弟，要么是王总。王总的可能性更大，因为是他把尸体运走的。而且王总干的这件事，公司是知情的。否则花姐不会骗我说薇姐又出国了。和你交底前，我一直很犹豫。从内心里我希望花姐你对这件事并不知情，因为我毕竟是花姐你带出来的人，我觉得有必要跟你核实一下。但是理智分析你不知情是说不通的。我约你在公众场合谈这件事，就是怕给自己带来不测。”

王金花强笑道：“我怎么会这么蠢——”止住，王金花再叹气，“我只能告诉你那是意外，你就别管了。”

“意外？秦薇是不是王子冲杀害的？”

“小艾，你问得太多了。我告诉你，秦薇的死是意外。以后你的工作可以一直做下去，只要你难得糊涂就行。”

“我可不想糊里糊涂地加入一个犯罪团伙。”

“浑蛋！谁是犯罪团伙？！”王金花压抑怒气和音调，“我说了，是意外！秦薇和我什么关系？我怎么会去害她？好吧，我们不要兜圈子了。我知道你的胃口一向很大，你想要什么？”

“我不想要什么，我要真相，我不想参与犯罪。”

“唉，小艾，我被你打败了。这个认尸启事上写得很清楚，死者死亡时间是8月8日前后。8月中旬我一直在三亚组织模特大赛，这个你应该知道。我不在北京，这件事我也是后来才知道的。正如你拍到的视频显示，事情是王子冲干的，他吸毒，脑子坏掉了。我就知道这么多，我不是罪犯，你满意了吗？”

艾豆不断逼问和激怒王金花，就是要从她嘴里听到有关秦薇死亡和王子冲犯罪的说法，艾豆的手提包内藏着秦薇那台录音效果超好的D50，此时正在工作状态。

“我知道花姐你那段时间在三亚，我猜你可能不知情，否则也不会让人那样对待薇姐。”

王金花长叹一口气，无奈地说：“你懂就好了。事情已经发生了，没办法挽救了。现在装糊涂是最无奈也是最佳选择。我的意思你懂吧？”

“我懂。”

“那就好。谁干的与你无关，也与我无关。这个时候置身事外、远离是非不是更好？你刚拍完《白骨精》是吧，先休息一下。以后你就是秦薇了，有你忙的。嗯，你去物业查监控，物业有没有问你为什么？”

“物业有问，我说有点事，想查一下记录。他们没多问，就给我看了。”

“没有其他人知道吧。”

“没有。”

“那就好。这个时候我们的原则就是置身事外、远离是非。”

“我听你的，花姐。我希望没跟错人，也希望公司给我更多的机会。”

“会的，会的。”王金花敷衍道。

“我希望花姐跟公司提一下，我有几个要求……”

肖晓彤是艾豆叫到北京来的。

艾豆觉得接下来要做很多事，自己一个人势单力孤，很多事情自己出面也不方便，她需要自己的亲信。肖晓彤早就向自己表过忠心，无疑是最佳人选。

本来她想就用肖晓彤做助理，想想不合适，不如让肖晓彤在身边保持一段距离做一个隐身人更好。

肖晓彤自认是个平凡的男人。艾豆人漂亮、嗓子好、在券商工作，肖晓彤觉得自己的条件有点配不上艾豆。不曾想艾豆更厉害，居然还跳到北京，整容成为天后的替身。随着地位和经济能力的差距拉大，肖晓彤以为自己肯定会失去艾豆，他很难受。艾豆已经彻彻底底征服他，他愿意时时刻刻拜倒在女王的脚下！所以当女王召唤自己时，肖晓彤没有丝毫犹豫。

“你愿意跟着我吗？”

“我愿意。”

“我让你把工作辞掉来北京你也在所不惜吗？”

“能跟你在一起，工作算什么？”

“我让你做什么，你就做什么？”

“绝不说一个‘不’字。”

“我叫你杀人你也不说一个‘不’字。”

“你就是叫我自杀我也不会犹豫一秒钟。”

“你现在很会说话了嘛。”

“因为你是我的女王。”

“我不相信，爱情是盲目的。你现在喜欢我，什么话都敢说。如果我告诉你，我不想嫁给你呢？”

肖晓彤沉默了一会儿，开口道：“你也许已经看不上我了。你身边都是各式各样的老板、有钱人，你有大好的前途。你在往上爬，我甚至没有被你踩的资格。但是我会让你知道，这个世界上，没有人比我更爱你，没有人比我更忠于你。”

艾豆满足地笑了：“好，本王不会亏待你的。如果本王要结婚，同等条件下会优先考虑你的。”

艾豆最初并不想把王子冲的罪证暴露给王金花，她打算直接敲诈王子冲。但是她担心秦薇的尸体已经被警方发现，未来王子冲被捕的可能性不能排除。万一王子冲被捕，自己敲诈的事王子冲肯定会供出来，到时候偷鸡不成反蚀把米。但是不敲诈王子冲也说不过去，秦薇死亡消息曝光之日就是自己失业之时，这种发财机会稍纵即逝。

肖晓彤建议艾豆可以不出面，他去谈，也不需要露面，用电话，以丽晶华府保安或者其他人的名义敲诈王子冲。

艾豆斟酌再三，决定避险第一，暂时放过王子冲，直接向王金花摊牌。王金花和公司不可能不知道秦薇失踪，既然他们放纵王子冲乱搞，肯定也是出于利益考虑。大家是一丘之貉，这个时候把柄在手，黑吃黑，公司服软的可能性很大。最重要的是要挟公司比敲诈王子冲安全。

艾豆向王金花提的条件是公司另外给她找一处高档住宅、半年内为她度身定做一部电影或电视连续剧、再给她百分之二的公司股份。

“艾豆，你真是可以啊，我都不知道怎么说你。所谓人心不足蛇吞象，我今天是见着了。”

“花姐，表面上看我的胃口是有点大，实际上这个股份并不保险。如果秦薇死讯公开王子冲案发，美虎传媒不要说上市、未来还能不能存在下去我都不知道。我没有向公司要钱，就是想和公司共进退。而且我想公司可以让王子冲把股份让一部分出来，毕竟事情是他干的，多少要付出点代价。不过给我的股份要公司转给我，王子冲转给我的股份我不敢要。”

“你的小心眼儿真不少。”王金花简直哭笑不得，“你不要钱？公司凭什么掏几千万元给你这样的人度身定做一部电影？《白骨精》这样的微电影行吗？”

“微电影当然不行。万一公司不能上市，我总不能什么都没有吧。拍电影我可以不要片酬。花姐你要对我有信心啊。你可以去问徐导，她说我很不错的，而且不管怎样，我以后还是会一直跟着花姐您的。”

王金花只能翻白眼。

4. 贼

艾豆与王金花摊牌后，美虎传媒动作很快，不到半个月就宣布王子冲离职。公司给艾豆在奥北租了一栋别墅，至于她要求的股份和拍大电影没有下文。

艾豆猜公司大概认为她不敢揭发王子冲，因为秦薇死亡曝光对她没有任何好处。

哼，那就走着瞧。

实际上公司强硬如此，艾豆还真不知如何是好。好在IPO重启由于股市低迷一推再推，真要阻击美虎上市随时来得及。另一方面，警方的调查进展如何也让艾豆有所顾忌。少安毋躁，小心驶得万年船，艾豆提醒自己。

和王金花谈判时，艾豆给王金花看的照片是经过挑选的。王金花只看到8月7日林梦梦、秦薇和师弟回到丽晶华府后林梦梦离开，而后8日早王子冲上门，而8月8日凌晨林梦梦重新回到丽晶华府后再没有出现。

8月9日秦师傅和王子冲先后去秦薇家，以及秦师傅和王子冲一同带走另一个旅行箱的视频和照片艾豆都没有给王金花看。艾豆分析王子冲拿走的Rimowa旅行箱和他与秦师傅拉走的LV旅行箱里应该分别装着林梦梦和秦薇。

林梦梦在王子冲去之后发生了什么事，艾豆不知道。王子冲没有杀秦薇的理由，秦薇房间内的吸毒工具和毒品显示秦薇死亡可能是意外。秦薇吸毒意外死亡后王子冲决定隐瞒真相，说服秦师傅协助抛尸。

林梦梦应该不会同意参与抛尸。她和秦薇关系那么好，秦薇把遗产都留给她了，无论如何她都不会和王子冲一起害秦薇的。除非林梦梦不知道秦薇把遗产留给她，王子冲拿钱买通她，她参与抛尸。但是即便林梦梦参与抛尸，她也没必要躲到旅行箱里去啊？

林梦梦的人联系不上，且有不少私人用品在秦宅的保姆房内，包括手机和充电器。林梦梦的手机早就打不通了。艾豆和肖晓彤悄悄找到秦薇借给林梦梦的房子，房间内一切就像主人随时会回来的样子。艾豆猜想林梦梦大概是遇害了。

王子冲怎么那么狠，林梦梦跟他有仇吗？为什么要下如此毒手？还有秦师傅，他应该是秦薇的人啊，为什么要帮王子冲？

艾豆不知道那天晚上秦薇家究竟发生了什么事？反正现在秦薇和林梦梦都死了。秦薇的尸体已经被发现，林梦梦的尸体被发现大概也是迟早的事。我是不是应该抓紧时间敲王子冲一笔？机不可失啊。

一开始艾豆打算用她在丽晶华府物业拍到的监控视频敲诈王子冲，但是她又担心王子冲被捕牵连到自己，转而直接找王金花敲诈美虎传媒。

艾豆没想到王金花和公司根本不理睬她的威胁。秦薇的尸体已经被发现，警方随时都有可能破案。自己要挟过王金花，美虎肯定不会再要她，那么警方破案那天就是自己失业的日子。

秦母账上那五千多万元开始向艾豆眨眼。

从王金花那儿确定秦薇死亡之后，艾豆第一时间从秦薇保险箱里盗走了秦母的银行存折、银行卡、网银U盾，秦薇的U盾虽然也在保险箱里，但是不知道密码拿走也没用。艾豆顺手还牵走了几件贵重珠宝、大部分现金和两份遗嘱。

两份遗嘱中有一份遗嘱是秦薇母亲留给秦薇的，因为内容涉及银行存款包括网银移交，肯定不能留给警方。

还有一份遗嘱是秦薇自己手写的，很短、很潦草。遗嘱上写着：

遗嘱

我决定我死以后我的所有财产，房子、现金、股票等一切财产都留给我的助理林梦梦继承。

秦薇（手印）

2013.4.5

奇怪。

艾豆印象中上次打开秦薇保险箱时只看到秦妈妈留给秦薇的遗嘱，没看到这份遗嘱。

由于担心偷开保险柜被秦薇发现，艾豆开启保险柜时拍照记录，翻看之后小心复原、抹去痕迹。

也许是当时比较紧张，看漏了？又或者这份遗嘱是秦薇回国后加进去的？难道秦薇早就预感到自己时日无多，预立遗嘱？真没想到秦薇居然把全部遗产留给助理。

艾豆感叹，林梦梦命也真不好，几个亿的财产居然无福消受。

现在秦母网银上五千多万元现金就拿捏在艾豆指尖，只要在键盘上敲下几列数字，半亿财富就是自己的了。可是艾豆有贼心无贼胆，网银转账有迹可查，想偷这笔钱风险太大。

自己在秦家独自住了那么长时间，警察很可能会怀疑她有机会偷走秦母的网银。还有王金花，王金花对秦家的情况很了解，如果林梦梦死了、钱没了，她也可能怀疑自己。如果林梦梦还活着，那么林梦梦的嫌疑比她大。

思来想去，艾豆觉得隐瞒林梦梦遇害对自己窃取秦母网银最为有利，所以她对王金花有所保留，没有揭发王子冲涉嫌杀害林梦梦的事。另一个原因是艾豆担心王子冲知道自己掌握他的作案证据后加害自己。

因此，艾豆把秦薇保险箱内的两份遗嘱、保险箱的备用钥匙、秦母的日记还有林梦梦留在秦薇家的衣物都带走了。主卧房间内可能留下自己指纹和痕迹的地方擦了又擦。

正因为前怕狼后怕虎，艾豆一直不敢动秦母账上的钱。直到肖晓彤来了之后，肖晓彤愿意替她到福建与地下钱庄交易。所有转账都通过网上进行，只要肖晓彤与地下钱庄交接钱款时不留痕迹，被查到的概率就很小。警方顶多怀疑一下，只要肖晓彤不出意外、不暴露，没有证据就不怕。肖晓彤进一步分析，警方真要怀疑，王金花的嫌疑比艾豆大，王子冲的嫌疑也不小。

最终在肖晓彤的协助下，再加上警方女尸案调查迟迟没有进展的无能表现，艾豆鼓足勇气将秦母网银上的钱洗劫一空。

5. 白骨精

微电影《白骨精》播出后网络反响热烈，尤其是“秦薇”演唱的主题歌《白骨》受到极大关注，因为这是摇滚天后秦薇两年来第一次发表新作。

《白骨》有强烈的迷幻电子乐风格，采用钢琴和贝斯混音，大量的如呓语的旁白，时而咒骂，声声尖叫在飘摇的旋律中有如“注射4号海洛因之后的反应”。

这首歌曲是艾豆在肖晓彤从秦薇的音乐合成器以及电脑中存储的创作素材中挑出来的。在这些素材中有大量这种风格的音乐，艾豆试听的时候就在想，这些风格诡异的“神曲”是不是秦薇吸粉之后的幻想曲？

果然，某著名乐评人就评价这是“注射4号海洛因之后的反应”。

艾豆觉得这个评语非常好，她指示肖晓彤雇用水军按照这个方向炒作《白骨》。因此秦薇吸毒的传闻再度发酵。

艾豆有了新想法，她准备在上海注册一家新公司，股东是妈妈和肖晓彤，名字就叫“上海艾斗文化传媒有限公司”。

有钱有底气，艾豆的小宇宙开始膨胀。既然撞上了千载难逢的机会，为什么不赌下去？！万一红了呢？我会成为新天后！我才是真正的女王！

不义之财毕竟还是很烫手的，艾豆不敢用。要想办法把它洗白，开公司是不二选择。只要公司把生意做大，那些钱可以慢慢套出来。

公司还在注册，艾豆已经为公司带来一项业务——拍摄《白骨》MV。艾豆还准备向黄婷婷购买《白骨精》的改编权和拍摄权。

现在《白骨精》的版权属于丽贝卡，艾豆不想花钱。她跟黄婷婷谈条件，如果黄婷婷把版权卖给艾斗，将来免费在影片中为丽贝卡做插片广告，现在《白骨》的MV也可以署上丽贝卡和黄婷婷的大名。当然丽贝卡要负担MV的制作费。黄婷婷盘算了一下，愉快地答应了“秦薇”。但是黄婷婷只同意拍摄权免费转让三年，即三年内上海艾斗不拍《白骨精》，黄婷婷有权收回拍摄权。成交！

接下来，艾豆要逼王金花答应美虎投拍《白骨精》。

艾豆认为开拍《白骨精》美虎公司风险并不大，一来网络版微电影口碑不错；二来丽贝卡、火焰鸟等广告厂商都愿意参与投资，美虎的资金压力并不大。

王金花不以为然：“人家买的是秦薇的账，不是你。”

现在投拍《白骨精》，万一秦薇已死的消息暴露，公司止损都来不及。再加上投资商反目，公司还要负责赔偿。这些都是美虎传媒很现实的考量。

“等公司上市之后，资金充裕了，可以专门给你度身定做一部戏。你看怎么样？”

“公司上市了，你们才不会管我的死活。花姐，我和徐导已经测算过了，不包括宣传费用，整个电影投资控制在五千万元以内。我可以另外找几家投资商出一半的钱，但是公司必须保证年底这部戏能开机。”

王金花冷笑道：“既然你这么牛，不如你自己找人拍片好了，根本不需要美虎啊。”

听王金花这么说，艾豆语气冷下来：“花姐，我不想跟你斗嘴。大家都是求财的，撕破脸对大家都没好处。而且我是花姐你带出来的，我想跟你长期合作。我希望美虎能慎重考虑我提的条件，还有我要求的股份，到底如何解决？请尽快给我答复。”

和王金花不欢而散后，艾豆决定给她点颜色瞧瞧。

一番筹划，艾豆放出消息说王子冲拉拢秦薇从美虎跳槽、成立新公司，同时准备投拍秦薇主演的惊悚大片《白骨精》。

王子冲在影视圈算是一个大腕，他从美虎离职已经在业内引起诸多议论。秦薇也是美虎旗下艺人，王子冲和秦薇联手，是“天后要跳槽”吗？一时间，王金花的手机被打爆了。

王金花立即找艾豆质问她想干什么？艾豆说自己什么都没干，网上消息与己无关，王金花应该找王子冲落实。艾豆还笑称如果王子冲找她拍《白骨精》的话，她肯定会去，还要和美虎提解约。

艾豆的话王金花半信半疑。王子冲离职是迫不得已，但是吸毒加上命案，王子冲不得不接受公司的安排。董事长建议王子冲赶快去办移民，给自己准备一条后路。公司还要求他要么转让股份要么找人代持，在上市的当口，王子冲当然不愿意转让股份，他选择找人代持。以王子冲的性格肯定是不愿意就此销声匿迹的，不排除艾豆和他联手各取所需。其实王子冲和“秦薇”准备投拍《白骨精》的这个小道消息对美虎来说本不算坏事，它有助于掩盖秦薇已死和王子冲被开除的真相。如果有必要的话不排除和“秦薇”解约，丢掉这个包袱。但是上市前“和秦薇解约”也很麻烦，美虎理想状态是现在减少“秦薇”的曝光率。不断涌来的问询让王金花不胜其烦又不得不小心应对。

艾豆想王金花每接到一个要求采访“秦薇”的电话，都会让她心惊肉跳吧。艾豆就是想增加“秦薇”的曝光率来逼美虎答应她的条件。现在她有资本了，更加不怕和美虎翻脸。如果美虎再不答应她的要求，艾豆不排除报警。暴露替身身份虽然是一着险棋，但也许能在秦薇的粉丝中树立良好个人形象。

真要拍电影还得靠美虎传媒。美虎毕竟是大公司，财力、经验、发行渠道都是成功的保障。艾豆知道真的想在行业内生存，真的想出名，必须站在大公司的肩膀上。

也许艾豆强硬的气场镇住了王金花，这一次美虎让步了。当然艾豆也做出了让步，毕竟大家是一丘之貉。

艾豆和美虎传媒在年底达成交易：美虎传媒转让百分之一的股份给艾豆成立的新公司上海艾斗，美虎传媒与上海艾斗合拍电影《白骨精》。

美虎认为用艾豆为女主角投拍《白骨精》风险太大，不愿投拍这部电影。但艾豆坚持一定要拍。王金花无奈地对艾豆说拍可以，钱你自己解决。艾豆虽然有钱，但不敢用。原本丽贝卡愿意投资，但艾豆担心秦薇事件迟早暴露，稳妥起见还是不要以秦薇的名义拉投资，自己想办法解决资金最好。

最终艾豆想到可以用那百分之一的美虎的股权质押融资来拍电影，借鸡生蛋。于是找以前证券公司的老板帮忙介绍客户。美虎传媒虽然还未上市，但这一年创业板影视传媒板块走得很好，美虎传媒已经上会，用它的股权来质押融资还是有吸引力的。很快，拍摄经费解决了。

王金花越发觉得艾豆这个上海小妮子厉害，自己没看错人。倒是艾豆自己觉得后悔，早知道事情这么容易就解决了，当初就不用去偷秦薇的钱了，一直提心吊胆的也不舒服。不过想想，如果没拿那些钱，也不会有胆量跟王金花叫板。即便现在可以拍电影了，是否能上映、票房如何都是未知数。一切既成事实，容不得后悔，还是往前冲吧。

看好艾豆的还有金玉叶的叶院长，叶院长得知艾豆要演女一号，他慷慨地表示可以投资，无论是入股还是插片广告都可以。艾豆倒不想用他的钱，因为资金问题已经解决了，没必要把蛋糕让别人再切一块。还有艾豆现在可不想承认整过容。哪个女明星愿意承认自己整过容呢？不过艾豆准备《白骨精》拍完找叶院长咨询咨询，什么地方可以再修一下，也许是胸部吧，以后要演自己了。

《白骨精》对外宣传依然是摇滚天后秦薇的作品，这样对票房有保障。但剧组处理得很模糊，究竟秦薇是主演还是策划或仅仅创作主题曲，艾豆和王金花商量视影片公映前事态发展再决定。艾豆当然想在银幕上看到自己的名字，秦薇只作为一个噱头。如果一直到电影上映秦薇已死的消息都未暴露，估计还只能看见秦薇的名字。毕竟自己现在持有美虎百分之一的股份，必须考虑整体的利益。

似乎一切都朝理想的方向发展，直到警察登门。

6. 谢谢，我已死

再审秦师傅。

“王子冲已经被捕交代了，你还想怎么着？今天是你最后的机会，你自己看着办吧。”黄波诓秦师傅。实际上王子冲依然在精神病院，他这种情况无法处理。

秦师傅大概觉得再做无谓的抵抗没意义了，竹筒倒豆子，一股脑儿交代干净，争取宽大处理。

原来秦薇意外身亡之后，王子冲指使秦师傅抛尸。王子冲威胁秦师傅如果不抛尸，他就检举秦师傅贩毒。

秦师傅之前供称秦薇提供他“神仙水”是谎话，他才是秦薇的毒品来源。秦师傅是个以贩养吸的小毒贩，秦薇日常吸食的海洛因都是来自秦师傅，王子冲偶尔也向他买货。去年八月秦薇从美国回来没几天就向他要白粉，他就帮秦薇进了三克。那一批白粉不是很纯，好像掺了冰。发现秦薇猝死后，秦师傅很害怕，担心警察追究自己的责任，因此答应王子冲抛尸。

王子冲还答应秦师傅每年给他 20 万、为期三年作为抛尸酬劳。万一被警察发现导致牢狱之灾的话，每年再给他两百万作为补偿，判几年给几年，条件是秦师傅一个人把事情全部扛下来。

事后王子冲给了 20 万，今年的 20 万还没付。现在王子冲被捕，秦师傅估计后面的钱也拿不到了，自己一个人扛着太傻，不如招供争取宽大处理。

黄波说：“你有王子冲参与此事的证据吗？王子冲可是说全是你一个人干的。”

如果没有证据，无法定王子冲的罪。

“他胡说，他是主谋，我只是从犯。”

“你有证据吗？”

“有。”

秦师傅手中握有秦薇死在床上和王子冲用刀割秦薇手指的照片。当时决定抛尸后，王子冲说要把秦薇脸划破以免万一尸体被发现秦薇被认出来。可是秦师傅不敢动刀。王子冲不耐烦亲自上阵，划完脸王子冲意犹未尽还要把秦薇的指纹切掉。秦师傅暗中用手机拍下王子冲切手指的照片，现在正好可以派上用场减轻自己的罪行。

将尸体毁容和切除指纹后，王子冲和秦师傅将尸体冲洗干净，用床单包裹后放入一个大号LV旅行箱，秦师傅拉到地下车库开出丽晶华府，两个人再运到国道和省道交接的山区抛尸。

“王子冲说秦薇的车比较扎眼，怕被狗仔跟踪。他让我把车开到他家换他老婆的车开。他还要求我戴手套，说是怕搬尸体的时候留下指纹。全程都是王子冲在指挥，我就是一个木偶。我已经全部交代了，请政府宽大处理。”秦师傅垂头丧气。

以上只是秦师傅的一面之词，不能作为王子冲的定罪依据。庆幸的是8·12女尸案发时国道车流监控视频被保留下来，重新检索发现案发时间段内王子冲妻子的沃尔沃轿车在此经过。车上两名男子经辨认确系王子冲和秦师傅。

至此，8·12女尸案暂告一段落。

只是光有秦师傅的口供和王子冲在车上的照片，还不足以给他定罪。再加上本案还有毁尸行为，是谁做的？一个人做的还是两个人做的？量刑标准有区别。但是霍遵决定还是先把抛尸案告破报上去，否则来自舆论和领导的压力太大。

接下来抓捕秦师傅上家毒贩和下线买家可以转由缉毒队负责，霍遵准备先把8·12女尸案应付过去，下一步再慢慢来查秦母网银失窃一事。

林梦梦的通缉令已经下发，虽然专案组内有人认为林梦梦的生死存疑，但大部分成员倾向秦母五千多万网银失窃系林梦梦或者与其有关的人或犯罪团伙所为。由于作案时间已久，有刑警猜测钱和人早已经转移到境外。那样追捕将更为棘手。

还有一种推测是林梦梦遇害后王子冲盗走秦母账户资金，依照王子冲目前的状态来看，这种说法支持的人不多。王金花、秦师傅、艾豆甚至为秦母办理网银的银行职员等都是怀疑对象，接下来都要逐一排查。

何谢第一时间得到王子冲主谋、秦师傅协助抛尸的信息，他把他去年8月7日晚上拍到的师弟、秦师傅出入丽晶华府的照片打包一并了卖给一家八卦杂志，售价五十万元。

这笔钱比起艾豆从秦母网银转走的五千多万元当然是小巫见大巫。

通过肖晓彤在网上购买的宁思甜网银账户，艾豆从秦母的两个网银账户陆陆续续转走5367万元。原本艾豆准备把钱通过地下钱庄换成美金直接汇到国外去，但肖晓彤提醒她万一地下钱庄被警方破获，顺藤摸瓜可能有危险，提现更安全。

破财免灾，艾豆觉得这样做虽然麻烦，但是值得。于是通过三家地下钱庄提现，每笔支付15%或20%的提现手续费后，肖晓彤辗转福建、广东多地替艾豆收回的现金有四千五百万元。

肖晓彤负责到各地取款，每次都搞得跟香港警匪片似的，不断变换交易地址。心惊胆战，化装接头，恨不得在头上套一张人皮面具。一手提袋上百万元，拎上车就跑。四千多万元花了肖晓彤将近两个月才全部收齐。

肖晓彤在南方奔波，艾豆在北京看着账户上的钱不断增加，她想：从今以后我也是有钱人了。

“取钱的时候，你怕不怕？”

“怕。”

“越做越胆大？”

“一样怕。每一次交接都怕警察突然冒出来，或者被人打劫杀掉。”

“那你为什么敢做？”

“我做得越多，你就越离不开我。”

艾豆给了肖晓彤三百万元，肖晓彤一开始说不要。

艾豆说：“你还是收下吧。如果有一天我们互相看不顺眼了，分手了，你多少还有点钱。”

“好，这钱我先收下。分手那天我会加收补偿费的。你知道，我为你做的，远不止这些。”

之前艾豆制造王子冲和秦薇另立门户合拍电影的假消息除了用来刺激美虎公司外，还想通过这个假消息把王子冲引出来。王子冲自打从美虎离职之后似乎就消失了，手机处于关机状态，媒体上也没有他露面的新闻。

艾豆找王子冲当然不是想投靠他，即便王子冲真的成立一家公司要招募艾豆她也不敢去，因为面对一个天天“溜冰”、性瘾成癖还有暴力倾向的吸毒杀人犯，艾豆吓都吓死了。

艾豆也不敢敲诈王子冲，她怕王子冲一旦知道自己掌握了他的秘密，反而惹祸上身。她只是想通过王子冲的行动来确证一下，林梦梦是不是像她判断的那样，已经被害了。

自打动了侵吞秦母网银资产的念头后，艾豆的理想状态是：林梦梦被王子冲杀掉，她的尸体被王子冲隐藏或处理掉了，这样即便警方发现秦母账上资金被转走也会怀疑是林梦梦偷钱跑路。

“你忘了还有王子冲，如果最终警方发现尸体是秦薇的，王子冲还能逃得过？！如果王子冲被捕，你能保证他不交代自己杀害林梦梦的事？”肖晓彤提醒艾豆。

“最好是林梦梦死不见尸，王子冲也消失掉。”艾豆说。

“消失？怎么消失？买凶杀人？”

“也许不要那么复杂。”

艾豆雇的私家侦探已经调查到了王子冲的行踪。

王子冲近期几乎以一家从事特种行业的桑拿会所为家。私家侦探跟踪调查发现王子冲吸毒，去桑拿会所大概一是找女人发泄方便，二是为了散冰（吸食冰毒后排毒）。

艾豆想怪不得王子冲“消失”，估计他现在沉迷毒品不能自拔，无暇他顾了。以前身居影视公司高位时女艺人投怀送抱，现在大概只能靠嫖娼解决性饥渴。

王子冲这个样子搞不好会重蹈秦薇覆辙，艾豆想，也许他已经疯了，否则怎么会抛尸，怎么会杀害林梦梦？！这真是一个令人开心的消息啊。

“有没有什么办法让这个流氓消失得更快一点？”

“也许，我们可以给他加药、加量，把各种毒品掺在一起给他吸，让他早点上西天。”肖晓彤说。

“毒品从哪里来？”

“这个——很多夜总会、酒吧都有人卖。”

“我知道秦师傅就是一个毒贩，秦薇的海洛因就是从他那里来的。”

“那就更好了。我可以打电话给秦师傅，就说是王子冲的朋友，王子冲介绍我找秦师傅拿货。我要最新、最好、最刺激的货，价钱不是问题。我从网上转钱给秦师傅，然后让他直接把毒品寄给王子冲。整个流程都不用经我的手，就是警察也查不到我们。就算警察可以查到秦师傅，警察也会认为王子冲和秦师傅是一伙的，他卖药给王子冲最合乎逻辑……”

“那，要是王子冲怀疑这些毒品的来路，不肯吸呢？”

“放心，像王子冲这种已经完全丧失理智的老毒鬼，怎么可能不吸？别说怀疑了，瘾上来，明知道前面是火坑他也会跳下去。”

艾豆看了肖晓彤一眼。肖晓彤“嘿嘿”地笑：“我也是从网上看来的。”

多么巧妙又疯狂的主意啊，艾豆深深吸了一口气。

到了12月中旬，私家侦探传来消息说王子冲被送进精神病院了。

在确定王子冲精神分裂且大脑萎缩变成痴呆，且不可能好转但不会有生命危险后，艾豆想这老流氓命还挺硬的。

艾豆一直想问王子冲林梦梦去哪儿了？现在看来是没机会了。

之前艾豆每周转账五千元给秦师傅，秦师傅把东西寄到一个地址（王子冲驻点的那家桑拿会所）。肖晓彤再打电话给那家桑拿会所，交代收到这样的包裹就转交给王子冲。

艾豆想，王子冲脑萎缩，也许是秦师傅寄给他的毒品起作用了。

确定王子冲已经崩溃被关进精神病院后，艾豆自然不再向秦师傅汇款。一周后，秦师傅发信息来问有好货还要不要？

艾豆回复：不要了，我已死。

7. 精神分裂

“崔哥，这小子又抽风了。” 小武喊老崔。

老崔把椅子滑到屏幕前，看屏幕上王子冲站在床边挥舞着双手，嘴里念念有词。

小武把音量调大，王子冲的声音很含糊，听起来好像是“砍死你！”或者“干死你！”

8·12女尸案专案组已经申报结案了。何谢独家拿到的材料，也已经在媒体上掀起了轩然大波。整容、吸毒、抛尸，简直是悬疑连续剧的节奏。大多数人都在网络上痛批、嘲笑美虎乃至整个娱乐圈。“娱乐至死”、“贵圈太乱”成为用得最多的词。但艾豆却始料未及地人气高涨。很多人对这个完全欺骗了自己的秦薇替身反而产生了浓厚的兴趣，有人将她以前的照片和视频都搜索了出来，都说原来的艾豆比因吸毒、整容瘦成了“白骨精”的秦薇漂亮多了，是一种健康青春的自然美，瞧秦薇那张越看越假的锥子脸，现在真是想吐。

娱乐圈永远不缺的就是八卦猛料。不久后，歌星许文天的嫩模前妻带着一岁不到的小孩在微博、微信以及各个媒体上痛揭他的淫乱史、吸毒史、家暴史。接着杨玛丽跳了出来大批许文天前妻利用小孩博取公众同情，实际是想要许文天更多的钱。而许文天一贯地故作神秘，声称一切都通过经纪公司及律师处理，自己只想专注于音乐创作云云。狗血剧情一波接着一波，令广大看客们目不暇接。秦薇的抛尸案渐渐淡出了公众的视线。

表面上风平浪静下面却是汹涌的暗流。专案组的工作仍在外松内紧下继续进行。王子冲在8·12女尸案中仅仅扮演了一个抛尸主谋的角色？王金花等美虎公司高层是否参与作案？林梦梦哪里去了？网银失窃与王子冲有关吗？种种谜团由于王子冲精神分裂无法审问、无法破解。也许，明面上的结案，公众视线的转移，能够使得一些人和事自己浮出水面。

专案组在王子冲的病房中安装了监控和录音设备，希望从王子冲的自言自语中收集到破案的线索。

可是王子冲病发时，时而狂躁地要打人，时而怯懦到要躲到床底；有时一整天不说话，有时一整夜呼喊咒骂需要用药物控制。再加上脑萎缩后语言能力受到损伤，要么口齿不清，要么前言不搭后语，难以解读。

比如王子冲经常说到“拍电影”。王子冲是电影人，说到拍电影很正常。比较正常时他会跟医生说：“我没病，放我出去，公司很多事等着我处理。”但有时王子冲一边抚弄下体，一边很猥琐地说“我要给你拍电影”。难道他要拍三级片？诱惑女演员上床？又或是他拍过什么淫秽视频？专案组再次搜查王子冲的住宅，在王子冲的电脑和移动硬盘里发现了大量色情片，还有多段王子冲自己和不同女人性交的视频，其中有知名女星，有溜冰、嗑药场面，但似乎都与本案无关。

王子冲经常喊打喊杀，不知道是在拍电影还是幻觉杀人。现在王子冲又在幻觉中砍人，如果没人打断，“砍死你”这句话他会重复几百遍。

不过今天好像不一样，王子冲喊了十几句“砍死你”之后，嘴里又冒出“×××警察”，声音非常含糊。

“他说什么‘警察’？”老崔皱着眉头问。

“听不清。”小武把音量调到最大。

“砍死你，砍死你，干你还刚×警察。”音箱传出男人恶狠狠的声音。

“干你干警察？”王子冲说的什么？监听的老警察和小警察都一头雾水。

好在王子冲不断重复这句话。

一分钟之后，小武听出点眉目：“他是不是说‘看你还敢叫警察’？”

老崔再听，小武说得不错，王子冲应该是在喊“砍死你，看你还敢叫警察”。

之后，王子冲又开始重复“砍死你！砍死你！”

“他这是在幻觉中还是在回忆？”小武问老崔。

“不知道。”这些天听过王子冲多次喊“砍死你”，老崔想不管是幻觉还是回忆，应该都有一个或几个他仇恨的对象。谁是王子冲仇恨的对象？秦薇？秦薇不是被砍死的，或者“砍死你”随便说的，就像语气词。秦薇死前“叫警察”了吗？注射过海洛因的人是不会叫警察的，就算是生命垂危也应该叫120才对。

“可能是王子冲吸毒，有人报警要抓王子冲，王子冲要砍死他。”

王子冲从没被捕过，他是被父母和妻子送进精神病院的。难道他要砍父母或者妻子？

“咦，崔哥，你看他在干什么？”

屏幕上王子冲已经不做刚才挥手“砍”的动作，而是双手端在腹前，下半身一挺一挺。这分明是性交的姿势。

王子冲一边做动作，嘴里一边还在叫“砍死你”。现在“砍死你”听起来像“干死你”了。

到底是“砍死你”还是“干死你”？这两个意思天差地别。

“刚才挥舞手臂像‘砍死你’，现在这个肯定是‘干死你’。‘砍死你，看你还敢叫警察’像是要杀人，至少是故意伤害；‘干死你，看你还敢叫警察’像强奸。”小武摸摸鼻子，嘴角一咧，“也可能是男女之间打情骂俏、玩SM时说的粗口。”

老崔瞄了小武一眼，小武不敢再说笑，继续盯着屏幕。

王子冲的行为和言语到底传达出什么信息，可惜之后王子冲只是机械地重复那三个词，没有新内容。

小武突然拍脑袋：“崔哥，如果说王子冲要砍死的人是林梦梦的话，你看解释得通吗？”

林梦梦至今生不见人，死不见尸，专案组内开始有意见认为林梦梦可能在7日晚上秦薇出事的同时遇害，凶手是王子冲和秦师傅。

如果说当晚林梦梦发现秦薇吸毒猝死后准备报警，王子冲不同意，两人起冲突导致林梦梦被杀的推测成立，那确实比较符合王子冲叫嚷“砍死你，看你还敢叫警察”的情境。但是秦宅中没有发现林梦梦被杀的痕迹，更不要说发生过“砍死”这样的大动作了。

秦师傅坚称当晚他把秦薇、林梦梦和师弟送到丽晶华府后就再也没见过林梦梦，狗仔拍到秦师傅和林梦梦先后离开丽晶华府的照片，“林梦梦报警”和“王子冲砍死她”要成立的话，还存在时间和空间的多个断点需要焊接。

“我们应该在他房间再装个喇叭，和他对话。他再说‘砍死你’的时候，我们就问他‘你想砍死谁’，搞不好他会回答‘某某某’。”小武思维保持活跃。

如果这时候直接审问，不知道王子冲会不会说？专案组之前试过提审王子冲，可是王子冲一见那架势情绪就失控了，根本无法正常对话，无奈只能把他送回精神病院。这一段监听下来，王子冲口中传出来的都是碎片化的词句，让人摸不着头脑。

“居高临下的问话会不会刺激到他？”老崔认为不妥。

“我觉得就得刺激刺激他，刺激他才会多说话。否则一整天就听他唠叨那几句话，我都快得神经病了。”小武越想越觉得自己的主意有道理，兴奋起来。

“王子冲的主治医生说了，他的病情还是不要刺激他好，我觉得可以换个温和点的办法来套他的话。”老崔看了小武一眼，提出了不同意见。

“什么办法？”被泼了冷水的小武懒懒地回道。

“派一个人假扮病人，接近他，或者和他睡同一个病房，在身边慢慢套他的话。”

“派谁去？”小武警觉起来。

“我觉得你挺合适，年轻、反应快、有钻研精神。”

“不行，不行，我性子急，搞不好和他打起来，还是崔哥你老奸巨猾，老将出马胜算高。”

“我肯定不行啊。我是个烟鬼，病房里不准抽烟，我去待不了半小时就得出来吸根烟，还怎么工作？总不能等我戒烟后再去吧。你是新人要多锻炼锻炼，眼看案子要真相大白了，现在让你回中队你愿意吗？你别紧张，我会在这边协助你的。”

“谁紧张了，我……”小武无奈欲言又止。

“你没意见，等下我就跟霍队提啦。”老崔得意扬扬地点着一根新烟。

霍队的意见是：“老崔，姜还是老的辣。这个事我看小武不行，还得你出马。”

小武想笑。

霍队对小武说：“小武，你跟着去学习学习，顺便给老崔当保镖。王子冲可能是杀人犯，你要小心谨慎，要保证老同志的安全。”

王子冲经过一段时间的治疗，情况开始稳定，医院本不同意警方此时介入。专案组把案情的严重性和复杂性向院方做了解释，请求理解与配合。

经过一番协调，老崔和小武住进精神病院。院方没有立即安排他们住进王子冲的病房。原因是精神分裂症患者往往对陌生人非常警觉、非常排斥，王子冲的主治医生建议老崔和小武先出现在病区，和王子冲混个脸熟，等他对他们不那么排斥后再安排他们住进同一间病房。

王子冲的主治医生叮嘱老崔和小武切忌不能摆出一副审问的架势。像小武想的，直接逼问“你是不是杀人了？”病患是绝对不会回答你的。威逼恐吓病患，轻则惹怒病患导致暴力冲突或者引发恐惧，从此双方对立隔阂永无沟通可能；重则导致病患精神崩溃病情恶化，严重的会导致病患自残甚至自杀。后果都很严重，所以一定不能急于求成，要慢慢来。

“砍死你，砍死你！干死你，干死你！”王子冲每天的例行活动又开始了。

“靠，每天就这几句，你丫砍谁、干谁呀？有没有点新鲜的？”小武在心里嘀咕着，可不敢说出口。他已经领教过，医生所言不假，王子冲猜疑心很重，有妄想症。他一看见小武和老崔窃窃私语，就会冲过来质问：是不是想害他？你如果盯着他，他会气急败坏地冲过来要打人。其实由于脑萎缩，王子冲的行动能力受限，路都走不稳。老崔和小武虽然不怕和他动手，但为了不影响工作，还是装出惧怕王子冲的模样。

但是任由王子冲自行其是，他可以对着空气咒骂一整天也可以发呆一整天，你和他对话他也爱理不理。病房内禁忌多多，这不能干那不能干，老崔和小武无奈只能陪着发傻。还好是两个人一起来，可以轮流出去透气休息。

眼看一个多星期过去了，小武和老崔一无所获。老崔和小武合计，这样拖下去也不是办法，还是得用非常手段，不过执行非常手段需要院方配合。

王子冲的主治医生不同意：“你们的要求太过分了。他的情况很糟糕，我们把他的病情控制到现在这副模样已经非常不容易了。任何过分之举，都可能带来不可挽回的后果。我已经告诉你们，他现在的大脑就像一团破棉絮，千疮百孔，记忆都是碎片，话也说不清楚。想从他嘴里听到什么有用的信息，我看和瞎猫碰上死老鼠的概率差不多。更何况就算你们听到什么，很可能是他妄想的，不能呈堂证供，又有什么用？我看你们还是算了。”

老崔向医生提的要求确实很过分：允许他们在病房内抽烟、漠视他们在病房内看视频、适当调整王子冲用药。

提出调整王子冲的用药是希望暂时不去压制王子冲的精神分裂症，让他不断产生幻觉、让他喃喃自语，从中提炼出有价值的信息。

这些“无理要求”当然被医生断然拒绝。沟通无效，小武急了：“他是你的病人，但同时也可能是杀人犯。你考虑他是病人，但是你考虑过死者家属的痛苦吗？你考虑过正义需要伸张吗？”

老崔话里有话：“刘医生，我们也是没办法，死马当活马医。你让我们试几天，不超过一个星期，不行我们就撤。你看行吗？这个案子是市里的大案，上下都很重视……”

经过一周来观察，老崔和小武发现白天王子冲的情绪比较焦躁，老虎屁股摸不得。夜里大家开始上床睡觉后，王子冲又不安生了，坐卧不安、辗转反侧，据医生说这时候是他情绪比较低落抑郁容易产生幻觉的时候。老崔试着在夜里问话无果，反而导致王子冲对他敌意增加。

而每天晚上服药后到睡觉前的两三个小时是王子冲情绪比较稳定且看上去

接近正常人的时候，此时他对外人的戒备心放松，可以说上几句话。老崔和小武想利用这个时间段引诱王子冲开口。

用什么引诱王子冲呢？“溜冰”固然好，但地球人都知道这是非法的、不允许的，那么退而求其次，香烟是个好东西。

向王子冲推销香烟的任务落到小武头上。

“为什么？崔哥你知道我不抽烟的。”

“没办法，不是我不上。你没看他看我的眼神，像有多大仇似的。他比较喜欢你。”

“不带这么欺负人的，崔哥，你这是逼良为娼啊。”

在队里天天和各位烟枪大哥待在一起，小武现在已经不那么讨厌香烟了，偶尔还会陪大家吸上一根。

晚饭后，护士来病房发药。

小武接过护士给他的“假药”，丢进嘴里，怒道：“再吃下去，我他妈真成精神病了！”

护士微笑道：“就冲你这话，至少再待半年。”

护士走后，小武走到老崔床前，故作神秘地掏出一包中南海：“怎么样？要不要来一根？”

“你从哪里来的烟？”

“下午刘医生掉在走廊里，被我捡到了。来一根吧？”

给老崔点完烟，小武自己也点上一根，一边吸还夸张地赞叹：“真他妈过瘾！饭后一根烟赛过活神仙，真舒服啊。王总，来一根吧，我请客。”

王子冲呆呆地坐着，不搭理小武。

“哟，看不起中南海，你平常吸的至少是中华吧？”

王子冲盘腿坐在床上，小武不由分说，丢了一根烟在他眼前，“要抽快抽，等下护士进来，想抽也没了。”

王子冲眼珠转转，似乎不为所动。

小武没辙，只好硬着头皮陪老崔抽烟、瞎聊。

老崔抽烟很快，不一会儿就把那烟盒内的几根抽光，意犹未尽。

“还有烟吗？”他问小武。

“没了。”

老崔抬头看了王子冲一眼，走到他床前，伸手去拿小武刚才丢在那儿的烟。没想到王子冲突然抬手挡道：“这是我的。”

老崔暗喜："你又不抽。"

王子冲瞪他："不抽也不给你抽。"

"你会不会抽啊？要不要叔叔教你？"

王子冲跳起来，老崔赶紧扭头跑，边说："你抽你抽，抽死你丫的。"

小武赶紧过来拦住王子冲，假装劝架，他把老崔推出房门，回头把王子冲按回床上，看王子冲手里揪着那根香烟，顺势给他点上，"那个老傻×，王总你别跟他一般见识。"

王子冲狠吸一口，吐出来，说："傻×，信不，搞死他。"

"信，我信。他什么人，王总你什么人？他就一傻子，搞死他不就像碾死一只蚂蚁。王总你消消气，抽烟，我这儿还有。"

"大烟鬼"大概是太久没闻着烟味了，一开抽就又快又猛。

小武想和他搭话，但王子冲犹在火头上，兀自骂骂咧咧，并不跟小武多话。小武没办法，只好又掏出一包烟，陪抽。

香烟是买路钱、通行证，是老崔和小武非常手段的第一步，用来联络感情降低对话门槛，所以老崔要求医院同意他们在病房内抽烟。

如果顺利的话，就跟上第二步：引蛇出洞，这是小武憋出的"坏招"。

王子冲经常做下流动作，可见其虽然大脑受创，但下半身功能健在。"干死你"也许就是他沉浸在"啪啪啪"的幻觉中。小武建议：给王子冲看"动作片"，引诱其"吐露真情"。

老崔同意，领导批准，执行。

"王总，你是拍大电影的。我这有部小电影，你要看吗？"看王子冲今晚状态不错，小武点开手机，准备趁热打铁。

小武的手机里准备了三部岛国"动作片"，这是小武专门到分局网监支队请鉴黄组给挑的。小武要求：首先女演员要给力，身材一看就让人流鼻血；其次内容要涵盖偷窥、强暴、性虐、谋杀。"先奸后杀，最好是用斧头或者菜刀砍死的。"

"你丫有够变态。"鉴黄组的同事翻了小武一个白眼。

小武给鉴黄组出了一个难题，先奸后杀在岛国"动作片"中委实难找，最后没办法，找了一个性虐的，其中有掐脖子、捆绑桥段的代替。最后还要把林梦梦和秦薇的脸合成进去。

不出小武所料，片子开演之后，王子冲脸部表情"友爱"多了。

"王总，我的片子不错吧。"

“嗯。”王子冲咽了一口唾沫。

“王总，你拍过那么多电影，有没有拍过这样的——”

“别说话。”王子冲把手机抢过去，两手端着，聚精会神研读。

小武无奈闭嘴，陪着温习剧情。

高潮过去，借换片间隙，小武问王子冲：“怎么样，王总你看我的收藏不错吧。”

“女优不错，图像不清晰，摄影机的问题，分辨率低，现在手机拍的都比这清晰。”虽然口齿依然不清，但王子冲的会话能力已经大大改善。

第二部动作片讲性虐，动作尺度更大。

王子冲不安地变换坐姿，手也开始不老实。

小武也换个坐姿：“真是太变态了，这么漂亮的女演员为什么要拍这种片子？”

王总反应越发流利：“你怎么知道人家不是在享受？还能赚钱。”

“我年轻没经验，王总你见多识广，应该玩过不少女明星吧？”

“哈哈，我是什么人！投怀送抱，挡也挡不住。”

“牛！和你上床的都有谁啊？”

王子冲说出一个名字。

“啊，她呀，我也好喜欢她，她表现怎么样？”

“好，够劲，够骚。”

“真的假的？你别骗我，她那么清纯，是我的偶像。”

“偶像？我给你看录像，她在床上，那个浪样，嘿嘿……”王子冲笑得真令人作呕。

“受不了了，王总你有拍录像吧？”

“当然，青春偶像，我也要收藏啊。”

“她同意你拍吗？”

“我没问她同意不同意。”王子冲扭头对小武鬼笑。

“哦，原来你是偷拍啊。”

“哼，如果我开口，说要拍，她巴不得我拍。”

“你牛！同人不同命。王总能不能把你拍的视频发给我？让我也欣赏一下她的表演。”

“不行。私人藏品，概不外借。”

“小气，不够哥们儿。小心电脑被黑了，像艳照门那样。”

“我刻光盘保存，绝对不会，不会溜出去。”

“高！王总你日理万机、身经百战，床上功夫一定很厉害。‘干死你，干死你’，是不是你的专用台词啊？”

手机里，岛国恶男霸王硬上弓，正在强暴女优，女优百般扭捏挣扎，恶男开始掐女优的脖子。

小武不再看手机，他的视线瞄向王子冲。小武知道手机屏幕上接下来会出现什么画面。

“这个女人你认识吗，她是不是死了？”

手机视频中，被强暴女优的脸被“笨拙”地替换成林梦梦的照片，这是鉴黄组同事的杰作。

王子冲刚才满脸的兴奋和得意现在已经荡然无存，他呆呆地看着满屏林梦梦的脸，嘴唇在发抖。

“林梦梦，你认识她吧？”

“李盟盟？”王子冲口齿又变模糊了。

“林梦梦！秦薇的助理。”视频里出现秦薇的照片还有血肉模糊的尸体照，“你和秦薇的司机秦师傅一起抛尸，你没忘吧？”

“秦薇？”

“林梦梦，秦薇的助理，你是不是把她砍死了？”小武说，“去年8月7日晚上，秦薇吸毒死了。林梦梦要报警，你不让，就把她砍死了，是不是？秦师傅已经交代了，你砍死林梦梦！”

“没有，我没有砍死秦薇，我没有砍死秦薇。”

“你没有砍死秦薇，但你砍死了林梦梦。”小武再次重复王子冲的名言，“砍死你，看你还敢叫警察。”

小武并不确定林梦梦死没死，他想从王子冲口中或者表情中捕捉林梦梦失踪是否与他有关。小武推测秦薇暴毙后林梦梦准备报警，所以导致杀身之祸。

“我没有砍死秦薇。”

“别以为装傻就可以逃脱法律的惩罚，你已经暴露了。”

“我没有砍死她，她死在床上。”

“林梦梦死在床上？你砍死她？”

“我没有砍死她。”王子冲又开始运行复读机。

小武改问：“她死以后，你把她搬到哪里去了？”

“哪里去了？我就砍——砍——砍，砍死她，砍死她。”

小武头痛：“好吧，你砍死她以后把她搬到哪里去了？”

“我砍，砍，砍，一块一块的，砍，砍，砍。”

“你把她砍成一块一块的，你分尸？”

“砍死她，砍死她。”

“那一块一块的肉你丢哪儿去了？”

“猪——猪——”

“猪？猪圈？你把尸块丢到猪圈？”

“猪书。”

“助手？”

“猪书，肉掉下来。”

“煮熟。”小武终于听明白，“你把林梦梦的肉煮熟了，你吃肉了吗？”

“不好吃，不吃，倒掉。”

“倒在哪里？”

“马桶。”

“都倒在马桶了？”

“冲掉了。”

小武吸口气，再问：“这么刺激的场面你有没有记得拍电影？”

“当然拍，这比做爱刺激，多了。”

“你刻光盘了吗？什么时候借我看看。”

“光盘？什么光盘？”

“你刚才不是说你拍的小电影都刻光盘收藏吗？”

“没有，没时间，我太忙了。公司要上市，我太忙了。”

“那你拍好的录像视频放在那里了？”

“放在哪里？”王子冲低头思考，“放在哪里，好像放在——”

“放在哪里？”

王子冲的声音很模糊，小武偏头凑近王子冲，想听清他说什么。

砰，突然间，小武右侧太阳穴被硬物猛击，他眼前一黑，登时昏了过去。

接下来发生的事是小武听老崔讲述和看监控才知道的，自己在鬼门关里走了一回。

小武当时注意听王子冲讲话，没想到王子冲突然用手机猛击小武的太阳穴，小武硬生生摔下床，瘫在地上。王子冲扑上来继续用手机猛击，嘴里大声质问：“你为什么问李盟盟（林梦梦），你什么目的？”

“你是不是想报告警察，想敲诈我？”

击打几下后，王子冲把手机丢掉，开始掐小武的脖子。王子冲一边掐小武脖子，一边喊道：“看你还敢叫警察，看你还敢叫警察。”

就在这生死关头，老崔冲进来，一下子把王子冲扑倒，两个人扭打起来。接下来，有护士和医生冲进来，大家合力制服王子冲。

“崔哥，你怎么这么晚才来？我差点就挂了。”

“我怕打断你们谈话，听完了再进来。没想到你这么不禁打，一下就不行了。”

“我没防备，他一下打到我的太阳穴。”

“我没想到你会进展那么快，算你命大，出去溜达一圈，我再晚回来一分钟，你也许真牺牲了。”

“唉，我真没用。霍队还要我保护你，最终还是你救了我。”

“哪里哪里，都是我的错，导致你受伤。”老崔真心自责，道歉。他没想到小武的“坏招”居然奏效了。他原本已经准备放弃。

“别这么说，崔哥，是我把你推出病房的。”

“那我也不该擅离工作岗位。小武，你表现得很棒。”

“崔哥，你说真的？”

“真的。你表现非常出色，我要给你请功。嗯，三等功应该跑不了。”

“才三等功？”

“你以为呢，立功那么容易？三等功还是看在你受伤破相的分儿上。”

“啊，我破相啦？”小武现在鼻青脸肿，左边眼角和左侧颧骨还各缝了几针。

“呵呵，骗你的。轻微脑震荡，眼睛骨头都没事，不幸中万幸。这个顶多留一点疤，不影响美观。”

“吓死我。可惜，如果再给我几分钟，王子冲也许就会说出林梦梦的下落了。嗯，王子冲有没有继续交代？”

“这下他彻底疯了，一直尖叫，声嘶力竭的，什么都听不清。”

“他一直没有亲口承认杀死林梦梦，也不知道他说的分尸、碎尸，是不是真的，还是他的幻觉。我认为其中肯定有一部分是真的……”

8. 真相

王子冲有没有亲口交代杀死林梦梦，已经不重要了。

根据小武问出的信息以及在王子冲家中发现的8cm直径DVD刻录盘，专案组推测王子冲应该有一部DV，他用它来偷拍性爱场景，但是专案组没有找到这部DV。

根据王子冲偷拍的性爱视频，专案组发现近两年来王子冲偷拍的性爱视频都是在同一场所拍摄的，但这一场所并不在王家。专案组没有发现林梦梦或其他女人被砍杀分尸的光盘或视频。按时间显示，最近被偷拍的女艺人是艾豆。

再找到视频中可辨认的几位女艺人了解，她们共同回忆偷拍地应该是在燕莎附近某高档公寓。最终专案组找到了这间王子冲租下的、专供自己淫乐的“红楼”。

公寓租期一年一签，去年7月续的约。王子冲怕麻烦，预付一年租金，房东给了九五折。由于目前还在租期内，房东没有留意租客失踪已久。

公寓的客卫除灰尘外看不出异常，但是经过技术手段，发现在墙壁（尤其上部）瓷砖缝隙和天花板上都有飞溅的血迹残留，经检验系林梦梦遗存。

警方在公寓内找到那部刻录DV，林梦梦被碎尸的视频赫然在内。

林梦梦大概是被用旅行箱运到这里的，王子冲在卫生间的地板上先铺了被褥、浴帘，然后把裸尸放置其上。根据视频记录，王子冲先是自拍吸食冰毒、举刀炫耀，而后拍了裸尸全身特写，再固定机位，开始分尸。这个角度一直拍摄到电池电能耗尽结束。其间，王子冲多次离开现场，DV空录。

由于DV的机位一直固定在卫生间窗台上，没有拍摄到王子冲是如何处理尸块的。但技术组在卫生间马桶下水弯管中找到了属于林梦梦的毛发和骨骼碎片，所以林梦梦被碎尸后、尸块被煮烂倒入马桶不是王子冲的幻觉。

至此，王子冲独自分尸林梦梦确认无疑。

专案组在公寓内还找到了林梦梦随身携带的挎包，里面有钱包、银行卡及一些女性随身用品。最重要的是，里面竟然还有一张某药店的销售小票，上面的项目是一次性注射用具，而上面机打的出票时间，是8月7日24点27分。

对于包内银行卡的查询，和在林梦梦住所查询的银行卡结果一样，也没有什么问题，可以排除与秦母网银失窃有关。

对销售小票的追查也很快有了结果。这家药店晚上九点过后就不再开门营业，但是店内会有人值夜，为半夜急着买药的顾客提供方便，只要顾客按铃，值夜员工会打开一个小窗售药。据8月7日那天值夜的员工说，午夜过后还来按铃买药的人本来就相当稀少，而买这种一次性注射用具的就更是罕有，因此对购买人他不免多留心了一下，依稀还有些印象。通过对几张照片的仔细辨认，药店员工从中挑出了林梦梦的照片：“应该就是她。”

法医对分尸自拍视频的观察分析结果也出来了，王子冲分尸林梦梦时，尸体已经出现了少量尸斑，肢体也呈现僵硬状态，死亡时间推断应该为分尸前两天左右。

专案组案情分析会上，比较统一的意见是：王子冲分尸视频的拍摄时间是在8月10日，那么林梦梦的死亡时间应该是在8月8日凌晨到中午这十二个小时内。而林梦梦在8月7日晚上离开秦薇家后又接到了秦薇的电话，接着她就购买了一次性注射用具。她买这种东西干什么？她自己是不吸毒的，合理的解释就是秦薇在与师弟激情过后，打电话要林梦梦购买用具进行毒品注射，因过量而导致死亡。那么林梦梦肯定是在师弟走后又返回了丽晶华府的。问题是，她是送完注射用具就走了，还是一直待在秦薇家里？从林梦梦的死亡时间以及王子冲在精神病院说出的一些只言片语来推断，最大的可能性就是她一直待在秦薇家里，王子冲上门来发现秦薇吸毒过量死亡。而王子冲这时候来找秦薇干什么？很可能是王子冲自己“溜了冰”，来找秦薇“散冰”。在情绪亢奋中，他阻止林梦梦报警而杀死了她，然后又奸污了她。或者是先奸后杀都有可能。可能没有用到器械，而是用窒息的办法让林梦梦死亡，比如说勒掐脖子。清醒后他清理了现场，然后将林梦梦的尸体运走后又返回到丽晶华府，与后到丽晶华府的秦师傅一起实施了对秦薇的抛尸。为了让林梦梦彻底消失从而转移警方的注意力，他将林梦梦碎尸并煮熟冲入下水道。这就是为什么王子冲在精神病院老是重复“干死你，干死你，砍死你，砍死你，看你还敢叫警察”的原因，是他做过的事情在心理上的自然投射。

但也有人提出了疑问：“那林梦梦眼看着秦薇吸毒过量，不阻止，不求救，为什么？按理来说秦薇可以说是林梦梦的主人和衣食父母，她为什么眼看着自己的饭碗要砸而没有任何行动？”

案情分析会一时陷入了僵局，大家抽着烟陷入了沉思。

小武也从老崔的烟盒里拿出一根烟点上，说：“砸自己的饭碗？确实不正常，除非她有了更好的饭碗。如果她想离开秦薇呢？”

老崔摇了摇头：“不太可能，对于林梦梦这种小艺人助理来说，还有什么饭碗比这个更好的？再说了，即便林梦梦想另攀高枝，也没必要看着秦薇死啊！俩人有仇吗？”

小武试探着说：“那你的意思是，林梦梦早就想谋害秦薇，所以不但帮助她甚至诱导她吸毒过量，然后不施救，眼看着秦薇死在床上？”

“也不是没有这种可能。”霍遵说，“小武的这个想法虽然比较出格，但也值得大家讨论一下。”

老崔说：“据王金花和美虎公司内部的人说，秦薇对林梦梦很好，给她的钱已经大大超过了这个行业内一般的标准，平时对林梦梦的生活也很照顾，俩人的关系一直很融洽。林梦梦因仇恨而诱导然后坐视秦薇吸毒过量死亡的解释说不通。除非，林梦梦是个很贪婪的人，她想要的远超过了秦薇给她的，而她想要的也只有从秦薇这里才能得到。”

黄波说：“她想要什么？名？她又不是艾豆，就是想成名凭她的资质才艺，秦薇死一百次也轮不到她。钱？可是，一切的调查都没有发现她与秦薇的网银失窃有任何关系。而且她跟秦薇前后脚死亡。如果她是想等着秦薇一死就盗走她的网银，然后和地下诈骗集团合作转移走秦薇的资金，她还在丽晶华府干什么，为什么又要报警，最后被王子冲杀掉？”

老崔叹了口气，慢慢地说道：“只有一个解释，林梦梦想要秦薇死，但是她并不希望隐瞒秦薇的死讯。秦薇的死因，是吸毒过量，只要没有证据证明她帮助乃至诱导秦薇吸毒过量，林梦梦并不需要承担什么法律责任。事实上，除了我们意外在王子冲家里找到她的挎包，发现的这张也许她自己当时疏忽而没有扔掉的一次性注射用品的销售小票，我们确实没有任何证据。甚至这张销售小票也只能算是间接证据，不是直接证据。一切，都只是基于我们的推论，不能作为结案理由。但是，她为什么希望秦薇死又不肯隐瞒秦薇的死呢？”

老崔又抽出来一根烟，点上。

小武开玩笑说：“难道她帮着秦薇嗨，秦薇嗨高了，决定死了就把自己的遗产都留给她？”

黄波也笑，说：“瞎扯！秦薇嗨高了说的话算数吗？清醒过来她说逗你玩儿你不也只能干瞪眼。再说，秦薇人都死了，没有遗嘱，谁能证明她死后把财产给了你？”

案情分析会再一次陷入了僵局。

过了好一会儿，老崔说：“如果有遗嘱呢？”

大家都看着他。黄波说：“老崔，秦薇没有留下任何遗嘱。她家里没有，律师那里也说她从没有写过遗嘱。”

老崔说：“秦薇的财产被人转移走这是个事实。这么一大笔钱，如果不是林梦梦干的，总有人干。而这个盗走秦母网银的人，应该也同时盗走了这份我们先假设存在的遗嘱。找出这个人，也许一切真相就大白了。”

尾声

床。

艾豆已经吃不消了，肖晓彤依然很亢奋。

艾豆实在忍不住，她推开肖晓彤。

“怎么啦，你不喜欢？”肖晓彤意正酣，满脸不高兴。

“受不了，时间太长了。”艾豆觉得下身不舒服。

“你不喜欢吗？”

“过犹不及。”

“我还没放呢？”

“我受不了了，你自己打飞机吧。”

“那多没劲，要不你帮我用口吧？”

艾豆突然觉得肖晓彤现在的模样似曾相识，她警觉地坐起来，问：“你是不是吃什么了？”

“没有。”

“别骗我，你的脸色很古怪。”

“没有就是没有。”

“你是不是溜冰了？”

“没有。”

“你别骗我，今天你喷香水了，是不是想掩盖冰毒的味道？”

“没有。”肖晓彤语气不再坚决。

“傻×，你刚度了，冰毒能碰吗？”

“……”

“你怎么不说话？傻×！你不想活了？！”

“没那么严重，我就吸了一点点，助助兴。”

“一点点！一点儿就会上瘾，秦薇、王子冲、秦师傅，你怎么这么蠢？”

“我也是想让你嗨。”

“时间长就嗨吗？我要被你这个傻×气死了。现在怎么办？”

“没那么严重。你不喜欢，我以后不吸就是了。”

“蠢货！一点点就会上瘾的。你什么时候开始吸的？”

“我就是来之前吸一点，助助兴。我吸得很少。”

“说实话，你什么时候开始吸的？”

“……”

“你不说是吧？不说的话马上滚，我不想再见到你。你怎么这么没出息？！”

“我，好吧，我说。我是帮你去福建取钱时开始吸的。”

“去年十月就开始了？”

“是。”

“为什么？”

“那段时间我很紧张。我跟你说没事别担心，实际上我怕得要死。要跑很多地方，日夜颠倒。我怕警察突然冒出来，还怕被地下钱庄的人杀了。有一天晚上在一家酒吧喝酒，老板在吸水烟。他请我吸，我就吸了，感觉很兴奋，人也放松了。于是我就向老板买了一点……”

“跟我上床，你就用这个助兴？那你嗨高了，是不是也要找别的女人散冰？”

肖晓彤涎着脸，又爬上艾豆的身体，说：“哪有什么别的女人，我就找你一个女人。”

艾豆一把将肖晓彤推下了床，说：“滚！”

肖晓彤趴跪在床下，可怜兮兮地说：“艾豆……”

“滚，以后别来找我了！”艾豆厌恶地看着他，又抓起他的衣服扔在他脸上，“想找死自己一个人死去，别赖着我。”

肖晓彤默默地穿好了衣服，走到门口，他回过头，看见艾豆背对着他躺着，看都不看他一眼。

肖晓彤拉开门，犹豫了一下，又不甘心地回头对艾豆说：“艾豆，你要跟我分手，是不是要再给我点补偿费啊？”

一本厚厚的杂志飞过来：“侬个贱骨头！屁都勿得给侬！”

几个月后。北京警方部署扫除黄赌毒统一行动。

在东五环附近一个小区的一套公寓里，警方抓获了正在群体“溜冰”并淫乱的七男四女。这个窝点经居委会向派出所汇报后，警方已经盯了近一个月了。这个窝点的房主不但长期聚众吸毒淫乱，而且是一个贩毒网络的中间人。

警方提审了房主。

“姓名？”

“肖晓彤。”

“哪里人？”

“上海。”

……

审讯进行得很顺利，不到两个小时，肖晓彤就把所有的犯罪事实都说了。

被带出审讯室的时候，肖晓彤忽然回过头来，对审讯警官说：“如果我能举报别的案子，算不算立功啊？能不能减轻对我的处罚？”

“那要看你的举报是不是真的，有没有价值。”审讯警官盯着他，“说吧，你要举报哪个案子？”

“秦薇。”